Room

ROOM
by Emma Donoghue

엠마 도노휴 장편소설

유소영 옮김

룸

arte

내 최고의 작품인 핀과 우나를 위해서

아이야
내 마음은 이렇게도 괴로운데
넌 평온한 가슴으로 잠자는구나.
기쁨 없는 숲에서 꿈을 꾸고
청동으로 못 박힌 밤
푸른 어둠 속에 고요히 누워 빛나는구나.

– 시모니데스(기원전 556–468), 『다나에』

차 례

생일선물   9

그 남자   39

거짓말 되돌리기   65

전기   91

식물의 죽음   119

대탈주   147

부서진 씨앗   187

분재 소년   229

좀비들   271

해먹이 있는 집   303

이사   341

옮긴이의 말   386

생일 선물

오늘 나는 다섯 살이 되었다. 어젯밤 옷장에 자러 들어가기 전에는 네 살이었는데, 오늘 어둠 속에서 눈을 떠보니 짠, 다섯 살이었다. 그전에는 세 살, 그전에는 두 살, 그전에는 한 살, 그전에는 영 살이었다.

"그럼 마이너스인 적도 있었어?"

"응?"

엄마는 한껏 기지개를 켰다.

"하늘나라에 있을 때 말이야. 마이너스 한 살, 마이너스 두 살, 마이너스 세 살 이런 식으로……."

"아니, 땅에 내려오기 전에는 나이를 세지 않아."

"난 채광창을 통해서 내려왔다고 했잖아. 내가 엄마 배 속에 생기기 전까지 엄마는 정말 슬펐다면서."

"그럼."

엄마는 침대에서 몸을 내밀어 전등을 켰다. 전등은 모든 것을 쨍 하고 밝혔다. 나는 순간 눈을 질끈 감았다가 한쪽 눈만 살짝 떠보았다가 다시 두 눈을 다 떴다.

"눈물이 마를 때까지 울었지. 1초, 1초 세면서 누워만 있었어."

"몇 초나?"

나는 물었다.

"수백 수천만 초."

"아니, 정확히 몇 초?"

"세다 지쳤어."

엄마가 말했다.

"그러다가 엄마는 뚱뚱하게 해달라고 난자한테 계속 빌었다고 했지."

엄마는 씩 웃었다.

"네가 발로 차는 것도 느꼈단다."

"내가 뭘 차?"

"엄마를 차지, 누굴 차."

이 부분에서는 늘 웃음이 난다.

"배 속에서 뻥, 뻥."

엄마는 잘 때 입는 티셔츠를 들어 보이고 배를 부풀렸다.

"잭이 나오는구나, 했지. 넌 꼭두새벽에 눈을 커다랗게 뜨고 깔개 위로 미끄러져 나왔어."

빨간색과 갈색, 검은색이 지그재그로 서로 얽혀 있는 깔개를 내려다보았다. 깔개에는 내가 태어나다가 실수로 흘린 자국이 남아 있다. 엄마에게 말했다.

"엄마가 줄을 끊어서 날 떼어냈고, 난 자라서 소년이 됐어."

"아니, 넌 태어날 때부터 소년이었어."

엄마는 침대에서 내려와서 공기를 데우기 위해 온도조절기로 향했다. 그는 어젯밤 아홉 시 이후 오지 않았던 것 같다. 그가 왔다 가면 늘 공기가 달라진다. 엄마는 그에 대해 이야기하는 것을 좋아하지 않기 때문에 물어보지는 않았다.

"그래, 다섯 살 신사. 선물을 지금 보고 싶어, 아침 먹은 뒤에 보고 싶어?"

"뭔데?"

"들뜬 건 알지만 손가락을 물어뜯으면 안 돼. 구멍으로 병균이 들어갈 수 있어."

"세 살 때 막 토하고 설사했던 때처럼 아파지니까?"

"그보다 더할 수도 있어. 균 때문에 죽을 수도 있단다."

"천국에 일찍 돌아가는 거야?"

"그래도 물어뜯네."

엄마는 내 손을 치웠다. 나는 아픈 손을 깔고 앉았다.

"미안. 한 번만 더 다섯 살 신사라고 불러줘."

"그래. 다섯 살 신사. 지금 볼까, 나중에 볼까?"

나는 안락의자 위에 뛰어올라 시계를 보았다. 시계는 7시 14분이라고 했다. 나는 안락의자를 붙잡지 않고 스케이트 보드처럼 위에 서서 균형을 잡을 수 있다. 그러다가 담요 위로 스노보드 타듯이 주르르 다시 미끄러졌다.

"원래 선물은 언제 열어보는 거야?"

"언제 열어도 재미있을 거야. 엄마가 정할까?"

"이제 다섯 살이 됐으니까 내가 정할 거야."

손가락이 다시 입에 들어가 있었다. 나는 겨드랑이에 손을 넣고 팔을 꾹 눌렀다.

"으음, 지금 열어볼래."

엄마는 베개 밑에서 뭔가 꺼냈다. 밤새도록 눈에 띄지 않게 숨겨놓았던 것 같았다. 괘선지 원통이었는데, 크리스마스때 받은 초콜릿들을 포장했던 보라색 리본이 여기저기 달려 있었다.

"열어보렴. 조심해서."

매듭을 골똘히 풀고 종이를 평평하게 펼쳐보니 색깔 없이 연필로 그린 그림이었다. 처음에는 뭘 그린 건지 알 수 없었다. 그래서 돌려보았다.

"나잖아!"

거울 속에 있던 모습과 같았지만 뭔가 더 많았다. 잘 때 입는 티셔츠 차림의 머리와 팔과 어깨도 보였다.

"눈은 왜 감고 있어?"

"자고 있었잖아."

"자면서 어떻게 그림을 그렸어?"

"아니, 엄마는 깨어 있었어. 어제 아침, 그제, 그전날, 전등을 켜놓고 널 그렸단다."

엄마의 얼굴에서 미소가 사라졌다.

"왜 그래, 잭? 마음에 안 드니?"

"응. 내가 자고 있을 때 엄마가 깨어 있으면."

"네가 깨어 있을 때 그림을 그리면 깜짝 선물을 줄 수가 없잖아."

엄마는 잠시 가만히 있다가 말했다.

"깜짝 선물을 좋아할 거라고 생각했는데."

"깜짝 선물이라도 내가 아는 게 좋아."

엄마는 내 말에 피식 웃었다. 나는 안락의자에 올라가서 선반 위 상자에서 핀을 꺼냈다. 하나 더 뺐으니 이제 다섯 개 중에서 하나도 남지 않았다. 원래는 여섯 개였는데 하나는 없어졌다. 핀 하나는 옷장 뒤에 〈서양미술 명작 No.3: 성 안나와 세례요한 그리고 성 모자〉를 벽에 꽂느라고, 하나는 욕조 옆 〈서양미술 명작 No.8: 인상파-해돋이〉를, 하나는 파란 문어를, 하나는 〈서양미술 명작 No.11: 게르니카〉라고 불리는 미치광이 말 그림을 꽂는 데 썼다. 명작들은 오트밀에 딸려왔지만, 문어는 내가 그렸다. 3월에 제일 잘 그린 그림이다. 문어는 욕조의 수증기 때문에 돌돌 말려 있었다. 나는 엄마의 깜짝 그림을 침대 위쪽 한가운데 코르크 타일 위에 핀으로 고정시켰다. 엄마는 고개를 저었다.

"거기는 안 돼."

올드 닉에게 보여주고 싶지 않아서다. 나는 물었다.

"그럼 옷장 안에 붙일까?"

"좋은 생각이야."

옷장은 나무로 되어 있어서 핀을 더 세게 눌러야 했다. 나는 옷장문을 닫았다. 바보 같은 옷장문은 경첩에 옥수수기름을 발랐는데도 계속 끽끽거린다. 나무판 사이로 안을 들여다보았지만 너무 어두웠다. 문을 살짝 열어보니, 작은 회색 선들이 그려진 비밀 그림이 희게 보였다. 잠든 내 눈 위에 엄마의 파란 드레스가 늘어져 있다. 그러니까 옷장 안에 있는 진짜 드레스가 그림 속의 눈을 가리고 있었다. 옆에서 엄마 냄새가 났다. 우리 가족 중에는 내 코가 가장 예민하다.

"참, 일어나서 젖 먹는 걸 까먹었어."

"괜찮아. 다섯 살이 됐는데 가끔 걸러도 되지 않을까?"

"말도 안 돼."

엄마는 흰 담요 위에 누웠다. 나도 따라 누워서 젖을 먹었다.

*

나는 시리얼 100개를 세고 그릇에 거의 꽉 찰 정도로 하얀 우유를 튀지 않게 부었다. 우리는 아기 예수에게 감사기도를 올렸다. 나는 끓는 파스타 팬에 떨어지는 바람에 손잡이가 울퉁불퉁 녹아내린 숟가락을 골랐다. 엄마는 녹은 숟가락을 안 좋아하지만, 나는 다른 숟가락과 달라서 그게 제일 좋다.

나는 식탁에 긁힌 자국을 부드럽게 하려고 매만졌다. 식탁은 음식을 썰 때 난 회색 자국을 빼면 하얀 동그라미 모양이다. 먹을 때는 입이 필요 없는 허밍 놀이를 한다. 노래 제목 알아맞히기다. 〈마카레나〉와 〈그녀가 산을 돌아온다네〉, 〈부드럽게 흔들리는 정다운 마차〉인 줄 알았는데, 정답은 〈폭풍우 치는 날〉이었다. 내 점수는 2점이어서 키스 두 번을 상으로 받았다. 나는 〈노, 노, 노를 저어라〉를 불렀는데, 엄마는 곧장 맞혔다. 그다음에 〈열변〉을 불렀더니, 엄마는 얼굴을 찡그렸다.

"아, 아는 노랜데. 넘어졌다가 다시 일어난다는 내용인데, 제목이 뭐더라?"

엄마는 끝에 가서 결국 기억해냈다. 세 번째로 내 차례가 되었을 때 〈당신을 내 머리에서 지울 수 없어〉를 불렀다. 엄마는 전혀 모르는 것 같았다.

"정말 까다로운 곡을 골랐네. 텔레비전에서 들었니?"

"아니, 엄마한테서."

나는 합창 부분을 불렀다. 엄마는 그래도 모르겠다고 했다.

"바보."

엄마에게 상으로 키스를 두 번 해주었다. 그리고 그릇을 씻으려고 의자를 싱크대로 옮겼다. 그릇은 조심해야 하지만 숟가락은 쨍그랑거려도 된다. 나는 거울 앞에서 혀를 내밀었다. 엄마가 뒤에 있었다. 핼로윈 때 우리가 만들었던 가면처럼 내 얼굴이 엄마 얼굴 앞에 튀어나와 있다.

"그림을 좀 더 잘 그릴 수도 있었는데. 그래도 네 생김새랑 비슷하긴 해."

"내가 어떻게 생겼는데?"

엄마는 거울 속의 내 이마를 둥글게 손끝으로 두드렸다.

"너는 엄마가 뱉어놓은 침처럼 생겼어."

"내가 왜 뱉어놓은 침이야?"

둥근 자국이 사라졌다.

"그냥 네가 나랑 닮았다는 뜻이란다. 아마 침처럼 너도 엄마 몸에서 나왔기 때문에 그런 표현을 쓰나 보지. 눈도 똑같이 갈색이고, 입도 똑같이 크고, 턱도 똑같이 뾰족하고."

엄마와 나를 한꺼번에 바라보았다. 거울 안의 우리가 이쪽을 마주 쳐다보았다.

"코는 달라."

"음, 지금은 어린애 코라서 그래."

나는 코를 잡았다.

"이 코가 떨어지고 어른 코가 자라는 거야?"

"아니, 아니. 그냥 코가 커지는 거야. 머리카락도 똑같이 갈색이고."

"하지만 내 머리는 등까지 내려가고 엄마 머리는 어깨까지잖아."

"맞아."

엄마는 치약으로 손을 뻗었다.

"네 세포는 엄마 세포보다 두 배나 왕성하게 살아 있거든."

절반만 살아 있다는 게 가능하다는 건 미처 몰랐다. 나는 다시 거울을 보았다. 잠잘 때 입는 티셔츠도 서로 다르고, 속옷도 달랐다. 엄마 속옷에는 곰이 없다.

엄마가 두 번 침을 뱉어낸 뒤에는 내가 칫솔질을 할 차례였다. 나는 이를 구석구석 닦았다. 엄마가 뱉어놓은 침은 나랑 닮지 않았다. 내 침도 마찬가

지었다. 나는 침을 씻어내고 흡혈귀처럼 웃었다. 엄마는 눈을 가렸다.

"아, 이가 너무 깨끗해서 눈이 부신데?"

엄마는 닦는 걸 잊어버려서 이가 많이 썩었다. 요즘은 후회하고 칫솔질을 잊지 않지만 그래도 썩었다. 나는 의자들을 납작하게 해서 문 옆 빨래걸이 말에 기대놓았다. 빨래걸이 말은 늘 투덜거리며 자리가 없다고 하지만, 아주 똑바로 서면 자리는 충분하다. 나도 몸을 납작하게 접을 수 있지만 살아 있기 때문에 근육이 있어서 아주 납작해지지는 않는다. 문은 반짝이는 마술의 쇠로 되어 있는데 아홉 시 이후에는 삑삑 소리를 낸다. 옷장 안에 들어가야 한다는 신호다.

오늘은 하느님의 노란 얼굴이 모습을 보이지 않았다. 엄마는 하느님이 눈을 뚫고 오시느라 힘든 거라고 했다.

"무슨 눈?"

"저길 봐."

엄마는 손가락으로 가리켰다. 채광창 꼭대기에 빛이 아주 약간 있지만 나머지는 캄캄했다. 텔레비전 속의 눈은 희지만 진짜 눈은 그렇지 않았다. 이상했다.

"왜 우리 위로 안 떨어지는 거야?"

"눈은 밖에 있거든."

"바깥세상에? 안에 있으면 같이 놀 수 있을 텐데."

"아, 그러면 녹아버려. 여기는 따뜻하고 아늑하잖아."

엄마는 콧노래를 시작했다. 금방 〈눈이 온다네〉라는 것을 알아차렸다. 나는 2절을 불렀다. 그다음에는 〈겨울 나라〉를 불렀고 엄마도 높은 소리로 같이 따라 불렀다.

매일 아침에는 할 일이 수천 개나 된다. 세면대의 물을 흘리지 않고 식물에게 준 다음에 서랍장에 접시를 다시 얹어놓는 일 같은 거. 식물은 예전에는 식탁 위에 살았지만 하느님의 얼굴이 잎 하나를 태워버렸다. 지금은 잎이 아홉 장 남았다. 잎은 내 손바닥만 하고 솜털이 가득했다. 엄마는 개들도 그렇다고 했다. 하지만 개들은 텔레비전 안에만 있다. 아홉이라는 숫자는 싫다. 나는 새로 자라나는 작은 잎 하나를 발견했다. 그러니 이제 열 장이다.

거미는 진짜다. 두 번 봤다. 어디 있나 찾아보았지만, 식탁 다리와 판 사이에는 거미줄밖에 없었다. 식탁은 균형을 잘 잡고 있다. 이건 까다롭다. 나도 한 다리로 서보았지만 한참 잘 서 있다가도 늘 넘어진다. 엄마에게는 거미에 대해 이야기하지 않았다. 엄마는 더럽다고 거미줄을 치워버리지만 내 눈에는 아주 얇은 은으로 보였다. 엄마는 야생 세계에서 뛰어다니며 서로 잡아먹는 동물들이 나오는 텔레비전 프로그램을 좋아하지만 진짜 동물들은 안 좋아한다. 네 살 때 거미가 화덕에 기어 올라가는 것을 보고 있는데, 엄마가 달려오더니 우리가 먹는 음식을 못 먹게 눌러버렸다. 방금 전까지 살아 있던 거미들이 눈 깜짝할 사이에 먼지가 되어 있었다. 나는 눈이 녹을 정도로 울었다. 밤에 앵앵거리는 것이 날 물었을 때는 엄마가 선반 아래 문 벽에 대고 그놈을 때려버렸다. 모기였다. 엄마가 닦아냈지만 코르크에 아직 자국이 남아 있다. 작은 흡혈귀처럼 모기가 훔쳐 먹던 내 피다. 내 몸에서 피가 나온 것은 그때뿐이었다.

엄마는 작은 우주선 28개가 들어 있는 은색 팩에서 약을 꺼냈고, 나는 소년이 물구나무를 서고 있는 병에서 비타민을 꺼냈다. 엄마는 테니스를 하는 여자 그림이 그려진 큰 병에서도 한 알을 꺼냈다. 비타민은 병에 걸려서 천국에 돌아가지 않도록 먹는 약이다. 천국에는 가고 싶지 않았다. 나는 죽는 게 싫지만, 엄마는 백 살이 되어서 노는 것도 싫증이 나면 괜찮을 거라고 했다. 엄마는 진통제도 먹었다. 때로는 두 알을 먹지만 두 알 이상은 안 먹는다. 몸에 좋은 것도 너무 많이 먹으면 갑자기 안 좋은 것이 되기 때문이다.

"이게 나쁜 이빨이야?"

나는 물었다. 나쁜 이빨은 엄마 입 맨 안쪽 위에 있다. 제일 나쁜 이다. 엄마는 고개를 끄덕였다.

"왜 매일매일 두 개씩 안 먹어?"

엄마는 얼굴을 찡그렸다.

"그럼 습관으로 몸에 붙거든."

16

"붙어?"

"낚싯바늘에 걸리듯이 매일 안 먹으면 안 된다는 뜻이야. 그것도 점점 더 많이."

"그게 왜 나빠?"

"설명하기가 힘드네."

엄마는 잘 기억나지 않는 것, 내가 너무 어려서 설명해주기 힘든 것 외에는 모든 걸 다 안다.

"이빨 생각을 안 하면 그래도 덜 아파."

"왜?"

"물질보다 정신이 우선한다는 뜻이야. 신경 쓰지 않으면 괜찮단다."

몸이 어딘가 아프면 난 늘 신경이 예민해진다. 그럴 때는 엄마가 어깨를 만져준다. 아픈 데는 어깨가 아니지만 그래도 기분이 괜찮아진다. 아직 엄마에게 거미줄 이야기는 하지 않았다. 엄마를 빼놓고 나만 뭔가 갖는다는 건 이상한 기분이었다. 다른 모든 것들은 우리 두 사람의 것이었다. 내 몸과 머릿속에 생겨나는 생각은 내 것일 터이다. 하지만 세포는 엄마 세포에서 나왔으니 나는 엄마 것인 셈이다. 또 내가 내 생각을 엄마에게 말하고 엄마가 엄마 생각을 나한테 말하면, 마치 노란 크레용 위에 파란 크레용을 칠하면 녹색이 되듯이 둘의 생각이 서로의 머릿속에 뛰어들어간다.

8시 30분에 텔레비전 버튼을 누르고 화면을 돌려보았다. 〈탐험가 도라〉가 나왔다. 만세. 엄마는 화면이 나아지도록 토끼 귀와 머리를 아주 천천히 옮겼다. 네 살 때 텔레비전이 죽어서 엉엉 울었던 적이 있었는데, 밤에 올드 닉이 마법의 컨버터 상자를 가져와서 텔레비전을 도로 살려주었다. 다른 채널들은 너무 지지직거려서 눈이 아파 볼 수가 없다. 음악이 나오면 담요를 덮어쓰고 희미한 음악을 들으면서 엉덩이를 흔들기도 한다.

오늘 나는 도라의 머리에 손가락을 대고 안으면서, 이제 난 다섯 살이 되어서 초능력이 생겼다고 했다. 도라는 웃었다. 도라는 자기 몸집만큼 커다란 갈색 헬멧 같은 머리를 하고 있다. 나는 침대에 있는 엄마 무릎 위에 물러앉아 뼈가 배기지 않도록 몸을 꼼지락거렸다. 엄마 몸에는 푹신한 부분이

17

별로 없지만, 푹신한 부분은 아주 푹신하다.

도라가 하는 말 중에는 진짜 말이 아닌 말도 있었다. 로 이시모스(lo hicimos, 해냈어) 같은 스페인어였다. 도라는 바깥세상보다 더 많은 물건들이 들어 있는 배낭을 늘 메고 있었다. 그 안에는 사다리든 우주복이든, 춤추고, 축구하고, 플룻을 불고, 가장 친한 친구 원숭이 부츠와 모험을 즐길 때 필요한 모든 게 다 들어 있었다. 도라는 늘 내 도움이 필요하다고 했다. 마법의 물건을 찾을 수 있을까? 그리고 내가 "그래, 야자수 뒤에." 이렇게 대답할 때까지 기다린다. 그러면 파란 화살표가 야자수 바로 뒤에 나타나고 도라는 "고마워."라고 대답한다. 텔레비전 안의 다른 사람들은 아무도 내 말을 듣지 않는다. 지도는 매번 세 곳을 보여주는데, 첫 번째 장소를 지나야 두 번째로 갈 수 있고 두 번째를 지나야 세 번째로 갈 수 있다. 나는 도라와 부츠와 함께 손을 잡고 걷고, 공중제비나 하이파이브도 하고, 바보 같은 닭 춤을 출 때는 노래도 같이 불렀다. 비열한 도둑 여우는 항상 조심해야 한다. 우리가 "도둑 여우야, 훔치지 마." 이렇게 세 번 외치면, 도둑 여우는 화를 내면서 "젠장!" 이러고 도망친다. 한번은 도둑 여우가 리모컨으로 조종하는 로봇 나비를 만들었지만 고장이 나서 자기 가면과 장갑에 부딪혔다. 정말 우스꽝스러웠다. 별을 따서 배낭 주머니에 넣을 때도 있었다. 나는 모든 것을 깨우는 '시끄러운 별'과 온갖 모양으로 변신할 수 있는 '변신 별'을 골랐다.

다른 행성들은 대부분 한 화면 안에 사람들 수백 명이 들어갈 수 있지만 가끔씩 아주 크고 가까이 볼 수 있는 행성도 있다. 사람들은 맨살 대신 옷을 입고 있고, 얼굴은 분홍색이나 노란색이나 갈색이나 얼룩무늬일 수도 있고 털이 많기도 하고, 입은 아주 빨갛고, 커다란 눈은 가장자리가 까맣다. 사람들은 웃으면서 고함을 많이 질렀다. 항상 텔레비전만 보고 싶지만, 그러면 머리가 썩는다. 내가 천국에서 내려오기 전에 엄마는 하루 종일 텔레비전을 틀어놓았다가 귀신처럼 콩콩 뛰어다니는 좀비로 변했다고 한다. 그래서 이제 엄마는 늘 한 프로그램만 보고 텔레비전을 끈다. 낮에 다시 세포를 증식시키고 저녁 먹은 뒤에 다른 프로그램을 봤다가 자는 동안 뇌를 자라게 한다.

"하나만 더 보면 안 돼? 내 생일이잖아, 응?"

엄마는 입을 열었다가 닫았다. 그런 다음 말했다.

"그럴까?"

엄마는 광고 소리를 죽였다. 광고는 뇌가 귀로 흘러나올 정도로 더 빨리 세포를 상하게 하기 때문이다. 장난감이 나왔다. 멋진 트럭과 트램펄린, 자전거가 있었다. 두 남자아이가 트랜스포머를 손에 들고 싸우고 있었지만 나쁜 놈들하고는 달리 서로 친했다.

다음 프로그램이 나왔다. 〈보글보글 스폰지밥〉이었다. 나는 달려가서 스폰지밥과 불가사리 뚱이를 만져보았지만 오징어는 오싹해서 싫었다. 커다란 연필에 대한 무시무시한 이야기였다. 나는 내 손가락보다 두 배나 긴 엄마의 손가락 사이로 구경했다.

엄마는 올드 닉만 빼면 무엇을 보아도 놀라지 않는다. 나는 밤에만 나타나는 올드 닉이라는 남자에 대한 만화를 보고서야 그의 이름을 알았다. 보통 엄마는 올드 닉을 그냥 '그 사람'이라고 부르기 때문이다. 밤에만 나타나기 때문에 진짜 사람도 그렇게 부르게 되었지만, 턱수염과 뿔 같은 게 달려 있는 텔레비전 사람과 닮지는 않았다. 한번은 엄마에게 올드 닉이 늙었냐고 물어보았더니 엄마보다 나이가 두 배 더 많다고 했다. 그러면 늙은이인 셈이다.

엄마는 엔딩 크레디트가 나오자마자 일어나서 텔레비전을 껐다. 내 오줌은 비타민 때문에 노랗다. 나는 앉아서 똥을 누면서 똥에게 말했다. "안녕, 바다로 떠내려가라." 물을 내리고 나면 물탱크가 부글거리며 다시 차는 것을 구경한다. 그런 다음 살이 벗겨질 것 같을 때까지 손을 닦는다. 그 정도 느낌이 들어야 충분히 씻은 거라고 할 수 있다.

"식탁 밑에 거미줄이 있어."

나도 모르게 말이 나왔다.

"거미는 진짜야. 두 번이나 봤어."

엄마는 미소 지었지만 진짜 미소는 아니었다.

"거미줄 안 치우면 안 돼? 거미는 어차피 거기 없지만 돌아올지도 모르잖아."

엄마는 무릎을 꿇고 식탁 밑을 살폈다. 머리카락을 귀 뒤로 넘길 때까지 엄마 얼굴이 보이지 않았다.

"그래, 그럼 청소할 때까지만 남겨둘게. 됐지?"

그럼 화요일, 사흘 남았다.

"좋아."

엄마는 일어섰다.

"다섯 살이 됐으니까 이제 키를 재어봐야지."

나는 펄쩍 뛰었다. 보통 방이나 가구에 절대 낙서를 하면 안 된다. 두 살 때 옷장 옆쪽 침대 다리에 낙서를 했는데, 엄마는 청소할 때마다 낙서를 두드리면서 말한다.

"이거 봐, 이제 영원히 못 지우잖아."

하지만 생일날 키 재는 건 다르다. 문 옆에는 검은 글씨로 작게 4, 그 밑에 3, 그 밑에는 닳기 전까지 썼던 옛날 빨간색 펜으로 2, 맨 밑에 1이 적혀 있다.

"똑바로 서렴."

엄마는 내 머리 꼭대기를 간질이며 말했다. 물러서보니 4 위에 검은색으로 작게 5라고 적혀 있었다. 나는 숫자 중에 5가 제일 좋다. 양손에 손가락도 다섯 개, 발가락도 다섯 개, 엄마도 마찬가지다. 우리는 뱉어놓은 침처럼 닮았으니까. 가장 싫은 숫자는 9다.

"얼마야?"

"음, 정확히 모르겠는데. 나중에 일요일 선물로 줄자를 가져다달라고 그래볼까?"

줄자는 그냥 텔레비전에만 나오는 물건인 줄 알았다.

"아니, 초콜릿을 달라고 해."

나는 4를 손가락으로 누르고 얼굴을 그쪽으로 하고 섰다. 손가락이 머리카락에 닿았다.

"이번에는 별로 많이 안 자랐네."

"그게 정상이야."

"정상이 뭐야?"

"그건……."

엄마는 입술을 깨물었다.

"괜찮다는 뜻이야. 별일 아니라고."

"그래도 내 근육 봐."

나는 침대에서 굴렀다. 내 이름은 『잭과 콩나무』에 나오는 잭이다.

"대단한데."

"엄청나."

"거대해."

"엄청……거대해."

우리는 이렇게 두 단어를 엮어서 하나로 만들곤 한다.

"그거 좋은데."

"열 살이 되면 훨씬 클 거야."

"그래?"

"자라고 계속 자라서 사람으로 변할 거야."

"음, 넌 지금도 사람인걸. 우리 둘 다 사람이야."

우리를 가리키는 단어는 '진짜'일 텐데. 텔레비전 안 사람들은 그냥 색깔로 만들어진 거고.

"응, 내가 소년을 또 낳으면, 그 애도 진짜 사람이 될 거야. 아니면, 거인이 될 거야. 착한 거인. 여기까지 자라야지."

나는 풀쩍 뛰어서 침대 벽 높은 곳, 거의 지붕이 비스듬히 시작되는 곳 가까이 손을 짚었다.

"근사한데."

엄마의 표정이 굳어졌다. 내가 안 좋은 말을 했다는 뜻이지만, 이유는 알 수 없었다.

"난 채광창을 뚫고 바깥 세계로 나가서 행성 사이로 슉슉 자랄 거야. 도라랑 스폰지밥이랑 내 친구들을 찾아가야지. 강아지 러키랑 같이."

엄마의 얼굴에 미소가 떠올랐다. 엄마는 선반에 펜을 단정히 놓았다.

"엄마는 생일이 되면 몇 살이야?"

"스물일곱 살."

"이야."

욕조 물이 흐르는 동안 엄마는 옷장에서 '미로'와 '요새'를 꺼내 내려놓았다. 미로는 내가 두 살 때부터 만들었는데, 두루마리 휴지 속대를 터널처럼 이리저리 꼬아 테이프로 붙인 것이다. 통통볼은 미로에서 길을 잃고 숨는 것을 좋아한다. 이름을 부르고 미로를 흔들어 옆으로 뒤로 뒤집으니까 겨우 굴러 나왔다. 휴. 나는 땅콩이랑 파란 크레용 조각, 익히지 않은 짧은 스파게티 같은 물건들도 미로 안으로 들여보냈다. 물건들은 터널 안에서 서로 숨바꼭질을 하기도 하고 살금살금 다가와서 "에비!" 하고 외친다. 보이지는 않지만 종이에 귀를 기울이면 어디쯤 있는지 알 수는 있다. 칫솔도 들어가 보고 싶어 하지만 미안, 넌 너무 길어서 안 돼. 칫솔은 대신 탑을 지키기 위해 요새에 들어간다. 요새는 캔과 비타민 병으로 만들었는데, 빈 병이나 캔이 생길 때마다 더 크게 쌓아 올린다. 요새는 사방을 볼 수 있다. 적에게 끓는 기름을 붓기도 한다. 적들은 요새의 정탐 구멍에 대해서 모른다. 하하. 요새를 욕조에 데려가서 섬으로 만들고 싶지만, 엄마가 물이 묻으면 테이프가 떨어진다고 했다.

우리는 묶은 머리를 풀어헤쳤다. 나는 말도 하지 않고 가만히 엄마 위에 누워 있었다. 엄마의 심장이 쿵쿵거리는 소리가 좋았다. 엄마가 숨을 쉴 때마다 우리 몸이 조금씩 오르락내리락 했다. 고추가 붕 떴다.

생일이기 때문에 우리가 입을 옷은 내가 골랐다. 엄마 옷은 서랍장 위쪽 서랍에 살고 내 옷은 아래쪽 서랍에 산다. 엄마가 입으려던 옷은 무릎에 실밥이 나와 있어서 엄마는 특별할 때만 입는 빨간 자수 청바지를 골랐다. 나는 노란 후드를 골랐다. 나는 서랍을 잘 닫았지만 오른쪽 모서리가 튀어나와서 엄마가 힘껏 닫아야 했다. 우리는 후드를 같이 입었다. 후드에 얼굴이 꽉 조였다가 툭 튀어나왔다.

"브이 모양 가운데를 조금 자르면 어떨까?"

엄마가 물었다.

"절대 안 돼."

체육 시간이 되어서 우리는 양말을 벗었다. 맨발이 더 바닥에 잘 붙기 때문이다. 오늘 나는 먼저 트랙을 골랐다. 우리는 식탁을 침대 위에 뒤집어 올려놓고 그 위에 안락의자, 그 위에 깔개를 걸쳤다. 트랙은 바닥에 검은 C 자를 그리며 옷장에서 침대를 돌아 전등까지 이어진다.

"이거 봐. 나 열여섯 걸음 만에 왕복할 수 있어."

"이야. 네 살 때는 열여덟 걸음이었는데, 그랬지? 오늘은 왕복 몇 번이나 할 수 있을까?"

"다섯 번."

"다섯 곱하기 다섯은? 그게 네가 제일 좋아하는 제곱이잖아."

우리는 손가락으로 세어보았다. 나는 스물여섯이 나왔는데, 엄마는 스물다섯이라고 했다. 다시 해보았더니 스물다섯이 나왔다. 엄마는 시계로 세면서 소리쳤다.

"열둘, 열일곱, 잘하고 있어."

나는 하아, 하아 숨을 쉬었다.

"더 빨리."

나는 하늘을 나는 슈퍼맨보다 더 빨리 뛰었다. 엄마가 뛸 차례였다. 나는 시작한 숫자와 끝낸 숫자를 대학 노트에 적어야 했다. 그런 다음 얼마나 빨리 달렸는지 확인했다. 오늘 엄마의 숫자는 9초 더 컸다. 내가 이겼다는 뜻이었다. 나는 펄쩍펄쩍 뛰며 휘파람을 불었다.

"동시에 경주해봐."

"재미있겠네. 하지만 전에 같이 달렸을 때 엄마 어깨가 서랍장에 부딪혔잖아."

가끔 뭘 잊어버렸을 때 엄마가 말해주면 그제야 기억난다. 우리는 가구를 침대에서 내려놓고 더러운 C 자가 올드 닉의 눈에 띄지 않도록 트랙 위에 깔개를 덮었다.

엄마는 트램펄린을 골랐다. 엄마는 침대를 부술지도 모르기 때문에 침대 위에서 뛰는 건 나 혼자였다. 엄마는 해설을 했다.

"어린 미국 챔피언이 대담한 공중제비를 시도합니다."

나는 다음으로 동작 따라하기 게임을 골랐다. 엄마는 양말을 다시 신고 시체를 흉내내라고 했다. 우리는 발톱, 배꼽, 혀, 뇌까지 헐렁하게 불가사리처럼 누워 있었다. 엄마가 무릎이 가려워서 움직이는 바람에 내가 다시 이겼다.

12시 13분, 이제 점심을 먹어도 되는 시간이었다. 내가 제일 좋아하는 기도는 일용할 양식이다. 놀 때는 내가 대장이지만 먹을 때는 엄마가 대장이다. 엄마는 시리얼을 아침, 점심, 저녁, 연달아서 못 먹게 한다. 그러면 몸이 아플 수도 있고 시리얼도 너무 빨리 다 떨어질 테니까. 내가 영 살, 한 살이었을 때는 엄마가 음식을 대신 잘라 썰어주었지만, 이제 나도 이가 스무 개다 났기 때문에 뭐든지 썹을 수 있다. 오늘 점심은 크래커와 참치였다. 엄마가 손목이 불편하기 때문에 캔 뚜껑을 말아 올리는 것이 내 임무였다.

내가 자꾸 산만하게 움직이니까 엄마가 오케스트라 놀이를 하자고 했다. 뛰어다니면서 온갖 물건을 두드려서 어떤 소리가 나는지 들어보는 놀이였다. 나는 식탁을 내리쳤고, 엄마는 침대 다리를 똑똑 두드리다가 베개에서 푸석푸석 소리를 냈다. 나는 댕댕 포크와 스푼으로 문을 때리고 발가락으로 화덕을 쾅 찼다. 하지만 가장 마음에 드는 소리는 쓰레기통 페달을 밟을 때 나는 소리였다. 뚜껑이 텅 하면서 열리기 때문이다. 내가 제일 좋아하는 악기는 낡은 카탈로그에서 색색의 다리와 신발, 코트, 머리를 오려붙여서 고무밴드 세 개를 허리에 묶은 시리얼 상자 트왕이다. 요즘은 올드 닉이 옷을 고르라고 카탈로그를 갖다주지 않는다. 엄마는 그가 점점 인색해진다고 했다.

나는 안락의자에 올라서서 선반의 책을 꺼내 깔개 위에 10층짜리 건물을 지었다.

"10층이네."

엄마는 웃었다. 하지만 별로 웃기지 않았다. 예전에는 책이 아홉 권이었지만 그림이 있는 책은 네 권뿐이었다.

전래동요집
땅 파는 딜런
도망친 토끼
공항 팝업북

다섯 권은 표지에만 그림이 있었다.

오두막
트와일라잇
후견인
달콤 쌉싸름한 사랑
다빈치 코드

엄마는 아주 읽고 싶을 때가 아니면 그림이 없는 책을 잘 읽지 않는다. 네 살 때 일요일 선물로 그림이 있는 책을 한 권 더 부탁했더니 『이상한 나라의 앨리스』가 왔다. 나는 앨리스가 좋지만, 단어가 너무 많고 오래된 단어도 많았다. 오늘 나는 『땅 파는 딜런』을 골랐다. 바닥 가까이에 있었기 때문에 책을 빼니까 건물이 우수수 무너졌다.
"또 딜런이야?"
엄마는 얼굴을 찌푸리더니 가장 큰 목소리로 읽었다.

딜런을 봐라, 튼튼한 일꾼!
삽질을 할 때마다 더 많이 파내고 있네!
긴 팔이 흙을 파고들어가는 저 모습
저만큼 흙을 헤집는 것을 사랑하는 이도 없어
거대한 곡괭이가 공사장 주위를 구르고 돌며

밤낮으로 흙을 퍼내고 고르고 있네.

두 번째 그림에는 고양이가 있었고, 세 번째 그림에는 고양이가 암석 무더기 위에 있었다. 암석은 돌멩이이니까 욕조나 세면대, 변기를 만드는 도자기처럼 무겁지만 그렇게 매끈하지는 않았다. 고양이와 돌은 텔레비전에만 있다. 다섯 번째 그림에서는 고양이가 땅에 떨어졌지만, 고양이는 목숨이 하나뿐인 나와 엄마와는 달리 목숨이 아홉 개나 된다.

엄마는 거의 언제나 『도망친 토끼』를 골랐다. 마지막에 엄마 토끼가 아기 토끼를 붙잡고 "당근 먹어."라고 말하기 때문이다. 토끼는 텔레비전에만 있지만 당근은 진짜다. 당근은 동그래서 좋다. 내가 제일 좋아하는 그림은 산 위에서 바위로 변한 아기 토끼를 찾아가려고 엄마 토끼가 산으로 올라가는 그림이다. 산은 진짜로 있다고 하기에는 너무 크다. 텔레비전에서 산에 밧줄로 매달려 있는 여자를 본 적이 있었다. 여자들은 엄마처럼 진짜가 아니고, 소년과 소녀도 마찬가지다. 남자들은 올드 닉 외에는 진짜가 아닌데, 올드 닉도 정말 진짜인지 확실히 모르겠다. 반만 진짜일까? 그는 먹을 것과 일요일 선물을 갖다주고 쓰레기를 가져가지만 우리 같은 인간이 아니다. 그는 박쥐처럼 밤에만 나타난다. 어쩌면 삑삑 소리를 내면서 문이 그를 만들어내는지도 모른다. 그가 오면 공기가 바뀐다. 엄마는 혹시 그가 더 진짜가 될까봐 그에 대해서 이야기를 안 하려고 하는 것 같다.

나는 엄마 무릎에서 빈둥거리며 내가 제일 좋아하는 그림을 보았다. 아기 예수가 친구이자 사촌인 세례요한과 놀고 있는 그림이다. 마리아도 있었다. 마리아는 자기 엄마, 그러니까 도라의 아부엘라처럼 아기 예수의 할머니 무릎에 앉아 있었다. 색깔도 없고 군데군데 손발이 없는 이상한 그림이다. 엄마는 완성된 그림이 아니라고 했다. 아기 예수는 유령이지만, 깃털이 달린 정말 멋진 유령인 천사가 하늘에서 내려왔을 때부터 마리아의 배 속에서 자라기 시작했다. 마리아는 아주 놀랐다. "어떻게 이런 일이 생겼을까?" 그러다 말했다. "그냥 그런가 보지."

아기 예수가 크리스마스 날 자궁에서 튀어나오자, 마리아는 예수를 구유에 넣었다. 소에게 씹으라고 준 게 아니라 소의 숨결로 아기 예수를 따뜻하게 하려고. 예수는 마법이니까.

엄마는 전등불을 껐다. 우리는 누웠다. 처음에는 녹색 풀밭에 대한 목동의 기도를 읊었다. 풀밭은 담요랑 비슷하지만 평평한 흰색이 아니라 푹신한 녹색일 것 같았다(만약 담요 위에 잔이 넘치면 아주 흉하게 어질러질 것이다). 나는 젖을 조금 먹었다. 왼쪽에는 별로 없어서 오른쪽을 먹었다. 세 살 때까지는 아무 때나 먹었지만, 네 살부터는 다른 일 때문에 너무 바빠서 밤과 낮에 몇 번밖에 먹지 않는다. 말하면서 동시에 먹을 수 있으면 좋겠지만 입은 하나뿐이다. 나는 거의 잠들었지만 아직 완전히 잠들지는 않았다. 숨소리를 들어보니 엄마는 잠든 것 같았다.

*

낮잠을 자고 나서 엄마는 줄자를 부탁할 필요 없이 우리가 만들 수 있다고 했다. 우리는 고대 이집트 피라미드 시리얼 박스를 재활용했다. 엄마는 자기 발 길이로 상자를 잘라내서 작은 금을 열두 개 그었다. 그래서 1피트다. 내가 엄마 코를 재었더니 2인치였다. 내 코는 1.25인치였다. 그렇게 적었다. 엄마는 키가 적혀 있는 문 벽에 대고 천천히 자를 뒤집어 올리더니 내 키가 3피트 3인치라고 했다.

"엄마, 방도 재어보자."

"전부 다?"

"할 일도 없잖아."

엄마는 이상하다는 눈빛으로 나를 보았다.

"그건 그렇지."

문 벽부터 지붕이 시작되는 선까지는 6피트 7인치였다. 나는 모든 숫자를 적었다.

"코르크 타일은 자보다 아주 약간 더 길어."

"앗."

엄마는 머리를 쳤다.

"타일은 1제곱피트일 텐데. 내가 자를 좀 짧게 만들었나 보다. 타일을 세어보자꾸나. 그게 더 쉽겠네."

나는 침대 쪽 벽의 길이를 세기 시작했지만 엄마는 모든 벽이 똑같다고 말했다. 규칙 한 가지 더, 벽의 폭은 바닥의 폭과 같다. 양쪽 길이를 세어보았더니 둘 다 11피트였다. 그러니까 바닥은 정사각형이다. 식탁은 원이라서 헷갈렸지만, 엄마는 폭이 가장 넓은 한가운데 길이를 쟀다. 3피트 9인치였다. 내 의자 키는 3피트 2인치였고, 엄마 의자도 똑같았다. 나보다 1인치 작았다. 엄마가 싫증을 내서 우리는 길이 재기를 그만두었다. 나는 숫자 배경을 파랑, 주황, 녹색, 빨강, 갈색 다섯 가지 크레용으로 각각 다르게 칠했다. 다 칠하고 나니 페이지는 깔개와 비슷해 보였지만 더 정신이 없었다. 엄마는 저녁 식탁 받침으로 사용하면 좋겠다고 했다.

오늘 저녁 식사로 스파게티를 골랐다. 내가 고르지 않은 생 브로콜리도 있었지만 몸에 좋은 거다. 나는 지그재그 칼로 브로콜리를 잘라서 가끔 엄마가 안 볼 때 삼켜버렸다.

"아까 있던 큰 토막 어디 갔어?"

엄마는 이렇게 말했지만 날 음식은 몸에 좋으니까. 엄마는 화덕 불 두 개를 빨갛게 달구었다. 나는 손잡이를 만지면 안 된다. 텔레비전 안에서처럼 불이 나면 안 되니까, 이건 엄마의 임무다. 불이 행주나 옷 같은 데 살짝만 닿아도 오렌지색 불꽃이 활활 타올라서 방을 태워버린다. 그러면 우리는 기침을 하고 숨이 막히고 너무 아파서 비명을 지르게 된다.

나는 브로콜리 익히는 냄새를 좋아하지 않지만 완두콩 냄새는 더 지독하다. 채소는 전부 진짜지만 아이스크림은 텔레비전에만 나오는 물건이다. 아이스크림도 진짜였으면 좋겠다.

"식물은 날것이야?"

"음, 맞아. 하지만 먹는 종류는 아니란다."

"왜 요즘은 꽃이 안 피어?"

엄마는 어깨를 으쓱하고 스파게티를 젓는다.

"식물이 피곤해서 그래."

"그럼 잠을 자야지."

"자고 일어나도 피곤해. 화분 흙에 영양이 충분치 않아서 그럴 거야."

"그럼 내 브로콜리를 주면 안 될까?"

엄마는 웃었다.

"그런 음식 말고, 식물이 먹는 음식."

"그럼 일요일 선물로 부탁하자."

"벌써 부탁할 목록이 아주 길어."

"어디 있어?"

"엄마 머릿속에."

엄마는 스파게티 한 가닥을 꺼내 씹는다.

"아마 물고기를 좋아할 거야."

"뭐가?"

"식물 말이야. 식물은 썩은 물고기를 좋아해. 아니, 물고기 뼈던가?"

"윽."

"다음에 생선튀김을 얻으면 식물 밑에 약간 넣어주자."

"내 건 안 돼."

"그래. 엄마 걸 조금만 넣을게."

내가 스파게티를 가장 좋아하는 이유는 미트볼 노래 때문이다. 나는 엄마가 접시를 채울 때마다 이 노래를 부른다.

저녁을 먹은 뒤에는 놀라운 일이 있었다. 우리는 생일 케이크를 만들었다. 진짜 케이크는 한 번도 못 봤지만 내 나이와 같은 개수만큼 초를 세우고 불까지 붙이면 정말 맛있을 것 같았다.

나는 달걀 거품을 제일 잘 내는 소년이다. 나는 끊임없이 거품을 만들었다. 달걀 세 개에 거품을 낸 뒤, 〈인상파 - 해돋이〉 그림을 꽂았던 핀을 뽑았다. 핀은 언제나 곧바로 다시 꽂아놓지만, 게르니카 핀을 뽑으면 미친 말이 화를 낼 것 같아서였다. 엄마는 게르니카가 가장 진짜 같기 때문에 최고의 명작이라고 했지만, 사실 이 그림은 뒤죽박죽이다. 말은 몸에 창이 꽂혀서 이빨을 드러내고 울고 있고, 황소와 아이를 거꾸로 든 여자, 눈 모양의 등불도 있다. 가장 흉한 것은 구석에 있는 커다랗고 울퉁불퉁한 발이었다. 볼 때마다 날 밟을 것 같았다.

나는 숟가락을 핥았다. 엄마는 케이크를 뜨거운 화덕에 넣었다. 나는 달걀껍질을 전부 다 한꺼번에 공중곡예를 시키려고 했다. 엄마가 하나를 잡았다.

"얼굴을 그릴까?"

"아니."

"이걸로 밀가루 반죽 틀을 할까? 비트를 내일 해동하면 즙을 짜서 보라색으로 물들일 수 있는데."

나는 고개를 저었다.

"달걀뱀에 붙일 거야."

달걀뱀은 방 둘레 길이보다 더 길다. 세 살 때부터 만들었는데, 침대 아래 똬리를 틀고 살면서 우리를 안전하게 지켜준다. 달걀은 대부분 갈색이지만 가끔 흰색도 있고 연필이나 크레용, 펜으로 그림이 그려져 있는 것, 밀가루 반죽, 은박지, 노란 리본 실, 머리카락 같은 것이 붙은 것도 있었다. 뱀의 혀는 바늘이라서 붉은 실이 몸통 안으로 이어져 있다. 요즘은 달걀뱀을 잘 꺼내놓지 않는다. 가끔 얽히면 달걀 구멍 주변이 부서지거나 떨어져나가서 조각을 모자이크로 만들어야 하기 때문이다. 오늘은 새 달걀에 구멍을 뚫고 바늘을 꿴 다음 반대쪽 구멍으로 날카롭게 뚫고 나올 때까지 들고 있어야 했다. 상당히 까다로웠다. 이제 뱀은 달걀 세 개만큼 더 길어졌다. 나는 특별히 조심스럽게 뱀을 다시 감아서 침대 밑에 잘 넣었다.

몇 시간이고 케이크를 기다리는 동안 달콤한 냄새가 났다. 우리는 케이크가 식는 동안 아이싱(icing)을 만들었다. 아이싱은 차가운 얼음(ice)이 아니라 물에 녹인 설탕이었다. 엄마가 케이크에 아이싱을 발랐다.

"이제 그릇 씻는 동안 초콜릿을 박아도 돼."

"초콜릿이 없잖아."

"아하."

엄마는 작은 봉투를 들고 서걱서걱 흔들었다.

"3주 전에 일요일 선물로 받은 걸 조금 남겨뒀어."

"나한테 말도 안 하고. 어디에?"

엄마는 입을 지퍼로 닫는 시늉을 했다.

"다음번에 또 뭘 숨길 일이 있으면 어떡하라고?"

"말해줘!"

엄마의 미소가 사라졌다.

"소리 지르면 귀가 아프다고 했지."

"어디다 숨기는지 말해줘."

"쟀."

"숨는 데가 있으면 싫어."

"그게 왜 싫어?"

"좀비 때문에."

"아."

"괴물이나 흡혈귀나……."

엄마는 찬장을 열고 쌀 상자를 꺼냈다. 그리고 검은 구멍을 가리켰다.

"그냥 쌀이랑 같이 숨겨놓는 거야. 됐지?"

"됐어."

"무서운 건 이 안에 못 들어가. 언제든지 확인해보렴."

봉투 안에는 초콜릿 다섯 개가 있었다. 분홍색, 파란색, 녹색, 빨간색 두 개. 케이크에 올리는 동안 색이 손에 묻어났다. 나는 손에 묻은 아이싱을 쭉쭉 빨았다. 이제 초에 불을 붙일 차례지만 초가 없었다.

"또 소리 지르는구나."

엄마는 귀를 막았다.

"그래도 생일 케이크라고 했잖아. 초 다섯 개에 불을 안 붙이는데 무슨 생일 케이크야."

엄마는 숨을 내쉬었다.

"내가 설명을 더 잘할 걸 그랬구나. 초콜릿 다섯 개가 있으니 다섯 살이라는 뜻이야."

"난 이 케이크 싫어."

나는 엄마가 말없이 조용히 기다리는 게 너무 싫었다.

"못 생겼어."

"진정해, 잭."

"일요일 선물에 초를 달라고 그랬으면 됐잖아."

"지난주에는 진통제가 필요했잖니."

"난 필요 없어. 엄마만 필요하잖아."

나는 고함을 질렀다. 엄마는 내 얼굴을 처음 보는 사람처럼 쳐다보다가 말했다.

"어쨌든, 기억해. 우린 그가 쉽게 구할 수 있는 걸 골라야 해."

"그는 뭐든지 다 구할 수 있잖아."

"음, 우리가 그를 귀찮게 하면 안 돼."

"왜 귀찮아해?"

"가게 두세 군데를 돌아다녀야 하면 성질이 고약해져. 게다가 아예 불가능한 물건을 부탁해서 그걸 못 구하게 되면 일요일 선물을 아예 못 받을 수도 있잖니."

나는 웃었다.

"하지만 엄마, 그는 가게에 안 가. 가게는 텔레비전 안에 있잖아."

엄마는 입술을 깨물다가 케이크를 보았다.

"음, 어쨌든 미안해. 초콜릿이면 될 거라고 생각했는데."

"바보 엄마."

"멍청이."

엄마는 자기 머리를 때렸다.

"쪼다."

고약한 말투는 아니었다.

"다음 주에 여섯 살이 되면 꼭 초를 구해줘."

"내년에, 내년이지."

엄마는 눈을 감았다. 가끔 저렇게 눈을 감으면 엄마는 1분 동안 아무 말도 하지 않는다. 어렸을 때는 예전에 한번 시계가 그랬던 것처럼 건전지가 다나가서 그런 거니까 일요일 선물로 새 건전지를 부탁해야 한다고 생각했다.

"약속해?"

"약속해."

엄마는 눈을 뜨며 말했다. 그리고 커다랗게 케이크 한 조각을 잘라주었다. 나는 엄마가 안 볼 때 초콜릿 다섯 개를 모두 내 케이크에 올려놓았다. 빨간색 두 개, 분홍색, 녹색, 파란색 차례로. 엄마는 말했다.

"이런, 또 한 개가 없어졌네. 어떻게 된 거지?"

"절대 못 알아맞힐걸. 하하."

나는 도라의 물건을 훔치는 도둑 여우를 흉내냈다. 그리고 빨간색 하나를 집어들고 엄마 입 쪽으로 가져갔다. 엄마는 덜 썩은 앞니로 초콜릿을 물고 웃으며 씹었다.

"이거 봐. 케이크에 방금까지 초콜릿이 있던 구멍이 있어."

나는 엄마에게 보여주었다. 엄마는 손가락을 구멍에 집어넣었다.

"분화구 같네."

"분화구가 뭐야?"

"무슨 일이 생겼던 구멍이야. 화산이나 폭발 같은 일."

녹색 초콜릿을 분화구에 다시 넣고 숫자를 셌다. 10, 9, 8, 7, 6, 5, 4, 3, 2, 1, 쾅. 초콜릿은 바깥 세계로 날아가서 내 입으로 들어왔다. 생일 케이크는 지금까지 먹어본 음식 중에서 최고였다. 엄마는 지금 배고프지 않다고 했다. 채광창은 모든 불빛을 밖으로 쏟아내고 있었다. 밖은 캄캄했다. 엄마가 말했다.

"오늘은 춘분이야. 네가 태어난 아침에 텔레비전에서 그렇게 말했던 게 기억나. 그해에는 아직 눈도 녹지 않았었는데."

"춘분이 뭐야?"

"똑같다는 뜻이야. 빛과 어둠의 양이 똑같은 날."

케이크를 먹느라 텔레비전을 보기에는 너무 늦은 시각이었다. 시계는 8시

33분이었다. 노란 후드를 엄마가 잡아당기는 바람에 머리가 같이 떨어져나가는 것 같았다. 내가 잠옷 티셔츠를 입고 이를 닦는 동안, 엄마는 쓰레기봉투를 묶어서 내가 쓴 목록과 함께 문 옆에 놓아두었다. 오늘 목록에는 이렇게 적혀 있었다. '파스타, 렌즈콩, 참치, 치즈(너무 비싸지 않으면), 오렌지주스, 부탁해요. 고마워요.'

"포도도 부탁하면 안 돼? 몸에 좋잖아."

엄마는 목록 맨 밑에 '가능하다면 포도도(생과일이든 통조림이든)'라고 적었다.

"이야기 들려줄 거야?"

"짧은 걸로. 음, 진저잭 어떨까?"

엄마는 아주 빨리, 재미있게 들려주었다. 진저잭은 화덕에서 뛰어나와 늙은 여자도, 늙은 남자도, 탈곡기도, 쟁기도, 아무도 잡지 못하도록 달리고 구르고 구르고 달렸다. 하지만 마지막에는 바보 멍청이 짓을 했다. 여우와 같이 강을 건너가서 잡아먹히고 말았다.

만약 내가 케이크로 만들어졌다면 다른 사람에게 잡아먹히기 전에 내가 날 먼저 먹어버려야지.

우리는 손을 맞잡고 눈을 감은 채 아주 짧게 기도를 올렸다. 나는 도라와 부츠와 함께 노는 날에 세례요한과 아기 예수가 와달라고 기도했다. 엄마는 채광창에서 눈을 녹여달라고 햇빛에게 기도했다.

"젖 먹어도 돼?"

"내일 일어나자마자 먹어."

엄마는 티셔츠를 다시 내렸다.

"아니, 오늘 밤에."

엄마는 8시 57분이라고 되어 있는 시계를 가리켰다. 9시 겨우 3분 전이었다. 그래서 나는 옷장으로 달려가서 베개 위에 누운 뒤 빨간 술이 달린 회색 털 담요를 둘러썼다. 잊어버리고 있던 내 그림이 머리 위에 있었다. 엄마가 고개를 들이밀었다.

"키스 세 번?"

"아니, 다섯 번."

엄마는 다섯 번 키스한 뒤 문을 끼익 하고 닫았다. 아직 문틈으로 불빛이 들어왔기 때문에 그림 속 내 모습이 보였다. 엄마와 닮은 부분들, 오직 나만 닮은 코. 종이를 만져보았다. 아주 부드러웠다. 나는 머리와 발이 옷장에 닿도록 몸을 죽 뻗었다. 엄마가 잠옷 티셔츠로 갈아입고 진통제를 먹는 소리가 들렸다. 밤에는 늘 두 알이었다. 통증은 자리에 눕자마자 물처럼 퍼져나가기 때문이라고 했다.

"우리 친구 잭은 등이 간지럽죠."

엄마가 말했다. 나는 뭐라고 대답할까 생각해보았다.

"우리 친구 자는 이러쿵저러쿵 말했죠."

"우리 친구 에버니저는 냉동실에서 살죠."

"우리 친구 도라는 가게에서 갔죠."

"그건 말이 안 되잖아."

"아, 쳇!"

나는 도둑 여우처럼 투덜거렸다.

"우리 친구 아기 예수는…… 치즈 먹는 걸 좋아하지요."

"우리 친구 숟가락은 달님에게 노래를 불러줬지요."

달은 특별한 때만 나오는 하느님의 은색 얼굴이다. 나는 일어나 앉아서 문틈에 얼굴을 갖다댔다. 꺼져 있는 텔레비전 한 귀퉁이, 변기, 욕조, 돌돌 말리는 파란 문어 그림, 서랍장에 옷을 개어 넣는 엄마가 보였다.

"엄마?"

"응?"

"난 왜 초콜릿처럼 숨어 있어야 해?"

엄마는 침대에 앉는 것 같았다. 그리고 들릴락 말락 할 정도로 조용히 말했다.

"엄마는 그가 널 보는 게 싫어. 네가 아기였을 때도, 엄마는 그가 오기 전에는 늘 너를 담요로 꽁꽁 쌌어."

"그러면 다쳐?"

"뭘 하면?"

"그가 날 보면."

"아냐, 아냐. 이제 자야지."

"벌레 세기 해줘."

"잘 자라, 잘 자라. 벌레야, 물지 마."

벌레는 눈에 보이지 않지만, 나는 늘 벌레와 이야기하고 숫자를 세기도 한다. 지난번에는 347까지 세었다. 스위치 끄는 소리가 들렸고, 거의 동시에 전등불이 꺼졌다. 엄마가 담요 밑에 들어가는 소리.

어느 날 밤에 문틈으로 올드 닉을 본 적은 있었지만 가까이서 본 적은 없었다. 머리에는 흰 머리가 섞여 있었고 머리카락이 귀보다 짧았다. 눈을 마주치면 돌로 변할지도 모른다. 좀비는 아이들을 물어서 죽지 않는 시체로 만들고, 흡혈귀는 흐늘흐늘해질 때까지 피를 빨아먹고, 괴물은 다리를 붙들고 우걱우걱 씹어 먹는다. 거인들도 못지않다. 산 놈이든 죽은 놈이든 뼈를 갈아서 빵 반죽으로 만들어버린다. 하지만 잭은 금빛 암탉과 함께 도망쳐서 콩나무를 타고 얼른 내려갔다. 거인도 뒤따라 내려갔지만, 잭은 엄마에게 도끼를 가져다달라고 외쳤다. 도끼는 칼과 비슷하지만 더 큰 거다. 잭의 엄마는 무서워서 직접 콩나무를 자르지는 못했지만, 잭이 땅에 내려오자 힘을 합쳐서 찍어 넘겼다. 거인은 내장을 토해내고 납작해졌다. 하하. 그렇게 잭은 거인을 죽였다.

엄마가 벌써 잠들었는지 궁금했다.

옷장 안에 들어오면 나는 올드 닉이 들어오는 소리를 듣지 않으려고 늘 눈을 질끈 감고 얼른 잠들려고 애쓴다. 그러다 눈을 떠서 아침이 되면 엄마랑 같이 침대에 누워 젖을 빨고 모든 게 괜찮아진다. 하지만 오늘 밤에는 잠이 오지 않았다. 케이크가 배 속에서 요동치고 있었다. 나는 혀로 윗니를 오른쪽에서 왼쪽으로 열 개까지 센 다음 왼쪽에서 오른쪽으로 아랫니를 세었다. 매번 열 개가 되어야 한다. 십 곱하기 이는 스물, 이게 내 이빨 개수다.

삑삑 소리는 나지 않았다. 아홉 시가 한참 지난 것 같았다. 이를 다시 세어보니 열아홉 개였다. 계산을 잘못했든지 하나가 사라진 것 같았다. 나는 손가락을 살짝 깨물었다가 다시 한 번 더 깨물었다. 몇 시간이고 기다렸다. 나는 속삭였다.

"엄마? 오늘은 안 와?"

"안 올 것 같네. 이리 오렴."

나는 벌떡 일어나서 옷장을 활짝 열고 2초 만에 침대에 뛰어들었다. 담요 안이 유난히 뜨거워서 델까 봐 발을 밖으로 내밀어야 했다. 나는 젖을 먹었다. 왼쪽 그리고 오른쪽. 더 이상 내 생일이 아니라는 것이 싫어서 잠들고 싶지 않았다.

*

불빛이 반짝여서 눈이 아팠다. 담요 밖을 내다보았지만 눈이 찡그려졌다. 엄마가 전등 옆에 서 있었고 모든 것이 환했다. 순간 다시 딸깍 하고 어두워졌다. 다시 불이 켜졌다. 엄마는 3초 동안 불을 켰다가 끈 뒤 다시 1초 동안 불을 켰다. 엄마는 채광창을 올려다보고 있었다. 다시 어둠. 엄마는 밤에 이렇게 한다. 이렇게 하면 잠드는 데 도움이 된다는 것 같았다. 나는 전등이 완전히 꺼질 때까지 기다렸다가 어둠 속에서 속삭였다.

"다 끝났어?"

"깨워서 미안해."

"괜찮아."

엄마는 나보다 더 차가운 몸으로 침대에 들어왔다. 나는 엄마의 배를 내 팔로 감싸안았다.

그 남자

이제 내 나이는 다섯 살 하고 하루였다. 바보 같은 고추는 아침이 되면 늘 서 있다. 나는 고추를 눕혔다. 똥을 누고 손을 닦으면서 〈온 세상이 그의 손 안에 있다네〉를 불렀다. 손에 대한 노래는 더 이상 생각나지 않아서, 손가락에 대한 노래를 불렀다. 작은 새 노래였다.

날아가렴 피터
날아가렴 폴

내 두 손가락이 방 안을 온통 날아다니다가 공중에서 충돌할 뻔했다.

돌아오렴 피터
돌아오렴 폴

"내 생각에는 아마 천사일 거야."
"응?"
"아니면, 음, 성자이거나."
"성자가 뭐야?"
"아주 성스러운 사람들. 날개가 없는 천사랄까."

혼란스러웠다.

"그런데 그런 사람이 왜 벽에서 날아올라?"

"아니, 나는 건 작은 새야. 새는 잘 날 수 있지. 엄마 말은 성 베드로나 성 바울을 따서 이름을 지은 것 같다고. 아기 예수의 친구들 말이야."

아기 예수에게 세례요한 말고 친구가 또 있는 줄은 몰랐다.

"사실 성 베드로는 감옥에 있었는데……."

나는 웃었다.

"아기들은 감옥에 안 가."

"다 자란 다음에 있었던 일이야."

아기 예수가 자랐다는 것도 몰랐다.

"성 베드로는 나쁜 사람이야?"

"아니, 아니. 실수로 감옥에 들어간 거야. 나쁜 경찰이 집어넣었어. 어쨌든 성 베드로는 나가게 해달라고 기도하고 또 기도했단다. 한데 어떻게 됐는지 아니? 천사가 내려와서 문을 부쉈어."

"멋지다."

나는 말했다. 하지만 그들이 발가벗고 뛰어다니는 아기였던 시절이 더 좋았다.

이상하게 쿵쿵거리는 소리, 슥슥 하는 소리가 들렸다. 햇빛이 채광창에서 들어오고 있었고, 검은 눈은 거의 사라졌다. 엄마도 위를 올려다보더니 작은 미소를 지었다. 기도가 마법을 부린 것 같았다.

"아직 그 똑같은 날이야?"

"아, 춘분? 아니. 이제 빛이 조금씩 이기기 시작했어."

엄마는 아침으로 케이크를 먹게 해주었다. 전에는 한 번도 이런 적이 없었다. 케이크는 약간 딱딱해졌지만 아직 맛있었다.

텔레비전은 흐릿한 〈출동! 원더펫〉 세상이었다. 엄마가 토끼를 계속 움직였지만 화면이 별로 좋아지지는 않았다. 나는 안테나 귀에다 보라색 리본을 묶었다. 오랫동안 만나지 못했던 〈상상 여행〉이 보고 싶었다. 올드 닉이 어젯밤에 오지 않았기 때문에 일요일 선물은 아직 없었다. 그게 내 생일에서 가장 좋았던 점이었다. 부탁한 물건들도 대단한 건 아니었다. 검은 바지 무릎에 구멍이 났기 때문에 새 바지가 필요했다. 난 구멍이 있어도 상관없지만 엄마는 노숙자처럼 보인다고 했다. 노숙자가 무엇인지는 설명하지 못했다.

목욕을 한 뒤 나는 옷을 가지고 놀았다. 엄마의 분홍색 치마는 오늘 아침 뱀이었고, 내 흰 양말과 싸우고 있었다.

"난 잭의 가장 친한 친구야."

"아냐. 내가 잭의 가장 친한 친구야."

"이거나 먹어라."

"너나 이거 먹어."

"슈터 플라이어 펌프를 쏟아부어 주마."

"음, 그렇다면 점보 메가트론 트랜스포머블래스터로……."

엄마가 끼어들었다.

"공 받기 놀이 할까?"

"비치볼이 없잖아."

비치볼은 내가 찬장으로 아주 세게 차는 바람에 터져버렸다. 쓸데없는 바지보다 차라리 비치볼을 부탁하고 싶었지만 엄마는 만들면 된다고 했다. 우리는 글씨 쓰기를 연습하던 종이를 긁어모아 식료품 봉투에 채우고 공 모양이 되도록 쭈그러뜨린 다음 눈이 세 개 달린 무시무시한 얼굴을 그렸다. 말 많은 공은 비치볼처럼 높이 올라가지는 않았지만, 붙잡을 때마다 요란하게 와삭 하는 소리를 냈다. 잡기는 엄마가 더 잘했지만 가끔 아픈 손목이 삐끗할 때가 있었다. 던지기는 내가 더 잘했다.

아침으로 케이크를 먹었기 때문에 점심에는 일요일 팬케이크를 먹었다. 남은 가루가 별로 없어서 묽고 넓게 퍼졌지만 나는 그게 좋았다. 어떤 건 접으니까 찢어졌다. 젤리도 별로 없어서 물을 섞어 먹었다. 내 팬케이크 모서리에서 시럽이 흘렀다. 엄마는 바닥을 스폰지로 닦았다.

"코르크가 닳았네."

엄마는 이를 악물고 말했다.

"이걸 어떻게 깨끗하게 하지?"

"어디?"

"여기. 발 닿는 데."

나는 식탁 아래로 들어갔다. 바닥에 구멍이 있었고 그 아래에는 손톱보다 더 단단한 갈색 물질이 끼어 있었다.

"구멍 더 파지 마, 잭."

"아냐. 손가락으로 그냥 보는 거야."

작은 분화구 같았다. 우리는 식탁을 욕조 옆으로 옮기고 제일 따뜻한 채광창 아래 깔개에서 일광욕을 했다. 나는 〈햇빛은 사라졌네〉를 불렀고, 엄마는 〈이제 태양이 떠오르네〉를 불렀고, 나는 다시 〈당신은 나의 태양〉을 불렀다. 그런 다음 젖을 빨았다. 오늘 오후에는 왼쪽이 유난히 고소했다.

하느님의 노란 얼굴이 눈꺼풀을 뚫고 붉게 새어 들어왔다. 눈을 뜨자 너무 밝아서 볼 수가 없었다. 내 손가락이 깔개 위에 일그러진 그림자를 만들었다.

엄마는 코를 골고 있었다. 작은 소리가 들렸다. 나는 엄마를 깨우지 않고 일어섰다. 화덕 옆, 작게 뭔가 긁는 소리였다. 텔레비전이 아니라 진짜로 살아 있는 것, 동물이었다. 바닥에서 뭔가 먹고 있었다. 팬케이크 조각인 것 같았다. 꼬리도 있었다. 저건 분명 쥐다. 조금 가까이 다가가자 쥐는 화덕 아래로 쉭 하고 튀어 들어가서 모습을 감추었다. 이렇게 빠르게 움직일 수 있다니.

"쥐야."

나는 쥐가 겁먹지 않게 속삭이듯 말했다. 쥐한테 말할 때는 이렇게 해야 한다. 『앨리스』에 나왔다. 앨리스는 실수로 고양이가 다이너 이야기를 하는 바람에 쥐가 겁을 먹고 도망쳐버렸지만. 나는 기도하듯 두 손을 모았다.

"쥐야, 돌아와, 제발."

몇 시간이고 기다렸지만 쥐는 돌아오지 않았다. 엄마는 확실히 자고 있었다. 나는 냉장고를 열었다. 냉장고 안에는 별다른 것이 없었다. 쥐는 치즈를 좋아하지만 남은 치즈도 없었다. 나는 빵을 꺼내 접시에 조금 부스러기를 내서 쥐가 있던 곳에 놓았다. 웅크린 채 몇 시간이고 기다렸다.

그때 놀라운 일이 일어났다. 쥐가 입을 내밀었다. 뾰족했다. 나는 펄쩍 뛸 뻔했지만 꾹 참고 꼼짝도 하지 않았다. 쥐는 빵부스러기 쪽으로 오더니 냄새를 맡았다. 내게서 2피트 정도밖에 안 되는 거리였다. 자가 있었으면 잴 수 있었을 텐데, 자는 침대 아래 상자 안에 있었다. 움직여서 쥐를 놀라게 하고 싶지는 않았다. 나는 쥐의 손과 수염, 꼬불꼬불한 꼬리를 보았다. 진짜 살아 있었다. 내가 지금까지 본 생물 중에 가장 컸다. 거미나 개미보다 수백만 배나 더 컸다.

그때 무엇인가가 화덕으로 날아들었다. 철썩. 나는 비명을 지르며 놀라 접시를 밟았다. 쥐는 사라졌다. 어디로 갔을까? 책에 맞아서 다쳤을까? 책은 『공항 팝업북』이었다. 페이지를 일일이 살펴보았지만 쥐는 없었다. 수하물 창구는 온통 찢어져서 더 이상 제대로 서지 않았다. 엄마가 이상한 표정을 지었다.

"엄마 때문에 가버렸어."

난 고함을 질렀다. 엄마는 쓰레받기를 들고 부서진 접시 조각을 쓸어담았다.

"이게 왜 바닥에 있어? 이제 큰 접시 두 개랑 작은 접시 하나밖에 안 남았는데……."

앨리스의 요리사는 아기에게 접시와 소스팬을 던져서 코가 부러질 뻔했다.

"쥐가 빵조각을 좋아했어."

"잭!"

"진짜야. 내가 봤어."

엄마는 화덕을 앞으로 끌어냈다. 문 쪽 벽 바닥 가까이에 작은 틈이 있었다. 엄마는 알루미늄 포일을 가져오더니 둥글게 뭉쳐 구멍을 막기 시작했다.

"그러지 마. 제발."

"미안해. 하지만 한 마리가 눈에 띄면 열 마리가 사는 거란다."

말도 안 되는 산수다. 엄마는 포일을 내려놓고 내 어깨를 세게 붙잡았다.

"쥐를 방 안에 내버려두면 얼마 안 가서 새끼들이 득실거리게 돼. 우리 음식을 뺏어 먹고 더러운 발로 병균을 옮기고……."

"내 음식을 주면 돼. 난 배 안 고파."

엄마는 듣지 않았다. 엄마는 문 쪽 벽으로 다시 화덕을 밀어 붙였다. 우리는 나중에 『공항 팝업북』의 격납고 페이지에 테이프를 붙여 똑바로 세웠지만 수하물 창구 페이지는 너무 심하게 찢어져서 고칠 수가 없었다. 엄마는 안락의자에 몸을 말고 앉아서 『땅 파는 딜런』을 세 번 읽어주었다. 미안하다는 뜻이었다.

"일요일 선물로 새 책을 부탁하자."

내가 말했다. 엄마는 입가를 찡그렸다.

"몇 주 전에 부탁했어. 네 생일에 책을 주고 싶었단다. 한데 그가 귀찮게 하지 말라고 했어. 책은 벌써 선반 가득 있다고."

나는 엄마 머리 뒤쪽의 선반을 쳐다보았다. 몇몇 물건들을 침대 아래 달걀뱀 옆으로 치우면 수백 권은 더 들어갈 수 있을 텐데. 옷장의 위쪽 서랍이나. 하지만 거기는 요새와 미로가 사는 곳이다. 물건들마다 집을 마련하려면 골치가 아팠다. 엄마는 가끔 물건을 쓰레기통에 버려야 한다고 했지만, 나는 보통 적당한 자리를 찾아낸다.

"그는 우리가 늘 텔레비전만 봐야 한다고 생각해."

우스운 말이었다.

"그러면 뇌가 썩을 거야. 그 사람처럼."

엄마는 『전래동요집』을 집어들고 페이지마다 내가 고르는 곡을 읽어주었다. 내가 가장 좋아하는 곡은 〈잭 스프랫〉이나 〈잭 호너〉처럼 잭이 들어가는 제목이었다.

잭, 재빠르게

잭, 날쌔게

잭, 양초를 뛰어넘어라

아마 잠옷 셔츠가 불에 그을릴까 봐 그랬을 것이다. 텔레비전에서는 대신 파자마를 입든지, 여자애들은 잠옷을 입는다. 잠옷 티셔츠는 내 옷 중에서 가장 크다. 어깨에는 구멍이 나 있다. 나는 잠들 때 그 구멍에 손을 집어넣고 긁는 걸 좋아한다. 재키 왜키 푸딩 앤 파이도 있는데, 읽는 법을 배우고 나니 원래는 조지 포기라고 적혀 있었다. 엄마가 내 이름에 맞추어 이름을 바꾼 것이었다. 거짓말은 아니고 흉내낸 거다. 이것도 마찬가지다.

잭, 잭, 피리 부는 사나이의 아들이
돼지를 훔쳐서 달아났네

원래 책에는 톰이라고 되어 있지만 잭이 더 듣기 좋았다. 훔친다는 것은 한 아이가 다른 아이의 물건을 가져가는 것이다. 책이나 텔레비전에서는 모든 사람이 자기만의 물건을 가지고 있어서 복잡했다.

이제 5시 39분이라 저녁을 먹을 수 있었다. 간단한 국수였다. 국수를 뜨거운 물에 끓이는 동안, 엄마는 우유곽에 적힌 어려운 단어로 나를 시험했다. '영양 성분'은 음식을 뜻하는 말이었고, '저온살균'은 레이저 총으로 병균을 죽인다는 뜻이다. 케이크를 더 먹고 싶었지만 엄마는 다진 순무부터 먹으라고 했다. 그런 다음 나는 많이 말라버린 케이크를 먹었고, 엄마도 약간 먹었다.

안락의자에 올라가서 선반 맨 끝의 게임 상자를 뒤졌다. 오늘 밤에는 체커를 골랐다. 내가 빨간 말이었다. 조각은 작은 초콜릿처럼 생겼는데, 여러 번 핥아보았지만 아무 맛도 나지 않았다. 말은 마술 자석으로 보드에 붙는다. 엄마는 체스를 제일 좋아하지만 나는 머리가 아팠다.

텔레비전 시간에 엄마는 〈야생 세계〉를 골랐다. 모래 안에 알을 낳는 거북이 나왔다. 앨리스가 버섯을 먹고 키가 컸을 때, 비둘기는 앨리스가 자기 알을 먹으려는 나쁜 뱀이라고 생각하고 화를 냈다. 거북 아기들이 알 껍질에서 나왔지만, 엄마 거북들은 벌써 사라지고 없었다. 이상했다. 엄마와 아기들은 언젠가 다시 바다에서 만나게 될까. 서로 알아볼까, 그냥 지나칠까.

〈야생 세계〉가 너무 빨리 끝났다. 나는 남자 둘이 짧은 바지와 단화만 신고 땀을 흘리고 있는 화면으로 돌렸다.

"어어, 때리면 안 돼. 아기 예수가 화낼 거야."

노란 바지 남자가 털 많은 남자의 눈을 때렸다. 엄마는 자기가 아프기라도 한 듯 신음소리를 냈다.

"이걸 꼭 봐야겠니?"

"좀 있으면 경찰이 삐요 삐요 찾아와서 저 나쁜 사람들을 감옥에 집어넣을 거야."

"원래 권투는…… 지독하지만 게임이란다. 저 특수 장갑을 끼고 있으면 서로 때리는 게 허락되는 거야. 시간 다 됐어."

"앵무새 한 게임만 더. 단어 공부에 좋잖아."

"좋아."

엄마는 크게 부풀린 머리를 한 대장 여자가 다른 사람들에게 질문을 하고 수백 명의 다른 사람들이 박수를 치는 〈빨간색 소파 세계〉로 화면을 돌렸다. 나는 열심히 들었다. 여자는 다리가 하나인 남자에게 말하고 있었다. 전쟁에서 한쪽 다리를 잃은 것 같았다.

"앵무새."

엄마는 외치며 버튼으로 소리를 죽였다.

"그것이 가장 통렬한 점입니다. 당신이 겪은 경험 중에서 바로 그 점이 모든 시청자들에게 가장 감동적으로 다가갈 거라고……."

단어가 생각나지 않았다.

"발음 좋았어. 통렬하다는 건 슬프다는 뜻이야."

"한 번 더."

"같은 프로그램으로?"

"아니. 다른 걸로."

엄마는 더 어려운 뉴스 화면을 틀었다.

"앵무새."

엄마는 다시 소리를 죽였다.

"아, 건강보험개혁에 수반되는 전체적인 운동법 논의와 중간 선거를 염두에 둘 때……."

"거기까지?"

엄마는 잠시 기다렸다.

"좋아. 잘했어. 한데 운동법이 아니라 노동법이었어."

"차이가 뭐야?"

"운동은 몸을 움직이는 거고, 노동은……."

나는 커다랗게 하품을 했다.

"됐어."

엄마는 씩 웃고 텔레비전을 껐다.

그림이 사라지고 화면이 다시 회색으로 변할 때가 제일 싫다. 잠깐이지만 늘 울고 싶었다.

나는 안락의자 위 엄마의 무릎에 앉아 다리를 아무렇게나 서로 겹쳤다. 엄마는 거대한 오징어로 변신한 마법사였고, 나는 마지막에 도망치는 재커잭 왕자였다. 우리는 간질이기 놀이도 하고 구르기 놀이도 하고 침대 벽에 그림자 만들기 놀이도 했다.

다음에는 늘 여우를 골탕 먹이는 재커잭 토끼 이야기를 부탁했다. 토끼가 길에 누워서 죽은 척하고 있으니 여우가 냄새를 맡고 이렇게 말했다. "집에 가져가지 않는 게 좋겠어. 냄새가 너무 고약해." 엄마는 내 몸 냄새를 맡으면서 끔찍한 표정을 지었다. 내가 살아 있다는 걸 여우에게 들키면 안 되니까 안 웃으려고 하지만, 그래도 난 항상 웃게 된다.

웃기는 노래를 불러달라고 했더니, 엄마는 이렇게 시작했다.

"벌레가 꼬물꼬물 들어오고 나가네."

"양배추김치처럼 내장을 먹어치우고."

내가 따라 불렀다.

"눈을 먹고 코를 먹고."

"발가락 사이 흙을 먹고."

침대에 더 있어도 되지만 입이 너무 졸렸다. 엄마는 나를 옷장에 데려가서 목까지 담요를 둘러주었다. 나는 담요를 다시 느슨하게 당겼다. 내 손가락은 담요의 빨간 가장자리를 따라 기차놀이를 했다.

삑삑. 문에서 나는 소리다.

엄마는 벌떡 일어나다 소리를 냈다. 머리를 부딪힌 것 같았다. 엄마는 옷장문을 단단히 닫았다.

얼음 같은 바람이 새어 들어왔다. 바깥 세계의 일부 같았다. 맛있는 냄새가 났다. 문은 쿵 하는 소리를 냈다. 올드 닉이 들어왔다는 뜻이었다. 더 이상 졸리지 않았다. 무릎으로 일어나서 문틈으로 내다보았지만, 보이는 것은 서랍장과 욕조, 둥근 식탁뿐이었다.

"맛있겠군."

올드 닉의 목소리는 유난히 굵었다.

"생일 케이크 마지막으로 남은 거예요."

엄마가 말했다.

"미리 말하지 그랬어. 뭔가 가져왔을 텐데. 이제 몇 살이지, 네 살?"

나는 엄마가 대답하기를 기다렸지만, 엄마는 말하지 않았다. 나는 속삭였다.

"다섯 살."

들린 모양이었다. 엄마는 옷장으로 다가오더니 화난 목소리로 "잭." 하고 불렀다. 올드 닉은 웃었다. 난 그가 웃을 줄 안다는 걸 몰랐다.

"저게 말도 하는군."

사람이 아니라 왜 물건으로 부르지?

"나와서 새 청바지 입어볼 테냐?"

엄마한테 하는 말이 아니었다. 나한테 하는 말이었다. 가슴이 쿵쿵 뛰기 시작했다.

"잠들었어요."

엄마가 말했다. 아니, 잠들지 않았다. 그에게 들리게 다섯 살이라고 속삭이지 말걸. 아무것도 하지 말걸. 들릴락 말락 다른 소리가 들렸다. 올드 닉이 말했다.

"좋아, 좋아. 한 조각 먹어도 될까?"

"맛이 변하려고 해요. 정말 먹고 싶으면…….."

"됐어. 네가 대장이니까 뭐."

엄마는 아무 말도 하지 않았다.

"난 뭐 식료품이나 나르고, 쓰레기나 치우고, 애들 물건이나 사러 다니고, 사다리 타고 올라가서 채광창 얼음이나 벗겨주면 되는 하인이지 뭐."

빈정거리는 것 같았다. 뒤틀린 목소리로 반대되는 말만 한다는 뜻이다.

"고마워요."

엄마 목소리 같지 않았다.

"덕분에 훨씬 밝아졌어요."

"이것 봐. 그렇게 말하니까 좋잖아."

"미안해요. 정말 고마워요."

"마지못해 한마디 하는군."

"식료품도 고마워요. 청바지도."

"됐어."

"여기, 접시 가져올게요. 가운데는 괜찮을 거예요."

그릇 부딪히는 소리가 들렸다. 케이크를 주는 것 같았다. 내 케이크를. 잠시 후 그는 우물거리며 말했다.

"맞아, 맛이 좀 변했군."

그의 입 안에 내 케이크가 가득 차 있다. 전등이 딸깍 하고 꺼졌다. 나는 깜짝 놀랐다. 어둠은 괜찮지만 어둠 때문에 놀라는 건 싫었다. 나는 담요 아래에 누워서 기다렸다.

올드 닉이 삐걱거리며 침대에 들어간 뒤, 나는 귀를 기울이며 손가락으로 다섯을 세었다. 오늘 밤에는 삐걱거리는 소리가 217번 들렸다. 그가 헐떡이는 소리를 내며 멈출 때까지 항상 숫자를 세어야 한다. 늘 숫자를 세니까, 세지 않으면 어떻게 되는지는 몰랐다. 내가 잠들어 있는 밤에는 어떻게 될까? 난 몰랐다. 어쩌면 엄마가 셀지도 모른다. 217번 뒤에 조용해졌다.

텔레비전 켜지는 소리가 들렸다. 〈뉴스 세계〉였다. 문틈으로 탱크가 나오는 화면이 보였지만 별로 재미가 없었다. 나는 담요를 머리 위로 덮었다. 엄마와 올드 닉은 이야기를 나누었지만 나는 듣지 않았다.

*

침대에서 잠이 깨어보니 비가 내리고 있었다. 채광창이 온통 부옇게 보이는 때다. 엄마는 젖을 주면서 〈빗속에서 노래하네〉를 아주 조용히 불렀다. 오른쪽은 맛이 없었다. 나는 기억이 나서 일어나 앉았다.

"올드 닉에게 왜 내 생일이라고 말하지 않았어?"

엄마 얼굴에서 미소가 사라졌다.

"그가 여기 있을 때는 자라고 했잖아."

"하지만 말했으면 뭔가 가져왔을 거야."

"뭘 가져왔을 거라고. 말은 그렇게 하지."

"뭘 갖다줬을까?"

나는 기다렸다.

"엄마가 미리 알려주지 그랬어."

엄마는 머리 위로 팔을 뻗었다.

"엄마는 그가 너한테 뭘 갖다주는 게 싫어."

"하지만 일요일 선물은……."

"그건 달라, 잭. 엄마는 우리한테 필요한 물건들만 부탁해."

엄마는 서랍장을 가리켰다. 파란 옷이 개어져 있었다.

"그건 그렇고 새 청바지란다."

엄마는 오줌을 누러 갔다.

"내 선물을 갖다달라고 부탁하면 되잖아. 난 평생 선물을 한 번도 못 받아봤어."

"엄마가 선물 줬잖니, 기억 안 나? 그림 말이야."

"멍청한 그림 같은 건 싫어."

나는 울기 시작했다. 엄마는 손을 말리고 날 안아주러 왔다.

"울지 마."

"혹시……."

"잘 안 들려. 크게 숨 쉬고."

"혹시……."

"뭣 때문인지 말해보렴."

"개였을 수도 있잖아."

"뭐가?"

울음을 그칠 수가 없었다. 나는 울음 사이로 억지로 말했다.

"선물 말이야. 개가 진짜로 나타날 수도 있었는데. 러키라고 이름을 지을 텐데."

엄마는 손바닥으로 내 눈을 닦아주었다.

"키울 데가 없잖아."

"있어."

"개는 걸어다녀야 해."

"우리도 걷잖아."

"하지만 개는……."

"우리도 트랙에서 아주 오래오래 걷잖아. 러키도 옆에서 같이 걸으면 되잖아. 엄마보다 더 빠를 거야."

"잭. 개가 있으면 정신없어서 미쳐버릴 거야."

"아냐, 그렇지 않아."

"그럴 거야. 좁은 곳에 갇혀서 짖고 긁어대고……."

"러키는 긁지 않아."

엄마는 눈동자를 굴렸다. 그리고 찬장으로 다가가서 시리얼을 꺼내 세지도 않고 그릇에 부었다. 나는 울부짖는 사자 얼굴을 했다.

"밤에 엄마가 잘 때 깨어 있을 거야. 쥐가 돌아오게 구멍에서 포일을 꺼낼 거야."

"바보 같은 소리 하지 마."

"난 바보 아냐. 엄마가 바보 멍청이지."

"잭, 네 마음은 이해하지만."

"쥐랑 러키는 내 친구야."

난 다시 울기 시작했다. 엄마는 이를 악물었다.

"러키는 없어."

"있어. 난 러키를 사랑해."

"네가 만들어낸 거야."

"쥐도 있어. 내 진짜 친구였는데 엄마가 쫓아냈어."

"그래. 내가 쫓아냈어. 밤에 네 얼굴을 덮쳐서 물까 봐 그랬어."

엄마가 소리쳤다. 나는 숨을 꺽꺽거릴 때까지 울고 또 울었다. 쥐가 내 얼굴을 물 수도 있다는 건 미처 몰랐다. 흡혈귀만 그러는 줄 알았다. 엄마는 담요 위에 누워 움직이지 않았다. 잠시 후 나는 엄마 옆으로 가서 누웠다. 젖을 빨려고 엄마의 티셔츠 자락을 들추었다. 왼쪽은 좋았지만 별로 많이 나오지 않았다.

나중에 나는 새 청바지를 입어보았다. 자꾸 흘러내렸다. 엄마는 풀려나온 올을 잡아당겼다.

"하지 마."

"벌써 올이 풀렸잖아. 싸구려."

엄마는 더 이상 말하지 않았다. 내가 대신 말했다.

"데님. 청바지는 데님으로 만들어."

나는 올을 찬장 안 공예통에 넣었다. 엄마는 바느질통을 꺼내 허리를 몇 땀 꿰맸다. 그러고 나니 바지가 흘러내리지 않았다.

우리는 바쁜 아침을 보냈다. 우선 지난주에 만든 해적선을 무너뜨리고 탱크를 만들었다. 운전사는 풍선이었다. 풍선은 원래 엄마 머리만큼 크고 통통한 분홍색이었지만, 이제 내 주먹만 한 크기에 빨갛고 쭈글거린다. 이달 첫날에 풍선 하나를 터뜨렸기 때문에 4월 전에는 풍선에게 동생을 만들어줄 수 없었다. 엄마도 탱크랑 같이 놀았지만 그리 오래 놀지는 않았다. 엄마는 뭐든지 싫증을 빨리 낸다. 어른이라서 그렇다.

월요일은 세탁하는 날이었다. 우리는 양말들과 속옷, 케첩이 튄 회색 바지, 수건, 행주와 같이 욕조에 들어가서 모든 때를 뺐다. 엄마는 빨래를 말리려고 온도계를 잔뜩 올렸고, 문 옆에서 빨래걸이 말을 꺼내서 벌려 세웠다. 나는 빨래걸이 말에게 힘내라고 말해줬다. 아기였을 때는 빨래걸이 말을 타고 노는 걸 좋아했지만 지금은 너무 커서 내가 타면 말 등이 부러질 수 있다. 가끔 앨리스처럼 몸이 다시 작아질 수 있으면 참 좋을 텐데. 물을 전부 비틀어 짜내고 건 뒤에, 엄마와 나는 입고 있던 티셔츠를 홀렁 벗고 교대로 냉장고에 몸을 넣어 식혔다.

점심은 내가 두 번째로 싫어하는 콩 샐러드였다. 토요일과 일요일만 빼고 매일 낮잠을 잔 뒤에는 비명 지르기 놀이를 한다. 우리는 목을 가다듬고 식탁 위에 올라가서 채광창에 가까이 선 다음 떨어지지 않도록 손을 붙잡았다.

"바로, 준비, 시작!"

이러면 입을 쩍 벌리고 우왁, 끄악, 아악, 최대한 큰 소리로 고함을 질렀다. 다섯 살이 되어서 폐가 늘어나고 있었기 때문에 오늘은 내가 이겼다. 그런 다음 우리는 입술에 손가락을 대고 숨을 죽였다. 예전에 무슨 소리를 듣고 있냐고 물어보았더니, 엄마는 혹시 모르니까 조심하는 거라고 했다.

다음으로는 포크와 빗, 병뚜껑, 청바지를 문질러 본뜨기를 했다. 본을 뜰 때는 패션지가 제일 매끄럽지만 두루마리 휴지도 그림을 언제까지나 계속 이어지도록 그릴 수 있어서 좋다. 오늘은 고양이와 앵무새, 이구아나, 라쿤, 산타, 개미, 러키, 내 모든 텔레비전 친구들을 줄줄이 그리고 나서 나도 잭 임금으로 그려넣었다. 다 그린 다음에는 엉덩이를 닦을 때 쓸 수 있도록 휴지를 다시 말았다. 다른 두루마리 휴지 한 조각을 뜯어서 도라에게 편지도 썼다. 칼로 빨간 연필을 깎아야 했다. 연필을 거의 다 써서 너무 짧았기 때문에 꽉 쥐었다. 나는 완벽하게 썼지만 가끔 편지를 뒤에서 앞으로 쓸 때가 있다. 나는 그저께 다섯 살이었다. 마지막 케이크 한 조각은 네가 먹어도 좋지만 양초가 없어. 안녕, 사랑해, 잭. '조각은'에서 편지가 약간 찢어졌다.

"언제 받을까?"

"음, 바다에 도착하려면 몇 시간 걸릴 거고, 그런 다음 해변으로 밀려 올라가려면…….”

엄마는 아픈 이빨 때문에 얼음을 물고 있어서 목소리가 이상했다. 해변과 바다는 텔레비전 세상이지만, 편지를 보내면 그것도 조금은 진짜로 변할 것이다.

“누가 발견할까? 디에고?”

“아마도. 디에고가 사촌 도라에게 갖다주면.”

“사파리 지프를 타고, 정글 속을 부왕 누비면서.”

“아마 내일 아침쯤이면 도착하겠지, 아무리 늦어도 점심때쯤에는.”

얼음 조각 때문에 불룩해졌던 엄마의 뺨이 조금 들어갔다.

“어디 봐.”

엄마는 혀로 얼음을 내밀었다.

“나도 아픈 이빨이 있는 것 같아.”

엄마는 우는 소리를 냈다.

“무슨 소리야, 잭.”

“진짜, 진짜로. 아야, 아야.”

엄마 얼굴이 변했다.

“빨고 싶으면 얼음 조각은 빨아도 돼. 이빨까지 아플 필요는 없어.”

“좋아.”

“그렇게 엄마 걱정시키지 마.”

내가 엄마를 걱정시킬 수 있다니.

“여섯 살이 되면 이빨이 아플 거야.”

엄마는 냉동실에서 얼음 조각을 꺼내면서 숨을 내쉬었다.

“거짓말쟁이, 누굴 속이려고.”

거짓말을 한 게 아니라 흉내만 냈는데. 오후 내내 비가 내려서 하느님은 전혀 내려다보지 않았다. 우리는 〈폭풍우 치는 날〉과 〈남자가 비처럼 내리네〉 그리고 사막이 비를 그리워한다는 내용의 노래를 불렀다.

저녁은 생선 튀김과 쌀이었다. 나는 진짜가 아니라 플라스틱으로 된 레몬을 짰다. 진짜 레몬도 예전에 있었지만, 너무 빨리 쪼그라들어버렸다. 엄마는 생선 튀김을 화분 흙 안에 약간 넣어주었다.

저녁에는 〈만화 세계〉를 안 한다. 날이 어두워져도 그 세계에는 전등이 없어서 그런 것 같다. 오늘 밤 나는 〈요리 세계〉를 골랐다. 진짜 음식 같지 않았다. 저기에는 캔이 없었다. 여자와 남자는 서로 웃으면서 고기 요리에 파이를 올리고 채소 더미 주위에 다시 채소를 잔뜩 두른 요리를 만들었다. 다음에는 〈몸 만들기 운동 세계〉로 돌렸다. 내복만 입은 사람들이 기계로 똑같은 일을 계속하고 있었다. 갇혀 있는 것 같았다. 화면은 빨리 끝났고, 이번에는 사람들이 온갖 모양의 집을 만들고 수백 가지 색깔 페인트를 그림이 아닌 온갖 물건에 칠하는 모습이 나왔다. 집은 방을 아주 여러 개 한데 붙여 놓은 것 같았다. 텔레비전의 세계 사람들은 주로 그 안에 있지만 가끔은 바깥으로 나간다. 날씨도 있었다.

"우리 침대를 저기 놓으면 어떨까?"

엄마가 말했다. 나는 엄마를 쳐다보다가 손가락이 가리키는 곳을 보았다.

"저긴 텔레비전 벽이잖아."

"우리가 그렇게 불러서 그런데, 침대는 저기 놓아도 괜찮을 거야, 변기 옆에. 옷장은 옆으로 좀 옮겨야겠지. 서랍장은 침대 있던 자리에 놓고 텔레비전은 그 위에 놓고."

나는 고개를 설레설레 흔들었다.

"그러면 볼 수가 없어."

"볼 수 있어. 안락의자에 앉으면 되지."

"안 좋아."

"알았어. 잊어버려."

엄마는 팔짱을 단단히 끼었다.

텔레비전 속 여자는 자기 집이 노랗게 되어서 울고 있었다.

"갈색이 더 좋았던 거야?"

"아니. 너무 행복해서 우는 거야."

이상했다.

"텔레비전에서 예쁜 음악이 나오면 엄마처럼 기쁘면서 슬픈 거야?"

"아니, 저 여자는 그냥 멍청이야. 이제 텔레비전 끄자."

"5분만 더 보면 안 돼? 응?"

엄마는 고개를 저었다.

"내가 앵무새 놀이 할게. 이제 더 잘해."

나는 텔레비전 여자의 말을 열심히 들었다.

"꿈이 실현되었네요. 정말 감히 상상조차 못했던 그런 집이라고 대련에게 말씀드리고 싶어요. 처마 장식이라든지……."

엄마가 텔레비전을 껐다. 처마가 뭐냐고 묻고 싶었지만, 엄마는 아직도 가구를 옮기는 생각만 하고 있는 것 같았다. 말도 안 되는 생각인데.

옷장 안에 들어가면 자야 하지만, 나는 몇 번 싸웠는지 세어보았다. 사흘 동안 세 번이었다. 한 번은 초 때문에, 한 번은 쥐 때문에, 한 번은 러키 때문에. 다섯 살이 된다는 게 하루 종일 싸워야 하는 거라면 차라리 다시 네 살이 되고 싶었다.

"잘 자, 방아."

나는 아주 조용히 말했다.

"잘 자, 전등아, 풍선아."

"잘 자, 화덕아. 잘 자, 식탁아."

엄마가 말했다. 나는 씩 웃었다.

"잘 자, 글씨 공아. 잘 자, 요새야. 잘 자, 깔개야."

"잘 자, 공기야."

"잘 자, 온갖 소음아."

"잘 자, 잭."

"잘 자, 엄마. 참, 벌레들도. 벌레들 잊지 마."

"잘 자라. 잘 자라. 벌레야, 물지 마."

*

일어나보니 채광창 유리는 온통 새파랬고 구석에 남은 눈도 없었다. 엄마는 의자에 앉아 얼굴을 감싸고 있었다. 아프다는 뜻이다. 엄마는 식탁 위의 뭔가를 보고 있었다. 두 개였다. 나는 벌떡 일어나서 움켜잡았다.

"지프야. 리모컨으로 조종하는 지프!"

나는 공중에서 지프를 붕 하고 움직였다. 빨간색이고 내 손만큼 컸다. 리모컨은 은색이고 사각형이었다. 스위치 하나를 엄지로 당기자 지프의 바퀴가 왱 하고 돌았다.

"늦었지만 생일 선물이야."

누가 가져왔는지 알고 있었다. 올드 닉이었지만 엄마는 말하지 않았다. 시리얼은 먹고 싶지 않았지만, 엄마가 먹고 나면 지프랑 같이 놀 수 있다고 했다. 스물아홉 알을 먹으니 배가 고프지 않았다. 엄마는 낭비라면서 나머지를 먹었다.

나는 리모컨만 가지고 지프 조종하는 법을 알아냈다. 얇은 은색 안테나는 아주 길게 만들 수도 있고 아주 짧게 만들 수도 있었다. 스위치 하나는 지프를 앞뒤로 움직이게 하고 다른 하나는 옆으로 움직이게 했다. 둘 다 한꺼번에 당기니까 지프는 독침을 맞은 것처럼 부르르 떨면서 아아아 소리를 냈다. 엄마는 화요일이니 청소를 시작해야겠다고 했다.

"살살해. 부서질 수도 있다는 거 명심해."

알고 있었다. 모든 게 부서질 수 있다.

"오랫동안 켜놓으면 건전지가 닳아버려. 남은 건전지가 없단다."

지프는 방 안을 이곳저곳 다 누빌 수 있었다. 바퀴가 지나가면 돌돌 말리는 깔개 가장자리만 아니면 쉬웠다. 대장 리모컨이 말했다.

"자, 출발해, 이 굼벵이 지프야. 저 식탁 다리를 전속력으로 두 번 돌아와. 열심히 달려."

가끔 지프가 피곤해하면 리모컨이 바퀴를 왱 하고 돌게 했다. 말썽꾸러기 지프는 옷장에 숨었지만, 리모컨이 마법으로 지프를 찾아내서 뒤로 돌아 달리게 했다. 지프는 옷장문에 부딪혔다.

화요일과 금요일에는 항상 식초 냄새가 난다. 엄마는 내가 한 살 때까지 기저귀로 썼던 걸레로 식탁 밑을 닦고 있었다. 분명 거미줄도 치우겠지만 나는 별로 신경 쓰지 않았다. 그런 다음 엄마는 진공청소기를 틀었다. 청소기는 시끄럽게 먼지를 날리며 와와 소리를 냈다. 지프가 침대 밑으로 깊이 들어갔다.

"돌아와, 아기 지프야. 네가 강에 사는 물고기라면 난 어부가 되어서 그 물로 널 낚아버릴 거야."

리모컨이 말했다. 하지만 꾀돌이 지프는 리모컨이 안테나를 내리고 낮잠을 잘 때까지 조용히 숨어 있다가 몰래 등 뒤에서 다가가서 배터리를 뽑아버렸다. 하하하.

나는 목욕하는 시간만 빼고 하루 종일 지프랑 리모컨이랑 놀았다. 목욕을 할 때는 녹슬지 않도록 식탁 위에 세워놓아야 했다. 고함지르기 놀이를 하면서 지프를 채광창까지 밀어 올리니까 지프는 최대한 시끄럽게 바퀴를 왱하고 돌렸다.

엄마는 이를 움켜잡고 다시 누웠다. 가끔 큰 숨을 내쉬기도 했다.

"왜 그렇게 오래 숨을 내쉬는 거야?"

"아픈 걸 참아보려고."

나는 엄마 머리맡에 앉아서 눈 위의 머리카락을 치웠다. 이마가 미끄러웠다. 엄마는 내 손을 잡고 단단히 힘을 주었다.

"괜찮아."

괜찮아 보이지 않았다.

"지프랑 리모컨이랑 나랑 놀고 싶어?"

"나중에."

"놀면 아픈 것도 신경 안 쓰이고 상관없을 거야."

엄마는 약간 미소를 지었지만 신음소리처럼 큰 한숨이 흘러나왔다. 5시 57분에 나는 말했다.

"엄마, 여섯 시가 다 돼."

엄마는 일어나서 저녁을 만들었지만 먹지는 않았다. 지프와 리모컨은 이제 다 마른 욕조에서 기다리고 있었다. 욕조는 비밀 동굴이었다.

"지프는 죽어서 하늘나라로 갔어."

나는 얇은 닭고기를 얼른 먹으면서 말했다.

"그래?"

"그런데 밤에 하느님이 자고 있을 때 날 보러 몰래 빠져나와서 콩나무를 타고 방에 내려왔어."

"머리 좋은데."

나는 완두콩 세 알을 먹고 우유를 많이 마시고 다시 세 알을 먹었다. 세 알씩 먹으면 빨리 없어진다. 다섯 알씩 먹으면 더 빨리 없어지겠지만 목구멍이 막히니까 그렇게는 못 먹는다. 네 살 때 엄마가 '완두콩/기타 냉동녹색 채소'라고 목록에 적었을 때, 나는 완두콩을 오렌지색 연필로 지웠다. 엄마는 그게 재미있는 모양이었다. 마지막으로는 부드러운 빵을 먹었다. 입 안에 쿠션처럼 넣고 있는 게 좋기 때문이다.

"고마워요, 아기 예수님. 특히 닭고기 고마워요. 완두콩은 오랫동안 주지 마세요. 엄마, 왜 아기 예수님한테는 고맙다고 하고 그 사람한테는 고맙다고 안 하는 거야?"

"그 사람?"

나는 문 쪽을 턱으로 가리켰다. 이름을 말하지 않았는데도 엄마의 얼굴은 무표정해졌다.

"왜 그 사람에게 감사해야 해?"

"지난밤에 엄마도 감사하다고 했잖아. 식료품이랑 눈 치워준 거랑 바지……."

"넌 들으면 안 돼."

가끔 엄마는 정말 화가 나면 말할 때 입을 거의 벌리지 않는다.

"그건 가짜 감사였어."

"왜 그랬어?"

엄마는 말을 가로막았다.

"그는 가져다줄 뿐이야. 그가 들판에 밀을 자라게 하는 건 아니란다."

"무슨 들판?"

"그가 들판에 햇빛을 내리쬐게 하는 것도, 비가 내리게 하는 것도 아니야."

"하지만 엄마, 빵은 들판에서 나지 않잖아."

엄마는 입술을 눌렀다.

"그런데 왜……."

"텔레비전을 볼 시간이 된 것 같은데."

엄마는 빠르게 말했다. 비디오, 내가 좋아하는 거다. 엄마는 보통 나랑 같이 춤을 추지만 오늘 밤은 아니었다. 나는 침대에서 뛰면서 지프와 리모컨에게 엉덩이를 어떻게 흔들어야 하는지 보여주었다. 리한나, 티아이, 레이디가가, 카니예 웨스트였다.

"래퍼는 왜 밤에도 선글라스를 써? 눈이 아파?"

"아니, 그냥 멋있어 보이려고. 그리고 너무 유명해서 팬들이 얼굴을 항상 쳐다보는 게 싫기도 할 거야."

나는 혼란스러웠다.

"왜 팬들이 유명해?"

"아니, 스타들이 그렇다고."

"그래서 스타인 게 싫은 거야?"

"음, 그건 아닐 거야."

엄마는 텔레비전을 끄려고 일어섰다.

"하지만 개인 공간도 조금 갖고 싶은 거야."

젖을 먹을 때 엄마는 내 친구지만 지프와 리모컨을 침대에 가져오지 못하게 했다. 자고 있을 때는 선반에 올려놓아야 한다고 했다.

"안 그러면 밤에 널 찌를 거야."

"안 그래. 약속했어."

"좋아, 지프를 치우면 리모컨이랑 같이 자게 해줄게. 안테나를 내리면 작으니까. 됐니?"

"됐어."

내가 옷장 안에 들어간 뒤에 우리는 문틈으로 이야기했다.

"하느님, 잭을 축복해주세요."

"하느님, 엄마를 축복하시고 이빨을 낫게 해주세요. 지프와 리모컨을 축복해주세요.”

“잭을 축복해주세요.”

“여기와 바깥 세계에 있는 모든 것과 지프를 축복해주세요. 엄마?”

“응?”

“잠들었을 때 우린 어디에 있는 거야?”

엄마가 하품하는 소리가 들렸다.

“그냥 여기 있는 거야.”

“하지만 꿈은.”

나는 잠시 기다렸다.

“꿈은 텔레비전이야?”

엄마는 아직도 대답하지 않았다.

“꿈꿀 때는 텔레비전 안에 들어가는 거야?”

“아니. 우린 다른 곳에 가는 게 아니라 여기 있는 거야.”

엄마의 목소리가 먼 곳에서 들려오는 것 같았다. 나는 손가락에 스위치를 댄 채 몸을 말고 누웠다. 나는 속삭였다.

“스위치들아, 잠이 안 와? 괜찮아, 먹어보렴.”

나는 스위치를 돌아가면서 젖꼭지에 댔다. 졸렸지만 잠은 들지 않았다.

삑삑. 문이었다.

나는 귀를 기울였다. 찬바람이 들어왔다. 머리를 옷장에서 내밀면 바로 문이 있다. 분명 별과 우주선과 행성과 비행접시를 타고 날아다니는 외계인을 볼 수 있을 것이다. 정말, 정말 보고 싶었다.

쾅, 문이 닫히고 올드 닉이 무슨 물건이 없었고 무슨 물건은 말도 안 되게 비싸다고 엄마에게 말하는 소리가 들렸다. 그가 선반을 올려다보고 지프를 발견할까. 물론 그가 나한테 가져다줬지만 그는 한 번도 지프랑 같이 놀지 않았을 것이다. 리모컨 스위치를 올리면 지프가 갑자기 부웅 앞으로 나간다는 것도 모를 것이다.

엄마와 올드 닉은 오늘 밤 오래 이야기하지 않았다. 진동이 찰칵 하고 꺼지고 올드 닉이 침대를 삐걱거렸다. 오늘 나는 다섯 개씩 세지 않고 그냥 하나씩 세었다. 하지만 중간에 숫자를 잊어버려서 좀 더 빨리 셀 수 있게 다시 다섯 개씩 378까지 셌다.

조용했다. 그는 잠든 것 같았다. 그가 잠들면 엄마도 잠들까, 그가 갈 때까지 안 자고 기다릴까? 둘 다 자고 나만 깨어 있는지도 모른다. 이상한 기분이었다. 내가 일어나 앉아 옷장에서 빠져나와도 모를 것이다. 침대에 누워 있는 두 사람의 그림을 그릴 수도 있다. 나란히 자고 있을지 반대쪽으로 자고 있을지 궁금했다.

그때 끔찍한 생각이 떠올랐다. 혹시 엄마 젖을 먹고 있는 건 아닐까? 엄마가 그냥 먹게 해줄까? 아니면 안 돼, 이건 잭 거야,라고 할까? 그걸 먹었다면 그는 진짜로 변하기 시작할지도 모른다. 벌떡 일어나서 소리를 지르고 싶었다.

나는 리모컨의 스위치를 찾아서 녹색으로 만들었다. 리모컨의 능력으로 선반에 있는 지프 바퀴가 돌기 시작하면 재미있지 않을까? 올드 닉은 놀라서 잠에서 깨겠지. 하하.

앞으로 가기 스위치를 눌렀지만, 아무 일도 일어나지 않았다. 이런, 안테나 세우는 걸 잊어버렸다. 안테나를 길게 끝까지 세우고 다시 눌렀지만 그래도 리모컨은 말을 듣지 않았다. 나는 문틈 사이로 안테나를 밀어냈다. 안테나는 바깥에 있고 나는 안에 있었다. 스위치를 눌렀다. 지프 바퀴가 살아나는 작은 소리가 들리고……

쿠당탕탕탕.

올드 닉은 내가 처음 들어보는 고함을 질렀다. 예수가 어쩌고 한 것 같았는데, 아기 예수가 아니라 내가 한 일이었다. 전등이 켜지고 문틈을 통해 불빛이 날카롭게 쏟아졌다. 나는 눈을 질끈 감고 다시 담요 아래로 들어가서 얼굴을 덮었다. 그는 고함을 질렀다.

"무슨 속셈이야?"

엄마는 떨리는 목소리로 말했다.

"왜요? 안 좋은 꿈이라도 꿨어요?"

나는 담요를 물어뜯었다. 입에 넣으니 회색 빵처럼 보드라웠다.

"무슨 짓을 하려고 했어? 무슨 속셈이야?"

닉의 목소리는 점점 낮아졌다.

"전에도 말했지만 혹시라도 무슨 짓을 하면……."

"난 자고 있었어요."

엄마는 기어들어가는 작은 목소리로 말했다.

"제발, 저기 봐요. 그냥 선반에서 멍청한 지프가 굴러떨어진 것뿐이에요."

지프는 멍청하지 않다.

"미안해요. 정말 미안해요. 떨어지지 않는 데다 놓아두는 건데. 정말, 정말 미안해요."

"알았어."

"저기, 불을 *끄고*……."

"아니. 됐어."

올드 닉이 말했다. 아무도 말을 하지 않았다. 나는 하마 한 마리, 하마 두 마리, 하마 세 마리 하고 세어나갔다.

삐삑. 문이 열렸다가 쿵 하고 닫혔다. 그가 갔다. 전등이 다시 꺼졌다.

나는 옷장 바닥을 더듬어서 리모컨을 찾았다. 끔찍한 것을 발견했다. 리모컨 안테나가 비죽비죽 짧았다. 문틈에서 부러진 것 같았다.

"엄마."

나는 속삭였다. 대답이 없었다.

"리모컨이 부서졌어."

"자러 가."

엄마의 목소리는 너무 쉬고 무서워서 엄마가 아닌 것 같았다. 나는 이빨 개수를 다섯 번 셌다. 매번 스무 개가 나오지만 그래도 다시 세어봐야 한다. 아직 하나도 안 아프지만 여섯 살이 되면 아플 것이다.

분명 잠들기는 했는데, 알 수 없었다. 그때 잠에서 깼기 때문이었다. 나는 아직 옷장 안에 있었다. 온통 캄캄했다. 엄마는 날 아직 침대로 데려가지 않았다. 왜 데려가지 않을까? 나는 문을 열고 엄마의 숨소리에 귀를 기울였다. 엄마는 잠들어 있었다. 잠들었으니 화를 내지 않겠지? 나는 담요 아래로 기어들어갔다. 엄마를 건드리지 않고 곁에 누웠다. 엄마 주위는 온통 뜨거웠다.

거짓말 되돌리기

아침에 오트밀을 먹는데 자국이 보였다.

"엄마 목에 때가 묻었어."

엄마는 그냥 물만 마셨다. 물을 삼키자 피부가 움직였다. 사실 때는 아닌 것 같았다. 나는 오트밀을 조금 입에 넣다가 너무 뜨거워서 녹은 숟가락에 뱉어냈다. 올드 닉이 엄마의 목에 그 자국을 남겼을 것이다. 뭐라고 말하려고 했지만 아무 말도 나오지 않았다. 나는 다시 말을 걸어보았다.

"밤에 지프 떨어뜨려서 미안해."

나는 의자에서 일어났다. 엄마는 나를 무릎 위에 앉혔다.

"뭐 하려고 했니?"

엄마의 목소리는 아직도 쉬어 있었다.

"그에게 보여주려고."

"뭘?"

"그러니까, 난, 난……."

"괜찮아, 잭. 천천히 말해."

"그런데 리모컨이 부서지고 엄마가 나한테 화를 냈어."

"들어봐. 엄마는 지프 같은 건 상관없어."

나는 엄마를 보면서 눈을 깜빡였다.

"지프는 내가 받은 선물이야."

"엄마는……."

엄마의 목소리는 점점 크고 갈라졌다.

"네가 그를 깨운 게 화가 나."

"지프를?"

"올드 닉 말이야."

엄마가 그의 이름을 대놓고 불러서 나는 깜짝 놀랐다.

"네가 그에게 겁을 줬어."

"그가 나 때문에 겁을 먹었어?"

"그는 너라는 걸 몰랐어. 내가 자기 머리에 무거운 걸 떨어뜨려서 공격하려는 줄 알았단 말이야."

나는 입과 코를 막았지만 웃음소리가 새어나왔다.

"이건 우스운 얘기가 아니란다. 그 반대야."

엄마의 목에 그가 남긴 자국을 다시 보았다. 웃음이 뚝 그쳤다. 오트밀은 아직 너무 뜨거웠다. 우리는 침대로 가서 부둥켜안았다.

오늘 아침은 도라였다. 만세. 도라는 보트를 타고 가다가 배에 부딪힐 뻔했다. 우리는 팔을 흔들며 '조심해'라고 외쳐야 했는데, 엄마는 외치지 않았다. 배는 그냥 텔레비전 속 물건이고, 바다도 우리 오줌이랑 편지가 도착할 때만 진짜다. 혹시 오줌이랑 편지가 도착하는 그 순간 진짜가 아닌 것이 되는 걸까? 앨리스는 바다에 있으면 철도로 집에 갈 수 있다고 했다. 옛날 기차다. 숲은 텔레비전 이야기이고 정글과 사막, 도로, 빌딩, 자동차도 그렇다. 동물은 개미와 거미, 쥐만 빼고 텔레비전 속에 살지만, 쥐도 가버렸다. 병균은 진짜고 피도 진짜다. 소년들은 텔레비전 속 사람이지만 나랑, 거울 속에 있는 나랑 비슷하게 생겼다. 그것도 진짜는 아니다. 그림일 뿐이다. 가끔 나는 묶은 머리를 풀어 헤치고 혀를 빼물었다가 얼굴을 내밀고 부우 소리를 내는 걸 좋아한다.

수요일이어서 머리를 감았다. 우리는 비누에서 거품을 내서 머리에 얹었다. 나는 엄마의 목을 보지 않고 그 주변만 쳐다보았다. 엄마는 내 얼굴에 콧수염을 붙여주었지만, 너무 간지러워서 물로 씻었다.

"그럼 턱수염은 어때?"

엄마는 거품을 잔뜩 모아 내 턱에 붙였다.

"호호호. 산타는 거인이야?"

"아, 아마 꽤 클걸."

보라색 리본이 달린 상자에 수백만 개의 초콜릿을 담아 주니까 산타는 분명 진짜일 것이다.

"난 거인 잡는 콩나무 잭이 될 거야. 좋은 거인이 될 거야. 나쁜 거인들을 모두 찾아내서 머리를 납작 눌러버릴 거야."

우리는 유리병에 물을 가득 채우거나 물을 따라내서 여러 가지 유리종을 만들었다. 나는 나무 숟가락 반중력장 블래스터가 달린 점보 메가트론 트랜스포머마린도 만들었다.

나는 몸을 뒤로 돌려서 〈인상파-해돋이〉를 보았다. 작은 사람 둘이 탄 검은 배, 위에는 하느님의 노란 얼굴이 있었고 물에는 희미한 오렌지색 불빛이 있었다. 푸르스름한 것은 다른 배 같았지만 예술이라서 확실히 알 수는 없었다.

체육 시간에 엄마는 섬을 골랐다. 내가 침대 위에 서면 엄마가 베개와 안락의자, 식탁 의자, 깔개를 전부 접고 식탁과 쓰레기통을 이상한 장소에 놓는 것이다. 나는 모든 섬을 딱 한 번만 찾아가야 했다. 안락의자가 가장 까다로웠다. 나를 늘 밀어내려고 하기 때문이다. 엄마는 네스 호의 괴물이 되어서 내 발을 먹으려고 주위를 헤엄쳐 다녔다.

내 차례가 돌아와서 베개 싸움을 골랐지만, 엄마는 베개 속이 흘러나오기 시작했다고 대신 가라테를 하자고 했다. 우리는 항상 상대를 존중한다는 뜻에서 인사를 했다. 허, 히얍. 열심히 싸웠다. 한번은 너무 세게 차서 엄마의 아픈 손목을 다치게 했지만 그건 실수였다.

엄마는 지쳐서 이번에는 눈동자 운동을 골랐다. 깔개 위에 우리 둘의 몸이 다 들어가도록 팔을 내리고 나란히 누워 있기만 하면 되는 놀이이기 때문이었다. 채광창처럼 멀리 있는 물건을 바라본 다음에 코처럼 가까이 있는 물건을 바라보면 된다. 눈동자를 빨리 움직여야 했다.

엄마가 점심을 데우는 동안, 나는 혼자 돌아다닐 수 없는 불쌍한 지프를 이리저리 몰고 다녔다. 리모컨은 온갖 물건들을 멈추게 했다. 엄마도 로봇처럼 우뚝 세웠다.

"이제 움직여."

내가 말했다. 엄마는 다시 냄비를 흔들었다.

"음식 다 됐어."

야채수프, 휴. 나는 재미있게 만들어보려고 숨을 불어 방울을 만들었다. 낮잠을 잘 정도로 피곤하지 않아서 책을 내려놓았다. 엄마가 목소리 흉내를 냈다.

"딜런을 봐라!"

갑자기 엄마는 멈췄다.

"딜런 정말 지겨워."

나는 엄마를 쳐다보았다.

"내 친구야."

"아, 잭, 그냥 책이 지겨워서 그래. 아니, 딜런 자체가 지겹다는 건 아니야."

"책 딜런이 왜 지겨워?"

"너무 많이 읽어서."

하지만 난 원하는 게 있으면 늘 그게 좋다. 초콜릿처럼. 초콜릿은 아무리 먹어도 질리지 않는다.

"네가 직접 읽을 수도 있잖아."

무슨 소리야. 『앨리스』랑 옛날 단어까지도 전부 다 직접 읽을 수는 있다.

"그래도 엄마가 읽어주는 게 좋아."

엄마의 눈이 단단히 빛났다. 그러더니 책을 다시 펼쳤다.

"딜런을 봐라!"

엄마가 짜증스러워 해서 나는 대신 『도망친 토끼』와 『이상한 나라의 앨리스』를 읽어달라고 했다. 내가 가장 좋아하는 노래는 〈저녁 수프〉였다. 분명 야채수프는 아닐 것이다. 앨리스는 문이 여러 개 달린 복도에 계속 있었다.

아주 아주 작은 문이 하나 있었는데, 앨리스가 황금 열쇠로 문을 열자 화려한 꽃과 차가운 샘이 있는 정원이 나타났다. 하지만 앨리스의 몸 크기가 항상 안 맞았다. 겨우 정원에 들어가보니 장미는 진짜가 아니라 그림이었고, 앨리스는 홍학과 고슴도치와 같이 크로케를 해야 했다.

우리는 담요 위에 누웠다. 나는 젖을 빨았다. 아주 조용히 하고 있으면 쥐가 돌아올 거라고 생각했는데 쥐는 돌아오지 않았다. 엄마가 구멍을 전부 다 막은 것 같았다. 엄마는 심술궂지 않지만 가끔 심술궂은 일을 한다.

나는 고함지르기 놀이를 하러 올라가서 냄비 뚜껑을 심벌처럼 두드렸다. 고함 소리는 끝도 없이 이어졌다. 내가 그만두려고 할 때마다 엄마가 거의 소리가 나지 않을 때까지 계속 고함을 질렀기 때문이었다. 목에 난 자국은 마치 내가 비트 즙으로 그려놓은 것 같았다. 올드 닉의 지문 자국인가 싶었다.

그런 다음 두루마리 휴지로 전화 놀이를 했다. 뚱뚱한 휴지를 통해 이야기하면 소리가 울리는 게 좋다. 보통 엄마가 전화를 받지만 오늘 오후에는 누워서 책을 읽어야겠다고 했다. 아기 예수의 엄마 같은 여자의 눈이 밖을 내다보는 『다빈치 코드』였다.

나는 부츠와 패트릭, 아기 예수에게 전화를 걸어서 다섯 살이 된 뒤 얻은 새로운 힘에 대해 알려주었다. 전화기에 대고 속삭였다.

"난 투명인간이 될 수도 있어. 혀를 뒤집을 수도 있고 로켓처럼 바깥 세계로 튀어나갈 수도 있어."

엄마는 눈꺼풀을 감고 있었다. 어떻게 저렇게 하고 책을 읽을 수 있는 걸까? 나는 키패드 놀이를 했다. 보통 내가 문간 의자 위에 올라서면 엄마가 번호를 불러주었지만, 오늘은 내가 직접 번호를 만들어내야 했다. 나는 키패드의 숫자를 실수 없이 재빨리 눌렀다. 문이 뻑뻑 하고 열리지 않았지만, 나는 누를 때 나는 작은 소리가 좋았다.

치장하기는 조용한 게임이었다. 나는 금박과 은박 조각을 우유팩에 붙여 만든 왕관을 썼다. 양말 두 개를 묶어서 엄마 팔찌를 발명하기도 했다. 하나는 녹색, 하나는 흰색이었다.

나는 선반에서 게임 상자를 내렸다. 자로 재어보았다. 도미노는 각각 거의 1인치 정도였고, 체커는 0.5인치였다. 나는 손가락으로 성 베드로와 성 바울을 만들어서 서로 절을 시키고 한 번 돌 때마다 하늘을 날게 했다.

엄마는 다시 눈을 뜨고 있었다. 엄마에게 양말 팔찌를 가져다주니 예쁘다고 하면서 바로 꼈다.

"이웃집 거지 놀이 하면 안 돼?"

"잠깐만."

엄마는 세면대로 가서 얼굴을 씻었다. 더럽지도 않은데 왜 씻는지 모르겠지만 혹시 병균이 있는지도 모른다. 나는 엄마를 두 번 거지로 만들었고, 엄마는 나를 한 번 거지로 만들었다. 지는 것은 싫었다. 진 러미와 고 피시 카드게임에서도 내가 대부분 이겼다. 그 뒤에는 그냥 카드로 장난을 치고 춤추고 싸우면서 놀았다. 내가 제일 좋아하는 카드는 다이아몬드 잭이었고, 다른 잭들은 그의 친구였다.

"봐."

나는 시계를 가리켰다.

"5시 1분이야. 이제 저녁 먹어도 돼."

핫도그였다. 맛있었다.

텔레비전 시간에 나는 안락의자에 앉았지만, 엄마는 재봉상자를 들고 침대에 앉아서 분홍색 무늬가 있는 갈색 드레스 옷단을 꿰맸다. 우리는 의사와 간호사들이 병균을 꺼내기 위해 사람의 몸에 구멍을 내는 〈의료 세계〉를 보았다. 사람들은 죽은 것이 아니라 잠자고 있었다. 의사들은 엄마처럼 실을 물어서 끊지 않고 아주 아주 날카로운 칼을 쓴 다음 사람을 프랑켄슈타인처럼 꿰매었다.

광고가 나오자 엄마는 나한테 가서 소리를 죽이라고 했다. 노란 헬멧을 쓴 사람이 도로에 구멍을 뚫고 있었다. 그는 이마를 붙잡고 얼굴을 찡그렸다.

"아파서 그래?"

엄마는 바느질을 하다가 고개를 들었다.

"시끄러운 드릴 소리 때문에 머리가 아파서 그럴 거야."

소리를 죽였기 때문에 드릴 소리는 들리지 않았다. 텔레비전 속 남자는 세면대 앞에 서서 병에 든 약을 먹더니 웃으면서 소년에게 공을 던지고 있었다.

"엄마, 엄마."

"왜?"

엄마는 매듭을 짓고 있었다.

"우리 병이야. 보고 있어? 머리 아픈 남자 보고 있어?"

"아니."

"저 사람이 약을 꺼낸 병, 우리가 갖고 있는 거랑 똑같아. 진통제."

엄마는 텔레비전을 쳐다보았지만, 이제는 산길을 달리는 자동차가 나오고 있었다.

"아니, 그전에. 우리 진통제 병을 가지고 있었어."

"음, 우리 거랑 같은 종류지만 우리 건 아닐 거야."

"우리 거야."

"아니, 똑같은 종류가 많아."

"어디에?"

엄마는 날 보더니 다시 드레스를 보고 옷단을 당겼다.

"음, 우리 병은 여기 선반에 있고, 나머지는······."

"텔레비전 안에?"

엄마는 실을 쳐다보더니 작은 카드에 돌돌 감아 다시 상자에 넣었다. 나는 풀쩍풀쩍 뛰었다.

"그게 무슨 뜻인지 알아? 그럼 그 사람이 텔레비전 안으로 들어가는 게 분명해."

〈의료 세계〉가 다시 돌아왔지만 나는 거들떠보지도 않았다.

"올드 닉 말이야."

엄마가 노란 헬멧을 쓴 남사라고 착각할까 봐 나는 말했다.

"여기 없을 때, 낮에, 사실은 텔레비전 안으로 들어가는 거야. 거기 가게에서 약을 우리한테 데려오는 거야."

"가져오다, 라고 해야지. 데려오는 게 아니라."

엄마는 일어섰다.

"이제 자러 갈 시간이야."

엄마는 〈내 고향으로 가는 길을 알려주오〉를 불렀지만 나는 따라 부르지 않았다. 이게 얼마나 놀라운 사실인지 엄마는 이해하지 못하는 것 같았다. 잠옷 티셔츠를 입고 이를 닦고 심지어 침대에서 젖을 빨면서도 계속 생각났다. 다시 입을 뗐을 때 나는 말했다.

"우리는 왜 텔레비전에서 그를 못 보는 거지?"

엄마는 하품을 하고 일어나 앉았다.

"우리가 볼 때마다 그는 없잖아. 왜 그렇지?"

"그 사람은 거기 없어."

"그런데 그 병은 어떻게 얻은 거야?"

"몰라."

엄마 말투가 이상했다. 흉내내는 것 같았다.

"엄마가 모를 리가 없잖아. 엄마는 다 알잖아."

"잭, 그건 중요하지 않아."

"중요해. 난 궁금해."

난 고함지르듯이 말했다.

"잭."

잭 뭐? 무슨 뜻일까? 엄마는 베개 위에 몸을 기댔다.

"설명하기가 아주 힘들어."

설명할 수 있는데 하기 싫은 것 같았다.

"설명할 수 있잖아. 난 이제 다섯 살이니까."

엄마의 얼굴이 문 쪽으로 향했다.

"우리 약병은 원래 가게에 있었어. 그 사람은 거기서 병을 구해서 일요일 선물로 갖다준 거란다."

"텔레비전 안에 있는 가게?"

나는 선반 위에 병이 확실히 있는지 올려다보았다.

"하지만 진통제는 진짜⋯⋯."

"진짜 가게 말이야."

엄마는 눈을 비볐다.

"어떻게?"

"아, 좋아, 알았어, 알았어."

엄마는 왜 소리를 칠까?

"들어봐. 우리가 텔레비전에서 보는 건⋯⋯ 진짜 물건들의 그림이야."

지금까지 들어본 말 중에 가장 놀라운 말이었다. 엄마는 입에 손을 갖다
댔다.

"도라도 정말 진짜야?"

엄마는 손을 치웠다.

"아니, 아니야. 텔레비전 안에는 만든 그림도 많아. 그러니까 도라는 그
냥 그림이야. 하지만 다른 사람들은, 너랑 나랑 비슷한 얼굴을 가진 사람들
은 진짜야."

"진짜 사람?"

엄마는 고개를 끄덕였다.

"장소들도 진짜야. 농장, 숲, 비행기, 도시⋯⋯."

왜 날 속이려는 걸까?

"아냐. 그게 어디에 전부 다 들어가겠어?"

"바깥에, 바깥세상에."

엄마는 고개를 뒤로 젖혔다.

"침대 벽 밖에?"

나는 벽을 응시했다.

"바깥 방에."

엄마는 이제 반대쪽, 화덕 벽 쪽을 가리키고 손가락을 둥글게 한 바퀴 돌
렸다.

"가게와 숲이 바깥 세계에서 날아다닌다고?"

"아니, 잊어버려, 잭. 이런 이야기는…….."

"아니, 해줘. 말해줘."

나는 엄마의 무릎을 세차게 흔들었다.

"오늘 밤 말고. 정확히 설명할 말을 못 찾겠구나."

앨리스는 자기가 자신이 아니기 때문에 자신을 설명할 수 없다고 했다. 오늘 아침에는 자신이 누구인지 알고 있었지만 그 뒤에 여러 번 변했다고 했다.

엄마는 갑자기 일어나서 선반에서 진통제를 꺼냈다. 텔레비전에 나온 것과 똑같은지 확인하려고 그러는 줄 알았는데 대신 병을 열더니 약을 한 개 그리고 또 한 개 먹었다.

"내일이 되면 말을 찾을 수 있어?"

"8시 49분이야, 잭. 그냥 자러 가렴."

엄마는 쓰레기를 묶어서 문 옆에 놓았다. 나는 옷장 안에 누웠지만 머리는 말똥말똥했다.

*

오늘은 엄마가 없어지는 날이었다. 엄마는 잠에서 제대로 깨지 않았다. 여기 있었지만 진짜는 아니었다. 엄마는 머리에 베개를 얹고 계속 침대에 누워 있었다. 바보 같은 고추는 일어서 있었다. 손으로 눌러서 죽였다.

나는 시리얼 100개를 먹고 의자 위에 올라가 그릇과 숟가락을 씻었다. 물을 끄니 아주 조용했다. 올드 닉이 밤에 찾아왔는지 궁금했다. 문간에 쓰레기봉투가 그대로 있는 것을 보니 안 온 것 같았지만, 혹시 왔는데 쓰레기만 놓아둔 게 아닐까? 어쩌면 엄마는 그냥 없어진 게 아닌지도 모른다. 그가 엄마의 목을 더 세게 눌러서 이렇게…….

나는 아주 가까이 다가가서 숨소리가 들릴 때까지 귀를 기울였다. 겨우 1인치 정도 떨어져 있었기 때문에 내 머리카락이 엄마의 코에 닿았다. 엄마가 얼굴 위로 손을 들어서 나는 물러섰다. 목욕은 혼자 하지 않는다. 나는 그냥 옷을 입었다. 몇 시간이고 몇 시간이고 흘렀다. 수백 시간이.

엄마는 똥을 누러 일어났지만 멍한 얼굴로 아무 말도 하지 않았다. 내가 침대 옆에 물을 갖다놓았지만 엄마는 그냥 담요 밑으로 돌아갔다.

엄마가 없어지는 날은 정말 싫지만, 하루 종일 텔레비전을 볼 수 있다는 건 좋다. 나는 아주 조용히 틀었다가 한 번 조금 소리를 높였다. 텔레비전을 너무 많이 보면 좀비가 될 수도 있지만, 엄마는 오늘 텔레비전도 보지 않는데 좀비 같다. 〈건축가 밥〉과 〈출동! 원더펫〉, 〈바니〉가 나왔다. 나는 일일이 만지면서 인사를 했다. 바니와 친구들은 자주 껴안았는데 나도 그 속으로 달려갔지만 가끔은 너무 늦었다. 오늘은 밤에 몰래 나타나서 오래된 이빨을 돈으로 바꾸어주는 요정에 대한 이야기였다. 도라를 보고 싶었지만, 도라는 나오지 않았다.

목요일은 세탁을 하는 날이었지만, 나 혼자 할 수는 없었고 엄마는 계속 담요 속에 누워 있었다. 다시 배가 고파져서 시계를 보았더니 9시 47분밖에 되지 않았다. 만화가 끝났기 때문에, 나는 풋볼과 사람들이 상을 타는 세계를 보았다. 부풀린 머리를 한 여자가 빨간색 소파에 앉아서 골프 스타였던 남자에게 이야기를 하고 있었다. 여자들이 목걸이를 들어올리면서 얼마나 섬세한지 말하는 세계도 있었다. "바보들." 엄마는 이 세계를 보면 늘 이렇게 말한다. 오늘은 아무 말도 하지 않았다. 내가 계속 보고 있다는 것도, 내 뇌가 썩기 시작하는 것도 몰랐다.

텔레비전이 어떻게 진짜 물건들을 그린 걸까?

나는 벽 바깥세상에서 물건들이 전부 둥둥 떠다니는 모습을 상상해보았다. 소파, 목걸이, 빵, 진통제, 비행기, 모든 여자와 남자들, 권투선수, 다리가 하나만 있는 남자, 머리를 부풀린 여자, 모두 다 채광창 밖으로 둥둥 흘러갔다. 나는 그들에게 손을 흔들었지만 건물과 소, 배, 트럭들도 있어서 바깥은 너무나 복잡했다. 나는 물건들을 모두 세어보았다. 당장이라도 방으로 쏟아져 들어올 것 같았다. 숨을 잘 쉴 수가 없었다. 나는 대신 이를 세어보았다. 윗니는 왼쪽에서 오른쪽으로, 다음 아랫니는 오른쪽에서 왼쪽으로, 다음엔 반대로. 매번 스무 개였지만 여전히 어쩌면 잘못 세고 있을지도 모른다는 생각이 들었다.

12시 4분이라 점심을 먹어도 되는 시간이었기 때문에 익힌 콩 통조림을 열었다. 손을 베어서 도와달라고 외치면 엄마가 일어날까? 콩은 차게 먹어 본 적이 없었다. 아홉 알을 먹고 나니 배가 고프지 않았다. 나는 나머지를 음식 쓰레기가 아닌 통에 놓았다. 콩 몇 개가 깡통 바닥에 붙어 있어서 물을 부었다. 엄마가 일어나서 나중에 씻겠지. 혹시 배가 고파서 이렇게 말할지도 모른다. "아, 잭. 엄마 콩을 남겨두다니 생각이 깊구나."

나는 자로 물건들을 재었지만 숫자를 혼자 더하려니 힘들었다. 서커스 곡예처럼 자를 연거푸 뒤집기도 했다. 리모컨으로 엄마를 가리키면서 속삭이기도 했다. "일어나." 하지만 엄마는 일어나지 않았다. 통통 튀는 풍선을 자두 주스 병에 태워서 채광창 가까이까지 여행을 보냈더니 빛이 전부 반짝이는 갈색으로 변했다. 모두들 리모컨 끝이 날카로워서 무서워했기 때문에, 나는 리모컨을 옷장 안에 넣고 문을 닫았다. 나는 엄마는 내일 돌아올 테니 괜찮다고 모든 물건들에게 말했다. 혼자서 책 다섯 권을 읽고 『이상한 나라의 앨리스』도 약간 읽었지만 거의 그냥 앉아 있었다.

엄마를 괴롭힐까 봐 고함지르기 놀이는 하지 않았다. 하루 정도는 빠뜨려도 괜찮을 것이다. 그런 뒤 다시 텔레비전을 켜고 버니를 조종했다. 텔레비전 세계는 약간 선명해졌지만 아주 약간이었다. 자동차 경주였다. 차가 아주 빠르게 달리는 걸 구경하는 것은 좋았지만, 백 번이나 타원형을 돌고 나니 그리 재미가 없었다. 엄마를 깨워서 진짜 사람과 물건들이 돌아다니는 바깥 세계에 대해 묻고 싶었지만, 깨우면 화를 낼 것이다. 어쩌면 흔들어도 깨지 않을지도 모른다. 그래서 엄마를 깨우지는 않았다. 나는 아주 가까이 다가갔다. 엄마 얼굴과 목 절반만 보였다. 자국은 보라색이었다.

올드 닉의 엉덩이를 힘껏 차줘야지. 리모컨으로 문을 휙 열고 바깥 세계로 나가서 진짜 가게에 있는 모든 물건들을 엄마에게 갖다줘야지. 나는 소리 없이 조금 울었다.

날씨 프로그램도 보았다. 적군 중 한 부대가 성을 둘러싸고 있었고, 착한 놈들은 문이 열리지 않도록 장애물을 쌓고 있었다. 나는 손가락을 깨물었지만 엄마는 그만두라고 말하지 못했다. 지금쯤 내 뇌는 얼마나 녹고, 얼마나 괜찮을지 궁금했다. 세 살 때처럼 토를 하고 설사를 할지도 모른다. 깔개 위에 토를 하면 어떡하지? 혼자 어떻게 치워야 할까?

나는 내가 태어났을 때 생긴 얼룩을 보았다. 무릎을 꿇고 손으로 어루만져보았다. 깔개의 다른 부분과 마찬가지로 따스하고 까슬까슬하게 느껴졌다. 다르지 않았다. 엄마는 하루 넘게 없어진 적이 없었다. 내일 일어났을 때도 엄마가 없다면 어떻게 해야 할까. 그러다 배가 고팠다. 약간 녹색이었지만 바나나를 먹었다.

도라는 텔레비전 속의 그림이지만 내 진짜 친구다. 혼란스러웠다. 지프는 진짜다. 손가락으로 느낄 수 있었다. 슈퍼맨은 그냥 텔레비전 속 사람이다. 나무는 텔레비전이지만 식물은 진짜다. 참, 물을 주는 것을 잊고 있었다. 나는 식물을 서랍장에서 세면대로 데려와서 바로 물을 주었다. 엄마가 준 물고기를 먹었을지 궁금했다.

스케이트보드는 텔레비전 속 물건이고, 여자아이와 남자아이도 엄마가 진짜라고 말하지 않으면 모두 텔레비전 속 사람이다. 저렇게 납작한데 어떻게 진짜일 수 있을까. 엄마와 나도 장애물을 쌓을 수 있다. 문이 열리지 않게 침대를 밀어 세워놓으면 그 사람은 놀라겠지. 하하. 들여보내줘, 소리치겠지. 열지 않으면 훅 불어서 집을 날려버리겠지! 유리는 텔레비전이고 불도 그렇다. 하지만 콩을 데울 때는 불이 방에 들어올 수 있고, 빨간 것이 내 소매에 옮겨 붙어서 날 태울 수도 있다. 구경은 해보고 싶었지만 정말 그렇게 되는 것은 싫었다. 공기는 진짜, 물은 욕조와 세면대에 있는 것만 진짜, 강과 호수는 텔레비전. 바다는 알 수 없었다. 바다가 바깥세상을 숙 하고 돌아다니면 모든 것이 다 젖을 텐데. 엄마를 깨워서 바다가 진짜인지 물어보고 싶었다. 방은 정말로 진짜지만, 어쩌면 바깥세상도 동화 속의 재커잭 왕자처럼 투명 망토를 둘렀을 뿐 진짜 아닐까? 아기 예수는 엄마랑 사촌, 할머니와 같이 그림 속에 있는 아기 예수만 진짜인 것 같았지만, 채광창을 통해 노란 얼굴로 내려다보는 하느님은 진짜다. 오늘만 없을 뿐, 채광창은 회색이었다.

엄마와 같이 침대에 눕고 싶었다. 대신 나는 깔개에 앉아 손만 담요 안 엄마의 발에 올려놓았다. 팔이 아파서 잠시 내려놓았다가 다시 올려놓았다. 깔개 끝을 말았다가 풀럭 하고 다시 펼쳤다. 수백 번이나 되풀이했다.

날이 어두워졌을 때는 삶은 콩을 더 먹어보려고 했지만 역겨웠다. 대신 빵과 땅콩버터를 먹었다. 나는 냉동실을 열고 콩과 시금치, 끔찍한 완두콩 봉투 옆에 얼굴을 넣었다. 눈꺼풀에 감각이 없어질 때까지 그렇게 있다가 펄쩍 뛰어나와서 문을 닫고 뺨을 문질렀다. 두 손에는 뺨이 느껴졌지만, 뺨으로는 손을 느낄 수 없었다. 이상한 기분이었다.

채광창은 이제 캄캄했다. 하느님이 은색 얼굴을 보여주셨으면. 나는 잠옷 티셔츠로 갈아입었다. 목욕을 하지 않았으니 더러운 걸까. 궁금해서 내 몸 냄새를 맡아보았다. 옷장 안에 담요를 덮어쓰고 누웠지만 추웠다. 오늘 온도계 올리는 것을 잊어버렸기 때문이다. 이제 막 기억이 났지만 밤이라서 지금은 올릴 수 없었다.

젖을 정말 빨고 싶었다. 하루 종일 전혀 빨지 못했다. 오른쪽이라도, 하지만 왼쪽이 더 좋았다. 엄마 옆에 들어가서 조금만 빨면……. 그래도 혹시 엄마가 날 밀어내면 그게 더 안 좋을 것이다.

내가 침대에 엄마랑 같이 있을 때 올드 닉이 오면 어쩌지? 9시가 되었는지 알 수 없었다. 너무 어두워서 시계를 볼 수 없었다. 엄마가 눈치채지 못하게 아주 천천히 침대로 기어들어갔다. 그냥 엄마 옆에 살짝 누웠다. 삑삑 소리가 들리면 얼른 옷장 속으로 뛰어들어가면 된다. 그가 왔는데 엄마가 깨어나지 않으면 더 화를 낼까? 엄마 몸에 더 심하게 자국을 남길까? 나는 그가 오는 소리를 들을 수 있도록 계속 깨어 있었다. 그는 오지 않았지만 나는 계속 깨어 있었다.

*

쓰레기봉투는 아직 문간에 있었다. 엄마는 오늘 아침 나보다 일찍 일어나서 매듭을 풀고 깡통에서 긁어낸 콩을 넣었다. 봉투가 아직 있다면 그가 오지 않았다는 뜻이다. 이틀이나 오지 않았다. 이야!

금요일은 매트리스 날이었다. 우리는 매트리스가 뭉치지 않도록 앞뒤 옆으로 뒤집었다. 너무 무거워서 모든 근육을 다 써야 했다. 매트리스는 갑자기 넘어져서 날 깔개 위에 넘어뜨렸다. 내가 처음 엄마 배에서 나왔을 때 매트리스에 묻은 갈색 자국이 보였다. 다음으로는 먼지 털기 경주였다. 먼지는 피부에서 뱀처럼 새로운 조각이 생기기 때문에 더 이상 필요가 없어서 떨어져나온 눈에 보이지 않는 작은 가루다. 엄마는 전에 한 번 텔레비전에서 본 오페라 가수처럼 아주 높게 재채기를 했다.

우리는 식료품 목록을 적었다. 일요일 선물은 정할 수가 없었다. 내가 말했다.

"사탕을 부탁해. 초콜릿 말고. 전에 먹어보지 못한 사탕으로."

"아주 끈적끈적한 걸로? 네 이빨도 엄마처럼 썩게?"

나는 엄마가 빈정거리는 게 싫다. 그런 다음엔 그림 없는 책에서 문장을 읽었다. 이번 책은 흰 눈이 덮인 으스스한 집 『오두막』이었다. 내가 읽었다.

"그 이후 그와 나는 요즘 아이들 표현을 빌리면 자주 뭉쳐서 커피를 마시기도 하고…… 두유를 넣어 아주 뜨겁게 한 차이 티를 마시기도 했다."

"잘 읽었어."

책과 텔레비전 안 사람들은 언제나 목이 마르다. 맥주와 주스, 샴페인, 라테, 온갖 액체를 마시고, 행복할 때는 서로 유리잔을 부딪히기도 하지만 깨뜨리지는 않는다. 나는 그 줄을 다시 읽어보았지만 아직 혼란스러웠다.

"그와 나는 누구야? 그들이 아이들이야?"

엄마는 내 어깨너머로 들여다보았다.

"음, 아이들이란 일반적인 아이들을 말하는 것 같은데."

"일반적이란 게 뭐야?"

"많은 아이들."

나는 많은 아이들이 모두 함께 노는 모습을 그려보려고 했다.

"진짜 사람 아이들?"

엄마는 잠시 말이 없다가 아주 조용히 대답했다.

"그래."

그렇다면 사실이다. 엄마가 말한 모든 게. 엄마 목에는 아직 자국이 있었다. 과연 사라지기는 할까?

*

밤에 엄마가 불을 계속 깜빡여서 잠에서 깼다. 켜졌다. 나는 다섯을 세었다. 꺼졌다. 하나를 세었다. 켜졌다. 둘을 세었다. 꺼졌다. 둘을 세었다. 나는 짜증을 냈다.

"조금만 더."

엄마는 아직도 캄캄한 채광창을 올려다보고 있었다. 문간 옆에는 쓰레기 봉투가 없었다. 내가 잠든 동안 그가 여기 왔다는 뜻이다.

"엄마, 제발."

"1분만."

"눈이 아파."

엄마는 침대 위로 허리를 굽히고 내 입가에 키스한 뒤 담요로 얼굴을 덮어주었다. 불은 아직 깜빡이고 있었지만 아까보다는 어두웠다. 잠시 후 엄마는 침대로 돌아오더니 잘 자라고 젖을 좀 주었다.

*

토요일에는 엄마가 기분 전환으로 머리를 세 갈래로 땋아주었다. 재미있는 기분이었다. 고개를 흔들면 머리카락이 내 몸을 쳤다. 오늘 아침에는 〈만화 세계〉을 보지 않았다. 나는 정원과 운동, 뉴스를 골랐고 볼 때마다 엄마에게 물었다.

"엄마, 이거 진짜야?"

엄마는 영화 하나만 빼놓고 다 그렇다고 대답했다. 늑대 인간과 여자가 풍선처럼 터지는 영화는 특수효과, 그러니까 컴퓨터로 그린 그림이라고 했다.

점심은 병아리콩 카레 통조림과 밥이었다. 아주 크게 고함지르기를 하고 싶었지만 주말에는 할 수가 없다. 오후에는 주로 실뜨기 놀이를 했다. 양, 다이아몬드, 구유, 뜨개질바늘 모양은 만들 줄 알았다. 전갈도 계속 연습하고 있지만 엄마의 손가락이 계속 얽혔다.

저녁은 미니 피자였다. 우리는 각자 하나씩 먹고 하나를 반씩 다시 나누어 먹었다. 그런 뒤 프릴이 달린 옷과 거대한 흰색 가발을 쓴 사람들이 있는 세계를 구경했다. 엄마는 그들이 진짜이지만 수백 년 전에 죽은 사람들을 흉내내는 거라고 했다. 일종의 게임이지만 그렇게 재미있어 보이지는 않았다. 엄마는 텔레비전을 끄고 코를 킁킁거렸다.

"점심 때 먹은 카레 냄새가 아직도 나네."

"나도."

"맛은 좋았지만 냄새가 오래 남는 게 안 좋아."

"내 카레는 맛도 안 좋았어."

엄마는 웃었다. 목에 난 자국은 점점 작아지고 녹색과 노란색을 띠고 있었다.

"이야기 들려줘."

"무슨 이야기를 해줄까?"

"엄마가 전에 한 번도 안 한 이야기."

엄마는 내게 미소 지었다.

"이제 엄마가 아는 이야기는 너도 다 알고 있어. 몬테크리스토 백작은?"

"그건 수백 번도 더 들었어."

"소인국의 걸리버는?"

"수천 번 들었어."

"로벤 섬의 넬슨은?"

"27년 동안 거기 있다가 대통령이 됐잖아."

"골디락스와 곰 세 마리는?"

"너무 무서워."

"곰이 너한테 울부짖는 것도 아니잖아."

"그래도."

"다이애나 비는?"

"안전벨트를 매었어야지."

"이것 봐. 다 알고 있잖아."

엄마는 숨을 내쉬었다.

"기다려봐. 인어에 대한 이야기가 있는데……."

"인어 공주."

"아니, 다른 거. 인어가 어느 날 저녁 바위 위에 앉아서 머리를 빗고 있었는데, 어부가 몰래 다가와서 그물로 인어를 덮쳐버렸어."

"저녁에 튀겨 먹으려고?"

"아니, 아니. 어부는 인어를 자기 집으로 데리고 가서 결혼을 했단다. 어부는 인어가 바다로 돌아가지 못하도록 마술의 빗을 빼앗았어. 얼마 후 인어는 아기를 가졌는데……."

"이름은 재커잭."

"맞아. 한데 어부가 고기를 잡으러 갈 때마다 인어는 집을 뒤졌는데, 어느 날 어부가 숨겨놓은 빗을 찾아냈지."

"하하."

"인어는 바닷가 바위로 달려가서 바다로 돌아갔어."

"안 돼."

엄마는 나를 가만히 보았다.

"이 이야기 싫어?"

"인어가 가면 안 돼."

"괜찮아."

엄마는 손가락으로 내 눈에 고인 눈물을 닦아주었다.

"엄마가 이 부분을 빠뜨렸네. 당연히 아기 재커잭도 머리카락에 단단히 묶어서 데리고 갔지. 어부가 돌아와보니 집은 텅 비어 있었어. 그는 다시는 인어와 아기를 보지 못했단다."

"물에 빠져죽었어?"

"어부가?"

"아니, 재커잭. 물에 들어갔잖아."

"아, 걱정 마. 재커잭도 반은 인어잖아. 공기 속에서나 물속에서나 숨을 쉴 수 있어."

엄마는 시계를 보았다. 8시 27분이었다. 오랫동안 옷장 안에 누워 있었지만 잠이 오지 않았다. 우리는 노래를 부르고 기도를 했다.

"동요 하나만 더. 응?"

나는 〈잭이 지은 집〉을 골랐다. 이게 가장 길다. 엄마의 목소리에 하품이 섞였다.

찢어진 누더기를 걸친 남자가 있어.
남자는 외로운 처녀에게 키스를 하고
처녀는 뿔이 부러진 암소에게 우유를 주고

나는 얼른 몇 소절을 가로챘다.

암소는 뿔로 개를 받아버리고
개는 고양이를 걱정하고
고양이는 쥐를 죽이고

삐삑.

나는 입을 굳게 다물었다. 올드 닉이 맨 처음 한 말은 안 들렸다. 엄마가 말했다.

"음, 저런. 카레가 있어요. 한데 혹시라도……."

엄마의 목소리는 아주 높았다.

"혹시라도 언제 환기팬 같은 걸 들여놓을 수 있을까요?"

그는 아무 말도 하지 않았다. 둘 다 침대에 앉아 있는 것 같았다. 엄마가 말했다.

"그냥 작은 걸로요."

"음. 이렇게 하자, 이거지. 내가 뭣 때문에 헛간에서 자극적인 음식을 만들고 있는지 온 이웃들이 의아해하게 하자는 거군."

이것도 빈정거리는 말 같았다.

"아, 미안해요. 그건 미처……."

"아예 지붕에다 번쩍거리는 네온사인 화살이라도 달아달라고 하지?"

화살은 어떻게 번쩍거릴까?

"정말 미안해요. 냄새가 나면, 팬을 달면, 사람들이 궁금해……."

"네가 여기서 얼마나 좋은 걸 누리는지 미처 모르는 모양인데. 안 그래?"

엄마는 아무 말도 하지 않았다.

"지상이겠다, 자연광 있고, 냉방 있고, 이보다 더 열악한 곳들도 많아. 생과일에, 세면용품에, 또 뭐가 있나, 말만 하면 다 주잖아. 이렇게 안전한 집이라면 눈물을 흘리면서 고마워할 여자들이 많다고. 특히 아이까지 딸려 있으면……."

나?

"음주운전 걱정할 필요 없지, 마약쟁이, 변태 걱정 없지."

엄마가 얼른 끼어들었다.

"팬 이야기는 괜히 했네요. 어리석었어요. 괜찮아요."

"좋아."

잠시 아무도 말을 하지 않았다. 나는 이빨을 세었다. 계속 잘못 세어서 열아홉이 나왔다. 나는 아플 때까지 혀를 깨물었다.

"물론 여기저기 낡은 곳도 있지만 그건 예사야."

그의 목소리 위치가 바뀌었다. 이제 욕조 근처에 있는 것 같았다.

"여기 이음매가 벌어졌군. 내가 언제 닦아서 다시 붙여야겠어. 여기도 바닥이 드러났군."

"우린 조심하고 있어요."

엄마는 아주 조용히 말했다.

"이 정도로 안 돼. 코르크는 자주 돌아다니는 곳에 쓰는 게 아니야. 원래 잘 움직이지 않는 사람 하나를 들이려고 지은 데라고."

"침대로 안 와요?"

엄마는 우스꽝스러울 정도로 높은 목소리로 말했다.

"신발부터 벗고."

끙끙거리는 소리, 바닥에 뭐가 떨어지는 소리가 났다.

"들어오자마자 고쳐달라고 투덜거리기나 하고."

전등이 꺼졌다. 올드 닉이 침대를 삐걱거렸다. 97까지 세다가 하나를 놓친 것 같아서 셈을 잊어버렸다. 나는 더 이상 아무 소리도 들리지 않을 때까지 깨어 있었다.

*

일요일 저녁에는 아주 쫀득한 베이글과 젤리, 땅콩버터를 먹었다. 엄마는 먹던 베이글을 입에서 꺼냈다. 뾰족한 것이 박혀 있었다.

"결국."

나는 그것을 집어들었다. 누르스름한 색에 갈색 조각이 박혀 있었다.

"아픈 이빨이야?"

엄마는 고개를 끄덕였다. 그리고 입 안을 눌러보았다. 이상했다.

"밀가루 풀로 다시 끼워넣으면 되잖아."

엄마는 씩 웃으며 고개를 저었다.

"빠져서 잘됐어. 이제 아프지 않을 거야."

조금 전만 해도 이빨은 엄마의 일부분이었는데 더 이상 아니었다.

"참, 베개 밑에 이빨을 넣어놓으면 밤에 안 보이는 요정이 와서 돈으로 바꾸어준대."

"이 안에서는 안 그래."

"왜?"

"이빨 요정은 방에 대해서는 몰라."

엄마의 눈빛은 벽 너머를 쳐다보고 있었다. 바깥세상에는 모든 것이 있었다. 스키나 불꽃놀이, 섬, 엘리베이터, 요요 같은 것이 생각날 때마다 그것들이 전부 진짜라는 사실이, 바깥세상에 모두 실제로 일어나고 있다는 사실이 떠올랐다. 그 생각을 하니 머리가 피곤했다. 사람들도 마찬가지다. 소방수, 선생님, 도둑, 아기, 성자, 축구선수 등등, 모두 바깥세상에 진짜 있다. 하지만 나는 거기에 없다. 나랑 엄마는. 우리만 거기에 없다. 우리는 정말 진짜일까?

저녁을 먹은 뒤 엄마는 헨젤과 그레텔 이야기, 베를린 장벽이 무너진 이야기, 럼펠스킨 이야기를 해주었다. 여왕이 난쟁이의 이름을 알아맞히지 못하면 아기를 빼앗긴다는 부분이 마음에 들었다.

"이야기는 진짜야?"

"어떤 이야기?"

"인어 엄마랑 헨젤과 그레텔, 전부 다."

"음, 문자 그대로 진짜는 아니야."

"그게 무슨 말이야?"

"마법이야. 지금 걸어다니는 진짜 사람들 이야기가 아니란다."

"그럼 가짜야?"

"아니, 아니. 이야기는 종류가 다른 진실이란다."

이 말을 이해하느라 얼굴이 온통 찌그러졌다.

"베를린 장벽은 진짜야?"

"음, 벽은 있었는데 이제는 없어."

너무 피곤해서 럼펠스킨의 최후처럼 둘로 쪼개질 것 같았다.

"잘 자라."

엄마는 옷장문을 닫으며 말했다.

"푹 자라. 벌레야, 물지 마."

*

언제 잠들었는지도 몰랐는데, 올드 닉의 큰 목소리가 들렸다.

"하지만 비타민은……."

엄마가 말했다.

"이건 칼 안 든 강도로군."

"우리가 아파도 좋아요?"

"그건 다 사기야. 예전에 기사를 봤는데, 전부 다 변기로 흘러 나간다고."

누가 변기로 흘러나간다는 거지?

"그냥 더 좋은 음식을 먹으면……."

"아, 또 시작이군. 징징대기나 하고."

문틈으로 그가 보였다. 욕조 가장자리에 앉아 있었다. 엄마의 목소리는 화가 나기 시작했다.

"개보다 우릴 먹여 살리는 게 돈이 덜 들 거예요. 우린 신발도 필요 없잖아요."

"넌 요즘 세상이 어떤지 몰라. 내 돈이 어디서 난다고 생각해?"

아무도 말을 하지 않았다. 엄마가 말했다.

"무슨 뜻이에요? 보통 일반적인 돈, 아니면……."

그는 팔짱을 끼었다. 팔뚝은 거대했다.

"난 6개월 전에 해고당했어. 한데 넌 그 작은 머리로 고민이란 걸 해본 적 있나?"

문틈으로 엄마도 보였다. 그의 옆에 가까이 있었다.

"어떻게 된 거예요?"

"어떻게 됐건."

"다른 일자리를 알아보고 있어요?"

그들은 서로 쳐다보았다. 엄마가 물었다.

"빚은 없어요? 어떻게 살……."

"입 다물어."

그럴 생각은 없었지만 그가 엄마를 다시 아프게 할까 봐 너무 겁이 나서 머리에서 저절로 소리가 나왔다. 올드 닉은 나를 똑바로 쳐다보더니 한 걸음씩 다가와서 문을 주먹으로 두드렸다. 그의 손이 그림자를 만들었다.

"이봐, 거기."

나한테 이야기하고 있어. 심장이 콩닥콩닥 뛰었다. 나는 무릎을 안고 이를 악물었다. 담요 밑으로 들어가고 싶었지만 그럴 수가 없었다. 아무것도 할 수가 없었다.

"자고 있어요."

엄마였다.

"널 낮에도 밤에도 하루 종일 가둬두냐?"

나한테 묻는 거다. 엄마가 아니라고 대답하기를 기다렸지만, 엄마는 대답하지 않았다.

"자연스러운 일이 못 돼."

그의 눈이 보였다. 희끄무레한 색이었다. 내가 보일까? 난 돌로 변하는 게 아닐까? 문을 열면 어떻게 하지? 혹시…….

"그 녀석 분명 어디 잘못된 데가 있을 거야."

그는 엄마에게 말하고 있었다.

"태어난 그날부터 단 한 번도 제대로 보여주지 않잖아. 불쌍한 기형아 녀석, 머리가 두 개 달리거나 뭐 그런 거 아니야?"

왜 저런 말을 하지? 머리를 옷장에서 내밀어 보여주고 싶었다. 엄마는 문 틈 바로 앞에 서 있었다. 티셔츠 안으로 엄마의 어깨뼈가 보였다.

"그냥 수줍음이 많아서 그래요."

"내 앞에서 수줍어할 이유가 없잖아. 손 한 번 안 댔는데."

왜 나한테 손을 대?

"비싼 지프도 사줬잖아? 남자애는 내가 잘 알아. 나도 예전에 아이였으니까. 이봐, 잭!"

그는 내 이름을 불렀다.

"나와서 롤리팝 가져가라."

롤리팝!

"그냥 침대로 가요."

엄마의 목소리는 이상했다. 올드 닉은 웃음 비슷한 소리를 냈다.

"네가 필요한 게 뭔지는 잘 알지."

엄마가 필요한 거? 목록에 적은 걸까? 엄마는 다시 말했다.

"빨리요."

"넌 네 엄마한테 예의범절이란 걸 배운 적도 없나?"

불이 꺼졌다. 하지만 엄마한테는 엄마가 없다. 침대에서 요란한 소리가 났다. 그가 들어가는 소리였다. 나는 담요를 머리 위에 뒤집어쓰고 소리를 안 들으려고 귀를 눌렀다. 삐걱거리는 소리도 세고 싶지 않았지만, 나는 세고 있었다.

*

일어나보니 나는 그대로 옷장 안에 있었고 캄캄했다. 올드 닉이 아직 여기 있을까. 롤리팝은? 엄마가 직접 올 때까지 옷장 안에 있는 것이 규칙이었다. 롤리팝이 무슨 색일지 궁금했다. 어둠 속에도 색깔이 있을까? 나는 다시 잠들려고 애썼지만 머리는 말똥말똥했다. 머리를 조금만 밖으로 내밀면…….

나는 아주 조용히, 천천히 문을 열었다. 들리는 것이라고는 냉장고 소리뿐이었다. 나는 일어섰다. 한 발, 두 발, 세 발. 발가락 밑에서 뭔가 부우우 하는 소리가 났다. 들어보니 신발, 커다란 신발이었다. 나는 침대를 보았다. 그가 있었다. 올드 닉, 얼굴이 마치 돌로 된 것 같았다. 만질 생각은 없었지만, 나는 손가락을 가까이 가져가보았다.

갑자기 그의 눈이 희게 번득였다. 나는 뒤로 펄쩍 물러섰다. 신발을 떨어뜨렸다. 고함을 지를 줄 알았지만, 그는 커다랗고 흰 이를 번득이며 씩 웃었다.

"안녕, 꼬마야."

도대체 무슨……. 그때 엄마가 고함치기 놀이 때보다 더 커다란 목소리로 소리쳤다.

"물러서, 물러서라고!"

나는 옷장으로 도로 달려갔다. 머리를 부딪혔다. 아야. 엄마는 계속 소리치고 있었다.

"빨리 물러서란 말이야!"

"입 다물어."

올드 닉이 말했다.

"입 다물라고."

그가 엄마를 뭐라고 불렀지만 고함 소리 때문에 들리지 않았다. 그때 엄마 목소리가 흐려졌다.

"시끄럽단 말이야."

엄마는 말 대신 으으음 소리를 냈다. 나는 아까 부딪힌 머리를 두 손으로 붙잡았다.

"왜 이렇게 신경질적이야?"

"나도 조용히 할 수 있어요."

엄마는 거의 속삭이듯 말했다. 숨소리가 거칠었다.

"저 아이만 내버려두면 나도 얼마든지 조용할 수 있어요. 내가 부탁한 건 그게 다였잖아요."

올드 닉은 코웃음을 쳤다.

"문만 열고 들어오면 이것저것 부탁하는 주제에."

"전부 잭을 위한 거예요."

"네가 저놈을 어디서 얻었는지 잊지 말라고."

열심히 귀를 기울였지만 엄마는 아무 말도 하지 않았다.

소리. 그가 옷을 입는 걸까? 신발. 신발을 신는 것 같았다. 그가 간 뒤에도 나는 잠들지 않았다. 밤새도록 옷장 안에 있었다. 기다리고 또 기다렸지만 엄마는 날 데리러 오지 않았다.

전기

　위를 올려다보고 있는데 갑자기 채광창이 떨어져나가더니 하늘이 쏟아져 들어오고 로켓과 암소와 나무들이 내 머리 위로……. 아니, 나는 침대에 있었다. 채광창에서 빛이 조금씩 새어들어오기 시작하고 있었다. 아침인 모양이었다.

　"그냥 악몽을 꾼 거야."

　엄마가 내 뺨을 쓸며 말했다. 젖을 빨았지만 조금만 빨았다. 맛있는 왼쪽 가슴. 그때 기억이 났다. 나는 침대에서 꼼지락거리며 올라가서 엄마의 목에 새 자국이 났는지 확인해보았지만, 아무것도 보이지 않았다.

　"밤에 옷장에서 나와서 미안해."

　"알아."

　용서한다는 걸까? 다른 기억이 났다.

　"기형아 녀석이 뭐야?"

　"아, 잭."

　"왜 나한테 잘못된 데가 있을 거라고 했어?"

　엄마는 끙 소리를 냈다.

　"너한테 잘못된 데는 전혀 없어. 머리부터 발끝까지 정상이야."

　엄마는 내 코에 키스했다.

　"그런데 왜 그렇게 말을 했어?"

"그냥 날 괴롭히려고 그런 거야."

"왜 엄마를 괴롭혀?"

"넌 자동차랑 풍선 같은 거랑 노는 걸 좋아하잖니? 그는 엄마 머리를 가지고 노는 걸 좋아해."

엄마는 머리를 두드렸다. 머리를 가지고 논다는 게 무엇인지 알 수 없었다.

"해고당하는 건 뭐야?"

"일자리를 잃었다는 뜻이란다."

나는 우리가 여섯 개 핀 중에서 하나를 잃어버린 것처럼 물건만 잃어버리는 줄 알았다. 바깥 세계는 모든 것이 다른 것 같았다.

"왜 날 어디서 얻었는지 잊지 말라고 했어?"

"아, 제발 1분만 엄마 좀 가만히 내버려둘래?"

나는 소리를 끄고 하마 한 마리, 하마 두 마리 하며 60까지 세었다. 질문은 머릿속에서 계속 뛰어다니고 있었다.

엄마는 엄마가 먹을 우유 한 잔을 따르고 내 잔은 따르지 않았다. 냉장고에 불이 들어오지 않았다. 이상했다. 엄마는 냉장고를 쳐다보고 있다가 다시 문을 닫았다. 시간이 다 됐다.

"왜 날 어디서 얻었는지 잊지 말라고 했어? 난 천국에서 얻은 거 아니야?"

엄마는 전등을 켰지만 여기도 불이 들어오지 않았다.

"그 말은…… 네가 누구 건지 잊지 말라는 거야."

"난 엄마 거잖아."

엄마는 나를 보며 작게 미소 지었다.

"전구가 다 된 거야?"

"그런 것 같지 않은데."

엄마는 몸을 떨며 온도계 쪽으로 갔다.

"왜 잊지 말라고 했어?"

"음, 사실 그는 잘못 생각하고 있어. 그는 네가 자기 거라고 생각해."

하!

"바보 멍청이네."

엄마는 온도계를 쳐다보고 있었다.

"전원이 끊겼어."

"그게 뭐야?"

"지금은 아무 데도 전기가 없다는 뜻이야."

이상한 날이었다. 우리는 시리얼을 먹고 이를 닦고 옷을 입고 식물에 물을 주었다. 욕조에 물을 채우려고 했지만, 처음 잠깐 동안이 지나자 얼음 같은 물이 나와서 그냥 수건으로 씻었다. 채광창은 점점 밝아졌지만 아주 밝지는 않았다. 텔레비전도 나오지 않았다. 친구들이 보고 싶었다. 나는 친구들이 화면에 있는 척하고 손가락으로 두드렸다. 엄마는 셔츠와 바지, 양말을 하나씩 더 껴입어서 몸을 따뜻하게 하자고 했다. 몇 마일이고 트랙을 달리고 나니, 발가락이 눌려서 찌그러져 있었다. 엄마가 바깥에 신은 양말을 벗겨주었다.

"귀가 아파."

엄마의 눈썹이 올라갔다.

"귓속이 너무 조용해."

"평소에 익숙했던 작은 소리들이 안 들려서 그런 거야. 열이 들어오는 소리라든지, 냉장고 소리 같은 거."

나는 나쁜 이빨을 가지고 놀았다. 서랍장 아래, 쌀통 안, 비누 뒤 같은 곳에 숨겨놓고 어디 있는지 잊어버리려고 노력한 다음 깜짝 놀라면서 찾았다. 엄마는 냉동실에 있던 완두콩을 다지고 있었다. 왜 저렇게 많이 다지는 걸까? 그때 어젯밤에 들었던 한 가지 좋은 이야기가 떠올랐다.

"아, 엄마. 롤리팝!"

엄마는 계속 다지고 있었다.

"쓰레기통에 있어."

왜 거기 넣었을까? 나는 달려가서 페달을 밟았다. 뚜껑이 핑 열렸지만 롤리팝은 보이지 않았다. 오렌지 껍질과 쌀, 스튜, 비닐 봉투 사이를 헤집어보았다. 엄마는 내 어깨를 잡았다.

"그냥 뭐."

"일요일 선물이야."

"쓰레기야."

"아니야."

"기껏해야 50센트 정도 할까. 그가 널 비웃을 거야."

"난 롤리팝 한 번도 못 먹어봤어."

난 엄마의 손을 뿌리쳤다. 전기가 끊겼기 때문에 화덕에서 아무것도 데울 수가 없었다. 그래서 점심은 미끌미끌하고 차가운 완두콩이었다. 삶은 완두콩보다 맛이 더 고약했다. 녹아서 상하기 때문에 다 먹어치워야 했다. 그러든 말든 관심 없었지만 어쨌든 낭비다.

"도망친 토끼 이야기 해줄까?"

엄마는 찬물로 그릇을 씻은 뒤 물었다. 나는 고개를 저었다.

"전기는 언제 돌아와?"

"모르겠어. 미안하다."

우리는 몸을 따뜻하게 하려고 침대에 올라갔다. 엄마는 옷을 모두 걷어 올렸고, 나는 왼쪽 그리고 오른쪽 젖을 빨았다.

"방이 점점 더 차가워지면 어떻게 해?"

엄마는 나를 쓰다듬으며 말했다.

"아, 그렇진 않아. 사흘만 지나면 4월이니까. 바깥은 그렇게 춥지 않을 거야."

우리는 꾸벅꾸벅 졸았지만, 나는 조금만 잤다. 엄마가 깊이 잠들 때까지 기다렸다가 꼼지락거리며 빠져나와서 다시 쓰레기통을 보러 갔다. 롤리팝은 거의 밑바닥에 있었다. 빨간 공 모양이었다. 끈적끈적한 스튜가 묻어 있었기 때문에 팔을 씻고 롤리팝도 씻었다. 나는 바로 비닐을 찢어서 빨고 또 빨았다. 태어나서 먹어본 것 중에 가장 달콤한 맛이었다. 바깥 세계도 이런 맛일까.

만약 내가 토끼처럼 도망친다면 의자가 되어서 엄마가 어떤 의자인지 못 알아보게 해야지. 투명인간이 되어서 채광창에 붙어 있으면 엄마도 나를 못

보고 지나칠 거야. 작은 먼지가 되어서 엄마 콧속에 들어가면 재채기를 하겠지.

엄마는 눈을 떴다. 나는 등 뒤로 롤리팝을 감췄다. 엄마는 다시 눈을 감았다. 속이 약간 메슥거렸지만 몇 시간이고 빨았다. 그러다 보니 막대기만 남아서 쓰레기통에 버렸다.

엄마는 일어났지만 롤리팝에 대해서는 말하지 않았다. 눈을 뜬 채로 아직 자고 있는 걸까. 엄마는 다시 전등을 켜보았지만, 전등은 꺼진 채였다. 엄마는 전원이 다시 들어오면 곧장 알 수 있도록 전등을 켜두어야겠다고 했다.

"한밤중에 켜져서 우릴 깨우면 어떡해?"

"한밤중에 켜질 것 같지는 않아."

우리는 네 살 때 용과 외계인, 공주와 왕자 같은 머리를 달았던 비타민 병을 세워놓고 통통볼과 말 많은 공으로 볼링을 했다. 내가 거의 다 이겼다. 덧셈과 뺄셈, 수열, 곱셈과 나눗셈, 가장 큰 숫자를 적는 연습도 했다. 엄마는 내가 아기 때 신던 양말로 작은 새 인형 두 개를 만들어주었다. 얼굴에는 실땀으로 미소를 만들고 눈에는 전부 다 다른 단추를 붙였다. 나도 바느질을 할 줄 알지만 재미는 없다. 아기 때 내가 어땠는지 기억이 나면 좋을 텐데.

나는 스폰지밥에게 편지를 쓰고 뒷면에는 엄마랑 내가 몸을 따뜻하게 하려고 춤추는 그림을 그렸다. 스냅, 메모리, 고 피시 게임도 했다. 엄마는 체스를 하고 싶어 했지만 나는 체스를 하면 머리가 멍해지기 때문에 대신 체커도 좋다고 했다. 손가락이 너무 뻣뻣해져서 나는 입에 손가락을 물었다. 엄마는 균을 옮긴다면서 얼음 같은 물로 다시 씻으라고 했다.

목걸이를 만들기 위해 밀가루 반죽으로 구슬도 많이 만들었지만, 말라서 딱딱해지는 바람에 실에 꿸 수가 없었다. 상자와 통으로 우주선도 만들었다. 테이프가 거의 다 떨어졌지만 엄마는 "뭐 어때." 하면서 마지막 남은 조각을 써버렸다.

채광창이 캄캄해지고 있었다. 저녁은 축축한 치즈와 녹은 브로콜리였다. 엄마는 먹지 않으면 더 추울 거라고 했다. 엄마는 진통제 두 알을 꺼내서 물로 꿀꺽 넘겼다.

"나쁜 이빨이 빠졌는데 왜 아직 아파?"

"이제는 다른 이빨들이 더 많이 느껴지는 것 같아."

우리는 잠옷 티셔츠를 입고 그 위에 다른 옷을 더 입었다. 엄마는 노래를 시작했다.

"저 산의 반대편……."

나도 따라 불렀다.

"저 산의 반대편……."

"그의 눈에는 그것만이 보였네."

나는 〈벽 앞의 맥주병 99개〉를 70개까지 불렀다. 엄마는 귀에 손을 대고 제발 나머지는 내일 하자고 했다.

"내일은 아마 전기가 돌아올 거야."

"알았어."

"전기가 안 들어와도 해가 뜨는 건 막을 수 없으니까."

올드 닉이?

"그가 왜 해가 뜨는 걸 막아?"

"못 막는다고 했잖아."

엄마는 나를 꼭 껴안으며 말했다.

"미안해."

"왜 미안해?"

엄마는 숨을 내쉬었다.

"내 잘못이야. 그를 화나게 했으니까."

나는 엄마 얼굴을 쳐다보았지만, 얼굴은 거의 보이지 않았다.

"그는 내가 소리를 지르면 참지를 못해. 오랫동안 안 그랬는데. 우릴 벌주려는 거야."

가슴이 커다랗게 쿵쾅거렸다.

"우리를 어떻게 벌주려는 거야?"

"아니, 벌써 줬어. 전기를 끊는 걸로."

"아, 그건 괜찮아."

엄마는 웃었다.

"무슨 소리야? 이렇게 춥고, 끈적거리는 야채만 먹어야 하는데."

"난 그가 우리를 또 벌주려는 줄 알았거든."

나는 상상해보려고 애썼다.

"방 두 개가 있어서, 나를 한쪽 방에 넣고 엄마를 다른 방에 넣고, 그런 식으로."

"잭, 넌 참 놀라워."

"왜 놀라워?"

"모르겠어. 그냥 네가 그렇게 튀어나온 게."

우리는 침대에서 더 꼭 껴안았다.

"어두운 게 싫어."

"뭐, 이제 잘 시간이잖니. 어쨌든 어두운걸 뭐."

"그런가?"

"얼굴이 안 보여도 서로 잘 알지 않니, 안 그래?"

"응."

"잘 자라, 푹 자라. 벌레들아, 물지 마."

"나 옷장에 들어가야 하지 않아?"

"오늘 밤은 안 가도 돼."

*

아침에 일어나보니 공기는 더 싸늘했다. 시계는 7시 9분이었다. 시계는 건전지를 갖고 있다. 몸 안에 숨겨놓은 작은 전기다. 엄마는 밤에 깨어 있었기 때문에 계속 하품을 했다. 배가 아팠다. 엄마는 날 채소 때문일 거라고 했다. 병에 든 진통제를 먹고 싶었다. 엄마는 절반만 주었다. 한참 기다렸지만 배는 나아지지 않았다. 채광창은 점점 더 밝아지고 있었다.

"어젯밤에 그가 오지 않아서 기분 좋아. 다시는 안 올 거야. 그러면 정말 좋을 텐데."

내가 말했다. 엄마는 얼굴을 약간 찌푸렸다.

"잭, 잘 생각해봐."

"생각하고 있어."

"그러면 무슨 일이 생길지 말이야. 우리가 먹는 음식은 어디서 오니?"

알고 있었다.

"바깥 세계의 들판에 있는 아기 예수한테서."

"아니, 그러니까…… 가져다주는 사람이 누구야?"

아.

엄마는 일어서더니 수도꼭지가 아직 작동하는 건 좋은 징조라고 말했다.

"물도 끊을 수 있었는데 끊지 않았어."

무슨 징조라는 건지 알 수 없었다.

아침에는 베이글을 먹었지만 차갑고 눅눅했다.

"그가 전기를 다시 올리지 않으면 어떻게 돼?"

"올릴 거야. 오늘 오후쯤이면."

나는 가끔 텔레비전 버튼을 눌러보았다. 그냥 멍청한 회색 상자였다. 얼굴이 비쳐 보였지만 거울처럼 잘 보이지는 않았다. 우리는 몸을 따뜻하게 하기 위해 생각나는 체육을 다 했다. 가라테와 섬 놀이, 사이먼 가라사대, 트램펄린. 팔방놀이는 금을 밟거나 넘어지지 않고 한 코르크 타일에서 다른 타일로 뛰는 놀이다. 엄마는 장님 놀이를 고른 후 내 위장복 바지를 눈에 감았다. 나는 침대 밑 달걀뱀 옆에 숨은 채 숨도 쉬지 않고 책처럼 납작하게 엎드려 있었다. 엄마는 한참이나 걸려서 날 찾았다. 다음 나는 암벽타기를 선택했다. 엄마는 내 손을 잡아주었고, 나는 엄마의 다리를 타고 내 머리보다 더 높이 기어 올라가서 거꾸로 매달렸다. 땋은 머리가 얼굴 앞으로 늘어져서 웃음이 났다. 나는 휙 몸을 접어서 다시 똑바로 섰다. 여러 번 더 하고 싶었지만 엄마는 손목이 아프다고 했다. 그리고 나니 피곤했다.

우리는 긴 스파게티와 실에 내가 그린 작은 오렌지색 그림, 엄마가 그린 녹색 그림, 배배 꼰 포일, 화장지 같은 여러 물건을 붙여서 모빌을 만들었다. 엄마는 통에 있던 마지막 핀으로 실 맨 끝을 천장에 매달았다. 아래에

서서 숨을 세게 부니까 스파게티가 작은 물건들과 함께 대롱대롱 흔들렸다. 배가 고팠다. 엄마는 마지막 남은 사과를 먹으라고 했다. 올드 닉이 사과를 더 안 가져다주면 어떻게 하지?

"왜 아직도 우리한테 벌을 주는 거야?"

엄마는 입술을 비틀었다.

"그는 우리가 자기 물건이라고 생각해. 방이 그러니까."

"왜?"

"음, 자기가 만들었거든."

이상하다. 방은 원래 그냥 있는 건 줄 알았는데.

"하느님이 모든 걸 만들지 않았어?"

엄마는 잠시 아무 말도 없다가 내 목을 어루만졌다.

"좋은 것들은 다 만드셨어."

우리는 식탁에서 노아의 방주 놀이를 했다. 빗, 작은 접시, 주걱, 책, 지프 같은 온갖 물건들을 줄 세워놓고 거대한 홍수가 몰려오기 전에 상자 안에 얼른 집어넣는 놀이였다. 엄마는 더 이상 놀지 않고 머리가 무거운 것처럼 손으로 받쳤다. 나는 사과를 베어 물었다.

"다른 이빨도 아파?"

엄마는 손가락 사이로 나를 보았다. 눈이 원래보다 더 커다랬다.

"어떤 이빨?"

엄마가 갑자기 일어나서 나는 놀랄 뻔했다. 엄마는 안락의자에 앉아서 두 손을 내밀었다.

"이리 오렴. 해줄 이야기가 있어."

"새 이야기야?"

"그래."

"신난다."

엄마는 내가 엄마의 품 안에 몸을 접고 들어올 때까지 기다렸다. 나는 사과 반대쪽을 아껴 먹고 있었다.

"앨리스가 원래부터 이상한 나라에 있었던 게 아니란 거 알고 있지?"

속았다. 알고 있는 이야기였다.

"응. 흰 토끼의 집에 갔다가 몸이 너무 커져서 팔은 창밖으로 튀어나가고 발은 굴뚝으로 나가고 도마뱀 빌을 발로 뻥 찼어. 그 부분이 재미있어."

"아니, 그전에. 앨리스가 풀밭에 누워 있었던 거 기억나?"

"그러다가 구멍 속으로 4000마일을 떨어졌지만 다치지는 않았어."

"그래, 엄마가 앨리스 같은 사람이야."

나는 웃었다.

"아냐. 앨리스는 어린 여자아이야. 머리가 크고. 도라보다 더 커."

엄마는 입술을 씹었다. 검게 말라붙은 자국이 있었다.

"응, 하지만 엄마도 앨리스처럼 다른 곳에서 왔어. 아주 오래전에 엄마는……."

"천국에 있었잖아."

엄마는 조용히 하라는 뜻으로 손가락을 내 입에 갖다댔다.

"엄마도 천국에서 내려왔을 때는 너 같은 아이였어. 우리 엄마랑 아빠랑 같이 살았지."

나는 고개를 저었다.

"엄마가 엄마잖아."

"하지만 나도 엄마라고 부르는 사람이 있었어. 아직도 있고."

왜 이런 이야기를 꾸며낼까. 내가 모르는 게임일까?

"그분을, 넌 할머니라고 불러야 해."

도라의 아부엘라처럼. 동정녀 마리아를 무릎에 안고 있던 성녀 앤처럼. 나는 사과 심을 먹고 있었다. 거의 남은 것이 없었다. 나는 사과를 식탁 위에 내려놓았다.

"엄마도 그 엄마 배 속에서 자랐어?"

"음, 그렇지는 않아. 난 입양됐어. 우리 엄마랑 아빠, 넌 할아버지라고 불러야 해. 그리고 폴이라는 오빠도 있었단다."

나는 고개를 저었다.

"폴은 성자야."

"아니, 다른 폴이야."

어떻게 폴이 두 명 있을 수 있을까?

"넌 폴 삼촌이라고 불러야 해."

이름이 너무 많아서 머리가 꽉 찼다. 사과를 다 먹었는데도 배 속은 여전히 비어 있었다.

"점심은 뭘 먹어?"

엄마는 웃지 않았다.

"이건 네 가족에 대한 이야기야."

나는 고개를 저었다.

"한 번도 못 만났다고 해서 진짜가 아닌 건 아니야. 이 세상에는 네가 꿈조차 못 꿀 것들이 더 많이 있단다."

"끈적거리지 않는 치즈는 없어?"

"잭, 이건 중요한 이야기야. 난 우리 엄마랑 아빠, 폴과 같이 집에서 살았어."

엄마를 화나게 하지 않으려면 이 게임을 같이해야 한다.

"텔레비전 안에 있는 집?"

"아니, 바깥에."

말도 안 돼. 엄마는 바깥세상에 있었던 적이 없다.

"네가 텔레비전에서 보는 집과 똑같이 생겼단다. 도시 근교에 있는 집, 뒷마당도 있고, 해먹도 있고."

"해먹이 뭐야?"

엄마는 선반에서 연필을 가져다가 나무 두 개를 그렸다. 나무 사이에는 매듭으로 묶은 밧줄들이 매여 있었고 한 사람이 그 위에 누워 있었다.

"그건 해적이야?"

"나야. 해먹에서 그네를 타는 나."

엄마는 들떠서 종이를 그림으로 가득 채웠다.

"엄마는 폴과 같이 운동장에 가기도 하고 그네도 타고 아이스크림도 먹었어. 네 할머니 할아버지가 자동차로 여행도 데려가고 동물원에도 데려가고 바닷가에도 데려가줬어. 난 할머니 할아버지의 어린 소녀였단다."

"말도 안 돼."

엄마는 그림을 움켜쥐었다. 식탁 위가 축축했다. 엄마 눈동자의 흰자위가 반짝거렸다.

"울지 마."

"어쩔 수가 없어."

엄마는 얼굴에서 눈물을 닦았다.

"왜 어쩔 수가 없어?"

"더 잘 설명하고 싶은데. 엄마는 그리워."

"해먹이 그리워?"

"전부 다. 바깥세상에서 사는 게."

나는 엄마의 손을 잡았다. 엄마는 내가 자기 말을 믿기를 원하니까 그러고 싶었지만 머리가 아팠다.

"예전에 텔레비전 안에서 산 적이 있었어?"

"말했잖아. 텔레비전이 아니야. 진짜 세상. 얼마나 넓은지 넌 상상도 못 할 거야."

엄마는 팔을 뻗어서 사방의 벽을 가리켰다.

"방은 그중에서 아주 작고 구린 한 조각에 불과해."

"방은 구리지 않아."

나는 외치듯이 말했다.

"엄마가 방귀를 뀔 때만 가끔 구리지."

엄마는 다시 눈물을 닦았다.

"엄마 방귀는 내 방귀보다 훨씬 지독해. 엄마는 날 속이려는 거야. 그만둬."

"좋아."

엄마는 풍선에서 바람이 빠지듯 숨을 내뿜었다.

"샌드위치 먹자."

"왜?"

"배고프다면서?"

"안 고파."

엄마의 얼굴이 다시 엄해졌다.

"엄마가 샌드위치를 만들게. 넌 먹는 거야, 알았지?"

땅콩버터뿐이었다. 치즈가 모두 끈적거려 넣을 수 없었기 때문이다. 내가 샌드위치를 먹는 동안, 엄마는 내 옆에 앉아 있었지만 먹지는 않았다.

"네가 받아들이기에는 너무 엄청나다는 건 알아."

샌드위치가?

우리는 디저트로 귤 하나를 사이에 놓았다. 엄마는 작은 조각을 좋아했기 때문에 내가 큰 조각들을 먹었다.

"이 일에 대해서는 너한테 거짓말을 하고 싶지 않단다."

엄마는 내가 과즙을 삼키는 동안 말했다.

"전에는 네가 너무 어려서 말해도 이해할 수가 없었어. 그래서 거짓말 비슷하게 했던 거야. 하지만 이제 너도 다섯 살이 되었으니까 이해할 수 있을 것 같아."

나는 고개를 저었다.

"엄마가 하려는 이야기는 거짓말의 반대말이야. 거짓을 되돌리는 일이라고나 할까."

우리는 한참 낮잠을 잤다. 엄마는 벌써 깨어서 2인치 떨어진 곳에서 나를 쳐다보고 있었다. 나는 꼼지락거리며 왼쪽 젖가슴으로 갔다.

"왜 엄마는 여기서 사는 게 싫어?"

엄마는 일어나 앉아 티셔츠를 내렸다.

"난 안 끝났어."

"끝났어. 네가 이야기를 시작했잖아."

나도 앉았다.

"왜 나랑 같이 방에서 사는 게 싫어?"

엄마는 나를 단단히 잡았다.

"엄마는 언제든지 너랑 같이 있는 게 좋아."

"하지만 방이 작고 구리다고 했잖아."

"아, 잭."

엄마는 잠시 아무 말도 하지 않았다.

"그래, 난 바깥에서 사는 게 더 좋아. 하지만 너랑 같이."

"난 엄마랑 같이 여기 있는 게 좋아."

"알았어."

"그 사람은 방을 어떻게 만들었어?"

내가 누구를 말하는지 엄마는 알고 있었다. 이야기하지 않을 것 같았지만, 엄마는 입을 열었다.

"사실 이건 마당에 있는 헛간이야. 정사각형 비닐 코팅 철제 기본 구조물. 거기다 그가 방음 처리를 하고 채광창을 달고 벽 안에 단열재를 잔뜩 붙이고 납판을 깐 거야. 납은 모든 소리를 죽이거든. 아, 비밀번호로 여는 안전 문도. 자기 솜씨가 얼마나 멋진지 늘 자랑한단다."

오후는 천천히 흘렀다. 우리는 얼음장 같은 빛 속에서 그림이 있는 책을 모두 다 읽었다. 오늘은 채광창이 달랐다. 눈동자처럼 검은 부분이 있었다.

"저기 봐, 엄마."

엄마는 올려다보고 미소 지었다.

"나뭇잎이야."

"왜?"

"바람이 불어 나무에서 떨어진 거란다."

"바깥세상에 있는 진짜 나무?"

"응. 봤지? 저게 증거야. 온 세상이 저 밖에 있다는 거."

"콩나무 놀이 해. 의자를 식탁 위에 놓고⋯⋯."

엄마가 도와주었다.

"그리고 의자 위에 쓰레기통을 얹어. 내가 그걸 타고 올라가서⋯⋯."

"위험해."

"엄마가 식탁 위에 서서 쓰레기통을 잡고 있으면 흔들리지 않을 거야."

"흠."

거의 안 된다는 뜻이었다.

"한 번만 해봐. 응?"

완벽했다. 나는 한 번도 떨어지지 않았다. 쓰레기통 위에 올라서니까 천장이 창문에서 비스듬해지는 부분의 코르크 모서리를 손으로 잡을 수 있었다. 채광창 유리 위에는 전에 한 번도 본 적이 없었던 것이 있었다.

"벌집이다."

나는 손으로 쓸어보았다.

"폴리카보네이트 망이야. 깨지지 않는 거야. 네가 태어나기 전에 엄마도 여기 서서 밖을 많이 내다봤단다."

"잎은 구멍이 있고 검은색이야."

"응, 지난겨울에 죽은 잎이겠지."

잎 주변은 파란색, 하늘이었다. 그 안에는 흰색이 조금 있었다. 엄마는 구름이라고 했다. 벌집을 통해 바라보고 또 바라봤지만 보이는 것은 하늘뿐이었다. 그 안에는 배도, 기차도, 말도, 소녀도, 건물들도, 아무것도 날아다니지 않았다.

쓰레기통과 의자에서 내려서다가 나는 엄마의 팔을 밀어냈다.

"잭."

혼자 힘으로 바닥에 뛰어내렸다.

"거짓말쟁이, 누굴 속이려고. 바깥세상은 없는데."

엄마는 더 설명하려고 했지만 나는 귀에 손을 대고 소리쳤다.

"안 들려, 안 들려."

나는 혼자 지프랑 같이 놀았다. 울 것 같은 기분이었지만 안 우는 척했다. 엄마는 찬장 안을 들여다보며 깡통을 두드렸다. 세는 소리가 들렸다. 얼마나 남았는지 세고 있는 것이다. 이제 정말 추웠다. 양말을 꼈지만 손에 느낌이 없었다. 저녁에는 마지막으로 남은 시리얼을 먹어도 되냐고 계속 졸랐더니 엄마가 먹으라고 했다. 손가락에 느낌이 없어서 몇 알을 흘렸다.

다시 어둠이 찾아왔지만, 엄마 머릿속에는 『전래동요집』의 모든 동요가 다 들어 있었다. 나는 〈오렌지와 레몬〉을 불러달라고 했다. 내가 제일 좋아하는 부분은 "몰라, 보우의 큰 종이 말했네."다. 사자처럼 소리가 깊기 때문이었다. 차퍼가 머리를 자르러 찾아온다는 부분도 좋았다.

"차퍼가 뭐야?"

"큰 칼이겠지."

"아냐. 헬리콥터 날개가 아주 빨리 돌아가서 머리를 자른다는 거야."

"윽."

잠은 안 오지만 아무것도 보이지 않아서 할 일이 없었다. 우리는 침대에 앉아서 시를 지었다.

"우리 친구 위클스는 간지럼을 탄다네."

"우리 친구 백야디건은 다시 노력해야 한다네."

"그거 좋아."

나는 엄마에게 말했다.

"우리 친구 그레이스는 경주를 먹었다네."

"경주에서 이겼다고 해야지. 우리 친구 줄스는 수영장을 좋아한다네."

"우리 친구 폴 삼촌은 심하게 넘어졌다네."

"폴은 정말 오토바이를 타다가 넘어진 적이 있어."

그가 진짜라는 것을 잊고 있었다.

"왜 오토바이에서 넘어졌어?"

"사고가 나서. 한데 구급차에 병원으로 실려가서 의사들한테 치료받았어."

"몸을 잘라서 열었어?"

"아니. 그냥 아프지 말라고 팔에 붕대를 둘렀단다."

그럼 병원도 진짜고 오토바이도 진짜다. 믿어야 하는 온갖 새로운 것들 때문에 머리가 터질 것 같았다. 이제 완전히 캄캄했지만 채광창은 어두우면서도 약간 밝았다. 엄마가 도시에는 늘 가로등 불빛이 있고 건물에서 나오는 불빛이 있다고 했다.

"도시는 어디 있어?"

"밖에."

엄마는 침대 벽을 가리켰다.

"채광창 밖을 봤을 때는 없었어."

"그래서 엄마한테 화가 났구나."

"엄마한테 화 안 났어."

엄마는 키스를 해주었다.

"채광창은 하늘 쪽을 바라보고 있어. 엄마가 너한테 이야기한 것들은 대부분 땅에 있기 때문에 창문이 옆으로 나 있어야 볼 수 있어."

"일요일 선물로 창문을 옆으로 내어달라고 하자."

엄마는 피식 웃었다. 올드 닉이 더 이상 오지 않는다는 것을 잊고 있었다. 어쩌면 롤리팝이 마지막 일요일 선물인지도 모른다. 울음이 나올 것 같은 기분이 들었지만, 나온 것은 커다란 하품이었다.

"잘 자, 방아."

"잘 시간이 됐구나? 그래, 잘 자."

"잘 자, 전등아, 풍선아."

나는 엄마를 기다렸지만 엄마는 더 이상 말하지 않았다.

"잘 자, 지프야. 잘 자, 리모컨아. 잘 자, 깔개야. 잘 자, 담요야. 잘 자, 벌레들아, 물지 마."

*

계속되는 소음 때문에 잠에서 깼다. 엄마는 침대에 없었다. 불빛이 약간 있었고, 공기는 아직 얼음 같았다. 침대 너머를 보니 엄마는 바닥 한가운데 앉아서 손으로 쿵쿵쿵 두드리고 있었다.

"바닥이 무슨 짓을 했어?"

엄마는 손을 거두고 긴 숨을 내쉬었다.

"뭔가 때려야만 했어. 하지만 물건을 부수기는 싫어서."

"왜?"

"사실 엄마는 뭘 부수고 싶거든. 전부 다 부수고 싶어."

이럴 때는 엄마가 싫다.

"아침은 뭐야?"

엄마는 나를 쳐다보았다. 그러더니 일어나서 찬장 쪽으로 가서 베이글을 꺼냈다. 마지막 베이글일 것이다. 엄마는 4분의 1만 먹었다. 배고프지 않다고 했다. 숨을 내뿜으니 하얀 공기가 나왔다. 엄마가 말했다.

"오늘은 더 추워서 그래."

"더 추워지지 않을 거라고 했잖아."

"미안, 엄마가 틀렸어."

나는 베이글을 다 먹었다.

"나한테 아직도 할머니, 할아버지, 폴 삼촌이 있는 거야?"

"그래."

엄마는 약간 미소 지었다.

"천국에 있어?"

"아니."

엄마는 입가를 비틀었다.

"그렇지 않을 거야. 폴은 엄마보다 겨우 세 살 많으니까. 스물아홉 살이겠구나."

"사실 그 사람들은 여기 있어. 숨어 있는 거야."

나는 속삭였다. 엄마는 주위를 둘러보았다.

"어디?"

"침대 밑에."

"아, 아주 비좁겠구나. 세 사람이고 다들 덩치가 큰걸."

"하마만큼?"

"그렇게 크지는 않아."

"그럼 혹시…… 옷장에 있을지도 몰라."

"엄마 옷이랑 같이?"

"응. 안에서 덜커덕거리는 소리가 들리는 건 그 사람들이 옷걸이를 떨어뜨려서야."

엄마의 얼굴은 무표정했다.

"농담이야."

엄마는 고개를 끄덕였다.

"가끔 진짜로 여기 올 수도 있어?"

"그랬으면 좋겠구나. 엄마는 매일 밤 열심히 기도한단다."

"난 들은 적 없는데."

"머릿속에서 기도했어."

내가 들을 수 없는 머릿속에서 기도한다는 건 미처 몰랐다.

"그분들도 빌고 있지만 내가 어디 있는지 몰라."

"엄마는 나랑 같이 방에 있잖아."

"하지만 그분들은 방이 어디 있는지 모른단다. 너에 대해서도 모르고."

이상하다.

"도라의 지도를 찾아보면 되잖아. 그분들이 여기 오면 내가 깜짝 놀라게 팍 튀어나가는 거야."

엄마는 웃으려는 것 같았지만 웃지 않았다.

"방은 어떤 지도에도 없어."

"전화로 말하면 돼. 건축가 밥도 전화가 있잖아."

"우린 없잖니."

"일요일 선물로 부탁하자."

그때 기억이 났다.

"올드 닉이 화가 풀리면."

"잭. 그는 절대 우리에게 전화도, 창문도 주지 않을 거야."

엄마는 내 엄지를 잡고 꽉 쥐었다.

"우리는 책에 나오는 사람과 같아. 그가 그 책을 아무에게도 읽게 하지 않는 거야."

체육 시간에는 트랙에서 뛰었다. 아무런 느낌이 들지 않는 손으로 식탁과 의자를 치우는 것은 힘들었다. 왔다 갔다 열 번을 뛰었지만 그래도 몸이 따뜻해지지 않았다. 발가락이 비틀거렸다. 우리는 트램펄린, 가라테, 쿵푸를 했고, 나는 이번에도 콩나무 놀이를 골랐다. 엄마는 아무것도 보이지 않아도 놀라지 않겠다고 약속하면 괜찮다고 했다. 나는 식탁을 오르고 의자를 오르고 쓰레기통을 올랐지만 비틀거리지 않았다. 천장이 비스듬히 채광창 쪽으로 기울어지는 가장자리를 붙잡고, 벌집 너머 파란색을 뚫어지게 쳐다보았다. 하도 쳐다보았더니 눈이 깜빡여졌다. 잠시 후 엄마는 내려가서 점심을 만들어야겠다고 했다.

"채소는 싫어. 배가 견딜 수가 없어."

"썩기 전에 다 써야 해."

"파스타 먹으면 되잖아."

"거의 다 떨어졌어."

"그럼 쌀. 혹시⋯⋯."

그때 벌집 너머로 뭔가 보여서 나는 말하는 것을 잊었다. 너무 작아서 처음에는 눈 속에 떠다니는 먼지인 줄 알았는데, 아니었다. 하늘에 두껍고 희게 난 작은 줄이었다.

"엄마."

"왜?"

"비행기야!"

"진짜?"

"진짜야. 이야!"

그때 나는 엄마 위에 떨어졌다가 다시 깔개 위에 떨어졌다. 쓰레기통이 우리를 때렸고 의자도 때렸다. 엄마는 아야 하면서 손목을 문질렀다.

"미안."

나는 엄마의 손목에 열심히 키스했다.

"봤어. 아주 작은 진짜 비행기였어."

"아주 멀어서 그래."

엄마는 미소 지으며 말했다.

"가까이에서 보면 아주 클 거야."

"정말 놀라운 건, 비행기가 하늘에 I 자를 그리고 있었어."

"그걸 뭐라고 하느냐 하면⋯⋯."

엄마는 자기 머리를 때렸다.

"기억이 안 나네. 무슨 구름이라고 하는데. 비행기 연기인가 그럴 거야."

점심때는 남은 크래커 일곱 개와 끈적한 치즈를 먹었다. 맛이 느껴지지 않도록 숨을 참으면서 먹었다. 엄마는 담요 아래에서 젖을 주었다. 하느님의 노란 얼굴에서 빛이 나왔지만 일광욕을 할 정도는 아니었다. 잠이 오지 않았다. 눈이 시릴 때까지 채광창을 열심히 올려다보았지만 비행기는 더 이상 보이지 않았다. 콩나무에 올라가 있을 때는 정말 보았다. 꿈이 아니었다. 바깥세상에서 날아가는 비행기를 보았으니까, 엄마가 어린 소녀였던 바깥세계는 정말 있는 것이다.

우리는 일어나서 실뜨기 놀이, 도미노, 잠수함, 인형 놀이 등 많은 놀이를 했다. 전부 조금씩만 했다. 노래 알아맞히기도 했지만 전부 다 너무 쉬웠다. 우리는 몸을 따뜻하게 하려고 침대로 돌아갔다.

"내일은 바깥에 나가자."

"아, 잭."

나는 스웨터 두 개를 입어서 두꺼워진 엄마의 팔 위에 누웠다.

"바깥은 냄새가 좋아."

엄마는 고개를 돌리고 나를 쳐다보았다.

"아홉 시가 지나고 문이 열리면 우리 공기가 아닌 다른 공기가 들어와."

"너도 느꼈구나."

엄마가 말했다.

"나도 모든 걸 다 느껴."

"그래, 더 신선한 공기지. 우리는 그의 뒷마당에 있기 때문에 여름이 되면 풀 냄새가 난단다. 가끔 관목 덤불 향기도 살짝 나."

"누구 뒷마당?"

"올드 닉. 방은 그의 헛간으로 만들어졌다고 했잖아. 기억나니?"

모든 것을 기억하기는 어렵다. 아무것도 사실처럼 들리지 않았다.

"바깥에서 키패드에 입력하는 비밀번호를 아는 건 그 사람뿐이야."

나는 키패드를 쳐다보았다. 바깥에도 키패드가 있다는 것은 몰랐다.

"나도 숫자를 누르잖아."

"그래. 하지만 문을 여는 비밀번호는 모르지. 투명 열쇠 같은 거야. 그는 집으로 돌아갈 때 이쪽에서 비밀번호를 다시 눌러."

엄마는 키패드를 가리켰다.

"해먹이 있는 집?"

"아니."

엄마의 목소리가 커졌다.

"올드 닉은 다른 집에서 살아."

"우리도 언젠가 그의 집에 가볼 수 있을까?"

엄마는 손으로 입을 눌렀다.

"엄마는 그보다 네 할머니 할아버지의 집에 가고 싶은걸."

"해먹에서 그네를 탈 수 있어?"

"원하는 건 뭐든지 할 수 있어. 자유로울 테니까."

"내가 여섯 살이 되면?"

"언젠가는."

엄마의 얼굴에서 눈물이 흘러내려 내 얼굴에 묻었다. 나는 깜짝 놀라 펄쩍 뛰었다. 짰다.

"괜찮아."

엄마는 뺨을 문지르며 말했다.

"괜찮아. 그냥 엄마는…… 조금 무서워."

"엄마가 무서우면 안 돼."

나는 고함지르듯 말했다.

"안 좋은 생각이야."

"그냥 조금 무서워서. 우린 괜찮아. 기본적인 건 다 있으니까."

이제 내가 더 무서워졌다.

"하지만 올드 닉이 전기를 넣어주지 않고 영원히 먹을 것도 주지 않으면 어떻게 해?"

"줄 거야."

엄마는 아직도 울먹거리며 숨 쉬고 있었다.

"거의 100퍼센트 확신해."

거의 100퍼센트, 99퍼센트다. 99퍼센트면 충분한가? 엄마는 일어나서 스웨터 팔로 얼굴을 닦았다. 배 속이 요동쳤다. 남은 것이 뭐가 있을까. 벌써 어두워지고 있었다. 빛이 이기고 있는 것 같지 않았다.

"들어봐, 잭. 해줄 이야기가 또 하나 있어."

"진짜 이야기야?"

"정말로 진짜야. 엄마가 예전에 얼마나 슬펐는지 알고 있지?"

이 이야기는 좋았다.

"그랬는데 내가 천국에서 내려와서 엄마 배 속에서 자라기 시작했잖아."

"그래. 한데 엄마가 왜 슬펐냐면, 그건 방 때문이었어. 올드 닉…… 엄마는 그가 누구인지도 몰랐단다. 난 열아홉 살이었는데, 그가 날 훔쳤어."

이해하려고 해보았다. 도둑 여우는 훔친다. 하지만 사람을 훔친다는 것은 들어본 적이 없었다. 엄마는 나를 너무 세게 붙잡았다.

"난 학생이었어. 이른 아침이었지. 대학 도서관에 가려고 주차장을 걸어가면서 음악을 듣고 있는데……. 아주 많은 노래를 넣고 귓속에 들려주는 작은 기계가 있어. 난 친구들 중에서 제일 먼저 그 기계를 샀단다."

나도 그런 기계가 있었으면 좋겠다.

"어쨌든 어떤 남자가 달려와서 도와달라는 거야. 개가 발작을 일으켰는데 죽을 것 같다면서."

"이름이 뭐야?"

"그 남자?"

나는 고개를 저었다.

"개."

"아니, 개는 나를 자기 트럭에 태우기 위한 속임수였어. 올드 닉의 트럭에."

"무슨 색이었는데?"

"트럭? 갈색. 올드 닉은 아직도 그 트럭을 가지고 있어. 늘 트럭 때문에 투덜거린단다."

"바퀴는 몇 개야?"

"중요한 내용에 집중하렴."

나는 고개를 끄덕였다. 엄마의 손이 너무 꽉 움켜쥐어서 내 스스로 풀었다.

"그는 내 눈을 가리고……."

"장님 놀이처럼?"

"그래. 하지만 놀이가 아니었어. 그는 차로 달리고 또 달렸고, 엄마는 겁에 질렸단다."

"난 어디 있었어?"

"넌 아직 생겨나지 않았어. 기억 안 나니?"

잊었다.

"개도 트럭에 있었어?"

"개는 없었어."

엄마의 목소리가 다시 갈라졌다.

"엄마 이야기를 끝까지 들어봐."

"다른 이야기를 하면 안 돼?"

"이건 실제로 있었던 일이야."

"『잭과 콩나무』를 들으면 안 돼?"

"들어봐."

엄마는 내 입에 손을 얹었다.

"그는 나한테 잠드는 나쁜 약을 먹였어. 일어나보니 난 여기 있었단다."

거의 캄캄해져서 엄마의 얼굴이 전혀 보이지 않았다. 고개를 저쪽으로 돌리고 있어서 목소리만 들렸다.

"처음 그가 문을 열었을 때 도와달라고 외쳤더니 그가 날 때려눕혔어. 다음부터 난 절대로 그러지 않았지."

배 속이 울렁거렸다.

"혹시 그가 돌아올까 봐 자러 가는 게 두려웠어. 하지만 잠을 자지 않으면 눈물만 나서 하루에 열여섯 시간씩 잤단다."

"웅덩이도 만들었어?"

"응?"

"앨리스는 시와 숫자를 모두 기억할 수가 없어서 웅덩이가 생길 때까지 울다가 물에 빠졌잖아."

"아냐. 하지만 머리가 늘 아프고 눈이 쓰렸어. 코르크 타일 냄새 때문에 메슥거렸고."

무슨 냄새?

"시계를 쳐다보면서 미치도록 초를 세었어. 물건들이 무서웠어. 바라보고 있으면 점점 커지거나 작아지는 느낌이 들었는데, 고개를 돌리면 멀어지기 시작하는 거야. 그가 마침내 텔레비전을 가져왔을 때는 하루 스물네 시간 내내 틀어놓고 있었단다. 쓸데없는 것들도 모두 다. 내가 기억하는 음식 광고가 나오면 전부 먹고 싶어서 입이 쓰릴 정도였어. 가끔은 텔레비전에서 나한테 뭐라고 말하는 목소리가 들리기도 했어."

"도라처럼?"

엄마는 고개를 저었다.

"그가 출근하면 나는 빠져나가려고 했어. 온갖 짓을 다 했지. 식탁 위에 까치발을 하고 서서 채광창 가장자리를 손톱이 부러질 때까지 긁었어. 생각나는 물건은 모조리 다 던졌지만 철망이 너무 단단해서 유리조차 깰 수가 없었어."

사각형 채광창은 아직 그리 어둡지 않았다.

"모조리 뭐?"

"커다란 소스팬, 의자, 쓰레기통……."

이야! 엄마가 쓰레기통을 던지는 것을 보고 싶었다.

"한번은 구멍도 팠지."

혼란스러웠다.

"어디?"

"너도 만져볼 수 있어. 만져볼래? 들어가는 게 좀 힘들긴 하지만……."

엄마는 담요를 걷어내고 침대 밑에서 상자를 끄집어낸 뒤 끙끙거리며 그 안에 들어갔다. 나도 옆에서 미끄러져 들어갔다. 달걀뱀이 근처에 있었다. 깨뜨리면 안 된다.

"〈대탈주〉에서 아이디어를 얻었지."

엄마의 목소리가 머릿속에서 웅웅 울리는 것 같았다. 나치 캠프에 대한 이야기가 기억났다. 마시멜로가 나오는 여름 이야기 말고, 수백만 사람들이 구더기 수프를 마셨던 겨울 이야기였다. 연합군이 문을 부수자 모든 사람들이 달려나갔다. 연합군은 성 베드로를 지켜주던 천사 같은 사람들일 것이다.

"손가락 이리 줘봐."

엄마는 내 손가락을 잡아당겼다. 코르크 바닥이 느껴졌다.

"여기."

갑자기 가장자리가 까칠하고 패인 조각이 느껴졌다. 가슴이 쿵쿵거렸다. 구멍이 있는 것은 몰랐다.

"조심해. 손 다칠지도 몰라. 톱니 칼로 판 거야. 코르크는 떼어냈는데 나무는 한참 걸렸어. 납판과 단열재는 쉬웠는데, 그다음에 뭐가 나왔는지 아니?"

"이상한 나라?"

엄마는 답답하다는 듯 큰 소리를 냈다. 나는 침대에 머리를 박았다.

"미안해."

"그다음에 나온 건 철조망이었어."

"어디?"

"그 구멍 안에."

구멍 안에 철조망이? 나는 손을 더 깊이 넣어보았다.

"금속 같은 게 있니?"

"응."

차갑고 아주 매끄러웠다. 손가락으로 붙잡았다.

"헛간을 집으로 개조할 때 그는 바닥 들보랑 사방의 벽, 심지어 천장까지 철조망을 숨겨놓았어. 내가 절대 뚫고 나가지 못하도록."

우리는 다시 꼼지락거리며 빠져나왔다. 우리는 침대에 등을 대고 앉았다. 숨이 가빴다.

"그는 구멍을 발견하고 큰 소리를 질렀어."

"늑대처럼?"

"아니, 웃었어. 날 때릴까 봐 겁이 났는데, 그는 그냥 웃기다고 생각한 거야."

나는 이를 악물었다.

"그 당시 그는 더 많이 웃었어."

올드 닉은 냄새나는 도둑이고 좀비다. 내가 말했다.

"폭동을 일으키면 돼. 내가 점보 메가트론 트랜스포머블래스터로 박살을 내놓을 거야."

엄마는 내 눈가에 키스했다.

"그를 해치는 건 도움이 안 돼. 엄마가 예전에 한 번 해봤어. 여기 오고 1년 반 정도 지나서."

이건 가장 놀라운 이야기였다.

"엄마가 올드 닉을 해쳤어?"

"변기 뚜껑을 뜯고 매끄러운 칼도 준비했지. 어느 날 저녁 아홉 시 직전에 문 옆 벽에 기대 서 있다가……."

나는 혼란스러웠다.

"변기에는 뚜껑이 없잖아."

"예전에는 있었어. 탱크 위에. 방에서 가장 무거운 물건이었지."

"침대는 아주 무거운데."

"하지만 침대를 들 수는 없잖니? 그가 오는 소리를 듣고……."

"삑삑."

"맞아. 난 변기 뚜껑으로 그의 머리를 내리쳤어."

나는 엄지손가락을 입에 넣고 잘근잘근 깨물었다.

"하지만 충분히 세게 치지 못했어. 뚜껑은 바닥에 떨어져서 반으로 깨졌고, 올드 닉은 문을 쾅 닫았어."

이상한 맛이 느껴졌다. 엄마의 목소리는 울먹거렸다.

"유일한 희망은 그에게서 비밀번호를 알아내는 거였어. 그래서 그의 목에 칼을 갖다댔지. 이렇게."

엄마는 내 턱 밑에 손톱을 갖다댔다. 기분이 안 좋았다.

"그리고 이렇게 말했어. 비밀번호를 알려줘."

"그가 알려줬어?"

엄마는 숨을 내쉬었다.

"숫자를 말해주길래 입력하러 갔어."

"어떤 숫자?"

"진짜 숫자인지는 몰라. 그가 갑자기 덤벼들어서 내 손목을 비틀고 칼을 빼앗았어."

"엄마 아픈 손목?"

"음, 그전에는 아프지 않았단다. 울지 마."

엄마는 내 머리에 대고 말했다.

"아주 오래전 일이야."

뭐라고 말하려고 했지만 말이 나오지 않았다.

"그러니까 잭, 다시 그를 해치려고 해서는 안 돼. 그는 다음 날 밤 돌아와서 이렇게 말했어. 첫째, 무슨 짓을 해도 난 비밀번호를 말하지 않을 거다. 둘째, 한 번 더 이런 짓을 꾸미면 아예 달아나서 굶어죽게 만들겠다."

엄마는 말을 그친 것 같았다. 배 속이 요란하게 꼬르륵거렸다. 엄마가 왜 이렇게 끔찍한 이야기를 하는지 알 수 있었다. 그러니까 우리가……

그때 나는 눈을 깜빡이며 손으로 눈을 가렸다. 전등이 켜져서 모든 것이 눈부시게 환해졌다.

식물의 죽음

　따뜻했다. 엄마는 일어나 있었다. 식탁 위에는 새 시리얼 상자와 바나나 네 개가 있었다. 야호. 올드 닉이 밤에 온 것이다. 나는 침대에서 벌떡 뛰어내렸다. 마카로니도 있었고, 핫도그, 귤…… 등등. 엄마는 아무것도 먹지 않고 서랍장 앞에 서서 식물을 바라보고 있었다. 잎 세 개가 떨어져 있었다. 엄마는 식물의 가지를 만지더니 그만 떼려고 했다.

　"안 돼!"

　"이미 죽었어."

　"엄마가 뗐잖아."

　엄마는 고개를 저었다.

　"살아 있는 건 구부러져, 잭. 추위 때문에 식물도 속에서 뻣뻣해진 것 같구나."

　나는 가지를 도로 붙이려고 해보았다.

　"테이프로 붙이면 돼."

　테이프가 다 떨어졌다는 기억이 났다. 엄마가 마지막 조각을 우주선 만들 때 썼다. 바보 엄마. 나는 침대 밑에서 상자를 꺼내 우주선을 찾아서 테이프를 뜯어냈다. 엄마는 바라보고만 있었다. 나는 식물에게 테이프를 붙였다. 테이프는 미끄러지고 식물은 부서졌다.

　"안됐구나."

"다시 살려줘."

"할 수 있으면 그렇게 하고 싶어."

엄마는 내가 울음을 그칠 때까지 기다렸다가 눈을 닦아주었다. 이제 너무 더웠다. 나는 껴입은 옷을 벗었다.

"쓰레기통에 넣는 게 좋을 것 같은데."

엄마가 말했다.

"안 돼. 변기에 넣어."

"그러면 관이 막힐 수도 있어."

"작게 부수면 되잖아."

나는 식물 잎 몇 장에게 키스를 하고 변기에 내린 뒤 다시 몇 장을 내리고 마지막으로 줄기를 조각냈다.

"잘 가, 식물아."

나는 속삭였다. 어쩌면 바다에서 다시 붙어서 천국에서 자랄지도 모른다. 바다는 진짜다! 기억이 났다. 바깥세상은, 그 안에 있는 모든 것들은 진짜였다. 구름 사이로 파란 하늘을 날아가는 비행기를 내가 보았으니까. 엄마와 나는 비밀번호를 모르기 때문에 거기에 갈 수가 없지만, 그래도 진짜였다. 문을 열 수 없다는 데 화가 나야 한다는 것을 깨닫기 전에, 일단 바깥세상을 다 담으려니 내 머리가 너무 작았다. 어린아이였을 때는 어린아이처럼 생각했지만, 이제 다섯 살이 되었으니 나도 모든 것을 다 알게 되었다.

우리는 아침을 먹고 곧바로 목욕을 했다. 물에서 김이 뭉게뭉게 올랐다. 이야! 우리는 욕조가 넘칠 정도로 물을 가득 채웠다. 엄마는 뒤로 누워 거의 잠들 뻔했다. 나는 머리를 감으라고 엄마를 깨웠고, 엄마는 내 머리를 감겨주었다. 세탁도 했지만 수건에 긴 머리카락이 있어서 떼어내어야 했다. 우리는 더 빨리 떼어내기 내기를 했다.

만화는 이미 끝났고, 아이들은 도망친 토끼를 위해 달걀에 색깔을 칠하고 있었다. 나는 아이들을 하나씩 바라보며 머릿속으로 말했다. 너희들은 진짜야.

"저건 도망친 토끼가 아니라 부활절 토끼란다. 엄마도 폴하고 같이 했어.

우리가 어렸을 때 부활절 토끼가 밤에 몰래 찾아와서 초콜릿을 뒷마당 구석
구석 숨겨놓았단다. 수풀 속 나무에 난 구멍이나 해먹에도."

"엄마 이빨을 가져갔어?"

"아니, 공짜로."

엄마의 얼굴은 무표정했다. 부활절 토끼는 방이 어디 있는지 모르는 것
같았다. 어쨌든 여기에는 수풀도, 나무도 없다. 그것들은 전부 바깥세상에
있다. 열기와 음식 때문에 행복한 날이었지만, 엄마는 행복하지 않았다. 식
물이 그리운 것 같았다.

나는 체육 시간에 하이킹을 골랐다. 손을 맞잡고 트랙을 걸으며 볼 수 있
는 것을 말하는 놀이다.

"저기 봐, 엄마. 폭포야."

1분 뒤 나는 말했다.

"저기 봐, 야생동물이야."

"이야!"

"엄마 차야."

"아, 저기 봐. 달팽이다."

나는 보려고 허리를 굽혔다.

"이것 봐. 거대한 불도저가 빌딩을 무너뜨리고 있어."

"이것 봐. 홍학이 날아가네."

"이것 봐. 좀비가 침을 흘리고 있어."

"잭!"

엄마는 잠시 미소를 지었다. 우리는 더 빨리 걸으며 〈이 땅은 당신의 땅〉
을 불렀다. 그런 다음 깔개를 다시 내려놓았다. 깔개는 하늘을 나는 마법의
양탄자였다. 우리는 북극 하늘을 날았다. 엄마는 꼼짝도 하지 않고 앉아 있
는 시체 놀이를 선택했다. 깜빡 잊어버리고 코를 긁는 바람에 엄마가 이겼
다. 다음에는 내가 트램펄린을 골랐지만, 엄마는 이제 체육은 하고 싶지 않
다고 했다.

"엄마는 해설만 하고 내가 뛸게."

"미안해. 엄마는 잠깐 침대에 눕고 싶어."

엄마는 오늘 별로 재미가 없었다. 나는 달걀뱀을 침대 밑에서 아주 천천히 꺼냈다. 바늘 같은 혀로 쉭쉭거리는 소리가 들리는 것 같았다. 나는 부서지거나 구멍 난 달걀들을 특히 정성 들여 쓰다듬었다. 하나가 손가락 밑에서 부서졌다. 나는 밀가루 한 줌으로 풀을 만들어서 종이 위에 붙여서 험한 산을 만들었다. 엄마에게 보여주고 싶었지만 엄마는 눈을 감고 있었다.

나는 옷장 안에 들어가서 광부 놀이를 했다. 베개 밑에서 금괴가 나왔다. 사실은 이빨이었다. 이빨은 살아 있지 않아서 구부러지지 않고 부서졌지만, 변기 안에 넣을 필요는 없었다. 이빨은 엄마로 만들어졌다. 그러니까 엄마가 뱉어놓은 침이다. 나는 머리를 내밀었다. 엄마는 눈을 뜨고 있었다.

"뭐 해?"

"그냥 생각해."

나는 재미있는 일을 하면서도 생각할 수 있는데, 엄마는 못하는 걸까? 엄마는 일어나서 점심을 만들었다. 오렌지색 마카로니였다. 맛있었다. 점심을 먹고 나는 날개가 녹은 이카로스 놀이를 했다. 엄마는 아주 천천히 설거지를 했다. 같이 놀려고 끝나기를 기다렸지만 엄마는 놀고 싶지 않다고 했다. 그냥 안락의자에 앉아서 앞뒤로 흔들거리기만 했다.

"뭐 해?"

"아직 생각해."

잠시 후 엄마는 물었다.

"베갯잇 안에 들어 있는 게 뭐야?"

"이건 내 배낭이야."

나는 베갯잇 양쪽 모서리를 묶어서 목에 두르고 있었다.

"우리가 구조되어서 바깥세상에 나갈 때를 대비한 거야."

안에는 이빨과 지프, 리모컨, 내 속옷과 엄마 속옷 한 장, 양말, 가위, 배가 고플 때 먹을 사과 네 알이 들어 있었다.

"물은 있어?"

엄마는 고개를 끄덕였다.

"강, 호수……."

"아니, 마시는 물. 수도꼭지 있어?"

"아주 많아."

물병을 가지고 가지 않아도 된다니 기뻤다. 배낭이 벌써 무거웠기 때문이었다. 말하는 데 방해가 되지 않으려면 목으로 지탱해야 했다. 엄마는 계속 흔들거리고 있었다.

"나도 예전에는 구조되는 꿈을 꾸었어. 쪽지를 써서 쓰레기통에 숨기기도 했지만, 아무도 발견하지 않았어."

"변기에 내렸어야지."

"고함을 질러도 아무도 못 들어. 어젯밤 반나절 동안 불을 껐다 켰다 했는데, 그런 생각이 들더구나. 보는 사람은 아무도 없어."

"하지만……."

"아무도 우릴 구하러 오지 않을 거야."

나는 아무 말도 하지 않았다. 그러다 입을 열었다.

"엄마도 모든 걸 다 아는 건 아니잖아."

이렇게 묘한 엄마의 표정은 본 적이 없었다. 이렇게 엄마 같지 않은 엄마보다는 차라리 없어진 엄마가 나았다.

나는 책을 선반에서 모두 꺼내 읽었다. 『공항 팝업북』, 『전래동요집』, 내가 가장 좋아하는 『땅 파는 딜런』, 『도망친 토끼』는 반쯤 읽다가 엄마에게 읽어달라고 하려고 덮었다. 대신 『앨리스』를 좀 읽었다. 무시무시한 백작부인은 건너뛰었다.

엄마는 마침내 흔들거리는 것을 멈췄다.

"젖 빨아도 돼?"

"그래. 이리 오렴."

나는 엄마의 무릎에 앉아 티셔츠를 걷어 올리고 오랫동안 실컷 빨았다.

"다 먹었어?"

엄마는 내 귀에 대고 말했다.

"응."

"잘 들어, 잭. 듣고 있니?"

"난 항상 듣고 있어."

"우린 여기서 나가야 해."

나는 엄마를 쳐다보았다.

"그것도 우리 힘으로."

엄마는 우리가 책 속에 있는 사람들과 같다고 했다. 책 속에 있는 사람들은 어떻게 책에서 빠져나가지?

"계획을 짜야 해."

엄마의 목소리는 높았다.

"어떤 계획?"

"모르지. 엄마는 벌써 7년이나 생각해왔는데."

"벽을 무너뜨리면 돼."

하지만 벽을 부술 지프도, 불도저도 없었다.

"아니면…… 문을 폭파하든가."

"뭘로?"

"〈톰과 제리〉에서 고양이가 했던 것처럼……."

"머리를 열심히 굴리는 건 좋지만 실현할 수 있는 생각을 짜내야지."

"아주 크게 폭파해."

"폭발이 크면 우리도 날아가버릴 거야."

그 생각은 미처 못했다. 나는 열심히 머리를 굴렸다.

"아, 엄마. 이러면 돼. 밤에 올드 닉이 올 때까지 기다렸다가 이렇게 말해. '맛있는 케이크를 만들어놓았어요. 부활절 케이크 한 조각 드세요.' 한데 그 안에는 독이 들어 있는 거야."

엄마는 고개를 저었다.

"그를 아프게 한다 해도 비밀번호는 말하지 않을 거야."

나는 머리가 아플 때까지 생각했다.

"다른 생각 없니?"

"엄마가 다 안 된다고 하잖아."

"미안. 엄마는 현실적으로 생각하는 것뿐이야."

"어떤 생각이 현실적인 거야?"

"몰라, 모르겠어."

엄마는 입술을 핥았다.

"엄마는 문이 열리는 순간만 자꾸 생각하고 있어. 정확히 문이 열리는 바로 그 순간을 포착하면 옆으로 얼른 빠져나갈 수 있을까?"

"아, 그것도 좋은 생각이야!"

"내가 그의 눈을 찌르는 동안 너라도 빠져나갈 수 있다면 좋을 텐데."

엄마는 고개를 저었다.

"안 돼."

"돼."

"붙잡힐 거야, 잭. 정원을 절반도 못 가서 붙잡혀서……."

엄마는 말을 멈췄다. 잠시 후 내가 말했다.

"다른 생각 있어?"

"다람쥐 쳇바퀴 돌 듯 똑같은 생각만 맴돌아."

엄마는 잇새로 말했다. 다람쥐가 왜 바퀴를 돌지? 놀이동산의 회전 관람차 같은 걸까?

"우리도 영리한 속임수를 써야 해."

내가 말했다.

"어떤 거?"

"음, 엄마가 학생이었을 때 그가 진짜 개도 아닌 개로 엄마를 속여서 트럭에 태웠던 것처럼."

엄마는 숨을 내쉬었다.

"도움이 되고 싶은 건 알겠지만, 엄마가 생각 좀 하게 잠시 내버려두지 않을래?"

우리는 생각했다. 함께 더 열심히 생각했다. 나는 일어서서 커다란 갈색 점이 있는 바나나를 먹었다. 갈색 부분이 제일 달콤했다.

"잭!"

엄마는 눈을 커다랗게 뜨고 아주 빨리 이야기했다.

"네가 개에 대해서 했던 이야기 말인데, 이제 보니 정말 좋은 생각이야. 네가 아픈 척하면 어떨까?"

나는 혼란스럽다가 알아차렸다.

"있지도 않은 개처럼?"

"바로 그거야. 그가 들어오면, 네가 아주 많이 아프다고 이야기하는 거야."

"어떻게 아프다고 해?"

"아주, 아주 심한 감기라고 하면 어떨까. 기침 많이 해봐."

나는 기침을 하고 또 했다. 엄마는 들었다.

"흠."

잘한 것 같지 않았다. 나는 더 크게 기침했다. 목구멍이 찢어질 것 같았다. 엄마는 고개를 저었다.

"기침은 안 되겠어."

"더 크게 할 수 있는데."

"아주 잘했어. 하지만 가짜 같아."

나는 최고로 크고 끔찍하게 기침을 했다.

"모르겠다. 기침은 흉내내기 너무 힘든 것 같아."

엄마는 갑자기 자기 머리를 때렸다.

"이렇게 멍청하다니."

"아냐, 엄마는 안 멍청해."

나는 엄마가 때린 자리를 문질렀다.

"네가 올드 닉한테서 뭔가 옮았다고 해야 해. 병균을 가져오는 건 그 사람뿐인데, 그는 감기에 걸린 적이 없지. 아냐. 그러면 음식에서 옮았다고 할까?"

엄마는 바나나를 뚫어지게 쳐다보았다.

"대장균? 대장균에 감염되면 열이 나?"

나한테 물어보는 것이 아니었다. 알고 싶다는 뜻이다.

"네가 아주 열이 높아서 말도 잘 못하고 눈도 못 뜨고 그러면……."

"왜 내가 말을 못해?"

"말을 못한다고 해야 속이는 게 쉬울 거야. 그래."

엄마의 눈이 반짝였다.

"내가 이렇게 말하는 거야. '의사한테 적절한 치료를 받게 잭을 트럭에 태워서 병원에 데려가요.'"

"내가 갈색 트럭을 타는 거야?"

엄마는 고개를 끄덕였다.

"병원까지."

믿을 수가 없었다. 하지만 〈의료 세계〉가 생각났다.

"내 몸이 칼로 열리는 건 싫어."

"의사들이 진짜로 너한테 무슨 일을 하지는 않아. 넌 사실 아픈 게 아니니까, 기억 안 나?"

엄마는 내 어깨를 쓸었다.

"이건 그냥 대탈주를 위한 속임수야. 올드 닉이 널 병원으로 데리고 가면, 처음 보는 의사에게든 간호사에게든 이렇게 소리쳐. '도와주세요!'"

"엄마가 소리쳐도 되잖아."

내 말을 듣지 못한 것 같았다. 한참 있다가 엄마는 말했다.

"나는 병원에 가지 않을 거야."

"어디 있을 거야?"

"여기 방 안에."

더 좋은 생각이 떠올랐다.

"엄마도 아픈 척해. 둘이 같이 설사에 걸렸을 때처럼. 그럼 올드 닉이 우리 둘 다 트럭에 태울 거야."

엄마는 입술을 깨물었다.

"그러면 믿지 않을 거야. 혼자 나가면 정말 무서울 거라는 건 알지만, 엄마가 네 머릿속에서 계속 이야기를 해줄게. 약속해. 앨리스가 계속 떨어지는 동안에 고양이 다이너랑 계속 머릿속에서 이야기했던 거 기억나?"

엄마는 진짜로 내 머릿속에 들어오지는 않을 것이다. 생각만 해도 배가 아팠다.

"난 이 계획 싫어."

"잭."

"안 좋은 생각이야. 난 엄마 없이 바깥에 안 나갈 거야."

"잭."

"싫어, 싫어."

"좋아, 진정해. 그만두자."

"정말?"

"그래. 네가 준비되지 않으면 소용없어."

그래도 엄마 목소리는 퉁명스러웠다. 오늘은 4월이라서 풍선을 불었다. 빨간색, 노란색, 또 노란색, 세 개가 남아 있었다. 나는 다음 달에도 빨간색과 노란색이 남아 있게 하려고 노란색을 선택했다. 나는 풍선을 불어서 방 안을 날아다니게 했다. 퍼덕거리는 소리가 좋았다. 나중에는 풍선이 더 이상 씽씽 움직이지 않고 천천히 떠다니기만 했기 때문에 언제 매듭을 지어야 하는지 결정하기가 힘들었다. 하지만 풍선 테니스를 하려면 매듭을 묶어야 했다. 그래서 실컷 풍선을 날리고 세 번 더 공기를 불어넣은 다음 매듭을 지었는데 실수로 손가락이 끼었다. 제대로 묶은 뒤 엄마와 나는 풍선 테니스를 했다. 나는 일곱 번 중에 다섯 번 이겼다. 엄마가 말했다.

"젖 먹을래?"

"왼쪽."

나는 침대에 올라가며 말했다. 별로 많지는 않았지만 맛있었다. 잠깐 졸았던 것 같은데 엄마가 귀에 대고 말했다.

"어두운 터널 속을 기어서 나치에게서 달아난 사람들 기억나? 한 번에 한 사람씩?"

"응."

"네가 준비되면 우리도 그렇게 할 거야."

"무슨 터널?"

나는 주위를 둘러보았다.

"터널처럼. 실제 터널이 아니라. 내 말은, 포로들은 아주 용감해야 하고 한 번에 한 사람씩 나가야 한다는 뜻이야."

나는 고개를 저었다. 엄마의 눈은 너무 많이 반짝였다.

"실현 가능한 건 이 계획뿐이야. 넌 엄마의 용감한 재커잭 왕자야. 네가 먼저 병원에 가고, 나중에 경찰이랑 같이 돌아오면……."

"경찰이 날 잡아가?"

"아니. 도와줄 거야. 네가 경찰을 데리고 여기로 돌아와서 날 구출하면 우린 다시 만날 거야."

"난 구출 못 해. 겨우 다섯 살이잖아."

"넌 초능력이 있잖아. 이걸 할 수 있는 사람은 너뿐이야. 할 거야?"

뭐라고 말해야 할지 알 수 없었지만 엄마는 기다리고 또 기다렸다.

"좋아."

"하겠다는 거야?"

"응."

엄마는 내게 거창하게 키스를 했다. 우리는 침대에서 내려와서 귤을 한 개씩 먹었다. 우리 계획에는 작은 문제가 있었다. 엄마는 계속 안 돼, 이러면서 문제를 생각해내더니 그때마다 다른 방법을 찾아냈다.

"경찰도 비밀번호를 모르니까 엄마를 구해줄 수 없잖아."

내가 말했다.

"경찰은 방법을 생각해낼 거야."

"무슨 방법?"

엄마는 눈을 비볐다.

"모르겠어. 토치 같은 걸로?"

"뭐?"

"불이 나오는 도구야. 문을 태워서 열 수 있어."

"우리가 만들면 돼."

나는 아래위로 뛰면서 말했다.

"할 수 있어. 화덕에 불이 있을 때 용머리가 달린 비타민 병을 얹어서……."

"우리 둘 다 타 죽자는 말이니?"

엄마는 퉁명스럽게 말했다.

"잭, 이건 게임이 아니야. 다시 계획을 생각해보자."

나는 모든 내용을 기억했지만 계속 순서를 틀렸다.

"잭, 이건 도라가 하는 거랑 같아. 도라도 어느 한곳을 거쳐야 두 번째 장소에 가고 다시 세 번째 장소에 갈 수 있잖아. 우리한테는 그 순서가 트럭, 병원, 경찰이야. 따라해봐."

"트럭, 병원, 경찰."

"어쩌면 다섯 단계겠구나. 아프다, 트럭, 병원, 경찰, 엄마를 구출한다."

엄마는 기다렸다.

"트럭."

"아프다."

"아프다."

내가 말했다.

"병원. 아, 미안, 트럭이었지. 아프다, 트럭……."

"아프다, 트럭, 병원, 엄마를 구출한다."

"경찰을 빼먹었어. 손가락을 꼽아봐. 아프다, 트럭, 병원, 경찰, 엄마를 구출한다."

우리는 몇 번이나 계속 외었다. 패션지에 그림으로 지도도 그렸다. 내가 눈을 감고 혀를 빼물고 있는 아픈 사람, 다음에는 갈색 트럭 그리고 긴 흰색 가운을 입은 사람은 의사 그리고 경광등 사이렌이 달린 경찰차 그리고 자유롭게 풀려나게 되어 미소 지으며 손을 흔들고 있는 엄마와 용처럼 불을 뿜고 있는 토치. 머리가 피곤했지만 엄마는 아픈 부분이 가장 중요하니까 연습해야 한다고 했다.

"그가 믿지 않으면 나머지 일들도 일어나지 못해. 엄마한테 좋은 생각이 있어. 엄마가 네 이마를 아주 뜨겁게 해서 그에게 만져보라고 할 테니까."

"싫어."

"괜찮아. 데지 않을 테니."

엄마는 내 말을 이해하지 못했다.

"그가 날 만지는 건 싫어."

"딱 한 번이야. 약속해. 엄마가 네 옆에 있을게."

나는 계속 고개를 저었다.

"그래, 그렇게 하면 되겠다. 네가 환기구에 기대 누워 있으면……."

엄마는 무릎을 꿇고 침대 밑 벽 가까이로 손을 넣더니 얼굴을 찌푸렸다.

"이 정도로 뜨거운 걸로는 안 돼. 그가 오기 직전에 아주 뜨거운 물을 이마에 얹을까? 네가 침대에 누워 있다가 문에서 삑삑 소리가 들리면 내가 얼른 물봉투를 치우는 거야."

"어디다가?"

"그건 중요하지 않아."

"중요해."

엄마는 나를 보았다.

"네 말이 맞구나. 실수하지 않으려면 아주 자세한 것까지 생각해둬야지. 물은 침대 밑으로 떨어뜨릴게. 됐지? 그 뒤에 올드 닉이 네 이마를 만져보면 아주 뜨거울 거야. 한번 해볼까?"

"물봉투로?"

"아니, 그냥 침대에 들어가서 축 늘어져 있는 걸 연습해보자. 시체놀이 하듯이."

그건 잘할 수 있다. 나는 입을 벌렸다. 엄마는 아주 낮은 목소리로 올드 닉 흉내를 냈다. 엄마는 손으로 내 눈썹 위를 짚어보더니 굵은 목소리로 말했다.

"이런, 뜨거운데."

나는 킥킥거렸다.

"잭."

"미안해."

나는 꼼짝도 하지 않았다. 여러 번 더 연습하고 나니 흉내내는 것도 지겨워졌다. 엄마는 그만해도 좋다고 했다. 저녁은 핫도그였다. 엄마는 거의 먹지 않았다.

"그래, 계획은 다 기억나지?"

나는 고개를 끄덕였다.

"말해봐."

나는 빵을 삼켰다.

"아프다, 트럭, 병원, 경찰, 엄마를 구출한다."

"잘했어. 준비는 됐니?"

"무슨 준비?"

"대탈출 말이야. 오늘 밤."

오늘 밤이라는 건 몰랐다. 난 준비가 안 돼 있었다.

"왜 오늘 밤이야?"

"더 이상 기다리고 싶지 않아. 그가 전기를 끊은 뒤에는 무슨……."

"오늘 다시 넣어주었잖아."

"그래, 사흘 만에 넣었지. 식물은 추워서 얼어 죽었어. 내일은 또 무슨 짓을 할지 어떻게 알겠니?"

엄마는 접시를 들고 일어서서 고함치듯 말했다.

"그는 겉보기에는 인간처럼 보이지만 안에는 아무것도 없어."

혼란스러웠다.

"로봇처럼?"

"더 나빠."

"건축가 밥이라는 로봇이 살았는데."

엄마가 끼어들었다.

"넌 심장이 어디 있는지 알지, 잭?"

"빵-빵."

나는 가슴을 가리켰다.

"아니, 감정을 느끼는 부분 말이야. 슬프거나 무섭거나 우습거나 이런 부분."

더 아래쪽이다. 배 쪽인 것 같았다.

"그에게는 그 부분이 없어."

"배가?"

"감정 부분이."

나는 배를 보았다.

"그럼 대신 뭐가 있는데?"

엄마는 어깨를 으쓱했다.

"그냥 비어 있어."

분화구처럼? 하지만 그건 무슨 일이 있었던 구멍이다. 무슨 일이 있었을
까? 올드 닉이 로봇이라는 것이 오늘 밤 계획과 무슨 관계가 있는지는 아직
알 수 없었다.

"다른 날 밤에 해."

"좋아."

엄마는 의자 등받이에 푹 기댔다.

"좋아?"

"그래."

엄마는 이마를 문질렀다.

"미안해, 잭. 내가 서두르는 거 알고 있어. 엄마는 워낙 오랫동안 생각해
왔던 일이지만, 너한테는 완전히 새로운 일이지."

나는 고개를 계속 끄덕였다.

"이틀 정도 기다린다고 크게 달라질 건 없겠지. 내가 그를 자극하지만 않
으면."

엄마는 나를 향해 미소 지었다.

"이틀 뒤에 할까?"

"여섯 살이 되면 해."

엄마는 나를 쳐다보았다.

"그래, 내가 여섯 살이 되면 그를 속이고 바깥에 나갈 준비가 될 거야."

엄마는 팔에 얼굴을 묻었다. 나는 엄마를 잡아당겼다.

"그러지 마."

다시 쳐든 얼굴은 무시무시했다.

"넌 엄마의 영웅이 되겠다고 했잖아."

그런 말을 한 기억은 없었다.

"넌 탈출하고 싶지 않니?"

"하고 싶어. 아주 많이는 아니지만."

"잭!"

나는 마지막 핫도그를 내려다보았지만 먹을 기분이 안 났다.

"그냥 여기 있자."

엄마는 고개를 저었다.

"점점 더 작아져가."

"뭐가?"

"방이."

"방은 작지 않아, 봐."

나는 의자에 올라타서 팔을 내뻗고 뛰면서 빙글 돌았다. 아무것도 몸에
부딪치지 않았다.

"이 방이 너한테 무슨 짓을 하는지 넌 몰라."

엄마의 목소리가 떨렸다.

"너도 물건들을 보고 만져야 해."

"하고 있어."

"더 많은 것을, 다른 것들을. 네겐 공간이 더 필요해. 풀밭도. 할머니랑 할
아버지, 폴 삼촌을 만나고, 운동장에서 그네를 타고, 아이스크림을 먹고, 너
도 이런 걸 하고 싶어 할 줄 알았는데."

"안 해도 돼."

"좋아. 관두자."

엄마는 옷을 벗고 잠옷 티셔츠를 입었다. 나도 옷을 갈아입었다. 엄마는
내게 너무 화가 나서 아무 말도 하지 않았다. 엄마는 쓰레기봉투를 묶어서

문 옆에 놓았다. 오늘 밤에는 목록이 없었다.

우리는 이를 닦았다. 엄마는 침을 뱉었다. 입에 흰 것이 묻어 있었다. 엄마의 눈이 거울 안에서 내 눈을 보았다.

"필요하다면 시간을 더 줄게. 안전하다고 확신할 수만 있다면 엄마도 네가 준비가 될 때까지 얼마든지 기다리고 싶어. 하지만 그렇지가 않아."

나는 진짜 엄마 쪽으로 얼른 돌아서서 배에 얼굴을 묻었다. 티셔츠에 치약이 묻었지만 엄마는 상관하지 않았다. 우리는 침대에 누웠고 엄마는 내게 왼쪽 젖을 주었다. 말은 하지 않았다. 옷장에 들어왔지만 잠이 오지 않았다. 나는 조용히 노래 불렀다.

"존 제이콥 징글하이머 슈미트."

나는 기다렸다. 다시 노래를 불렀다. 마침내 엄마가 답했다.

"그의 이름은 나의 이름이기도 해."

"내가 나갈 때마다."

"사람들은 소리치지."

"존 제이콥 징글하이머 슈미트가 간다."

보통 엄마는 '나나나' 하는 부분도 같이 부른다. 여기가 가장 우스운 부분이다. 하지만 오늘은 부르지 않았다.

*

엄마가 나를 깨웠지만 아직 밤이었다. 엄마는 옷장 안으로 몸을 내밀고 있었고, 나는 일어나 앉았다가 어깨를 부딪혔다.

"나와봐."

엄마는 속삭였다. 우리는 식탁 옆에 서서 올려다보았다. 하느님의 은색 얼굴이 내가 본 것 중에 가장 컸다. 너무나 밝았고, 방 안 모든 것을 비추고 있었다. 수도꼭지, 거울, 냄비, 문, 엄마의 뺨까지도. 엄마는 속삭였다.

"달은 때로는 반원형이고, 때로는 눈썹 모양이고, 때로는 손톱 끝처럼 아주 작은 곡선이기도 해."

"아냐."

텔레비전에서만 그렇다. 엄마는 채광창을 가리켰다.

"너는 보름달이 바로 머리 위에 떠 있을 때만 봤어. 하지만 밖으로 나가면 달이 온갖 모양을 하고 하늘 아래쪽에 걸려 있는 것도 볼 수 있단다. 낮에도 볼 수 있어."

"말도 안 돼."

"정말이야. 넌 세상을 너무나 많이 즐기게 될 거야. 해가 저무는 모습도 꼭 봐야 해. 분홍색, 보라색으로 물든 모습."

나는 하품을 했다.

"미안해."

엄마는 이렇게 말하고 다시 속삭였다.

"침대로 오렴."

나는 쓰레기봉투가 없어졌는지 돌아보았다. 없었다.

"올드 닉이 왔어?"

"응. 네가 어디 아픈 것 같다고 했어. 배가 아프고 설사를 한다고."

거의 웃는 것 같은 목소리였다.

"왜?"

"그래야 우리 속임수를 믿기 시작할 테니까. 내일 밤에 하는 거야."

나는 엄마 손을 뿌리쳤다.

"그런 말을 왜 했어."

"잭."

"나쁜 생각이야."

"좋은 계획이야."

"바보 멍청이 같은 계획이야."

"우리한테는 이 방법밖에 없어."

엄마는 커다랗게 말했다.

"내가 싫다고 했잖아."

"아까는 할까 말까 했고 그전에는 하겠다고 했잖아."

"거짓말쟁이."

"난 네 엄마잖아."

엄마는 거의 고함을 질렀다.

"우리 둘을 위해서 엄마가 결정을 해야 할 때도 있단 말이야."

우리는 침대에 누웠다. 나는 엄마를 등지고 몸을 단단히 웅크렸다. 엄마를 때리는 허락을 받을 수 있도록 일요일 선물로 특수 권투장갑을 받고 싶었다.

*

나는 겁에 질려서 일어났고 계속 무서웠다. 엄마는 똥을 눈 뒤 물을 내리지 않았다. 대신 나무숟가락 손잡이로 똥을 파헤쳐서 똥 수프처럼 보이게 했다. 냄새가 더 고약했다.

우리는 아무 놀이도 하지 않았다. 그냥 축 늘어져 있는 연습만 하고 말은 한 마디도 하지 않았다. 진짜로 아픈 것 같은 기분이 들었다. 엄마는 그냥 연상 작용의 힘이라고 했다.

"흉내를 너무 잘 내서 너 자신한테까지 속임수를 쓰는 거란다."

나는 베갯잇 배낭을 다시 꾸렸다. 리모컨과 노란 풍선을 넣었지만, 엄마는 안 된다고 했다.

"뭘 가져가면 올드 닉은 네가 도망치는 거라고 눈치챌 거야."

"리모컨은 바지 주머니에 숨기면 되잖아."

엄마는 고개를 저었다.

"그냥 잠옷 티셔츠랑 속옷 차림으로 나가야 해. 정말 심하게 열이 나서 아프면 그렇게 입고 있지 않겠니."

올드 닉이 나를 데리고 트럭에 태우는 것을 상상해보았다. 어지러워서 넘어질 것 같았다.

"무서운 느낌이 드는 건 당연한 거야. 하지만 행동은 용감하게 해야 한단다."

"응?"

"무섭지만 용감하게."

"무섭-용감."

단어 조합 놀이를 하면 엄마는 늘 웃지만 나는 재미있으라고 한 말이 아니었다. 점심은 소고기 수프였다. 나는 크래커만 빨았다. 엄마가 물었다.

"지금 어떤 부분이 걱정되니?"

"병원. 내가 제대로 말을 못하면 어떡해?"

"넌 그냥 엄마가 갇혀 있다, 널 데려온 남자가 가뒀다고 말하기만 하면 돼."

"하지만 말이……."

"응?"

엄마는 기다렸다.

"말이 아예 안 나오면 어떡해?"

엄마는 손가락으로 입을 받쳤다.

"네가 나 말고 다른 사람하고 한 번도 이야기를 안 해봤다는 걸 자꾸 잊어먹네."

나는 기다렸다. 엄마는 길게 소리를 내며 숨을 내쉬었다.

"이렇게 하자. 모든 걸 설명하는 쪽지를 써줄 테니까 몸에다 숨겨."

"좋아."

"그냥 제일 처음 만나는 사람한테 쪽지를 주면 돼. 환자 말고, 제복을 입은 사람."

"그럼 그 사람은 쪽지를 어떻게 해?"

"당연히 읽겠지."

"텔레비전 세상 사람들도 읽을 수 있어?"

엄마는 나를 쳐다보았다.

"그들은 진짜 사람들이란다, 우리처럼."

아직도 믿을 수가 없었지만 나는 아무 말도 하지 않았다. 엄마는 패션지 조각에 쪽지를 썼다. 우리와 방에 대한 이야기, '최대한 빨리 도와주세요.'라는 내용이었다. 시작 부분에 내가 처음 보는 단어가 있었다. 엄마는 텔레비전 세상 사람들이 갖고 있는 것처럼 엄마의 이름, 바깥세상 사람들이 다 엄마를 부르는 이름이라고 했다. 엄마를 '엄마'라고 부르는 건 나뿐이었다. 배가 아팠다. 엄마한테 내가 모르는 이름이 있는 건 싫었다.

"나도 다른 이름이 있어?"

"아니, 넌 언제나 잭이야. 아, 성은 엄마 성과 같겠구나."

엄마는 두 번째 이름을 가리켰다.

"이건 왜 붙여?"

"네가 온 세상 다른 잭들하고 같은 사람이 아니라는 것을 알려주는 거야."

"어떤 다른 잭? 마술 이야기에 나오는 것처럼?"

"아니, 진짜 남자아이들. 바깥에는 수백만 명의 사람들이 있는데, 이름이 충분하지 않아서 같이 사용해야 해."

내 이름을 같이 사용하는 건 싫었다. 배가 더 아팠다. 주머니가 없어서 쪽지는 속옷 안에 넣었다. 까칠까칠했다. 빛이 서서히 약해지고 있었다. 밤이 되지 않도록 낮이 더 오래 계속되었으면 하는 기분이었다.

8시 41분이었다. 나는 침대에서 연습을 계속했다. 엄마는 비닐봉투에 아주 뜨거운 물을 채워 흐르지 않도록 입구를 꽉 묶은 다음 또 다른 봉투에 넣어서 그것도 다시 묶었다.

"앗 뜨거."

나는 물러나려고 했다.

"눈에 닿았니?"

엄마는 봉투를 얼굴에 다시 댔다.

"뜨거워야 해. 안 그러면 통하지 않아."

"하지만 아파."

엄마는 자기 얼굴에 대어보았다.

"1분만 더."

나는 주먹으로 얼굴을 가렸다.

"네가 재커잭 왕자처럼 용감하지 않으면 성공할 수 없어. 그냥 올드 닉한테 네가 나왔다고 할까?"

"아니."

"콩나무 잭은 꼭 해야 한다면 얼마든지 얼굴에 뜨거운 봉투를 댈 거야. 자, 조금만 더."

"내가 할게."

나는 봉투를 베개 위에 내려놓고 잔뜩 찡그린 얼굴을 뜨거운 봉투 위에 올려놓았다. 잠시 쉬려고 고개를 들면 엄마는 내 이마나 뺨을 만져보고 말했다.

"끓는구나."

엄마는 다시 얼굴을 올려놓게 했다. 나는 조금 울었다. 뜨거워서가 아니라 올드 닉이 온다는 것 때문이었다. 그가 오늘 밤 온다면, 제발 안 왔으면 좋겠지만, 정말 아플 것 같았다. 나는 삑삑 소리에 계속 귀를 기울이고 있었다. 그가 안 왔으면. 무섭—용감이 아니라 그냥 무서웠다. 나는 변기로 달려가서 똥을 더 누었다. 엄마는 똥을 휘저었다. 물을 내리고 싶었지만 엄마는 안 된다고, 하루 종일 설사를 한 것처럼 방에 냄새가 배어야 한다고 했다. 다시 침대에 누우니 엄마는 내 목덜미에 키스했다.

"아주 잘하고 있어. 운 것도 큰 도움이 될 거야."

"왜?"

"더 아파 보이니까. 머리도 어떻게 해보자. 미리 생각해야 했는데."

엄마는 설거지 세제를 손에 덜어 머리에 마구 문질렀다.

"기름때가 잔뜩 묻은 것 같구나. 아, 냄새가 너무 좋은데. 더 역한 냄새가 나야 해."

엄마는 달려가서 시계를 다시 보았다.

"시간이 없어."

떨리는 목소리였다.

"이렇게 멍청하다니. 고약한 냄새가 나야 하는데. 잠깐 기다려."

엄마는 침대 위로 몸을 내밀어 괴상한 기침을 하며 손을 입에 넣었다. 엄마는 계속 이상한 소리를 냈다. 그러자 침 같지만 좀 더 걸쭉한 것이 입에서 나왔다. 저녁에 먹은 생선튀김이 보였다. 엄마는 그것을 베게와 내 머리에 발랐다.

"그만해."

나는 외치며 물러나려고 했다.

"미안하지만 해야 해."

엄마의 눈은 이상하게 빛나고 있었다. 엄마는 토한 것을 내 티셔츠와 입에까지 발랐다. 코를 찌르는 고약한 냄새였다.

"얼굴을 다시 뜨거운 봉투에 대."

"하지만……."

"해, 잭, 빨리."

"이제 그만하고 싶어."

"이건 놀이가 아니야. 그만할 수 없어. 빨리 해."

나는 울었다. 고약한 냄새가 나는 얼굴을 뜨거운 봉투에 파묻고 있으니 얼굴이 녹을 것 같았다.

"엄마는 나빠."

"좋으라고 하는 거야."

삑삑.

엄마는 물봉투를 얼른 움켜쥐고 내 얼굴에서 떼어냈다.

"쉬."

엄마는 내 눈을 감기고 끔찍한 베개에 내 얼굴을 밀어붙였다. 그리고 등에 담요를 덮어주었다. 차가운 공기가 들어왔다. 엄마는 곧바로 외쳤다.

"왔네요."

"목소리 낮춰."

올드 닉은 짐승 울음소리처럼 낮게 말했다.

"난 그냥……."

"입 다물어."

다시 삑삑. 그리고 쿵.

"잘 알잖아. 문이 닫힐 때까지는 입 닫고 있으라고."

"정말 미안해요. 난 그냥…… 잭이 너무 아파요."

엄마의 목소리는 떨리고 있었다. 순간 나도 믿을 뻔했다. 엄마는 나보다
흉내내기를 더 잘했다.

"냄새가 고약하군."

"애가 아래위로 쏟아내고 있어서 그래요."

"하루 정도 지나면 괜찮아질 거야."

"벌써 서른 시간이 지났어요. 오한이 들고 불덩어리 같아요."

"두통약 먹여."

"안 해봤을 것 같아요? 그냥 다 토해내요. 물도 못 삼킨다구요."

올드 닉은 숨을 푹 내쉬었다.

"어디 한번 봐."

"안 돼요."

"얼른, 비켜."

"아니, 안 된다고 했잖아요."

나는 끈적끈적한 베개에 얼굴을 그대로 묻고 있었다. 눈은 질끈 감았다.
올드 닉이 저기, 침대 바로 옆에 있다. 날 볼 수 있다. 그의 손이 내 뺨 위에
느껴졌다. 너무 무서워서 이상한 소리가 났다. 엄마는 그가 이마를 만질 거
라고 했지만 아니었다. 뺨을 만지고 있었다. 그의 손길은 엄마와 달랐다. 차
갑고 무겁고…….

손은 사라졌다.

"24시간 약국에서 더 센 약을 사다주지."

"더 센 약? 이제 겨우 다섯 살 난 애예요. 열이 들끓어서 완전히 탈수 상
태라구요."

엄마는 소리를 지르고 있었다. 소리를 지르면 안 되는데. 올드 닉이 화를
낼 것이다.

"잠깐 생각 좀 해보게 입 다물어."

"지금 당장 응급실에 가야 해요. 알잖아요."

올드 닉은 무슨 소리를 냈다. 무슨 뜻인지는 알 수 없었다. 엄마의 목소리

는 마치 우는 것 같았다.

"지금 당장 데려가지 않으면 아이는……."

"히스테리 그만 부려."

"제발 이렇게 빌게요."

"안 돼."

나는 없는 사람처럼 그냥 가만히 축 늘어져 있었다.

"불법체류자라서 서류가 없다고 해요. 지금 말도 못하는 상태니까 수액만 좀 놓고 바로 다시 데려오면 되잖아요."

엄마의 목소리가 그를 따라 움직이고 있었다.

"제발. 뭐든지 할게요."

"너하고는 말이 안 통해."

그는 문 옆에서 용건 끝났다는 투로 말했다.

"가지 마세요, 제발."

뭔가 바닥에 떨어졌다. 너무 겁이 나서 눈도 뜰 수가 없었다.

엄마는 울부짖고 있었다. 삑삑. 쾅! 문이 닫혔고, 우리는 둘 만 남았다. 조용했다. 나는 다섯 번 이빨을 셌다. 모두 스무 개였지만 한 번은 열아홉 개였다. 스무 개가 나올 때까지 다시 세었다. 옆으로 슬쩍 내다보았다. 나는 고약한 베개에서 얼굴을 들었다.

엄마는 문 쪽 벽에 등을 대고 깔개 위에 앉아 있었다. 눈빛은 아무것도 보고 있지 않았다. 나는 속삭였다.

"엄마?"

엄마는 놀랍게도 미소를 지을락 말락 했다.

"내가 흉내내는 거 잘 못했어?"

"아, 아냐. 넌 잘했단다."

"그런데 날 병원에 안 데리고 갔잖아."

"괜찮아."

엄마는 일어서더니 세면대에서 헝겊을 물에 적셔서 내 얼굴을 닦아주러 왔다.

"엄마가 그랬잖아. 아프다, 트럭, 병원, 경찰, 엄마를 구출한다."

뜨거운 얼굴, 구토, 그가 나를 만지던 손. 엄마는 고개를 끄덕이고 내 티셔츠를 벗겨서 가슴을 닦아주었다.

"그건 1번 계획이었어. 시도해볼 만했지. 하지만 예상대로 그가 너무 겁을 먹었어."

말도 안 된다.

"그가 겁을 먹었다고?"

"네가 의사에게 방에 대해 말하면 경찰이 자기를 감옥에 가둘까봐 그런 거야. 그래도 네가 정말 심각한 상태라고 믿는다면 혹시나 해주지 않을까 했는데. 솔직히 기대는 하지 않았어."

알겠다.

"엄마는 날 속였어."

나는 고함을 질렀다.

"갈색 트럭을 타지도 않을 텐데."

"잭."

엄마는 나를 가슴에 꼭 껴안았다. 뼈에 배겨 얼굴이 아팠다. 나는 물러났다.

"엄마는 이제 거짓말을 안 하겠다고 했잖아. 거짓말을 되돌릴 거라고 했으면서 또 거짓말을 했어."

"난 최선을 다하고 있단다."

나는 입술을 깨물었다.

"잠깐 엄마 말 좀 들어보렴."

"엄마 말 듣는 거 지겨워."

엄마는 고개를 끄덕였다.

"알아. 그래도 들어봐. 2번 계획이 있어. 사실 1번 계획은 2번 계획의 시작일 뿐이야."

"그런 말 안 했잖아."

"좀 복잡해. 며칠 동안이나 골똘히 생각한 거란다."

"나도 생각할 게 많아."

"그럼."

"엄마보다 더 많아."

"맞아. 하지만 네가 한꺼번에 계획을 두 가지나 머릿속에 넣고 있으면 혼란스러울 것 같았어."

"벌써 혼란스러워. 100퍼센트 혼란스러워."

엄마는 끈적한 내 머리카락 위에 키스했다.

"2번 계획을 말해줄게."

"바보 멍청이 같은 냄새나는 계획은 이제 듣고 싶지 않아."

"좋아."

티셔츠를 입고 있지 않아서 몸이 떨렸다. 나는 서랍장에서 깨끗한 파란색 새 셔츠를 찾았다. 우리는 침대로 들어갔다. 냄새가 지독했다. 엄마는 입으로 숨을 쉬는 법을 가르쳐주었다. 입은 냄새를 맡지 못하니까.

"머리를 반대로 돌리고 자면 안 돼?"

"좋은 생각인데."

엄마는 좋은 말을 해주려고 했지만 난 용서하고 싶지 않았다. 우리는 냄새나는 벽 쪽에 발을 두고 머리를 반대쪽에 두었다. 절대 잠들 것 같지 않았다.

대탈주

벌써 8시 21분이었다. 나는 푹 자고 일어나서 젖을 빨았다. 왼쪽은 아주 고소했다. 올드 닉은 돌아오지 않은 것 같았다.

"토요일이야?"

"맞아."

"신난다! 머리 감는 날이야."

엄마는 고개를 저었다.

"깨끗한 냄새가 나면 안 돼."

잠시 잊어버리고 있었다.

"그게 뭐야?"

"뭐가 뭐야?"

"2번 계획."

"지금 들을 준비가 됐어?"

나는 아무 말도 하지 않았다.

"좋아. 이런 거야."

엄마는 헛기침을 했다.

"정말 여러 방향으로 수없이 생각해봤는데, 잘될 것 같아. 모르겠어, 확실하지는 않지. 미친 소리처럼 들릴지도 모르고 아주 위험하다는 것도 알지만……."

"그냥 말해줘."

"좋아, 좋아."

엄마는 소리내어 숨을 들이쉬었다.

"몬테크리스토 백작 기억나?"

"섬의 지하 감옥에 갇혀 있었어."

"그래, 한데 어떻게 탈출했는지 기억나? 죽은 친구인 척 수의로 몸을 숨기고 있었는데, 경비들이 그를 바다로 던졌지만 물에 빠져 죽지 않고 수의에서 빠져나와서 헤엄쳐 나왔잖아."

"이야기 끝까지 해줘."

엄마는 손을 저었다.

"그건 상관없어. 중요한 건, 잭, 너도 그렇게 해야 한다는 거야."

"바다에 빠지라고?"

"아니, 몬테크리스토 백작처럼 탈출하라고."

다시 혼란스러웠다.

"나한테는 죽은 친구가 없잖아."

"죽은 것처럼 흉내내란 말이야."

나는 엄마를 쳐다보았다.

"고등학교 때 엄마가 본 연극이 있어. 줄리엣이라는 소녀는 사랑하는 남자랑 도망치기 위해서 약을 먹고 죽은 척했다가 며칠 뒤 깨어났지."

"아니, 그건 아기 예수야."

"그렇지 않아."

엄마는 이마를 문질렀다.

"예수님은 사흘 동안 진짜로 죽었다가 다시 살아나신 거야. 넌 진짜로 죽는 게 아니라 연극 속의 소녀처럼 죽은 척하는 거고."

"난 소녀인 척하는 방법은 몰라."

"아니, 죽은 척하란 말이야."

엄마의 목소리에 짜증이 조금 비쳤다.

"수의도 없잖아."

"깔개를 이용할 거야."

나는 빨간색, 검은색, 갈색 지그재그 무늬가 있는 깔개를 쳐다보았다.

"올드 닉이 돌아오면, 오늘 밤이든 내일 밤이든 언제든. 그에게 네가 죽었다고 하면서 널 둘둘 말아놓은 깔개를 보여줄 거야."

내가 들어본 것 중에 가장 말도 안 되는 이야기였다.

"왜?"

"몸에 수분이 다 떨어지고 열 때문에 심장이 멎은 거지."

"아니, 왜 깔개에 들어가느냐고."

"아, 영리한 질문이야. 그게 바로 흉내내는 거야. 네가 살아 있다는 걸 그가 눈치채지 못하도록. 자, 어젯밤에 아픈 척은 정말 정말 잘했지만 죽은 척하는 건 훨씬 더 힘들어. 단 한 번이라도 숨 쉬는 걸 그가 알아차린다면 속임수라는 게 들통날 거야. 게다가 죽은 사람은 아주 차가워."

"그러면 찬물 봉투를 쓰면 되겠네."

엄마는 고개를 저었다.

"온몸이 차가워야 돼. 얼굴만으로는 안 돼. 아, 죽은 사람은 뻣뻣해져. 넌 로봇처럼 누워 있어야 해."

"흐늘흐늘 늘어지지 말고?"

"그 반대야."

하지만 로봇은 그다, 올드 닉. 내겐 심장이 있다.

"그러니까 살아 있다는 걸 눈치채지 못하게 하려면 널 깔개로 둘둘 마는 수밖에 없어. 엄마는 널 데려가서 묻어야 한다고 할 거야."

입이 떨리기 시작했다.

"왜 날 묻어야 돼?"

"사람이 죽으면 곧 냄새가 나기 시작하거든."

변기와 토한 베개 때문에 안 그래도 방은 냄새가 고약했다.

"벌레가 꼬물꼬물 들어오고 나가네⋯⋯."

"바로 그거야."

"하지만 난 땅에 묻혀서 벌레가 들끓는 건 싫어."

엄마는 내 머리를 쓰다듬었다.

"이건 그냥 속임수야. 기억 안 나니?"

"게임 같은 거."

"웃으면 안 돼. 심각한 게임이야."

나는 고개를 끄덕였다. 울음이 나올 것 같았다.

"정말이지, 가능성이 눈곱만큼이라도 있는 다른 계획이 하나라도 있다면…….."

눈곱만큼 가능성이 있다는 말이 무슨 뜻인지 알 수가 없었다. 엄마는 침대에서 일어났다.

"좋아. 계획이 어떻게 될 건지 자세히 들으면 너도 무섭지 않을 거야. 올드 닉은 숫자를 두드려서 문을 열고 널 깔개에 싸서 방 밖으로 데리고 나갈 거야."

"엄마도 깔개에 들어가?"

답은 알고 있었지만 혹시나 해서 물어보았다.

"엄마는 여기서 기다리고 있을 거야. 그는 널 자기 트럭으로 데려가서 뒷자리에 넣을 거야. 트여 있는…….."

"나도 여기서 기다리고 싶어."

엄마는 조용히 하라는 뜻으로 내 입에 손가락을 댔다.

"그때가 기회야."

"뭐가?"

"트럭! 트럭이 멈춤 표지판에서 제일 처음 멈추면, 넌 깔개에서 빠져나와서 도로로 뛰어내리는 거야. 경찰에게 뛰어가서 엄마를 구출해달라고 해."

나는 엄마를 쳐다보았다.

"그러니까 이번에는 죽은 척한다, 트럭, 달리기, 경찰, 엄마를 구출한다, 이렇게 되는 거야. 말해봐."

"죽은 척한다, 트럭, 달리기, 경찰, 엄마를 구출한다."

우리는 아침을 먹었다. 특별히 힘이 필요했기 때문에 각자 시리얼 125알씩 먹었다. 배가 고프지 않았지만 엄마는 전부 다 먹어야 한다고 했다. 그런 다음 우리는 옷을 입고 죽은 척하는 것을 연습했다. 지금까지 해본 체육 중에 제일 이상했다. 내가 깔개 가장자리에 누우니 엄마는 깔개를 내 위로 덮고 엎드리라고 했다. 그랬다가 다시 바로 눕고, 다시 엎드리고, 다시 바로 눕고 하니 몸이 단단히 깔개에 싸였다. 먼지 같은 이상한 냄새가 났다. 깔고 앉았을 때와는 다른 냄새였다.

엄마는 나를 들었다. 몸이 찌그러졌다. 엄마는 내가 길고 무거운 꾸러미 같지만 올드 닉은 근육이 더 많으니까 쉽게 들 거라고 했다.

"그는 널 뒷마당으로, 아마 이 방 비슷한 차고로 데리고 갈 거야."

엄마가 방 안을 돌아다니는 것이 느껴졌다. 목이 눌렸지만 나는 전혀 움직이지 않았다.

"어쩌면 어깨 위에 이렇게 멜지도 몰라."

엄마는 끙 하고 나를 들어 올렸다. 몸이 절반으로 접혔다.

"가는 길이 길어?"

"무슨 소리야?"

내 말은 깔개 밖으로 잘 나가지 않았다.

"잠깐만. 문을 열려고 널 몇 번 내려놓을지도 몰라."

엄마는 머리부터 먼저 나를 내려놓았다.

"아냐."

"그래도 소리를 내면 안 돼."

"미안."

깔개가 얼굴을 덮었다. 코가 간지러웠지만 손이 닿지 않았다.

"그는 트럭 짐칸에 널 던져넣을 거야. 이렇게."

엄마는 나를 쿵 하고 던졌다. 나는 소리치지 않으려고 입을 깨물었다.

"뻣뻣하게. 로봇처럼 계속 있어야 해. 알겠어? 무슨 일이 있어도."

"알았어."

"몸이 헐렁해지거나 움직이거나 무슨 소리를 내면, 잭, 실수로 그렇게 하면 그는 네가 살아 있다는 걸 알고 화가 나서……."

"뭐?"

나는 기다렸다.

"엄마, 화가 나서 어떻게 해?"

"걱정 마. 죽었다고 믿을 테니까."

엄마가 어떻게 확실히 알지?

"그런 다음 그는 트럭 앞자리에 타고 운전을 시작할 거야."

"어디로 가?"

"도시 바깥으로 나가겠지. 아무도 땅 파는 걸 못 보는 숲 같은 곳. 요점은 엔진에 시동이 걸리자마자 요란한 소리가 나고 덜덜 흔들릴 거야. 이렇게."

엄마는 깔개 위에 입을 대고 부 소리를 냈다. 보통 이렇게 하면 웃음이 나오지만 지금은 그렇지 않았다.

"그게 바로 깔개에서 빠져나오기 시작하라는 신호야. 해봐."

나는 몸을 비틀고 꼼지락거렸지만 할 수가 없었다. 너무 단단했다.

"끼었어, 엄마."

엄마는 바로 풀어주었다. 나는 숨을 한껏 들이쉬었다.

"괜찮아?"

"괜찮아."

엄마는 나를 보고 미소 지었지만, 억지로 짓는 듯한 이상한 미소였다. 그런 다음 엄마는 나를 좀 더 헐겁게 말았다.

"그래도 눌려."

"미안. 그렇게 끼는지 몰랐어. 잠깐만."

엄마는 나를 다시 풀었다.

"팔을 굽히고 팔꿈치를 내밀어서 공간을 조금 만들어봐."

팔을 굽히고 다시 몸을 말아보니 머리 위로 손을 올릴 수 있었다. 나는 깔개 끝으로 손가락을 내밀어서 흔들었다.

"잘했어. 이제 빠져나와봐. 터널이라고 생각하고."

"너무 끼어."

몬테크리스토 백작은 물에 빠져서 어떻게 빠져나왔을까.

"꺼내줘."

"잠깐만."

"얼른!"

"네가 겁을 먹으면 계획은 성공할 수 없어."

나는 다시 울었다. 깔개가 얼굴에 축축이 닿았다.

"꺼내줘!"

깔개가 풀렸다. 나는 다시 숨을 쉬었다. 엄마가 내 얼굴에 손을 댔지만 나는 뿌리쳤다.

"잭."

"싫어."

"들어봐."

"바보 멍청이 같은 2번 계획이야."

"무섭다는 건 알아. 엄마가 모를 것 같아? 하지만 해야 해."

"아냐. 안 해도 돼. 여섯 살이 되기 전에는 안 해도 돼."

"압류라는 게 있어."

"뭐?"

나는 엄마를 쳐다보았다.

"설명하기 힘들어."

엄마는 숨을 내쉬었다.

"올드 닉은 사실 집을 가지고 있는 게 아니야. 은행이 가지고 있지. 그가 일자리를 잃고 돈이 없어서 은행에 돈을 못 내면, 은행은 화가 나서 그의 집을 빼앗으려고 할 거야."

은행이 어떻게 집을 빼앗을지 궁금했다. 커다란 삽 같은 걸로 가져갈까?

"올드 닉도 같이? 토네이도에 집과 같이 날려간 도로시처럼?"

"들어봐."

엄마는 아플 정도로 내 팔꿈치를 잡았다.

"올드 닉은 자기 집이나 뒷마당에 다른 사람이 절대 못 들어오게 하려고 할 거야. 다른 사람이 들어오면 방을 들키지 않겠니?"

"그럼 우리를 구출해주겠네!"

"아니, 그는 절대 그런 일이 생기지 않도록 할 거야."

"어떻게?"

엄마는 입술이 보이지 않을 정도로 꽉 깨물었다.

"어쨌든 우리는 그전에 탈출해야 해. 이제 깔개 안에 도로 들어가서 빠져나가는 게 익숙해질 때까지 연습을 더 하렴."

"싫어."

"잭, 제발."

나는 소리쳤다.

"너무 무서워. 절대 안 할 거야. 엄마 미워!"

엄마의 숨소리가 이상했다. 엄마는 바닥에 주저앉았다.

"그래도 괜찮아."

내가 밉다는 데도 왜 괜찮지? 엄마는 손을 배에 갖다댔다.

"엄마가 널 이 방에 데려왔어. 그럴 생각은 없었지만 그렇게 됐고, 엄마는 단 한 번도 후회한 적이 없단다."

나는 엄마를 쳐다보았다. 엄마도 나를 마주 보았다.

"엄마가 여기 널 데려왔으니까, 오늘 밤에도 엄마가 널 내보내는 거야."

"알았어."

아주 작게 말했지만 들린 모양이었다. 엄마는 고개를 끄덕였다.

"엄마도 같이 나가. 토치로 문을 뚫어서. 한 번에 한 사람씩, 둘 다."

엄마는 계속 고개를 끄덕이고 있었다.

"중요한 건 너야. 너만 나가면 돼."

나는 어지러울 때까지 고개를 흔들었다. 나만 나가면 되는 게 어디 있어. 우리는 웃지도 않고 서로 쳐다보았다.

"깔개에 들어갈 준비 됐어?"

나는 고개를 끄덕이고 누웠다. 엄마는 아주 단단히 깔개를 말았다.

"못 하겠어."

"할 수 있어."

엄마가 깔개 위에서 나를 두드리는 것이 느껴졌다.

"못 해, 못 해."

"백까지 세어보렴."

나는 쉽게, 아주 빨리 세었다.

"한결 침착해졌지? 얼른 방법을 생각해보자. 음, 꼼지락거려서 나오는 게 힘들다면 혼자 깔개를 펼칠 수는 있겠니?"

"난 안에 있는데."

"알아. 하지만 손을 위로 뻗어서 모서리를 찾는 거야. 해봐."

더듬어보니 뾰족한 부분이 잡혔다.

"그거야. 잘했어. 이제 잡아당겨. 그쪽 말고, 반대쪽으로. 헐렁해지는 느낌이 들도록. 바나나 껍질을 벗기는 기분으로."

약간 벗겨졌다.

"네가 깔개 가장자리에 누워서 몸으로 눌러봐."

"미안해."

다시 눈물이 흘렀다.

"미안할 거 없어. 아주 잘하고 있는걸. 몸을 굴려봐."

"어느 쪽으로?"

"헐렁해진다는 느낌이 드는 쪽으로. 엎드렸다가 다시 깔개 모서리를 잡고 당겨봐."

"못 하겠어."

했다. 나는 한쪽 팔꿈치를 밖으로 내밀었다.

"잘했어. 벌써 위쪽은 아주 헐렁해졌어. 아, 앉으면 어떨까? 앉을 수 있겠니?"

아프다. 불가능하다. 나는 일어나 앉아서 양쪽 팔꿈치를 밖으로 내밀었다. 얼굴 쪽 깔개가 풀리고 있었다. 이제 모두 잡아당겨 풀 수 있었다.

"했어."

나는 외쳤다.

"난 바나나야."

"넌 바나나야."

엄마는 축축한 내 얼굴에 키스했다.

"다시 한 번 더 해보자."

너무 피곤해서 깔개 연습을 그만둔 뒤, 엄마는 바깥에 나가면 어떻게 될지 말해주었다.

"올드 닉은 차를 몰고 도로를 달릴 거야. 넌 뒷자리, 트여 있는 트럭 짐칸에 있으니까 그에게는 보이지 않아. 알겠지? 떨어지지 않도록 트럭 난간을 잡아야 해. 아주 빨리 달릴 테니까, 이렇게."

엄마는 나를 잡아당겨 양쪽 옆으로 흔들었다.

"그가 브레이크를 밟으면, 트럭이 느려지면서 음, 반대쪽 방향으로 몸이 휙 기울어지는 기분이 들 거야. 그게 멈춤 표지판이라는 뜻이야. 운전사들이 잠깐 멈춰야 하는 곳이지."

"올드 닉도?"

"그럼. 그러니까 트럭이 거의 움직이지 않는 느낌이 들면 옆으로 뛰어내려도 안전해."

바깥세상으로. 말은 하지 않았다. 그렇지 않다는 것을 알고 있었다.

"넌 도로에 내려설 거야. 도로는 딱딱해."

엄마는 주위를 둘러보았다.

"도자기처럼 단단한데 그보다 더 거칠어. 그런 다음 진저잭처럼 열심히 달리는 거야."

"진저잭은 여우한테 잡아먹혔어."

"아, 안 좋은 예를 들었구나. 하지만 이번에 속임수를 쓰는 건 우리야. 잭, 재빠르게. 잭, 날쌔게."

"잭, 양초를 뛰어넘어라."

"도로를 따라 열심히 달려서 트럭에서 도망쳐야 해. 아주 빨리. 예전에 봤던 만화 기억나니? 〈로드 러너〉?"

"톰과 제리도 달려."

엄마는 고개를 끄덕였다.

"중요한 건 올드 닉한테 잡히지 않는 거야. 가능하면 차에 부딪히지 않게

도로로 올라가서 달리렴. 약간 높은 길이야. 그리고 소리도 마구 질러야 해. 그럼 누가 도와줄 거야."

"누가?"

"모르겠어. 아무나."

"아무나가 누구야?"

"그냥 처음 보이는 사람한테 달려가. 아니면…… 늦은 시각이겠지. 밖에서 걸어가는 사람이 없을지도 모르겠구나."

엄마는 엄지손가락 손톱을 깨물었다. 나는 그만두라고 말하지 않았다.

"사람이 보이지 않으면 달려가는 차를 향해 손을 흔들어서 세우고 그 안에 있는 사람에게 너랑 엄마가 납치당했다고 말해야 해. 혹시 차도 없으면, 그러면 집으로 달려가야겠구나. 불이 켜져 있는 아무 집이나. 주먹으로 최대한 세게 문을 두드려. 하지만 불이 켜져 있는 집으로 가야 해. 빈집 말고. 현관문을 두드려. 현관문이 어딘지 알겠니?"

"집 앞쪽에 있는 문."

"해볼래?"

엄마는 기다렸다.

"엄마한테 말하듯이 그 사람들에게 말해봐. 내가 그 사람들이라고 생각하고. 뭐라고 말할래?"

"우리가 납치당했어요."

"아니, 내가 그 집이나 차, 도로에 있는 사람들이라고 생각하고, 너랑 엄마가……."

나는 다시 말했다.

"너랑 엄마가……."

"아니, 넌 '우리 엄마랑 내가'라고 해야지."

"너랑 내가……."

엄마는 숨을 내쉬었다.

"좋아, 됐어. 그냥 쪽지를 주면 되겠다. 쪽지는 아직 안전하지?"

나는 속옷 안을 보았다.

"없어졌어!"

엉덩이 사이로 미끄러져 들어간 것이 느껴졌다. 나는 쪽지를 꺼내 보여주었다.

"앞쪽에다 보관해. 혹시라도 떨어뜨렸으면 이렇게 말해. '나는 납치당했어요!' 말해봐. 그냥 그 말만."

"나는 납치당했어요."

"사람들이 들을 수 있도록 또렷하고 크게."

"나는 납치당했어요."

나는 소리쳤다.

"아주 잘했어. 그러면 그들이 경찰에 연락할 거야. 경찰은 방을 찾을 때까지 집집마다 뒷마당을 수색할 거고."

그리 확신하는 표정은 아니었다. 내가 상기시켜주었다.

"토치로."

우리는 연습하고 또 연습했다. 죽은 척하기, 트럭, 빠져나오기, 뛰어내리기, 달리기, 사람, 쪽지, 경찰, 토치. 아홉 가지였다. 머릿속에 한꺼번에 다 넣을 수 있을지 알 수 없었다. 엄마는 당연히 할 수 있지, 넌 엄마의 영웅이니까, 다섯 살이니까, 라고 했다. 아직 네 살이라면 얼마나 좋을까.

점심은 내가 골랐다. 오늘은 특별한 날이기 때문이다. 우리가 마지막으로 방에서 지내는 날. 엄마는 그렇게 말했지만 나는 사실 믿지 않았다. 갑자기 배가 너무나 고파서 마카로니와 핫도그 크래커를 골랐다. 점심 세 번을 한꺼번에 먹는 셈이었다. 체커를 하는 동안에도 대탈주 때문에 겁이 나서 두 번 졌다. 더 이상 게임을 하고 싶지 않았다. 낮잠을 자려고 해보았지만 잠이 오지 않았다. 나는 젖을 빨았다. 왼쪽 그리고 오른쪽, 다시 왼쪽, 젖이 남지 않을 때까지 빨았다.

저녁은 둘 다 먹고 싶지 않았다. 나는 토한 냄새가 나는 티셔츠를 다시 입어야 했다. 엄마는 양말을 신고 있으라고 했다.

"안 그러면 도로에서 발이 아플 거야."

엄마는 한쪽 눈을 닦고 다시 다른 눈을 닦았다.

"가장 두꺼운 양말을 신어."

왜 양말 때문에 우는지 알 수가 없었다. 나는 옷장으로 가서 베개 밑에서 이빨을 가져왔다.

"양말 밑에 넣을 거야."

엄마는 고개를 저었다.

"이빨을 밟아서 발이 아프면 어떡하려고?"

"안 밟아. 이빨은 옆에 이대로 있을 거야."

6시 13분이었다. 저녁이 점점 다가오고 있었다. 엄마는 이제 깔개에 들어가야 한다고 했다. 내가 아프다고 했으니까 올드 닉이 일찍 올지도 모른다.

"좀 있다가."

"으음."

"제발."

"그럼 여기 앉아 있어. 필요하면 엄마가 얼른 싸게."

우리는 아홉 단계에 익숙해지기 위해 계획을 여러 번 되풀이해서 말했다. 죽은 척하기, 트럭, 빠져나오기, 뛰어내리기, 달리기, 사람, 쪽지, 경찰, 토치.

삑삑 소리가 들릴 때마다 나는 움찔했지만, 진짜 소리가 아니었다. 그냥 상상이었다. 나는 문을 쳐다보았다. 문은 칼날처럼 반짝거리고 있었다.

"엄마?"

"응?"

"내일 밤에 해."

엄마는 몸을 굽혀 나를 꼭 껴안았다. 안 된다는 뜻이다. 엄마가 조금 미웠다.

"대신 해줄 수 있으면 내가 하련만."

"왜 안 돼?"

엄마는 고개를 저었다.

"미안하지만 네가 아니면 안 돼. 지금 해야 하고. 하지만 엄마가 네 머릿속에 있을게. 기억나지? 엄마가 계속 너한테 이야기할 거야."

우리는 2번 계획을 여러 번 다시 생각해보았다.

"그가 깔개를 펼치면 어떻게 해, 내가 죽었는지 확인해보려고?"

엄마는 잠시 아무 말도 하지 않았다.

"때리는 게 나쁜 짓이라는 건 알고 있지?"

"응."

"그런데 오늘 밤은 특별이야. 열어볼 것 같지는 않아. 얼른 끝내려고 서두를 테니까. 하지만 혹시라도 열어보면 최대한 세게 그를 때려."

이야!

"발로 차고, 물어뜯고, 눈을 찌르고……."

엄마의 손가락이 허공을 찔렀다.

"뭐든지 다 해서 도망쳐."

믿을 수가 없었다.

"죽여도 되는 거야?"

엄마는 찬장으로 달려갔다. 그리고 물건을 씻은 뒤 말리는 곳에서 매끈한 칼을 집어들었다. 나는 반짝이는 광택을 보았다. 엄마가 칼을 올드 닉의 목에 댔다는 이야기가 생각났다.

"이렇게 깔개 안에서 단단히 잡고 있을 수 있니? 그리고……."

엄마는 칼을 쳐다보고 있다가 다시 접시걸이 안 포크 옆에 놓았다.

"내가 무슨 생각을 하는 거지?"

엄마가 모르면 내가 어떻게 알아?

"네가 칼에 베겠구나."

"아냐. 안 그래."

"그럴 거야, 잭. 칼집도 없는 맨 칼을 들고 깔개 안에 들어가서 이리저리 흔들렸다가는 네 몸이 먼저 갈기갈기 찢어질걸. 엄마가 아무래도 정신이 나갔나보다."

나는 고개를 저었다.

"아냐. 정신은 여기 있어."

나는 엄마의 머리를 두드렸다. 엄마는 내 등을 쓰다듬었다. 나는 양말 안의 이빨과 속옷 앞의 쪽지를 확인했다. 우리는 시간을 보내기 위해 조용히 노래를 불렀다. 〈자신을 잊어라〉, 〈열변〉, 〈목장의 우리 집〉이었다.

"사슴과 영양이 뛰어노는 곳."

내가 불렀다.

"슬픈 이야기가 들려오지 않는 곳."

"하늘에는 하루 종일 구름이 없는 곳."

"시간 됐어."

엄마는 깔개를 펼쳤다. 들어가고 싶지 않았다. 나는 누워서 어깨에 손을 얹고 팔꿈치를 튀어나오게 했다. 그리고 엄마가 말기를 기다렸다. 한데 엄마는 나를 쳐다보기만 했다. 내 발, 다리, 팔, 머리, 엄마의 눈이 마치 숫자를 세듯이 내 몸을 훑었다.

"왜?"

엄마는 아무 말도 하지 않았다. 엄마는 허리를 굽히더니 키스조차 하지 않고 어디가 누구 얼굴인지 알 수 없을 때까지 내 얼굴에 얼굴을 오랫동안 갖다댔다. 가슴이 두근거렸다. 엄마를 보내고 싶지 않았다.

"좋아." 엄마는 까칠하게 긁히는 목소리로 말했다.

"우린 무섭-용감하지? 우린 무섭-용감한 사람들이야. 바깥에서 보자."

엄마는 내 팔을 팔꿈치가 튀어나오게 바로 잡아준 다음 깔개를 덮었다. 불빛이 사라졌다. 나는 간질간질한 어둠 속에서 둘둘 말렸다.

"너무 꽉 끼지 않니?"

나는 깔개를 밀어내며 팔을 머리 위로 올릴 수 있는지 들어보았다.

"괜찮아?"

"괜찮아."

우리는 그냥 기다렸다. 깔개 위에 뭔가 닿더니 내 머리카락을 쓸었다. 엄마의 손이었다. 보지 않아도 알 수 있었다. 내 숨소리가 시끄럽게 들렸다. 벌레가 기어들어오는 포대 안에 들어 있던 백작 생각이 났다. 떨어지고 떨어지다 바다에 첨벙. 벌레는 헤엄칠 수 있을까?

죽은 척하기, 트럭, 달리기, 사람. 아니다, 빠져나오기, 그런 다음 뛰어내리기, 달리기, 사람, 쪽지, 토치. 토치 앞에 경찰을 빼먹었다. 너무 복잡했다. 전부 다 헷갈릴 것 같았다. 그러면 올드 닉이 나를 진짜로 파묻고 엄마는 영원히 기다리게 된다. 한참 지난 뒤 나는 속삭였다.

"그가 올까?"

"모르겠어. 어떻게 안 올 수 있을까? 최소한 조금이라도 인간이라면……."

인간이면 인간이고 아니면 아니지, 조금이라도 인간일 수도 있다는 건 미처 몰랐다. 그럼 다른 부분은 뭘까? 나는 기다리고 또 기다렸다. 팔에 느낌이 없었다. 깔개가 내 코에 붙어 있었다. 긁고 싶었다. 겨우 손을 올려 코에 닿았다.

"엄마?"

"여기 있어."

"나도 있어."

삑삑.

나는 깜짝 놀랐다. 죽은 척해야 하지만 어쩔 수가 없었다. 당장 깔개 밖으로 뛰쳐나가고 싶었지만 몸이 꽉 끼어 있었고 그랬다가는 그에게…….

뭔가 내 몸을 눌렀다. 엄마의 손이다. 나는 엄마의 영웅 재커잭 왕자가 되어야 한다. 그래서 꼼짝도 하지 않았다. 이제 움직이면 안 돼. 나는 시체야, 나는 백작이야, 아니, 난 백작의 친구처럼 죽었어. 전기가 끊기고 부서진 로봇처럼 뻣뻣해.

"자, 받아."

올드 닉의 목소리였다. 여느 때와 같은 목소리였다. 내가 죽은 건 전혀 모르고 있다.

"항생제야. 유통기한이 아주 조금 넘었어. 아이들은 반만 잘라서 주면 된다고 하더군."

엄마는 대답하지 않았다.

"애는 어디 있어, 옷장 안?"

나다. 애.

"깔개 안에 있나? 미쳤어? 아픈 애를 그렇게 싸두다니?"

"당신이 안 오는 바람에."

엄마의 목소리는 정말 이상했다.

"밤에 상태가 더 나빠져서 오늘 아침에 깨어나지 않았어요."

아무 소리도 없었다. 그러다 올드 닉은 이상한 소리를 냈다.

"확실해?"

"확실하냐고요?"

엄마는 찢어지는 목소리로 외쳤다. 하지만 나는 움직이지 않았다. 움직이면 안 돼. 난 뻣뻣하고 아무것도 들리지 않고 보이지 않고 아무것도 못 느껴.

"아, 저런."

그가 길게 숨을 내쉬는 소리가 들렸다.

"정말 끔찍하군. 불쌍한 것. 네가……."

잠시 아무도 말하지 않았다. 올드 닉이 입을 열었다.

"아주 심각한 병이었나 보군. 그럼 약도 어차피 안 들었겠지."

"당신이 죽인 거야."

엄마는 울부짖고 있었다.

"괜찮아. 진정해."

"어떻게 진정해요? 잭이……."

엄마는 숨을 이상하게 쉬며 딸꾹질을 하듯이 말을 내뱉고 있었다. 나까지 속을 정도로 정말 진짜처럼 흉내냈다.

"어디 보자고."

그의 목소리가 아주 가까이 들렸다. 나는 몸을 더욱 뻣뻣하게 했다. 뻣뻣하게, 뻣뻣하게.

"건드리지 말아요."

"좋아, 좋아."

올드 닉이 말했다.

"여기 계속 둘 수는 없어."

"내 아기라고요!"

"알아. 끔찍한 일이야. 하지만 지금 데려가야겠어."

"안 돼요."

"얼마나 오래됐지? 오늘 아침이라고 했나? 밤에 죽었을 수도 있겠군. 그
럼 이미 썩기 시작했겠네. 여기 두면 건강에 안 좋아. 내가 데려가서 장소를
찾아보지."

"뒤뜰은 안 돼요."

엄마는 짐승이 으르렁거리듯이 말했다.

"알았어."

"뒤뜰에 묻으면…… 너무 가까워요. 거기 묻으면 애가 우는 소리가 들릴
거예요."

"알았다고 했잖아."

"아주 멀리 데려가야 해요. 알았어요?"

"좋아. 이제……."

"아직 안 돼요."

엄마는 울고 또 울었다.

"아이를 건드리지 말아요."

"싸놓은 대로 그대로 두지."

"손가락 하나라도 댔다가는……."

"알았다니까."

"그 더러운 눈으로 쳐다보지도 않겠다고 맹세해요."

"알았어."

"맹세해요."

"맹세해. 됐지?"

나는 죽었다, 죽었다.

"뒤뜰에 묻으면 내가 알아차릴 거야. 그러면 문이 열릴 때마다 집이 떠나
가도록 비명을 지를 거야. 다시는 조용히 하지 않을 거야. 날 죽여야 입을
막을 수 있을 거야. 이젠 아무래도 상관없어."

왜 자기를 죽이라고 말하는 거지?

"진정해."

164

올드 닉은 개에게 말하는 말투였다.

"지금 데려가서 트럭에 실을게. 됐지?"

"조심스럽게 다뤄요. 좋은 곳을 찾아주세요."

엄마는 너무 울어서 이제 뭐라고 말하는지 잘 들리지도 않았다.

"나무가 많은, 그런 곳에요."

"그렇게 하지. 이제 가야겠어."

깔개 위로 누가 나를 움켜잡았다. 몸이 짓눌렸다. 엄마였다.

"잭, 잭, 잭."

몸이 위로 들렸다. 엄마인 줄 알았지만, 그였다. 움직이지 말자, 움직이지 말자. 재커잭, 뻣뻣하게, 뻣뻣하게. 깔개 안에서 몸이 짓눌렸다. 숨도 잘 쉴 수 없었지만, 죽은 사람들은 어쨌든 숨을 쉬지 않는다. 그가 깔개를 풀면 안 되는데. 매끈한 칼이 있으면 얼마나 좋을까.

다시 뻑뻑 그리고 찰칵. 문이 열렸다는 뜻이다. 괴물이 나를 데려가려고 있다. 저벅저벅. 다리에 뜨거운 것이 느껴졌다. 이런, 고추가 오줌을 흘렸다. 엉덩이에서도 똥이 조금 튀어나왔다. 엄마는 이런 일이 생길 거라고 말 안 했는데. 냄새가 났다. 미안해, 깔개야. 귓가에서 쿵 하는 소리가 들렸다. 올드 닉이 나를 더 단단히 잡았다. 너무 무서워서 용감해질 수가 없었다. 그만, 그만. 하지만 소리를 내면 안 된다. 그가 속임수라는 걸 알아차리고 머리부터 날 먹어치우고 다리를 갈기갈기 찢어서……

이빨 개수를 세었지만 계속 숫자를 놓쳤다. 열아홉, 스물하나, 스물둘. 나는 로봇, 재커잭 왕자, 다섯 살 신사. 움직이지 않아. 거기 있니, 이빨아? 느낄 수는 없지만 넌 분명히 내 양말 안, 옆 에 있을 거야. 넌 엄마의 한 부분이야. 엄마가 뱉은 침 조각이 나랑 같이 가는 거야. 팔을 느낄 수가 없었다.

공기가 달랐다. 깔개 안은 아직 먼지 냄새가 났지만 코를 약간 들어보니 공기가……. 바깥 공기였다. 이게 현실일까? 움직이지 않았다. 올드 닉은 그냥 서 있었다. 왜 뒷마당에 그냥 서 있는 거지, 뭘 하려고?

다시 움직였다. 뻣뻣하게, 뻣뻣하게. 아야! 뭔가 딱딱한 것이 밑에 닿았다. 소리는 내지 않은 것 같았다. 내 귀에는 안 들렸다. 입술을 깨문 것 같았다. 피 맛이 났다.

다시 삑 소리가 들렸지만 조금 달랐다. 금속처럼 쨍그랑거리는 소리. 다시 위로 올라갔다가 얼굴을 아래로 하고 떨어졌다. 아야, 아야. 쿵. 그때 내 얼굴 아래에서 모든 것이 흔들리고 고동치고 울부짖기 시작했다. 지진이다.

아니, 트럭이야. 틀림없어. 엄마가 입으로 부 했던 느낌과는 조금 달랐다. 수백만 배나 더 강했다. 엄마! 나는 머릿속에서 외쳤다. 죽은 척하기, 트럭, 아홉 개 중에서 두 개다. 나는 엄마가 이야기했던 것처럼 갈색 트럭 뒤에 있었다. 난 방 안에 있지 않아. 아직 나는 나일까?

이제 움직였다. 나는 트럭을 타고 진짜, 진짜로 횡 달리고 있었다. 아, 이제 빠져나오기를 해야지. 잊어버리고 있었다. 나는 뱀처럼 몸을 꿈틀거리기 시작했지만, 깔개가 왠지 모르게 더 단단하게 조여져 있었다. 끼었어. 엄마, 엄마. 연습을 그렇게 하고 또 했지만 연습했던 대로 나올 수가 없었다. 전부 다 틀렸어. 미안해. 올드 닉이 나를 데려가서 땅에 묻고 벌레들이 몸속을 들락날락 하겠지. 나는 다시 울고 있었다. 콧물이 흘렀고 팔은 가슴 밑에서 꼬여 있었다. 깔개는 더 이상 내 친구가 아니었다. 나는 깔개와 싸웠다. 가라테 선수처럼 발로 찼지만 깔개는 나를 놓아주지 않았다. 깔개는 바다에 던져지는 시체의 옷이었다.

소리가 조용해졌다. 움직이지 않았다. 트럭이 멈췄다. 멈춤 표지판이야, 멈춤 표지판. 이제 목록 다섯 번째 뛰어내리기를 해야 하는데 아직 세 번째를 하지 못했다. 빠져나오지 못했는데 어떻게 뛰어내리지? 3에서 막히면 4, 5, 6, 7, 8, 9는 할 수 없어. 그는 나를 벌레랑 같이 땅에 묻을 거야.

다시 움직였다. 부릉부릉. 나는 콧물로 범벅이 된 얼굴 위에 한 손을 올리고 가까스로 밖으로 뺀 다음 다른 팔도 끌어 올렸다. 손가락은 새로운 공기를 움켜쥐다가 뭔가 차가운 것, 금속 같은 것에 닿았다. 위에 뭔가 툭 튀어나온 금속 아닌 것도 느껴졌다. 나는 그것을 붙잡고 마구 잡아당기고 발로 찼다. 무릎이 아프다. 소용없어. 안 돼. 모서리를 찾아. 엄마가 약속대로 머릿속에서 말하는 걸까, 그냥 내 기억일까? 깔개 주변을 더듬어보았지만 모서리가 없었다. 그러다 겨우 모서리를 찾아서 잡아당겼다. 약간 느슨해진 것 같았다. 나는 등을 아래로 하고 몸을 굴렀지만 깔개가 더 조여왔다. 이제 모서리를 찾을 수가 없었다.

멈췄다. 트럭은 다시 멈췄다. 아직 밖으로 나오지 못했다. 첫 번째 멈춤 표지판에서 뛰어내렸어야 했는데. 팔꿈치가 부러지도록 깔개를 아래로 잡아당기자, 순간 커다랗게 눈부신 빛이 보이다가 사라졌다. 트럭이 다시 움직이고 있었다. 부릉부릉.

내가 본 것은 바깥세상 같았다. 바깥세상은 진짜고 아주 밝지만 나는……. 엄마는 여기 없었다. 울 시간이 없어. 난 재커잭 왕자야. 재커잭 왕자가 되지 않으면 벌레가 기어올 거야. 나는 다시 엎드려서 무릎을 구부리고 엉덩이를 위로 들어 올렸다. 깔개를 터뜨리고 나갈 거야. 조금 느슨해졌다. 내 얼굴에서 깔개가 떨어져나갔다!

나는 캄캄하고 달콤한 공기를 마실 수 있었다. 앉아서 찌그러진 바나나처럼 깔개를 벗었다. 뒤로 묶은 머리가 빠져나왔다. 눈앞이 온통 머리카락이었다. 다리 한쪽, 또 나머지 한쪽을 찾았다. 몸 전체가 빠져나왔다. 해냈다, 해냈어. 도라가 이 모습을 보았다면 〈우린 해냈어〉 노래를 불러줄 텐데.

다른 불빛이 휙 하고 지나갔다. 뭔가가 하늘에서 미끄러져 갔다. 나무 같았다. 집들, 거대한 기둥에 달린 불빛들, 사방에서 자동차들이 스쳐 지나갔다. 마치 만화 속에 들어온 것 같았지만 그보다 더 정신없었다. 나는 트럭 가장자리를 붙잡았다. 차갑고 딱딱했다. 너무나 거대한 하늘 저쪽 끝은 분홍색을 띤 오렌지색이었지만 나머지는 회색이었다. 아래를 내려다보니 도로는 검고 아주 길었다. 잘 뛰어내리는 법은 알고 있었지만, 모든 것이 우르릉 쿵쾅거리고 빛이 흐릿하고 사과 냄새가 나는 공기가 이렇게 낯설 수가 없었다. 눈이 잘 보이지 않았다. 무섭-용감하려고 해도 너무 무서웠다.

트럭은 다시 멈췄다. 뛰어내릴 수가 없었다. 움직일 수가 없었다. 겨우 일어서서 저쪽을 바라보았지만……. 나는 미끄러져서 트럭에 부딪혔다. 머리가 단단한 데 부딪혔다. 나는 나도 모르게 아야, 하고 소리를 질렀다.

다시 멈췄다. 쇳소리. 올드 닉의 얼굴. 그는 지금까지 내가 본 것 중에 가장 화난 얼굴을 하고 트럭에서 나왔다. 뛰어내리자. 땅에 부딪히자 발이 꺾

이고 무릎이 부딪히고 얼굴이 까졌지만 나는 달리고 달렸다. 누군가를 찾아. 엄마가 사람이나 자동차나 불 켜진 집에 고함을 지르라고 했어. 자동차한 대가 보였지만 안이 캄캄했고 내 입도 머리카락으로 가득 차서 말이 나오지 않았다. 나는 계속 달렸다. 진저잭, 날쌔게, 재빠르게. 엄마는 같이 없지만 내 머릿속에 있다고 약속했다. 달려라, 달려. 등 뒤에서 들려오는 고함소리는 올드 닉이었다. 그는 나를 갈기갈기 찢어놓을 기세로 저벅저벅 다가오고 있었다. 누군가를 찾아서 도와달라고 외쳐야 하는데 누군가가 없어, 사람이 없었다. 영원히 이렇게 달려야 할 것 같았지만 숨이 차고 앞도 보이지 않았다.

곰.

늑대?

개, 개도 누군가인가?

누군가 개 뒤에서 따라오고 있었지만, 아주 작은 사람, 아기가 걷고 있었다. 아기는 더 작은 아기가 들어 있는 바퀴 달린 뭔가를 밀고 있었다. 뭐라고 외쳐야 하는지 기억이 나지 않았다. 나는 소리를 죽인 상태로 계속 그들을 향해 달리기만 했다. 아기가 웃었다. 머리카락이 거의 없었다. 바퀴 달린 물건에 들어 있는 작은 아기는 진짜가 아닌 것 같았다. 인형이었다. 개는 작지만 진짜 개였다. 땅에 똥을 싸고 있었다. 텔레비전 개들이 똥을 싸는 것은 본 적이 없었다. 아기 뒤에서 사람이 다가와서 봉투에 똥을 보물처럼 담았다. 남자 같았다. 머리카락은 올드 닉처럼 짧았지만 더 곱슬곱슬하고 아기보다 더 갈색이었다. "도와주세요!" 하고 말했지만 목소리가 그리 크게 나지 않았다. 나는 거의 그들에게 다 다가갈 때까지 달렸다. 개가 짖으며 펄쩍 뛰어 나를 잡아먹으려고 덤벼들었다. 입을 벌리고 고래고래 비명을 지르려고 했지만 아무 소리도 나지 않았다.

"라자!"

내 손가락에 빨간 점이 생겼다.

"라자, 앉아."

남자는 개의 목을 잡았다. 손에서 피가 떨어지고 있었다. 그때 뒤에서 뭔가 날 붙잡았다. 올드 닉이었다. 거대한 손이 내 갈비뼈 위에 있었다. 실패했어, 난 잡혔어, 미안해, 엄마. 그는 나를 들어 올리고 있었다. 그때 나는 비명을 질렀다. 말도 나오지 않았다. 그는 겨드랑이에 나를 끼고 트럭으로 다시 데려가고 있었다. 엄마가 때려도 된다고 했어, 죽여도 된다고 했어. 때리고 때렸지만 손이 닿지 않았다. 나는 스스로를 때리고 있었다.

"실례합니다."

똥 봉투를 든 남자가 불렀다.

"이봐요, 아저씨?"

그의 목소리는 낮지 않고 더 부드러웠다. 올드 닉은 돌아섰다. 나는 비명 지르는 것을 잊어버렸다.

"죄송합니다만, 따님은 괜찮습니까?"

따님?

올드 닉은 헛기침을 하면서 계속 뒷걸음질해서 나를 트럭으로 데려가고 있었다.

"괜찮소."

"라자는 보통 아주 점잖은데 아이가 갑자기 튀어나오는 바람에 그만."

"그냥 변덕이 심해서."

"아니, 기다려보세요. 손에서 피가 납니다."

나는 개에게 먹힌 손가락을 보았다. 피가 방울을 만들고 있었다. 남자는 아기를 안아 들고 있었다. 그는 팔에 아기를 안고 다른 손으로 똥 봉투를 들고 아주 혼란스러운 얼굴을 하고 있었다. 올드 닉은 나를 내려놓더니 타는 것처럼 아프도록 어깨를 손가락으로 꽉 잡았다.

"이 정도는 괜찮소."

"무릎도요, 다친 것 같습니다. 라자가 문 게 아니에요. 따님이 어디서 떨어졌습니까?"

"난 따님이 아니야."

나는 목구멍 속으로 말했다.

"남의 일 상관 말고 당신 갈 길이나 가시지."

올드 닉은 으르렁거리며 말했다. 엄마. 말을 하려면 엄마가 필요해. 엄마
는 더 이상 내 머릿속에 없었다. 아무 데도 없었다. 엄마가 쪽지를 써줬지.
잊고 있었다. 나는 먹히지 않은 손을 속 안에 넣었지만 쪽지를 찾을 수가 없
었다. 아, 있다. 온통 오줌이 묻어 있었다. 말을 할 수 없었지만, 나는 바로
누군가인 남자에게 쪽지를 흔들었다. 올드 닉은 쪽지를 빼앗아서 없애버
렸다.

"흠, 이건……. 뭔가 이상한데."

남자가 말했다. 그는 손에 작은 전화기를 들고 있었다. 전화는 어디서 왔
을까? 그는 말하고 있었다.

"네, 경찰서요."

엄마가 말한 대로 되고 있었다. 쪽지를 보여주지도, 방에 대해 말하지도
않았는데 벌써 8단계 경찰이었다. 거꾸로 가고 있다. 원래는 누군가에게 사
람처럼 말을 해야 한다. 나는 말을 시작했다.

"난 납치당했어요."

하지만 올드 닉이 나를 다시 안아 들었기 때문에 속삭이는 소리밖에 나
오지 않았다. 그는 트럭을 향해 달리고 있었다. 내 몸은 정신없이 흔들렸다.
때릴 만한 곳을 찾을 수가 없었다.

"당신 번호판을 봤소!"

남자가 외치는 소리였다. 나한테 소리치는 걸까? 무슨 번호를 말하는
걸까?

"K-9-3……."

그는 숫자를 외치고 있었다. 왜 숫자를 외치는 걸까? 아야! 갑자기 도로
가 내 배, 손, 얼굴을 때렸다. 올드 닉은 혼자 도망치고 있었다. 나를 떨어뜨
렸다. 그는 시시각각 멀어지고 있었다. 나를 떨어뜨리게 하는 마법의 숫자
였던 것이 분명했다.

일어서려고 해보았지만 일어서는 법이 기억나지 않았다. 괴물 같은 소리
가 들려왔다. 트럭이 부릉부릉 소리를 내며 나를 향해 달려오고 있었다. 나
를 도로에 납작하게 눌러버릴 셈이다. 어떻게 어디로 뛸 해야 할지 알 수 없

었다. 아기가 울고 있었다. 진짜 아기가 우는 소리는 들어본 적이 없는데.

트럭은 사라졌다. 트럭은 나를 그냥 지나치더니 멈추지 않고 길모퉁이를 돌아갔다. 잠시 소리가 들려왔지만 곧 그 소리도 사라졌다.

더 높은 도로, 보도로 올라가. 엄마는 보도로 올라가라고 했다. 나는 아픈 무릎을 딛지 않고 기어올라가야 했다. 보도는 모두 커다랗고 거칠거칠한 사각형이었다. 끔찍한 냄새가 났다. 개의 코가 바로 내 옆에 있었다. 날 씹어 먹으려고 돌아온 것이다. 나는 비명을 질렀다.

"라자."

남자는 개를 끌어당겼다. 그는 쭈그리고 앉아서 한쪽 무릎에 아기를 안고 있었다. 아기는 버둥거리고 있었다. 똥 봉투는 어디 갔는지 없었다. 텔레비전 사람과 비슷했지만, 좀 더 가깝고 좀 더 컸고 냄새가 났다. 비누와 민트, 카레를 모두 합친 냄새였다. 개를 잡지 않은 손이 내게로 다가왔지만, 나는 얼른 몸을 굴려 도망갔다.

"괜찮아, 아가야. 괜찮아."

누가 아가지? 그의 눈이 내 눈을 보고 있으니 나를 보고 아가라는 것이다. 쳐다볼 수가 없었다. 그가 나를 보고 내게 이야기하는 것이 너무 이상했다.

"이름이 뭐니?"

텔레비전 사람들은 도라 말고는 질문을 하지 않았다. 도라는 이미 내 이름을 알고 있다.

"사람들이 널 뭐라고 부르는지 알려주렴."

엄마는 누군가와 이야기를 하라고, 그게 내 임무라고 했다. 나는 말을 하려고 했지만 아무것도 입 밖으로 나오지 않았다. 나는 입술을 핥았다.

"잭."

"그게 뭐야?"

그는 허리를 더 가까이 숙였다. 나는 팔 안에 머리를 묻었다.

"괜찮아. 아무도 널 해치지 않을 거야. 네 이름을 좀 더 크게 말해보렴."

그를 쳐다보지 않으니 말하는 게 더 쉬웠다.

"잭."

"재키?"

"잭."

"아, 그렇군. 미안하다. 네 아빠는 갔어, 잭."

무슨 소리를 하는 거야? 아기가 남자의 셔츠 위에 있는 것을 당기기 시작했다. 재킷이었다. 남자가 말했다.

"난 아짓이라고 한다. 이쪽은 내 딸이고. 잠깐만, 나이샤. 잭은 무릎을 다쳐서 밴드를 붙여야 해. 어디 보자."

그는 가방 안에 든 것을 더듬고 있었다.

"라자가 널 물어서 정말 미안하다는구나."

개는 미안해 보이지 않았다. 뾰족하고 더러운 이를 온통 드러내고 있었다. 흡혈귀처럼 내 피를 빨아먹은 걸까?

"몸이 안 좋아 보이는구나, 잭. 최근에 아팠니?"

나는 고개를 저었다.

"엄마."

"그게 뭐야?"

"엄마가 내 티셔츠에 토를 했어."

아기가 뭐라고 말을 했지만 언어가 아니었다. 아기는 라자라는 개의 귀를 붙잡고 있었다. 왜 개를 두려워하지 않을까?

"미안, 못 들었는데."

아짓이라는 남자가 말했다. 나는 아무 말도 하지 않았다.

"경찰이 곧 여기 올 거야. 알았지?"

그는 도로 저쪽을 돌아보았다. 아기 나이샤는 이제 조금씩 울고 있었다. 남자는 무릎에 안은 아기를 아래위로 흔들었다.

"이제 곧 집에 가자, 엄마한테."

나는 침대를 생각해보았다. 따뜻할 거야. 그는 전화기의 작은 버튼을 누르고 뭐라고 더 말하고 있었지만 내게는 들리지 않았다.

도망치고 싶었다. 하지만 움직이면 개 라자가 나를 물고 피를 더 빨아먹을 것 같았다. 선 위에 앉아 있었기 때문에 내 몸의 일부는 한쪽 사각형에, 다른 일부는 다른 사각형에 걸쳐 있었다. 먹힌 손가락이 계속 아프고 오른쪽 무릎도 아팠다. 피부가 찢어진 부분에서 피가 나오고 있었다. 피는 빨간색이었지만 점점 검어졌다. 내 발 옆에 뾰족한 타원형이 있었다. 손으로 집어들려고 했지만 바닥에 붙어 있었다. 그러다 손가락에 묻어 나왔다. 잎이었다. 그날 채광창 위에 떨어졌던 잎처럼 진짜 나무에서 떨어진 잎이었다. 나는 올려다보았다. 머리 위에 있는 나무에서 떨어진 것 같았다. 거대한 전등 기둥 때문에 눈이 멀 것 같았다. 그 뒤의 거대한 하늘 전체는 이제 검은색이었다. 분홍색과 오렌지색은 어디로 갔을까? 내 얼굴 앞에서 공기가 움직이고 있었다. 나도 모르게 몸이 떨렸다.

"춥겠구나, 춥지 않니?"

아기 나이샤에게 한 말인 줄 알았는데, 나한테 한 말이었다. 아짓이 재킷을 벗어서 나한테 내미는 것을 보고 알았다.

"입어라."

사람의 재킷이라서 나는 고개를 저었다. 나는 재킷을 입어본 적이 없었다.

"신발은 어디서 잃어버렸니?"

무슨 신발? 아짓은 더 이상 말하지 않았다. 자동차 한 대가 멈추었다. 어떤 차인지 알고 있었다. 텔레비전에서 본 경찰차였다. 사람들이 나왔다. 짧은 머리 두 사람, 한 사람은 검은 머리, 한 사람은 누르스름한 머리, 모두 빨리 움직이고 있었다. 아짓이 그들과 이야기를 했다. 아기 나이샤가 버둥거렸지만 아짓은 아기를 팔에 꺼안고 있었다. 아프게 하는 것은 아닌 것 같았다. 라자는 뭔가 갈색 물건 위에 엎드려 있었다. 풀이었다. 나는 풀이 녹색일 거라고 생각했다. 풀은 보도를 따라 사각형으로 계속 있었다. 쪽지를 가지고 있으면 좋을 텐데, 올드 닉이 없애버렸다. 나는 뭐라고 적혀 있는지 몰랐다. 단어들은 머릿속에서 도망쳐버렸다.

엄마는 아직 방에 있다. 너무나 같이 있고 싶었다. 올드 닉은 트럭을 타고 빨리 도망쳐버렸지만 어디로 간 걸까. 내가 죽지 않은 것을 보았으니 호수도 아니고, 숲도 아닐 것이다. 죽여도 좋다는 허락을 받았지만 난 실패했다.

갑자기 끔찍한 생각이 떠올랐다. 혹시 방으로 돌아간 건 아닐까. 지금 이 순간 화가 잔뜩 나서 문을 빡빡 열고 있는 건 아닐까. 내가 죽지 않았으니 전부 다 내 잘못이다.

"잭?"

나는 움직이고 있는 입을 찾았다. 경찰이었다. 여자 같았지만 확실하게는 알 수 없었다. 노란 머리가 아니라 검은 머리였다. 그녀는 다시 '잭'이라고 불렀다. 어떻게 알았을까?

"난 오 경관이란다. 몇 살인지 말해줄래?"

이제 엄마를 구출하기 단계다. 경찰에게 토치를 가져오라고 해야 한다. 하지만 입이 말을 듣지 않았다. 경찰은 벨트에 뭘 차고 있었다. 총이었다. 텔레비전에 나오는 경찰과 똑같았다. 성 베드로를 감옥에 가둔 나쁜 경찰이면 어떻게 하지? 그 생각은 미처 못했다. 나는 얼굴 말고 벨트를 바라보았다. 버클이 달린 멋진 벨트였다.

"네 나이를 알고 있니?"

식은 죽 먹기다. 나는 손가락 다섯 개를 들었다.

"다섯 살. 좋아."

오 경관은 내게 들리지 않게 뭐라고 말했다. 옷차림이라고 하는 소리가 들렸다. 두 번. 나는 쳐다보지 않고 최대한 크게 말했다.

"이건 잠옷이야."

"그래? 밤에는 어디서 자니?"

"옷장에서."

"옷장에서?"

말해봐, 엄마가 머릿속에서 말하고 있었지만, 올드 닉이 그 옆에 있었다. 올드 닉은 그 어느 때보다 심하게 화가 난 상태였다.

"엄마는 치마가 세 개 있어. 하나는 분홍색, 하나는 줄무늬 녹색, 하나는 갈색. 엄마는 청바지를 더 좋아해."

"지금 네 엄마 말이니? 치마를 갖고 있는 게 엄마야?"

고개를 끄덕이는 게 더 쉬웠다.

"오늘 밤에 엄마는 어디 있어?"

"방 안에."

"방 안에. 좋아. 어느 방?"

"방."

"방이 어디 있는지 알려줄래?"

뭔가 기억이 났다.

"지도에는 없어."

경찰은 숨을 내쉬었다. 내 대답이 도움이 된 것 같지 않았다. 다른 경찰은 남자 같았다. 그런 머리카락은 진짜로 본 적이 없었다. 거의 속이 비쳐 보일 것 같은 색이었다. 그가 말했다.

"여기는 나바호 가와 앨콧 가 근처. 정신상태가 불안한 아동 발견. 가정폭력으로 추정된다."

전화기에 대고 말하는 것이다. 마치 앵무새 놀이를 하는 것 같았다. 내가 아는 단어였지만 뜻은 알 수가 없었다. 그는 오 경관에게 다가갔다.

"뭐 좀 나왔어?"

"그다지."

"목격자도 마찬가지야. 용의자는 백인 남성, 키는 5피트 10인치 정도. 40대에서 50대 사이. 황갈색 혹은 진갈색 트럭으로 현장에서 도주. 포드 F-150 혹은 램 차량일 가능성이 있음. 차량번호는 K93, B 혹은 P, 주 이름은 없음."

"너랑 같이 있던 남자는 네 아빠야?"

오 경관이 다시 내게 말하고 있었다.

"난 아빠가 없어."

"그럼 엄마의 남자친구야?"

"엄마의 남자친구도 없어."

방금도 말했다. 두 번 말해도 되나?

"이름은 알고 있니?"

나는 억지로 기억해냈다.

"아짓."

"아니. 트럭을 타고 도망친 남자 말이야."

"올드 닉."

올드 닉은 내가 자기 이름을 말하는 걸 좋아하지 않을 것 같았다. 나는 속삭이듯 말했다.

"그게 뭐야?"

"올드 닉."

"그 정도로는 곤란한데."

남자 경찰이 전화기에 대고 말했다.

"용의자 이름은 닉. 니콜라스. 성은 알 수 없다."

"네 엄마는 뭐라고 불러?"

오 경관이 물었다.

"엄마."

"다른 이름 없어?"

나는 두 손가락을 들었다.

"두 개 있어? 좋아. 그게 뭔지 기억할 수 있어?"

이름은 올드 닉이 없앤 쪽지 안에 있었다. 문득 한 부분이 기억났다.

"그가 우리를 훔쳤어."

오 경관은 내 옆 땅에 앉았다. 바닥과 느낌이 달랐다. 아주 딱딱하고 차가웠다.

"잭, 담요 덮을래?"

알 수 없었다. 담요는 여기 없다.

"상처가 심하게 났구나. 닉이라는 남자가 널 다치게 한 거야?"

남자 경찰이 돌아와서 파란 것을 내게 내밀었다. 나는 건드리지 않았다.

"계속해."

그는 전화기에 대고 말했다. 오 경관은 내 몸에 파란 것을 둘러주었다. 담요처럼 폭신폭신한 회색이 아니라 더 까칠까칠했다.

"상처는 어쩌다 났니?"

"그 개는 흡혈귀야."

나는 라자와 사람들을 찾아보았지만 그들은 사라지고 없었다.

"이 손가락은 개가 문 거야. 무릎은 땅이 때린 거고."

"뭐라구?"

"도로. 도로가 날 때렸어."

"계속해."

남자 경찰이 말했다. 그는 다시 전화기에다 말하더니 오 경관을 보았다.

"아동보호과에 연락해야 할까?"

"나한테 몇 분만 시간을 더 줘. 잭, 내가 보기에 넌 이야기 잘할 것 같은데."

어떻게 알고 있을까? 남자 경찰은 손목에 붙여놓은 시계를 보았다. 엄마의 손목이 제대로 움직이지 않는다는 게 기억났다. 지금 올드 닉은 거기 있을까? 엄마의 손목이나 목을 비틀고 있을까? 엄마를 갈기갈기 찢고 있을까?

"오늘 밤에 무슨 일이 있었는지 말해줄 수 있겠니?"

오 경관이 나를 향해 미소 지었다.

"아주 천천히 또박또박 말하렴. 난 귀가 별로 좋지 않거든."

귀머거리인지도 모른다. 하지만 그녀는 텔레비전에 나오는 귀머거리들처럼 손가락으로 말하지 않았다.

"알겠다."

남자 경찰이 말했다.

"준비됐니?"

오 경관이 말했다. 그녀의 눈은 나를 향하고 있었다. 나는 눈을 감고 엄마한테 이야기하는 거라고 생각했다. 그러니까 용기가 났다.

"우린 속임수를 썼어."

나는 아주 천천히 말했다.

"나랑 엄마가. 난 아프다가 죽은 척했는데, 사실은 깔개에서 빠져나와서 트럭에서 뛰어내릴 생각이었어. 한데 처음 멈출 때 뛰어내리기로 했는데 그렇게 못했어."

"그래, 그다음엔 어떻게 됐지?"

오 경관의 목소리가 머리 바로 옆에서 들렸다. 나는 이야기를 잊어버릴까
봐 그쪽을 보지 않았다.

"내 속옷 안에 쪽지가 있었는데 그가 없앴어. 이빨은 아직 가지고 있어."

나는 양말에 손가락을 집어넣었다. 그리고 눈을 떴다.

"내가 봐도 될까?"

그녀가 이빨을 가져가려고 했지만 나는 주지 않았다.

"이건 엄마 거야."

"그게 네 엄마야?"

귀도 안 들리고 머리도 안 돌아가나 보다. 어떻게 이빨이 엄마일 수 있
지? 나는 고개를 저었다.

"엄마가 뱉은 침 조각이야."

오 경관은 굳은 얼굴로 이빨을 찬찬히 들여다보았다. 남자 경찰은 고개를
저으며 무슨 말을 했지만 들리지 않았다.

"잭, 트럭이 처음 속도를 늦추면 뛰어내리기로 했다고?"

"응. 하지만 난 아직 깔개 안에 있었어. 그러다가 바나나 껍질은 벗겼지
만 충분히 무섭-용감하지 못했어."

나는 오 경관을 보면서 동시에 이야기하고 있었다.

"그런데 세 번째 멈춘 뒤에 트럭이 웅 하면서……."

"트럭이 어떻게 했다구?"

"이렇게……."

나는 손짓을 했다.

"다른 방향으로."

"모퉁이를 돌았구나."

"응. 난 부딪혔어. 그러니까 올드 닉이 화를 내면서 차에서 내렸어. 난 그
때 뛰어내렸어."

"좋았어."

오 경관은 두 손을 맞잡았다. 남자 경찰이 말했다.

"왜?"

"멈춤 표지판 세 번 그리고 한 번 회전. 오른쪽이었니, 왼쪽이었니?"

그녀는 기다렸다.

"됐어. 아주 잘했어, 잭."

그녀는 도로를 바라보다가 전화기 비슷하게 생긴 것을 손에 쥐었다. 어디서 나타났을까? 그녀는 작은 화면을 바라보며 말했다.

"부분 번호를 대조해보라고 해. 칼링포드 가, 워싱턴 가 근처에서."

라자와 아짓. 나이샤는 이제 보이지 않았다.

"걔는 감옥에 가?"

"아냐, 아냐. 실수로 그런 거니까."

오 경관이 말했다.

"계속해."

남자 경찰은 전화기에 대고 말했다. 그는 오 경관을 향해 고개를 저었다. 그녀는 일어섰다.

"흠, 혹시 잭이 집을 찾아줄지도 모르지. 너 순찰차에 타볼래?"

일어설 수가 없었다. 오 경관이 손을 내밀었지만 나는 못 본 척했다. 한 발을 아래로 딛고 다른 발을 디뎌 일어섰다. 약간 어지러웠다. 나는 자동차로 가서 열린 문 안에 올라탔다. 오 경관도 뒤에 앉아서 내 좌석벨트를 매어주었다. 나는 파란 담요 외에는 그녀의 손이 닿지 않도록 몸을 움츠렸다.

차는 이제 움직이고 있었다. 트럭처럼 덜걱거리지는 않았다. 부드럽고 나직한 소리가 났다. 텔레비전 세계에서 머리를 부풀린 여자가 앉아서 질문을 하던 그 소파랑 비슷했다. 단지 그 여자 대신 오 경관이 있을 뿐이었다.

"그 방 말인데, 1층 집에 있었니, 계단이 있었니?"

"집이 아니야."

나는 한가운데 반짝이는 부분을 보고 있었다. 거울과 비슷했지만 작았다. 그 안에서 남자 경찰의 얼굴이 보였다. 그는 운전을 하고 있었다. 그의 눈이 작은 거울을 통해 뒤쪽에 앉은 나를 쳐다보기에 나는 창밖을 바라보았다.

모든 것이 빨리 지나쳐서 어지러웠다. 차에서 길로 나가는 불빛이 모든 것을 물들이고 있었다. 다른 차가 한 대 더 왔다. 아주 빠른 흰색 차가 부딪히려고 한다.

"괜찮아."

오 경관이 말했다. 얼굴에서 손을 떼보니 다른 차는 없었다. 이 차가 그 차를 사라지게 한 걸까?

"떠오르는 거 없어?"

아무것도 없었다. 모두 나무와 집, 캄캄한 차뿐이었다. 엄마. 머릿속에서 엄마 목소리가 들리지 않았다. 말을 건네지 않았다. 그의 손이 엄마를 꽉 붙잡고 있었다. 꽉 붙잡아서 엄마는 말을 할 수도, 숨을 쉴 수도 없었다. 아무것도 할 수 없었다. 살아 있는 것들은 구부러지지만 엄마는 계속 구부러져서…….

"여기가 네가 사는 거리랑 비슷하니?"

오 경관이 물었다.

"우린 거리가 없어."

"닉이라는 남자가 오늘 밤 널 데려온 그 거리 말이야."

"난 못 봤어."

말하는 것도 피곤했다. 오 경관은 입 속에서 혀를 찼다.

"아까 거기 검은 트럭 말고는 트럭이 안 보이는데."

남자 경찰이 말했다.

"잠깐 서는 게 좋겠어."

차는 멈추었다. 미안해, 엄마.

"무슨 사이비 종교 단체일까? 긴 머리, 성을 사용하지 않는 점, 저 이빨 상태 좀 봐."

오 경관은 입가를 비틀었다.

"잭, 그 방에 빛이 들어오니?"

"지금은 밤이야."

나는 말했다. 그것도 모르나?

"낮에 말이야. 빛이 어디로 들어오니?"

"채광창."

"채광창이 있다. 좋았어."

"계속해."

남자 경찰은 전화기에 대고 말했다. 오 경관은 반짝이는 화면을 다시 들여다보았다.

"위성사진에는 다락방에 채광창이 있는 집이 칼링포드에 두 곳 보이는데."

"방은 집 안에 없어."

나는 다시 말했다.

"무슨 말인지 잘 이해를 못하겠구나, 잭. 그럼 어디 안에 있지?"

"아무 데도 아니야. 방이 안이야."

엄마도 올드 닉도 거기 있다. 그는 누군가를 죽이려고 한다. 그건 내가 아니다.

"그럼 방 밖에는 뭐가 있어?"

"바깥세상."

"바깥세상에 뭐가 있는지 말해보렴."

"당신한테 맡겨야겠군. 포기하지 마."

남자 경찰이 말했다. 나한테 하는 말인가?

"계속해, 잭."

오 경관이 말했다.

"그 방 밖에 뭐가 있는지 말해줘."

"바깥세상이 있다고!"

나는 외쳤다. 엄마를 구하려면 빨리 설명해야 한다. 기다려, 엄마, 기다려줘.

"바깥세상에는 아이스크림이랑 나무랑 가게랑 비행기랑 농장이랑 해먹 같은 물건들이 진짜로 있어."

오 경관은 고개를 끄덕였다. 더 열심히 설명해야 했지만 어떻게 해야 할지 알 수가 없었다.

"하지만 방은 잠겨 있어. 우린 비밀번호를 몰라."

"넌 문을 열고 밖으로 나가고 싶었구나."

"앨리스처럼."

"앨리스도 네 친구니?"

나는 고개를 끄덕였다.

"앨리스는 책 안에 있어."

"『이상한 나라의 앨리스』 말이군. 맙소사."

남자 경찰이 말했다. 그건 나도 안다. 한데 그가 어떻게 우리 책을 읽었을까? 방에 와본 적도 없으면서. 나는 그에게 말했다.

"앨리스가 너무 울어서 웅덩이를 만든 거 알아?"

"그게 뭐지?"

그는 작은 거울을 통해 뒤쪽으로 나를 쳐다보았다.

"앨리스의 눈물이 웅덩이를 만들었어. 기억나?"

"네 엄마가 울고 있었니?"

오 경관이 물었다. 바깥세상 사람들은 아무것도 이해하지 못한다. 텔레비전을 너무 많이 보는 걸까?

"아니, 앨리스. 앨리스는 항상 우리처럼 정원에 들어가고 싶어 해."

"너도 정원에 들어가고 싶었어?"

"뒷마당에. 하지만 비밀번호를 몰라."

"그 방이 뒷마당 바로 옆에 있었어?"

나는 고개를 저었다. 오 경관은 얼굴을 문질렀다.

"네가 도와줘야 해, 잭. 그 방이 뒷마당 근처에 있었니?"

"근처는 아니야."

"좋아."

엄마.

"온통 주변에 있었어."

"그 방이 뒷마당 안에 있었다고?"

"응."

이 말을 듣고 오 경관은 기쁜 것 같았다. 왜 그런지는 알 수 없었다.

"어디 보자. 그래."

그녀는 화면을 보며 버튼을 눌렀다.

"칼링포드와 워싱턴 가 근처 뒷마당에 별채가 있는 집……."

"채광창."

남자 경찰이 말했다.

"맞아, 채광창이 있는 집."

"그건 텔레비전이야?"

내가 물었다.

"응? 아니, 이건 도로가 전부 다 들어 있는 사진이야. 우주에 카메라가 있어."

"바깥세상에?"

"응."

"대단한데."

오 경관의 목소리가 흥분으로 가득 찼다.

"워싱턴 가 349번지. 뒷마당에 헛간, 채광창에 불이 켜져 있군. 이 집이야."

"워싱턴 가 349번지."

남자 경찰이 전화기에 대고 말했다.

"계속해."

그는 거울을 통해 뒤쪽을 보았다.

"소유주의 이름은 일치하지 않지만 백인 남성, 생년월일은 61년 10월 12일."

"차량은?"

"계속해."

그는 전화기에 대고 다시 말했다. 그리고 기다렸다.

"2001 실버라도, 갈색. K93P742."

"좋았어."

오 경관이 말했다.

"지금 가는 중이다. 워싱턴 가 349번지로 지원 바람."

차는 오른쪽으로 돌았다. 그런 뒤 우리는 더 빨리 달리고 있었다. 머리가 어질어질했다. 우리는 멈췄다. 오 경관은 어느 집 창문을 살폈다.

"불이 모두 꺼져 있어."

"그가 방 안에 있어. 엄마를 죽일 거야."

하지만 울음 때문에 말이 녹아 내 귀에도 들리지 않았다. 우리 뒤에 이 차와 똑같이 생긴 다른 차가 왔다. 더 많은 경찰들이 내리고 있었다.

"여기 꼼짝 말고 있어야 돼, 잭."

오 경관이 문을 열었다.

"우리가 네 엄마를 찾아올게."

나는 펄쩍 뛰었지만, 그녀의 손이 나를 차 안에 눌러놓았다.

"나도 갈래."

말하려고 했지만 나오는 것은 눈물뿐이었다. 오 경관은 커다란 손전등을 켰다.

"이분이 여기 너랑 같이 있을 거야."

처음 보는 얼굴이 들어왔다.

"안 돼!"

"아이에게 너무 다가가지 마."

오 경관이 새로 온 경찰에게 말했다.

"토치."

기억이 났다. 하지만 너무 늦었다. 그녀는 가고 없었다. 삐걱 하는 소리가 나더니 차 뒤쪽이 열렸다. 트렁크, 그들은 그렇게 불렀다.

나는 아무것도 들어오지 못하도록 손으로 머리를 감쌌다. 얼굴도, 불빛도, 소음도, 냄새도. 엄마, 죽지 마. 오 경관처럼 100까지 셌지만 조금도 진정되지 않았다. 500까지 세었지만, 숫자는 소용이 없었다. 등이 부들부들 떨렸다. 추워서 그럴 것이다. 담요는 어디로 떨어졌을까?

끔찍한 소리. 앞자리에서 경찰이 코를 풀고 있었다. 그는 씩 미소 지으며 코에 휴지를 쑤셔넣었다. 나는 고개를 돌렸다. 창밖으로 불이 꺼진 집을 쳐다보았다. 닫혀 있던 문 하나가 열리고 있었다. 차고 같은 커다랗고 검은 사각형이었다. 너무 오랫동안 쳐다보았더니 눈이 따끔거렸다. 어둠 속에서 누군가 나왔지만, 처음 보는 다른 경찰이었다. 그리고 또 한 사람, 오 경관이 나왔고 그 옆에……

나는 자동차 문을 주먹으로 마구 두드렸다. 어떻게 해야 할지 알 수가 없었다. 유리창을 부수고 싶었지만 안 됐다. 엄마!

엄마가 문을 열었고 나는 밖으로 떨어질 뻔했다. 엄마는 나를 붙잡고 안아들었다. 정말 엄마였다. 100퍼센트 살아 있는 엄마였다.

"우리가 해냈어."

같이 차 뒷자리에 앉은 뒤, 엄마는 말했다.

"아니, 사실은 네가 해냈어."

나는 고개를 저었다.

"난 계속 계획을 망쳤어."

"네가 엄마를 구했어."

엄마는 내 눈에 키스하고 나를 꼭 안았다.

"올드 닉이 거기 갔어?"

"아니, 엄마는 혼자서 계속 기다렸어. 내 평생 가장 긴 시간이었단다. 그때 갑자기 문이 폭발하면서 열렸지. 심장마비라도 걸리는 줄 알았어."

"토치!"

"아니, 경찰은 샷건을 썼어."

"폭발하는 거 보고 싶어."

"겨우 몇 초였어. 언젠가 다른 폭발을 볼 기회가 있을 거야. 약속해."

엄마는 미소 짓고 있었다.

"우린 이제 뭐든지 할 수 있어."

"왜?"

"자유니까."

어지러웠다. 눈이 저절로 감겼다. 너무 잠이 와서 머리가 떨어져나갈 것 같았다. 엄마는 내 귀에 대고 말하고 있었다. 가서 더 많은 경찰하고 이야기

해야 한다고 했다. 나는 엄마의 가슴에 파고들었다.

"침대로 가고 싶어."

"좀 있다가 저 사람들이 잘 곳을 찾아줄 거야."

"아니, 침대."

"방 안에 있는 침대 말이니?"

엄마는 나를 떼어놓으며 눈을 쳐다보았다.

"응. 난 세상을 봤어. 이제 피곤해."

"아, 잭. 우리는 다시는 돌아가지 않아."

차는 움직이기 시작했다. 눈물이 너무 많이 나서 멈출 수가 없었다.

부서진 씨앗

오 경관이 앞에 타고 있었다. 뒤에서 보니 달라 보였다. 그녀는 돌아보고 내게 미소 지었다.

"여기가 경찰서란다."

"내릴 수 있어? 엄마가 안을게."

엄마가 차 문을 여니 차가운 공기가 밀려들어왔다. 나는 몸을 움츠렸다. 엄마가 나를 일으켜 세우는 바람에 귀를 차에 부딪쳤다. 엄마는 나를 엉덩이에 얹고 걸었다. 나는 엄마 어깨에 매달렸다. 어두웠지만 마치 불꽃놀이처럼 번쩍 하는 불빛이 있었다.

"독수리들 같으니."

오 경관이 말했다. 어디?

"사진 촬영은 안 됩니다."

남자 경찰이 말했다. 무슨 사진? 독수리도 보이지 않았다. 번쩍거리는 기계와 검고 뚱뚱한 막대기를 들고 있는 사람들의 얼굴만 보였다. 그들은 뭐라고 소리치고 있었지만 무슨 말인지 이해할 수가 없었다. 오 경관은 내 머리에 담요를 씌우려고 했지만 나는 밀어냈다. 엄마는 달리고 있었다. 몸이 부들부들 떨렸다. 우리는 건물 안에 들어와 있었다. 1000퍼센트는 더 밝았다. 나는 눈에 손을 갖다댔다.

바닥은 방의 바닥과 달리 딱딱하고 반짝거렸고, 벽은 파란색인데 너무 많고 정신없었다. 온통 내 친구가 아닌 사람들뿐이었다. 우주선 같은 작은 사각형이 환히 불을 밝히고 있었고 그 안에 과자 봉투나 초콜릿 같은 것이 들어 있었다. 들어가서 만져보려고 했지만 모두 유리 안에 잠겨 있었다. 엄마는 내 손을 당겼다. 오 경관이 말했다.

"이쪽입니다. 아니, 바로 여기입니다."

우리는 좀 더 조용한 방에 들어왔다. 키가 크고 뚱뚱한 남자가 말했다.

"언론에서 나온 건 사과드리겠습니다. 통신 보안을 강화했습니다만, 저쪽도 새로운 추적 장치를 사용하는 바람에."

그는 손을 내밀고 있었다. 엄마는 나를 내려놓고 텔레비전 사람들처럼 그의 손을 아래위로 흔들었다.

"그리고 어린이도. 넌 아주 놀랍도록 용감한 진짜 남자였어."

그가 쳐다보고 있는 것은 나였다. 하지만 그는 나를 모른다. 게다가 날 왜 남자라고 부르지? 엄마는 우리 의자가 아닌 의자에 앉은 채 나를 무릎에 앉혔다. 나는 의자를 앞뒤로 흔들려고 해보았지만 안락의자가 아니었다. 모든 것이 잘못되어 있었다. 뚱뚱한 남자가 말했다.

"자, 시간도 늦었고 아드님도 찰과상을 치료해야 한다는 건 알고 있습니다. 컴벌랜드 클리닉에서 의료진이 대기하고 있어요. 아주 좋은 시설입니다."

"어떤 시설인가요?"

"아, 정신과입니다."

"우리는……."

그가 말을 막았다.

"두 분이 필요한 모든 의료 서비스를 받으실 수 있는 곳입니다. 사생활도 보장됩니다. 한데 절차상 우선 오늘 밤 가능한 한 자세히 진술서를 받아야만 합니다."

엄마는 고개를 끄덕였다.

"자, 어떤 질문은 고통스러우실 수도 있습니다. 진술하는 동안 오 경관이 배석하는 게 더 좋으시겠습니까?"

"상관없어요."

엄마는 하품을 했다.

"아드님은 오늘 밤 많은 일을 겪었으니까 우리가 사건을 다루는 동안 바깥에서 기다리는 게 어떨까요."

우리는 이미 '바깥'에 있잖아.

"괜찮습니다."

엄마는 내 몸에 파란 담요를 둘러주었다.

"문 닫지 마세요."

엄마는 밖으로 나가는 오 경관에게 빠르게 중얼거렸다.

"알겠습니다."

오 경관은 문을 반쯤 열어놓았다. 엄마는 커다란 남자와 이야기하고 있었다. 그는 엄마를 다른 두 번째 이름으로 불렀다. 나는 벽을 쳐다보았다. 벽은 색깔이 없는 크림색으로 변해 있었다. 많은 낱말이 쓰인 틀이 있었다. 하나는 독수리가 그려져 있었고, 독수리는 '창공은 한계가 없다'라고 말하고 있었다. 누군가 문 옆을 지나갔다. 나는 깜짝 놀랐다. 문이 닫혀 있었으면. 엄마 젖이 너무나 그리웠다. 엄마는 다시 티셔츠를 바지까지 끌어당겼다.

"지금은 안 돼. 경위님하고 이야기하고 있잖아."

엄마는 속삭였다. 남자가 물었다.

"사건이 발생한 날짜를 기억하십니까?"

엄마는 고개를 저었다.

"1월 말이었어요. 학교에서 돌아온 지 2주밖에 안 되었으니까."

아직 목이 말랐다. 나는 엄마의 티셔츠를 다시 들어 올렸다. 엄마는 숨을 내쉬면서 나를 가슴에 품어 안고 그냥 내버려두었다.

"아, 잠깐?"

경위가 물었다.

"아뇨. 그냥 계속하세요."

엄마가 말했다. 오른쪽이었다. 젖은 별로 없었지만 엄마가 이제 충분하다고 할까 봐 다시 내려서 젖을 바꾸고 싶지 않았다. 나는 아직 충분하지 않왔다.

엄마는 방과 올드 닉, 그런 것들을 끝도 없이 이야기했다. 너무 피곤해서 들을 수도 없었다. 한 여자가 들어오더니 경위에게 뭐라고 말했다. 엄마가 말했다.

"무슨 문제라도 있나요?"

"아니, 아닙니다."

"그런데 왜 우릴 쳐다보죠?"

엄마의 팔이 나를 단단히 안았다.

"난 내 아들에게 젖을 먹이고 있어요. 괜찮으시죠, 여자 분?"

바깥세상 사람들은 젖 먹는 것을 모르는가 보다. 비밀인 것 같았다. 엄마와 경위는 한참 더 이야기했다. 나는 가물가물 잠들고 있었지만 너무 밝아서 편안하지 않았다.

"그건 뭐죠?"

"엄마, 우리 이제 방으로 돌아가야 해. 나 변기 쓰고 싶어."

"괜찮아. 여기 경찰서에도 변기가 많단다."

경위는 놀라운 기계 앞을 지나가라고 길을 알려주었다. 나는 초콜릿 바 앞의 유리를 만져보았다. 저걸 꺼내는 비밀번호를 알고 있다면 얼마나 좋을까.

변기가 하나, 둘, 셋, 네 개 있었고, 각각 작은 방 안에 들어 있었다. 세면대는 네 개 있었고 온통 유리였다. 사실이었다. 바깥세상의 변기 물탱크에는 뚜껑이 있었다. 안을 들여다볼 수가 없었다. 엄마가 오줌을 누고 일어나자 무시무시한 소음이 났다. 나는 울었다.

"괜찮아."

엄마는 손바닥으로 내 얼굴을 닦아주었다.

"그냥 자동세척기란다. 변기가 작은 눈으로 쳐다보고 있다가 우리가 일을 다 끝내면 알아서 물을 내리는 거야. 영리하지 않니?"

나는 영리한 변기가 우리 엉덩이를 쳐다보는 게 싫었다. 엄마가 속옷을 벗는 것을 도와주었다.

"올드 닉이 날 데려갈 때 실수로 조금 썼어."

"걱정 마."

엄마는 이상한 짓을 했다. 내 속옷을 쓰레기통에 버린 것이다.

"그러면 안 되는데."

"이제 필요 없어. 새것을 살 거야."

"일요일 선물로?"

"아니, 원하는 날에 언제든지."

이상했다. 그냥 일요일에 받았으면 좋겠다. 수도꼭지는 방에 있는 진짜 수도꼭지와 비슷했지만 모양이 달랐다. 엄마는 수도꼭지를 틀고 종이에 물을 적셔서 내 다리와 엉덩이를 닦아주었다. 엄마가 손을 기계 아래에 놓으니 우리 환기구처럼 뜨거운 바람이 나왔다. 하지만 이번에도 더 뜨겁고 시끄러웠다.

"손 말리는 기계란다. 너도 한번 해볼래?"

엄마는 나를 보고 웃었지만 피곤해서 웃고 싶지 않았다.

"좋아, 그냥 티셔츠에 손을 닦아."

엄마는 파란 담요를 내 몸에 둘러주었다. 우리는 다시 밖으로 나왔다. 캔과 봉지, 초콜릿 바가 갇혀 있는 기계를 구경하고 싶었다. 하지만 엄마는 경위가 이야기를 하기 위해 기다리는 방으로 나를 데려갔다.

수백 시간이 지난 뒤 엄마는 일어섰다. 어지러웠다. 방에서 잠을 못 자니 몸이 이상했다. 우리는 병원 같은 곳으로 갔다. 이게 원래 1번 계획 아니었나? 아픈 척하기, 트럭, 병원? 엄마는 파란 담요를 두르고 있었다. 나한테 둘러준 것과 같았지만, 그 담요는 아직 내 몸 위에 있으니 저건 다른 담요인 게 분명했다. 순찰차도 아까와 똑같이 보였지만 알 수가 없었다. 바깥세상의 물건들은 종잡을 수가 없다. 길에서 발을 헛디뎌 넘어질 뻔한 나를 엄마가 잡아주었다.

우리는 도로를 달리고 있었다. 차가 다가올 때마다 나는 눈을 질끈 감았다.

"저 차들은 반대쪽에 있어."

엄마가 말했다.

"무슨 반대쪽?"

"저기 한가운데 선 보이지? 저 차들은 저쪽 편에서 달려야 하고 우리는 이쪽 편에서 달려야 해. 그래야 부딪히지 않지."

갑자기 우리는 멈췄다. 차가 열리더니 얼굴이 없는 사람이 들여다보았다. 나는 비명을 질렀다. 엄마가 말했다.

"잭."

"좀비야."

엄마의 배에 얼굴을 묻었다.

"클레이 박사입니다. 컴벌랜드에 오신 것을 환영합니다."

얼굴 없는 남자의 목소리는 지금까지 들어본 목소리 중에 가장 낮게 웅웅 거렸다.

"이 마스크는 여러분의 안전을 위한 겁니다. 보시겠습니까?"

흰 부분을 위로 조금 올리니 남자가 웃고 있었다. 얼굴은 진한 갈색이었고 턱에는 검은 삼각형이 아주 작게 붙어 있었다. 그는 마스크를 다시 철썩 썼다. 흰색 마스크에서 목소리가 흘러나왔다.

"이게 두 분이 쓰실 마스크입니다."

엄마는 마스크를 받았다.

"꼭 써야 하나요?"

"아드님이 한 번도 접촉하지 못했던 것들이 공기 중에 많이 떠돌아다니고 있다고 생각해보세요."

"알겠어요."

엄마는 마스크를 쓰고 내 귀에도 마스크 고리를 걸어주었다. 눌리는 기분이 별로 좋지 않았다.

"떠돌아다니는 건 아무것도 안 보이는데."

나는 엄마에게 속삭였다.

"병균 말이야."

병균은 방 안에만 있는 줄 알았다. 세상도 병균으로 가득 차 있다는 건 미처 몰랐다. 우리는 불을 밝힌 큰 건물로 들어갔다. 이번에도 경찰서라고 생각했지만, 아니었다. 접수원이라는 사람이 뭘 두드리고 있었다. 맞다, 컴퓨터였다. 텔레비전에서 본 것과 같았다. 〈의료 세계〉에서 본 사람들과 똑같아 보였기 때문에, 이번에는 진짜 사람들이라는 걸 계속 기억해야 했다.

정말 멋진 것이 있었다. 모서리가 튀어나온 거대한 유리였는데, 안에는 캔과 초콜릿 대신 살아 있는 물고기가 헤엄치며 돌멩이 뒤에 숨고 있었다. 엄마의 손을 끌어당겼지만 엄마는 이쪽으로 오지 않고 접수원과 계속 이야기하고 있었다. 그녀의 이름표에도 이름이 있었다. 필라였다.

"잘 듣거라, 잭."

클레이 박사는 커다란 개구리처럼 다리를 구부리며 앉았다. 왜 저럴까? 그의 머리가 거의 내 머리 옆에 있었다. 머리카락은 4분의 1인치 길이밖에 안 되는 솜털 같았다. 그는 이제 마스크를 쓰고 있지 않았다. 나랑 우리 엄마만 쓰고 있었다.

"우린 저 건너편 방에서 네 엄마를 잘 살펴봐야 해, 알겠지?"

그는 내게 말하고 있었다. 하지만 엄마는 벌써 보지 않았나?

엄마는 고개를 저었다.

"잭은 나랑 같이 갈 거예요."

"죄송하지만 켄드릭 박사가, 그러니까 당직 레지던트가 지금 바로 증거물을 채취해야 합니다. 혈액, 소변, 머리카락, 손톱 밑, 구강 내 표본, 질 내 표본."

엄마는 그를 가만히 보더니 숨을 내쉬었다.

"엄마는 바로 저기 있을 거야."

엄마는 어느 문을 가리키며 나한테 말했다.

"네가 부르면 들을 수 있어. 괜찮지?"

"안 괜찮아."

"부탁해. 넌 정말 용감한 재커잭 왕자였잖아? 조금만 더 그렇게 해주렴. 응?"

나는 엄마에게 매달렸다.

"흠. 같이 데려가서 스크린을 설치할까요?"

켄드릭 박사가 말했다. 틀어 올린 그녀의 머리카락은 크림색이었다.

"텔레비전 말이야?"

나는 엄마에게 속삭였다.

"텔레비전은 저기 있어."

방에 있는 텔레비전보다 훨씬 컸다. 춤이 나오고 있었고, 색깔이 훨씬 눈부셨다. 엄마가 말했다.

"그래, 그냥 저기 대기실에 앉혀놓으면 안 될까요? 이쪽이 정신을 다른데 팔기가 좋겠어요."

필라라는 여자는 테이블 뒤에서 전화기에 대고 이야기하면서 나를 향해 웃었지만 나는 못 본 척했다. 의자가 아주 많았다. 엄마가 하나를 골라주었다. 나는 엄마가 의사와 함께 가는 것을 바라보았다. 뒤따라가지 않으려고 의자를 꽉 붙잡아야 했다.

텔레비전 세계는 어깨가 넓은 사람들이 헬멧을 쓰고 있는 풋볼 게임으로 바뀌었다. 저건 진짜 일어나는 일일까, 그림일까? 나는 물고기 유리를 쳐다보았지만 너무 멀었다. 보이지는 않지만 물고기는 분명 아직도 거기 있을 것이다. 걸을 수 없으니까. 엄마가 들어간 문이 조금 열렸다. 엄마의 목소리가 들리는 것 같았다. 왜 엄마의 피와 오줌, 손톱을 가져간다는 걸까? 내게 보이지는 않았지만 엄마는 아직도 거기 있었다. 내가 대탈주를 하는 동안 내내 방 안에 있었던 것처럼. 올드 닉은 트럭을 타고 도망쳤고, 이제는 방에도 없고 바깥세상에도 없었다. 텔레비전에서도 보이지 않았다. 궁금한 게 너무 많아서 머리가 피곤했다.

마스크가 누르는 기분이 싫었다. 나는 마스크를 머리에 썼다. 안에 철사처럼 딱딱한 것이 들어 있어서 눈 위에 흘러내리는 머리카락을 고정해주었다. 화면에서는 도시에 산산조각 난 탱크가 있었고 늙은 사람이 울고 있었다. 엄마는 저쪽 방에 오래오래 있었다. 엄마를 아프게 하는 건 아닐까? 필라라는 여자는 아직 전화기에다 이야기하고 있었다. 다른 화면에서는 거대한 방에서 재킷 차림의 여러 남자들이 이야기를 하고 있었다. 일종의 싸움

같았다. 그들은 몇 시간이고 이야기를 나누었다.

그때 화면이 다시 바뀌었다. 엄마였다. 엄마는 누군가를 안고 있었다. 나였다!

나는 벌떡 일어나서 화면으로 다가갔다. 거울 속에서 보았던 것처럼 그 안에 내가 있었다. 나는 아주 작았다. 아래쪽에 글자가 흘러갔다. 현재 상황 속보. 여자가 이야기하고 있었지만 보이지는 않았다.

"독신이었고 이웃과 교류가 없었던 이 남성은 정원의 오두막을 개조하여 난공불락의 21세기판 지하감옥을 만들었습니다. 피해자들은 안색이 창백했으며, 악몽 같았던 장기간의 유폐 생활로 인해 유사 정신분열증을 앓고 있는 것으로 보입니다."

오 경관이 내 머리에 씌워준 담요를 밀어냈던 그때야. 보이지 않는 목소리는 말을 이었다.

"영양부족 상태로 걷지도 못하는 소년은 화면에서 보시다시피 구출한 경찰을 향해 충동적이고 신경질적인 태도를 보이고 있습니다."

"엄마."

나는 외쳤다. 엄마는 오지 않았다. 목소리가 들렸다.

"몇 분만 더 기다려."

"우리야. 우리가 텔레비전 안에 있어!"

그때 화면은 꺼졌다. 필라가 일어서서 리모컨으로 화면을 가리키며 나를 쳐다보고 있었다. 클레이 박사가 나오더니 필라에게 화를 냈다. 나는 말했다.

"켜줘. 우리야. 난 우리 보고 싶어."

"정말, 정말 죄송해요."

필라가 말했다.

"잭, 이제 네 엄마한테 가지 않을래?"

클레이 박사가 손을 내밀었다. 손에 흰 비닐을 끼고 있어서 우스웠다. 나는 만지지 않았다.

"마스크 써라, 기억하지?"

나는 코 위에 마스크를 썼다. 그를 따라갔지만 가까이 다가가지는 않았다. 엄마는 종이로 만든 옷을 입고 작고 높은 침대에 앉아 있었다. 옷은 등쪽이 갈라져 있었다. 바깥세상 사람들은 우스운 옷을 입는다.

　"진짜 엄마 옷은 가져가야 한대."

　엄마의 목소리였지만 마스크로 가려져 있어서 소리가 나오는 곳은 보이지 않았다. 나는 바스락거리는 소리를 내면서 엄마 무릎 위로 올라갔다.

　"우리를 텔레비전에서 봤어."

　"들었어. 우리가 어떻게 보였어?"

　"작았어."

　나는 엄마의 옷을 잡아당겼지만 파고들어갈 곳이 없었다.

　"지금은 안 돼."

　엄마는 대신 내 눈가에 키스했지만 내가 원하는 것은 그게 아니었다.

　"아까 뭐라고 했는지……."

　나는 뭐라고 말한 적이 없었다. 켄드릭 박사가 말했다.

　"손목 말씀입니다만, 다시 한 번 더 부러뜨려야 할지도 몰라요."

　"안 돼!"

　"쉿, 괜찮아."

　엄마가 나한테 말했다. 켄드릭 박사가 나를 보며 말했다.

　"자고 있을 때 할 거야. 관절이 더 잘 작동하는 걸 돕도록 외과의사가 금속 핀을 꽂을 거란다."

　"사이보그처럼?"

　"그게 뭐지?"

　"그래, 사이보그랑 비슷해."

　엄마가 나를 보며 씩 웃었다. 켄드릭 박사가 말했다.

　"하지만 단기적으로는 치과가 급선무예요. 일단 항생제와 고성능 진통제를 처방하겠습니다."

　나는 커다랗게 하품을 했다. 엄마가 말했다.

　"알고 있어. 잘 시간이 훨씬 지났지."

켄드릭 박사가 말했다.

"잭도 간단히 검진을 할까요?"

"싫다고 말했잖아요."

나한테 뭘 한다는 거지?

"노는 거야?"

나는 엄마에게 속삭였다. 엄마는 켄드릭 박사에게 말했다.

"필요 없어요. 내 말 믿어요."

"저희는 이런 사건의 관례대로 하려는 것뿐입니다."

클레이 박사가 말했다.

"아, 여기서 이런 사건을 많이 보셨나 보군요?"

엄마는 화가 났다. 목소리를 들으니 알 수 있었다. 그는 고개를 저었다.

"트라우마 상황은 많이 보았습니다만, 솔직하게 말씀드리면 이런 경우는 처음입니다. 그렇기 때문에 제대로 단계를 밟고 처음부터 최선의 치료를 해야 합니다."

"잭은 치료가 필요 없어요. 잭에게 필요한 건 잠이에요."

엄마는 이를 악물고 말했다.

"내 눈에서 떨어진 적도 없고 아무 일도 당한 적 없어요. 당신이 암시하는 그런 일은 절대로 없었어요."

의사들은 서로 마주 보았다. 켄드릭 박사가 말했다.

"저는 그런 뜻으로 한 말이······."

"내내 난 이 아이를 안전하게 지켰다고요."

"그렇게 들립니다."

클레이 박사가 말했다.

"네, 그렇게 했어요."

엄마의 얼굴에는 눈물이 흘러내리고 있었다. 마스크 한쪽 가장자리가 까맣게 달라붙어 있었다. 왜 엄마를 울리지?

"오늘 밤에, 아이가 겪은 일들은······. 애가 걸어다니면서 자고 있잖아요."

나는 안 자는데. 클레이 박사가 말했다.

"전적으로 이해합니다. 키와 몸무게를 재고 상처만 치료하지요. 괜찮으시겠습니까?"

잠시 후 엄마는 고개를 끄덕였다.

켄드릭 박사가 날 만지는 것은 싫었지만, 몸무게를 재는 기계 위에 올라서는 것은 상관없었다. 실수로 벽에 기대니까 엄마가 나를 똑바로 세웠다. 그런 다음 나는 방 안의 문 옆에서 그랬던 것처럼 숫자 옆에 등을 대고 섰다. 숫자는 더 많았고 선은 더 곧은 일직선이었다. 클레이 박사가 말했다.

"잘하고 있어."

켄드릭 박사는 뭔가 한참 썼다. 그녀는 기계로 내 눈과 귀, 입을 가리키더니 말했다.

"모두 아주 깨끗한 것 같네요."

"우린 먹을 때마다 이를 닦아."

"뭐라고?"

"말 천천히 크게 해."

엄마가 말했다.

"우린 먹을 때마다 이를 닦아."

켄드릭 박사가 말했다.

"환자들이 다 이렇게 몸을 잘 씻는다면 얼마나 좋을까."

엄마가 티셔츠를 머리 위로 벗겨주었다. 그러는 바람에 마스크가 떨어져서 다시 썼다. 켄드릭 박사는 내게 온몸을 움직이도록 했다. 그녀는 내 엉덩이가 훌륭하다고 했지만, 골밀도 검사라는 것을 해야 했다. 일종의 엑스레이였다. 손바닥과 다리에는 트럭에서 뛰어내릴 때 생긴 긁힌 자국이 있었다. 오른쪽 무릎에는 피가 말라붙어 있었다. 켄드릭 박사가 무릎을 건드리는 순간 나는 펄쩍 뛰었다.

"미안해."

그녀는 말했다. 나는 엄마의 배에 기댔다. 종이옷이 구겨졌다.

"병균이 구멍으로 들어가면 난 죽어."

"걱정 마. 병균을 모두 없애는 특별 청소기가 있단다."

켄드릭 박사가 말했다. 그건 따끔했다. 그녀는 개가 피를 빨아먹은 왼손 손가락도 청소했다. 무릎에도 뭔가 붙여주었다. 달라붙는 테이프 같은 모양이었지만 얼굴이 그려져 있었다. 도라와 부츠가 나를 향해 손을 흔들고 있었다.

"아, 아."

"아프니?"

"좋아서 그런 거예요."

엄마가 켄드릭 박사에게 말했다. 클레이 박사가 말했다.

"도라 팬이냐? 내 조카들도 도라를 좋아해."

그의 이빨이 눈처럼 희게 미소 짓고 있었다. 켄드릭 박사는 도라와 부츠를 내 손가락에도 단단히 붙여주었다. 이빨은 오른쪽 양말 안에 아직 안전하게 들어 있었다. 내가 티셔츠를 입고 담요를 다시 둘러쓰자, 의사들은 조용히 이야기를 나누었다. 클레이 박사가 물었다.

"바늘이 뭔지 아니, 잭?"

엄마가 신음소리를 냈다.

"아, 제발."

"이렇게 해야 아침 일찍 실험실에서 종합혈액검사를 할 수 있습니다. 감염 여부, 영양결핍 등 모두 법적으로 인정되는 증거이고, 무엇보다도 지금 당장 잭에게 무엇이 필요한지 알아내는 데 도움이 될 겁니다."

엄마는 나를 보았다.

"켄드릭 박사에게 팔을 찌르게 하면 한 번 더 영웅이 될 수 있어."

"싫어."

나는 양쪽 팔을 담요 밑으로 숨겼다.

"부탁해."

안 돼. 용기는 이미 다 써버렸다.

"이만큼만 있으면 돼."

켄드릭 박사가 유리관을 들어 보였다. 개나 모기가 빨아먹는 것보다 훨씬 많은 양이었다. 뽑고 나면 남는 피가 없을 것이다.

"이걸 하고 나면 음 뭘 줄까. 잭이 뭘 좋아하나요?"

켄드릭 박사는 엄마에게 물었다.

"난 침대에 가고 싶어."

"선물을 주려는 거야. 케이크 같은 거."

엄마가 말했다.

"흠. 케이크는 지금 없는데. 식당이 문을 다 닫아서. 막대사탕 어떠니?"

클레이 박사가 말했다. 필라가 롤리팝이 가득 든 병을 가져왔다. 막대사탕이란 저걸 말하는 것이었다.

엄마가 말했다.

"자, 하나 골라봐."

노란색, 녹색, 빨간색, 파란색, 오렌지색, 너무 많았다. 올드 닉이 사주고 엄마가 쓰레기통에 버리고 내가 먹었던 롤리팝은 공 모양이었지만, 이건 모두 납작한 원 모양이었다. 엄마가 대신 골랐다. 빨간색이었다. 나는 고개를 저었다. 올드 닉한테 얻었던 것도 빨간색이었기 때문에 또 울음이 날 것 같았다. 엄마는 녹색을 골랐다. 필라가 비닐을 벗겼다. 클레이 박사는 내 팔뚝에 바늘을 꽂았다. 나는 비명을 지르며 도망치려 했지만, 엄마가 나를 꽉 잡고 입에 롤리팝을 넣어주었다. 롤리팝을 빨았지만 아픔은 전혀 멈추지 않았다.

"거의 다 끝났어."

"마음에 안 들어."

"봐, 바늘 빠졌어."

"잘했다."

클레이 박사가 말했다.

"아니, 롤리팝 말이야."

"롤리팝 줬잖아."

엄마가 말했다.

"마음에 안 들어. 녹색 싫어."

"괜찮아. 뱉어."

필라가 받아들면서 말했다.

"그럼 오렌지를 먹어보렴. 난 오렌지가 제일 좋더라."

두 개를 먹어도 되는 줄은 미처 몰랐다. 필라는 오렌지색 비닐을 벗겨주었다. 이건 맛있었다.

*

처음에는 따뜻했지만 점점 추워졌다. 따뜻한 느낌은 좋았지만 추위는 축축한 추위였다. 엄마와 나는 침대에 있었지만, 침대는 작아져 있었고 점점 싸늘해지고 있었다. 아래쪽 시트와 위쪽 시트도 마찬가지였고, 담요는 흰색은 보이지 않고 온통 파란색이었다.

이건 방이 아니었다. 멍청한 고추가 일어서 있었다.

"우린 바깥세상에 있어."

나는 고추에게 말했다.

"엄마."

엄마는 전기 충격이라도 받은 것처럼 퍼뜩 놀랐다.

"나 오줌 쌌어."

"괜찮아."

"하지만 온통 젖었어. 배쪽 티셔츠도 젖었어."

"잊어버려."

나는 잊어버리려고 애썼다. 엄마의 머리 뒤쪽을 보았다. 바닥은 깔개 같았지만, 문양도 가장자리도 없이 보송보송한 회색으로 벽까지 죽 이어져 있었다. 벽이 녹색이라는 것은 미처 몰랐다. 벽에는 괴물 그림이 있었지만, 잘 보니 사실 거대한 바다 파도였다. 채광창 같은 모양이 벽에 나 있었다. 저건 뭔지 안다. 옆으로 난 창문이다. 수많은 나무 막대기가 창을 가로지르고 있었지만, 그사이에는 빛이 있었다.

"아직 기억이 나."

나는 엄마에게 말했다.

"당연하지."

엄마는 내 뺨을 찾아 키스했다.

"아직 온통 젖어 있어서 잊어버릴 수가 없어."

"아, 그거?"

엄마는 다른 목소리로 말했다.

"침대를 적신 걸 잊어버리라는 뜻이 아니었어. 그냥 걱정하지 말라는 뜻이었지."

엄마는 침대에서 내려갔다. 아직 종이옷을 입고 있었는데 온통 구겨져 있었다.

"간호사들이 시트를 갈아줄 거야."

간호사는 보이지 않았다.

"다른 티셔츠 있잖아."

셔츠는 모두 서랍장 아래칸에 있다. 어제는 있었으니 오늘도 있을 것이다. 하지만 우리가 없는데 방은 아직 그대로일까?

"다른 방법을 찾아보자."

엄마는 창가에 서서 나무 막대기가 벌어지게 했다. 빛이 더 많아졌다.

"어떻게 한 거야?"

나는 달려가다가 탁자에 다리를 부딪혔다. 엄마는 다리를 문질러주었다.

"저기 끈 있지? 그게 블라인드 줄이야."

"왜 그게……."

"저 끈으로 블라인드를 열고 닫는 거란다. 이건 창문 블라인드야. 사람들이 바깥이나 안을 못 들여다보게 하는 거야."

엄마가 말했다. 하지만 나는 밖을 내다보고 있었다. 마치 텔레비전 같았다. 풀과 나무가 있었고 흰 건물 일부분과 자동차 세 대가 있었다. 파란색, 갈색, 줄무늬가 있는 은색이었다.

"풀밭에……."

"뭐?"

"저거 독수리야?"

"그냥 까마귀 같은데."

"또 한 마리 더……."

"저건, 음, 뭐라고 하더라, 비둘기야. 엄마도 치매가 오려나 보다! 자, 이제 씻자."

"아직 아침을 안 먹었어."

"씻은 뒤에 먹으면 되잖아."

나는 고개를 저었다.

"아침 먹는 건 목욕보다 먼저 하는 거야."

"꼭 그럴 필요는 없어, 잭."

"하지만……."

"예전에 하던 대로 똑같이 할 필요가 없단다. 이제 하고 싶은 대로 할 수 있어."

"난 목욕 전에 아침을 먹는 게 좋아."

하지만 엄마는 모퉁이를 돌아 사라져서 보이지 않았다. 나는 뒤따라 달려갔다. 엄마는 이 방 안의 또 다른 작은 방에 있었다. 바닥은 차갑게 반짝이는 흰색 사각형들로 바뀌어 있었고, 우리 방 세면대보다 두 배는 더 큰 세면대와 투명하고 높은 상자가 있었다. 텔레비전 사람들이 물을 튀기는 샤워 같았다.

"욕조는 어디 숨어 있어?"

"욕조는 없어."

엄마는 상자 앞을 옆으로 밀어 열었다. 엄마는 종이옷을 벗어서 구겨 바구니에 넣었다. 쓰레기통 같았지만 팅 소리가 나는 뚜껑이 없었다.

"그 더러운 것도 벗어버리자."

내 티셔츠가 얼굴에서 떨어져나갔다. 엄마는 셔츠를 구겨 쓰레기통에 던졌다.

"그래도."

"걸레야."

"아냐. 내 티셔츠야."

"다른 걸 갖게 될 거야. 아주 많이."

엄마가 샤워를 틀어서 목소리가 잘 들리지 않았다. 요란한 소리가 났다.

"들어오렴."

"난 어떻게 하는지 몰라."

"아주 좋아. 약속해."

엄마는 기다렸다.

"좋아, 그러면 엄마가 얼른 할게."

엄마는 안으로 들어가서 투명한 문을 닫기 시작했다.

"싫어."

"닫아야 해. 안 그러면 물이 튀어 나가."

"싫어."

"유리를 통해서 엄마를 볼 수 있을 거야. 난 바로 여기 있어."

엄마는 문을 쿵 닫았다. 흐릿한 모습밖에 보이지 않았다. 진짜 엄마가 아니라 이상한 소리를 내는 무슨 유령 같았다.

나는 유리를 두드렸다. 들어가는 곳을 찾을 수가 없었다. 잠시 후 나는 문을 찾아서 활짝 열었다.

"잭."

"엄마가 안에 있고 내가 밖에 있는 건 싫어."

"그럼 들어와."

나는 울고 있었다. 엄마는 내 얼굴을 손으로 닦았다. 눈물이 번졌다.

"미안해. 엄마가 너무 서둘렀나 보다."

엄마는 나를 끌어안았다. 몸이 온통 젖었다.

"이제 울어야 할 일은 아무것도 없어."

아기였을 때 나는 이유가 있을 때만 울었다. 하지만 엄마가 샤워실에 들어가서 나를 반대편에 두고 문을 닫는 것도 우는 이유가 될 수 있다.

이번에는 들어갔다. 나는 유리에 납작하게 기대섰지만 그래도 물이 튀었다. 엄마는 시끄러운 물줄기에 얼굴을 대고 길게 신음소리를 냈다.

"엄마, 아파?"

"아니. 7년 만에 처음 하는 샤워를 즐기려고 노력하고 있어."

샴푸라고 적힌 작은 주머니가 있었다. 엄마는 이빨로 주머니를 열고 안에 든 것이 거의 남지 않을 때까지 다 썼다. 엄마는 한참 동안 머리를 감은 뒤 실크처럼 부드럽게 해주는 컨디셔너라고 적힌 또 다른 작은 주머니를 썼다. 내 머리도 감기려고 했지만 나는 실크처럼 되고 싶지 않았다. 얼굴을 물줄기에 대고 싶지도 않았다. 엄마는 수건이 없어서 손으로 나를 씻겼다. 아까 갈색 트럭에서 뛰어내렸을 때 다친 무릎이 보라색으로 변해 있었다. 까진 상처도 모두 다 쓰렸다. 특히 도라와 부츠 밴드를 붙인 무릎의 상처는 가장자리가 말려 올라가 있었다. 엄마는 상처가 낫고 있다는 뜻이라고 했다. 아픈 것이 어떻게 낫고 있다는 뜻이 되는지 알 수가 없었다.

같이 사용하지 않고 각자 하나씩 사용할 수 있는 아주 두꺼운 흰색 수건도 있었다. 나는 엄마랑 같이 쓰고 싶었지만 엄마는 쓸데없는 짓이라고 했다. 엄마는 세 번째 수건으로 머리를 아이스크림콘처럼 커다랗고 뾰족하게 감았다. 우리는 웃었다. 목이 말랐다.

"지금 젖 먹어도 돼?"

"아, 잠깐만 기다려."

엄마는 내게 소매와 벨트가 달린 커다란 것을 내밀었다.

"일단 이 가운을 입으렴."

"이건 거인 옷인데?"

"괜찮을 거야."

엄마는 소매를 접어서 짧고 두껍게 만들었다. 엄마에게서는 다른 냄새가 났다. 컨디셔너 향 같았다. 엄마는 배 위를 둘러 가운을 묶어주었다.

"짠. 잭 임금님이다."

엄마는 똑같이 생긴 가운을 우리 옷장이 아닌 옷장에서 꺼냈다. 가운은 엄마 발목까지 왔다.

"나는 왕이 되고 당신은 여왕이 될 거야. 랄랄라."

나는 노래를 불렀다. 엄마는 온통 분홍빛을 띠고 미소 지었다. 머리카락은 젖어서 까맸다. 내 머리카락은 뒤에서 하나로 묶고 있었지만, 빗이 없어서 엉켜 있었다. 빗은 방에 두고 왔다.

"빗을 데리고 왔어야지."

내가 말했다.

"널 얼른 보고 싶어서 마음이 급했단 말이야."

"그래도 필요하잖아."

"이빨이 절반이나 빠진 그 낡은 플라스틱 빗이? 그런 건 쓸데없어."

나는 침대 옆에서 양말을 찾아서 신었지만, 엄마는 길에서 달리고 달리느라 지저분해지고 구멍이 났으니 신지 말라고 했다. 엄마는 양말도 쓰레기통에 던졌다. 전부 다 버린다.

"참, 이빨. 잊어버렸어."

나는 달려가서 양말을 쓰레기통에서 꺼낸 뒤 두 번째 짝에서 이빨을 찾았다.

엄마는 눈동자를 굴렸다.

"내 친구야."

나는 이빨을 가운 주머니에 넣었다. 이상한 기분이 들어서 내 이빨을 핥았다.

"아, 롤리팝을 먹고 이를 안 닦았어."

나는 이빨이 빠지지 말라고 손가락으로 꾹 눌렀다. 물린 손가락은 쓰지 않았다. 엄마는 고개를 저었다.

"그건 진짜가 아니야."

"진짜 맛이 났어."

"무설탕이었다고. 이빨에 나쁘지 않은 일종의 가짜 설탕으로 만든 거란다."

혼란스러웠다. 나는 다른 침대를 가리켰다.

"저기서는 누가 자?"

"저건 네 침대야."

"난 엄마랑 같이 자잖아."

"간호사들은 그걸 모르잖니."

엄마는 창밖을 내다보고 있었다. 엄마의 긴 그림자가 부드러운 회색 바닥을 가로지르고 있었다. 이렇게 긴 그림자는 본 적이 없었다.

"주차장에 저게 고양인가?"

"어디 봐."

나는 달려가서 내다보았지만 찾을 수가 없었다.

"언제 탐험하러 갈까?"

"어디로?"

"바깥으로."

"우린 이미 바깥세상에 있는걸."

"응. 그래도 나가서 신선한 공기도 쐬고 고양이도 찾아보자."

엄마가 말했다.

"좋아."

엄마가 슬리퍼 두 켤레를 찾았지만, 내 발에는 맞지 않아서 자꾸 넘어졌다. 엄마가 지금은 맨발로 걸어도 좋다고 했다. 창밖을 다시 내다보자, 다른 자동차들 옆으로 뭔가 씽 하고 나타났다. '컴벌랜드 클리닉'이라고 적혀 있는 밴이었다.

"그가 오면 어떡하지?"

나는 속삭였다.

"누구?"

"올드 닉. 트럭을 타고 오면."

그를 거의 잊어버리고 있었다. 어떻게 그를 잊어버릴 수 있었을까?

"아, 그는 올 수 없어. 우리가 어디 있는지 몰라."

"우린 다시 비밀이야?"

"그럼 셈이지. 하지만 좋은 비밀이야."

침대 옆에는……. 나도 아는 거다. 전화가 있었다. 나는 꼭대기에 있는 것을 집어들고 말했다.

"여보세요."

하지만 아무도 말하지 않았다. 뚜 하는 소리만 들렸다.

"아, 엄마. 나 아직 젖 안 먹었어."

"나중에."

오늘은 모든 것이 거꾸로 가는 날이다. 엄마는 문 손잡이를 잡더니 얼굴을 찡그렸다. 아픈 손목 때문인 것 같았다. 엄마는 다른 손으로 문을 열었다. 우리는 노란 벽이 달려 있는 긴 방으로 나갔다. 창문이 줄줄이 나 있었고 반대쪽에는 문들이 있었다. 벽마다 색깔이 달랐다. 규칙인 것 같았다. 우리 문은 금으로 7이라고 쓰인 문이었다. 엄마가 다른 문은 다른 사람들 것이니까 들어가면 안 된다고 했다.

"어떤 다른 사람들?"

"우린 아직 그 사람들 못 만났어."

그런데 엄마는 어떻게 알지?

"옆으로 난 창밖은 봐도 돼?"

"아, 그래. 창문은 아무나 볼 수 있는 거야."

"우리도 아무나야?"

"우리랑 다른 사람들 전부 다."

다른 사람들은 여기 없으니 창문은 우리 둘만의 것이다. 이 창문에는 못보게 하는 블라인드가 없었다. 창밖은 다른 세계였다. 녹색과 흰색으로 된 자동차들, 빨간 차 한 대, 돌로 된 공간이 있었고 걸어가는 것들도 있었다. 사람들이었다.

"아주 작아. 요정처럼."

"아니, 그냥 멀리 떨어져 있어서 그런 거야."

"저 사람들은 정말 진짜야?"

"너나 나와 마찬가지로 진짜야."

믿어보려고 했지만 힘들었다. 진짜가 아닌 여자가 하나 있었다. 회색이었기 때문에 나도 알아볼 수 있었다. 동상이었고 벌거벗고 있었다.

"자, 가자. 난 배고파."

"난⋯⋯."

엄마는 내 손을 끌었다. 갑자기 더 이상 갈 수가 없었다. 아래로 내려가는 계단이 나왔다. 아주 많았다.

"난간을 잡아."

"뭘 잡아?"

"이거. 손잡이."

나는 손잡이를 잡았다.

"한 번에 한 계단씩 내려가는 거야."

떨어질 거야. 나는 주저앉았다.

"흠, 그렇게 내려갈 수도 있어."

나는 엉덩이로 한 계단, 한 계단, 한 계단 내려갔다. 헐렁한 가운 자락이 풀렸다. 커다란 사람이 얼른 얼른 계단을 올라왔다. 마치 나는 것 같았지만 아니었다. 흰옷 차림의 진짜 사람이었다. 나는 내 모습을 보이지 않으려고 엄마의 가운에 얼굴을 묻었다. 여자가 말했다.

"아, 호출을 누르시면 되는데."

나는 엄마한테 물었다.

"엄마 침대 바로 옆에 있는 단추?"

"그냥 나와봤어요."

엄마가 말했다.

"전 노린이에요. 새 마스크를 드릴게요."

"아, 죄송해요. 잊어버렸어요."

엄마가 말했다.

"제가 방으로 가져다드릴까요?"

"괜찮아요. 내려가는 중이에요."

"알겠습니다. 잭, 너를 안고 내려갈 수 있게 간호사를 호출할까?"

무슨 말인지 알 수가 없었다. 나는 다시 얼굴을 돌렸다. 엄마가 말했다.

"괜찮습니다. 자기 식대로 내려가고 있어요."

나는 열한 계단을 계속 엉덩이로 내려갔다. 바닥에 도착하자 엄마가 내 가운을 다시 묶어주어서, 우리는 다시 '라벤더 블루'처럼 왕과 왕비가 되었다. 노린은 내게 다른 마스크를 쓰라고 주면서 자신은 간호사인데 아일랜드라는 다른 곳에서 왔고 내 꽁지머리가 마음에 든다고 했다. 우리는 식탁만 있는 커다란 곳에 들어갔다. 이렇게 많은 접시와 유리잔과 칼은 본 적이 없었다. 그중 하나가 내 배를 찔렀다. 식탁이었다. 유리잔은 우리 잔처럼 투명했지만, 접시는 파란색이었다. 역겨웠다.

마치 텔레비전 세상에 우리가 나오는 느낌이었다. 사람들마다 "좋은 아침이에요.", "컴벌랜드에 오신 것을 환영합니다.", "축하해요."라고 말했다. 왜 그러는지 알 수가 없었다. 어떤 사람들은 우리와 똑같은 가운을 입고 있었고, 어떤 사람들은 파자마를, 어떤 사람들은 다른 제복을 입고 있었다. 대부분 키가 컸지만 우리처럼 긴 머리는 없었다. 그들은 빨리 움직였고 갑자기 사방에서 나타났다. 등 뒤에서 나타나기도 했다. 그들은 가까이 다가왔고 많은 이빨을 드러냈고 냄새가 이상했다. 턱수염을 온 얼굴에 기른 한 남자가 말했다.

"이야, 이 녀석. 넌 영웅이야."

나한테 하는 말이었다. 나는 돌아보지 않았다.

"지금까지 세상은 마음에 드나?"

아무 말도 하지 않았다.

"괜찮지?"

고개를 끄덕였다. 엄마의 손을 단단히 잡았지만, 손가락이 저절로 축축해져서 자꾸만 미끄러졌다. 엄마는 노린이 준 약을 삼키고 있었다.

솜털처럼 작은 머리카락이 난 높다란 머리는 내가 아는 사람이었다. 마스크를 쓰지 않은 클레이 박사였다. 그는 흰 비닐을 낀 손으로 엄마와 악수를 하고 잘 잤느냐고 물었다.

"너무 신경이 날카로워서요."

엄마가 말했다. 제복을 입은 다른 사람들이 다가왔다. 클레이 박사는 여러 이름을 말했지만 나는 이해할 수가 없었다. 한 사람은 곡선을 그리는 회색 머리카락을 가지고 있었는데 클리닉 원장이라고 했다. 그렇다면 대장이라는 뜻이지만, 그녀는 웃으면서 그렇지 않다고 했다. 뭐가 우스운지 알 수가 없었다.

엄마는 옆에 앉으라고 의자를 가리켰다. 접시에는 은색과 파란색, 빨간색의 놀라운 것이 놓여 있었다. 달걀 같았지만 진짜가 아니라 초콜릿으로 된 것이었다.

"아, 그래. 부활절이구나. 완전히 잊고 있었네."

엄마가 말했다. 나는 가짜 달걀을 손에 쥐었다. 토끼가 이런 건물에도 들어온다는 건 몰랐다. 엄마는 마스크를 목으로 내리고 이상한 색의 주스를 마시고 있었다. 나도 주스를 마시도록 마스크를 머리 위에 올려주었지만, 주스 안에는 병균처럼 투명한 조각들이 있어서 목구멍을 타고 내려갔다. 나는 아주 조용히 유리잔 안에 도로 뱉어냈다. 이상한 사각형 위에 이상한 사각형과 돌돌 말린 베이컨을 올려서 먹는 사람들이 너무 가까이 있었다. 어떻게 음식을 파란 접시에 올려놓고 온갖 색깔을 얹어서 먹을까? 맛있는 냄새가 나기는 했지만 너무 많이 나서 손이 다시 미끌미끌해졌다. 나는 부활절 달걀을 정확히 접시 한가운데에 다시 놓았다. 가운에 손을 문질렀지만 물린 손가락은 문지르지 않았다. 칼과 포크도 이상했다. 손잡이가 흰색이 아니라 그냥 쇠였다. 잡으면 아플 텐데.

사람들은 커다란 눈을 가지고 있었다. 얼굴은 모두 다른 모양이었다. 콧수염을 기른 사람, 보석을 늘어뜨린 사람, 색깔을 칠한 사람.

"애들이 없어."

나는 엄마에게 속삭였다.

"무슨 소리야?"

"애들은 어디 있어?"

"애들은 없는 것 같은데."

"바깥세상에는 수백만 명이 있다고 했잖아."

"클리닉은 세상의 아주 작은 일부분일 뿐이야. 주스 마셔. 아, 저기 봐. 저기에 소년이 있네."

나는 엄마가 가리키는 쪽을 쳐다보았지만, 그는 남자처럼 길었고 코와 턱, 눈 위에 못이 박혀 있다. 로봇인가? 엄마는 김이 나는 갈색 물건을 마시더니 얼굴을 찡그리며 내려놓았다.

"뭐 먹고 싶니?"

노린이라는 간호사가 바로 내 옆에서 말했다. 나는 깜짝 놀랐다.

"뷔페가 있단다. 어디 보자, 와플, 오믈렛, 팬케이크."

나는 속삭였다.

"싫어."

"고맙지만 싫다고 해야지. 그게 예의야."

엄마가 말했다.

내 친구가 아닌 사람들이 눈에 보이지 않는 광선으로 나를 바라보고 있었다. 나는 엄마에게 얼굴을 묻었다. 노린이 다시 물었다.

"뭐 먹고 싶어, 잭? 소시지, 토스트?"

"고맙지만 싫어."

"쳐다보고 있어."

나는 엄마에게 말했다.

"다들 친절하게 해주려는 거야."

그만 친절하게 했으면 좋겠다. 클레이 박사가 다시 나타나서 우리 쪽으로 몸을 굽혔다.

"잭에게는 좀 힘들 텐데요. 두 분에게 다. 첫날부터 너무 욕심이 크신 거 아닙니까?"

무슨 첫날? 엄마는 숨을 내쉬었다.

"정원 구경을 하고 싶었어요."

아니, 그건 앨리스였다.

"서두를 필요는 없습니다."

"뭐라도 좀 먹으렴. 주스라도 마시면 기분이 나아질 거야."

엄마가 말했다. 나는 고개를 흔들었다.

"제가 몇 접시 담아서 방으로 갖다줄까요?"

노린이 말했다. 엄마는 코 위에 마스크를 썼다.

"그럼 이제 가자."

화가 난 거야. 나는 의자에서 일어나지 않았다.

"부활절 달걀."

"뭐?"

나는 가리켰다. 클레이 박사가 달걀을 집어들었다. 나는 소리를 지를 뻔 했다.

"받아라."

그는 내 가운 주머니에 달걀을 집어넣었다. 계단은 올라가는 것이 더 힘들었다. 엄마가 나를 옮겨주었다. 노린이 말했다.

"제가 할까요?"

"괜찮아요."

엄마는 소리 지르듯이 말했다. 노린이 간 뒤 7번 방 문을 닫았다. 우리만 있을 때는 마스크를 벗어도 된다. 서로 똑같은 병균을 가지고 있기 때문이다. 엄마는 창문을 열려고 두드려보기도 했지만 열리지 않았다.

"젖 먹어도 돼?"

"아침 안 먹고 싶어?"

"나중에."

우리는 누웠다. 나는 왼쪽 젖을 빨았다. 맛있었다. 엄마는 접시는 신경 쓸 거 없다, 파란색이 음식에 묻지는 않는다고 했다. 손가락으로 문질러보라고 했다. 포크와 칼도 흰 손잡이가 없어 쇠를 잡는 느낌이 이상하기는 했지만 아프지는 않았다. 팬케이크에 올리는 시럽도 있었지만, 젖은 팬케이크는 싫었다. 나는 모든 음식을 조금씩 먹어보았다. 스크램블드 에그 소스만 빼고 모든 것이 맛있었다. 부활절 달걀 초콜릿은 안이 녹아 있었다. 일요일 선물로 가끔 먹었던 초콜릿보다 두 배 더 초콜릿 맛이 났다. 지금까지 먹어본 것 중에 제일 맛있었다.

"아, 아기 예수에게 감사 인사를 잊어먹었어."

"지금 해도 돼. 늦게 했다고 신경 쓰진 않으실 거야."

나는 커다랗게 트림을 했다. 그런 뒤 우리는 다시 자러 갔다.

*

문에서 노크 소리가 났고, 엄마는 클레이 박사에게 들어오라고 했다. 엄마는 마스크를 다시 쓰고 내게도 씌워주었다. 이제 클레이 박사는 그렇게 무섭지 않았다.

"어떻게 지내니, 잭?"

"괜찮아."

"어디 손 좀 줘보렴."

비닐을 낀 손이 올라갔다. 그는 손가락을 꼼지락거리고 있었다. 나는 못 본 척했다. 내 손을 그에게 주고 싶지는 않았다. 손은 나한테 필요하다. 엄마와 그는 왜 잠을 잘 수가 없는지, 빈맥, 재경험 같은 이야기를 나누었다. 그는 수첩에 뭔가 적으며 말했다.

"자기 전에 이걸 드세요. 치통에는 소염제가 더 잘 들을지도 모르지만."

"간호사들이 아픈 사람 취급하면서 하나씩 나눠주는 게 싫어요. 약을 제가 가지고 알아서 먹으면 안 될까요?"

"아, 별 문제 없을 것 같은데요. 방에 아무렇게나 내버려두지만 않는다면."

"잭은 약에 손대지 않아요."

"사실 약물남용 문제가 있었던 환자들이 있었습니다. 자, 너한테는 마법의 패치를 가지고 왔어."

"잭, 클레이 박사님은 너한테 말하는 거야."

엄마가 말했다. 패치는 팔에 붙이는 것이었다. 붙인 부분은 마치 팔에서 없는 기분이 들었다. 그는 창문이 너무 밝을 때 쓰라고 멋진 안경도 가지고 왔다. 내 것은 빨간색, 엄마 것은 검은색이었다.

"랩 스타 같아."

나는 엄마에게 말했다. 안경은 바깥세상 바깥에 나가면 더 어두워지고, 바깥세상 안에 들어오면 밝아졌다. 클레이 박사는 내 시력이 아주 좋지만 아직 먼 곳을 보는 데 익숙하지 않기 때문에 창밖을 바라보는 연습을 해야 한다고 했다. 내 눈 안에도 근육이 있다는 것은 몰랐다. 손가락으로 눌러보았지만 느껴지지는 않았다.

"패치는 어떠냐? 아직 감각이 없니?"

그는 패치를 떼고 아래쪽을 만졌다. 그의 손가락은 나를 누르고 있었지만, 나는 느낄 수가 없었다. 그때 나쁜 일이 생겼다. 그는 바늘을 가지고 있었다. 미안하지만 끔찍한 병에 걸리지 않으려면 여섯 방을 맞아야 한다. 패치는 바늘이 들어갈 때 아프지 않도록 하는 거라고 했다. 여섯 방은 말도 안 된다. 나는 변기가 있는 방으로 달려갔다.

"죽을 수도 있어."

엄마가 나를 클레이 박사 쪽으로 끌어당겼다.

"싫어!"

"병균 말이야. 주사 말고."

그래도 싫었다. 클레이 박사는 내가 아주 용감하다고 했지만, 그렇지 않았다. 용기는 2번 계획을 하면서 다 써버렸다. 나는 비명을 지르고 또 질렀다. 엄마가 무릎 위에 나를 안고 있는 동안, 박사는 바늘을 몇 번이고 찔렀다. 패치를 뜯어냈기 때문에 아팠다. 나는 패치를 달라고 울었고 결국 엄마는 다시 붙여주었다.

"이제 다 됐어. 약속한다."

클레이 박사는 '날카로운 물질'이라고 적힌 상자에 바늘을 넣었다. 그는 주머니에서 롤리팝을 꺼냈다. 오렌지색이었지만, 너무 배가 불렀다. 그는 갖고 있다가 나중에 먹어도 된다고 했다.

"언어와 산수 능력은 대단히 뛰어나지만 여러 면에서 신생아와 같은 상태입니다."

그는 엄마에게 말하고 있었다. 나에 대해 말하는 것이라서 나도 열심히 들었다.

"면역력 문제 외에도 사회 적응력이라든지 감각기관 조절 능력이라든지, 외부에서 오는 과다한 자극을 거르고 분류하는 능력 말입니다. 공간지각력 부분에서 애로를 겪을 겁니다."

엄마가 물었다.

"왜 자꾸 어디에 부딪힐까요?"

"바로 그겁니다. 공간적으로 제한된 환경에 익숙하다 보니 거리를 가늠하는 법을 배우지 못한 겁니다."

엄마는 손에 얼굴을 묻었다.

"그럭저럭 괜찮다고 생각했는데."

내가 안 괜찮은 건가?

"다른 측면에서 보자면⋯⋯."

문에서 노크 소리가 들려서 그는 말을 멈추었다. 문을 여니 노린이 다른 쟁반을 들고 들어왔다. 나는 트림을 했다. 아침에 먹은 음식이 아직 배 속에 가득 차 있었다.

"정신과치료와 놀이치료 및 미술치료를 병행하는 것이 이상적이겠지만, 오늘 아침 회의에서 아이 스스로 안전하다고 느끼는 것이 최우선 순위라는 결론을 내렸습니다."

클레이 박사가 말하고 있었다.

"두 사람 다요. 아주 서서히, 서서히 신뢰의 범위를 넓혀나가야 하는 일입니다."

그의 손이 공중에서 점점 더 넓게 움직이고 있었다.

"운 좋게도 제가 간밤에 당직 정신과의사였기 때문에⋯⋯."

"운이 좋았다구요?"

엄마가 말했다. 클레이 박사는 웃음 비슷한 표정을 띠었다.

"제가 단어 선택을 잘못했군요. 당분간은 제가 두 분과 같이 일하게 될 텐데요."

무슨 일? 아이들도 일을 해야 한다는 건 몰랐다.

"물론 아동 및 청소년 심리, 신경학, 심리치료 분야 동료들의 지원도 받고 영양학자, 생리학자⋯⋯."

다시 노크 소리가 들렸다. 이번에는 노린이 경찰을 데리고 들어왔다. 남자 경찰이었지만 어젯밤 만났던 노랑머리는 아니었다.

방 안에는 이제 세 사람과 우리 두 사람, 모두 다섯 사람이 있었다. 팔과 다리와 가슴으로 방이 꽉 찼다. 다들 말을 하고 있어서 귀가 아팠다.

"동시에 다 같이 말하지 마."

나는 소리를 죽이고 말했다. 그리고 귀를 손가락으로 눌렀다.

"깜짝 소식 알려줄까?"

엄마가 나한테 한 말이었다. 나는 모르고 있었다. 어느새 노린은 갔고 경찰도 없었다. 나는 고개를 저었다. 클레이 박사가 말했다.

"지금 알리는 게 과연 좋은 일일까요?"

"잭, 최고로 좋은 소식이란다."

엄마가 끼어들었다. 그러면서 사진을 들어 보였다. 가까이 가서 보지 않아도 누구인지 알 수 있었다. 올드 닉이었다. 그날 밤 침대에서 몰래 훔쳐보았던 것과 똑같은 얼굴이었지만, 목에 표지판을 두르고 있었고 생일날 내가 키를 재던 것처럼 숫자를 등지고 서 있었다. 거의 6인치 가까이였다. 옆을 바라보고 있는 사진도 있었고, 나를 바라보는 사진도 있었다.

"한밤중에 경찰이 그를 잡아서 감옥에 넣었단다. 이제 그는 계속 거기 있을 거야."

엄마가 말했다. 갈색 트럭도 감옥에 들어갔는지 궁금했다.

"사진을 볼 때 전에 말했던 증상이 나타납니까?"

클레이 박사가 엄마에게 물었다. 엄마는 눈동자를 굴렸다.

"진짜를 7년이나 봤는데 사진 한 장에 무너질 것 같아요?"

"넌 어떠니, 잭? 어떤 기분이야?"

대답을 알 수가 없었다. 클레이 박사가 말했다.

"내가 한 가지 질문을 할 텐데, 대답하고 싶지 않으면 대답하지 않아도 좋아. 알겠지?"

나는 그를 보고 다시 사진을 보았다. 올드 닉은 숫자에 갇혀 있고 이제 나올 수 없다.

"이 남자가 너한테 싫은 일을 한 적이 있어?"

나는 고개를 끄덕였다.

"뭘 했는지 알려줄 수 있겠니?"

"전기를 끊어서 채소가 눅눅해졌어."

"그렇지. 그가 널 아프게 한 적 있니?"

엄마가 말했다.

"그건……."

클레이 박사가 손을 들었다.

"아무도 당신 말을 의심하지는 않아요. 하지만 당신이 밤에 잠들어 있을 때를 생각해보십시오. 본인에게 물어보지 않는다면 의사로서 제 맡은 바 임무를 다하지 않는 것 아니겠습니까?"

엄마는 아주 길게 숨을 내쉬고 나한테 말했다.

"괜찮아. 대답해도 돼. 올드 닉이 널 아프게 한 적 있어?"

"응. 두 번."

둘 다 나를 쳐다보고 있었다.

"대탈주를 할 때 트럭에서 나를 떨어뜨렸고 길에서도 떨어뜨렸어. 두 번째가 더 아팠어."

"좋아."

클레이 박사는 미소 짓고 있었다. 이유는 알 수 없었다.

"이제 실험실로 가서 유전자 검사용으로 두 분의 표본을 다시 채취해야 하는지 알아보겠습니다."

"유전자요?"

엄마는 또 이상한 목소리를 냈다.

"내가 다른 손님이라도 받았다는 이야기예요?"

"법적인 절차가 그렇습니다. 하나라도 빠뜨리면 안 돼요."

엄마는 입술 전체가 보이지 않을 정도로 입을 깨물고 있었다.

"이런 사소한 절차상의 문제 때문에 풀려나는 괴물들이 한둘이 아닙니다. 아시겠습니까?"

의사는 엄한 목소리였다.

"알겠어요."

그가 간 뒤에 나는 마스크를 벗고 물었다.

"우리한테 화를 낸 거야?"

엄마는 고개를 저었다.

"아니, 올드 닉에게 화를 낸 거야."

클레이 박사가 그를 아는 줄은 몰랐다. 나는 우리만 아는 줄 알았다. 나는 노린이 가져온 쟁반을 들여다보았다. 배는 고프지 않았지만 엄마에게 물어보니 1시가 지났다고 했다. 점심을 먹기에는 너무 늦은 시각이었다. 점심은 12시 정도에 먹어야 하는데, 아직 내 배 속에는 자리가 없었다.

"괜찮아. 여기는 모든 게 다르단다."

엄마가 말했다.

"규칙이 뭐야?"

"규칙은 없어. 점심을 10시에 먹어도 되고 1시에 먹어도 되고 3시에 먹어도 되고 한밤중에 먹어도 돼."

"한밤중에 점심을 먹고 싶지는 않아."

엄마는 숨을 내쉬었다.

"언제 점심을 먹을 건지 새로운 규칙을 만들자. 12시에서 2시 사이 아무 때나. 배고프지 않으면 그냥 건너뛰기로."

"어떻게 건너뛰어?"

"아무것도 안 먹는 거야. 전혀."

"좋아."

아무것도 안 먹는 것은 괜찮았다.

"노린은 저 음식을 어떻게 해?"

"그냥 버려."

"낭비잖아."

"그래. 하지만 쓰레기통에 넣어야 해. 더러운 거니까."

나는 파란 접시에 놓인 색색의 음식을 보았다.

"더러워 보이지 않는데."

"사실 더럽지는 않지만, 우리 접시에 놓였던 음식은 이곳 사람들 아무도 원치 않을 거야. 걱정 마."

엄마는 자꾸 그렇게 말했지만 나는 걱정하지 않을 방법을 몰랐다. 커다랗게 하품을 하는 바람에 몸이 쓰러질 뻔했다. 팔은 감각이 있는 부위가 아직 아팠다. 다시 자도 되냐고 물어보니까 엄마는 그러라고 했지만 자기는 신문을 읽겠다고 했다. 왜 나랑 같이 자는 거 말고 신문을 읽고 싶은지 알 수가 없었다.

*

일어나보니 빛이 이상한 곳에 있었다.

"괜찮아."

엄마는 내 얼굴에 얼굴을 대며 말했다.

"모든 게 괜찮아."

나는 멋진 안경을 끼고 창밖에 있는 하느님의 노란 얼굴을 바라보았다. 보송보송한 회색 양탄자 위에 빛이 내리쬐고 있었다. 노린이 봉투를 들고 들어왔다.

"노크를 하셔야죠."

엄마는 고함지르듯이 말했다. 엄마는 마스크를 쓰고 내게도 씌워주었다.

"죄송해요. 노크를 했는데. 다음에는 좀 더 크게 할게요."

"아니, 제가 죄송해요. 쟤하고 이야기를 하고 있었어요. 들은 것 같은데 문에서 나는 소리인 줄 몰랐어요."

"괜찮아요."

"다른 방에서도 소리가 들리거든요. 온갖 소리가 다 들려서 어디서 나는 소린지, 무슨 소린지 모르겠어요."

"모든 게 약간 이상하게 느껴지실 거예요."

엄마는 웃음 비슷한 소리를 냈다.

"그리고 이 어린 친구는……."

노린이 눈을 반짝이고 있었다.

"새 옷 구경해볼래?"

우리 옷이 아니었다. 다른 옷들이 봉투에 들어 있었는데, 맞지 않거나 마음에 들지 않으면 노린이 다시 가게로 가져가서 다른 옷을 구해온다고 했다. 나는 모든 옷을 다 입어보았다. 우주비행사가 그려진 털 많은 파자마가 가장 마음에 들었다. 마치 텔레비전 소년의 의상 같았다. 벨크로라는 까칠까칠한 게 붙어 있는 신발도 있었다. 찌지직 소리를 내면서 붙였다 뜯었다 하는 게 재미있었다. 하지만 무거워서 걷기가 힘들었다. 신발이 발을 걸어 넘어뜨리려는 것 같았다. 신고 침대에 누워 있는 게 더 좋았다. 발을 들고 흔들면 신발들이 서로 싸우다가 화해하곤 했다. 엄마는 아주 꽉 끼는 청바지를 입고 있었다. 노린이 말했다.

"요즘은 다 그렇게 입어요. 딱 어울리는 몸매네요."

"누가 이렇게 입어요?"

"젊은 애들이죠."

엄마는 씩 웃었다. 왜 웃는지 알 수 없었다. 엄마는 역시 아주 꽉 끼는 셔츠를 입었다.

"엄마가 입는 진짜 옷이 아니야."

나는 엄마에게 속삭였다.

"이제 진짜 옷이란다."

문에서 노크 소리가 들리고 다른 간호사가 들어왔다. 제복은 같았지만 얼굴이 달랐다. 그녀는 손님이 왔으니 마스크를 다시 쓰라고 말했다. 나는 손님을 맞은 적이 한 번도 없었다. 어떻게 맞아야 하는지 몰랐다.

한 사람이 들어오더니 엄마에게 달려갔다. 나는 주먹을 쥐고 벌떡 일어났지만, 엄마는 동시에 웃으면서 울었다. 행복-슬픔인 것 같았다.

"아, 엄마."

엄마는 이렇게 말했다.

"엄마."

"우리 딸!"

"나 돌아왔어요."

"그래, 돌아왔구나. 처음 전화를 받았을 때는 이번에도 장난전화인 줄 알고……."

"나 안 보고 싶었어요?"

엄마는 이상하게 웃기 시작했다. 여자도 울고 있었다. 눈 밑에는 온통 검은 방울이었다. 눈물이 왜 검게 나올까? 입술은 텔레비전에 나오는 여자들처럼 온통 핏빛이었다. 짧고 노란 머리였지만 아주 짧지는 않았고, 귀에 난 구멍 아래에 커다란 금이 끼워져 있었다. 여자는 아직도 엄마를 팔에 꽉 끌어안고 있었다. 엄마보다 세 배나 뚱뚱했다. 엄마가 다른 사람을 껴안는 것을 한 번도 본 적이 없었다.

"잠깐 이거 벗고 얼굴 한번 보자꾸나."

엄마는 마스크를 내리더니 미소 짓고 또 미소 지었다. 여자는 이제 나를 바라보고 있었다.

"믿을 수가 없어. 정말이지 믿을 수가 없구나."

"잭, 네 할머니야."

엄마가 말했다.

나한테 진짜 할머니가 있구나.

"내 보물."

여자는 팔을 흔들려는 것처럼 활짝 펼쳤지만 흔들지 않았다. 그녀는 내게 걸어왔다. 나는 의자 뒤로 숨었다.

"아주 정이 많아요. 나 외에 다른 사람에게 익숙하지 않은 것뿐이에요."

"그럼, 그렇겠지."

할머니는 좀 더 가까이 다가왔다.

"아, 잭, 세상에서 제일 용감한 녀석. 네가 내 아기를 구해줬어."

무슨 아기를?

"잠깐 마스크 올려봐."

엄마가 나한테 말했다. 나는 얼른 올렸다가 다시 내렸다.

"네 턱을 빼닮았구나."

할머니가 말했다.

"그래요?"

"그럼. 네가 아이들을 얼마나 좋아했니. 공짜로 봐주기도 하고."

두 사람은 이야기를 하고 또 했다. 나는 손가락 끝이 떨어져나갔는지 보려고 밴드 밑을 보았다. 붉은 점은 이제 비늘처럼 벗겨지고 있었다.

공기가 들어왔다. 문에 얼굴이 나타났다. 뺨과 턱, 코 아래에 온통 수염이나 있었지만 머리에는 하나도 없었다.

"간호사에게 방해하지 말아달라고 했는데요."

엄마가 말했다.

"아, 이쪽은 레오야."

할머니가 말했다.

"안녕."

그는 손가락을 꼼지락거리며 말했다. 엄마는 웃지 않는 얼굴로 물었다.

"레오가 누구예요?"

"복도에서 기다리라고 했는데."

"괜찮아."

레오는 이렇게 말했다. 어느새 그는 사라졌다. 엄마가 물었다.

"아빠는 어디 있어요?"

"지금 캔버라에 있는데, 오는 중이야. 많은 게 변했단다, 아가야."

"캔버라요?"

"음, 네가 받아들이기에는 너무 부담스러울지도 모르겠는데……."

알고 보니 털 많은 레오라는 사람은 내 진짜 할아버지가 아니었다. 진짜 할아버지는 엄마가 죽은 줄 알고 장례식을 치른 뒤 오스트레일리아로 돌아갔다고 했다. 할머니는 희망을 버리지 않았기 때문에 할아버지에게 화를 냈다. 할머니는 소중한 딸이 무슨 이유가 있어서 사라졌을 거고, 언젠가는 다시 연락할 거라고 스스로에게 계속 말했다고 했다. 엄마는 할머니를 쳐다보았다.

"언젠가요?"

"그렇지 않니?"

할머니는 창문을 향해 손을 흔들었다.

"도대체 무슨 이유로 내가 사라졌을 거라고 생각했어요?"

"아, 정말 온갖 생각이 다 들었어. 사회복지사가 네 나이 또래 아이들은 가끔 느닷없이 떠나는 경우도 있다고 하더구나. 마약 같은 거. 네 방을 샅샅이 뒤졌는데……."

"내 성적은 평균 3.7이었어요."

"그랬지. 넌 우리의 자랑이고 기쁨이었어."

"난 거리에서 납치당했다구요."

"나도 이제야 알았지. 온 시내에 포스터를 붙이고, 폴은 웹사이트도 만들었어. 경찰도 네가 어울리던 사람 중에 우리가 모르는 사람이 있는지 찾아내려고 고등학교, 대학교에서 너를 알았던 사람들을 모조리 다 만났단다. 길을 가다가도 네 얼굴이 보이는 것 같고, 정말 고문 같았어."

할머니가 말했다.

"차를 몰고 가다가 여자애가 있으면 다가가서 경적을 울리곤 했지만 그때마다 모르는 사람이었지. 네 생일에는 혹시라도 네가 돌아올까 봐 네가 제일 좋아하던 빵을 구웠어. 엄마가 만든 바나나 초콜릿 케이크 기억하니?"

엄마는 고개를 끄덕였다. 얼굴에는 온통 눈물이 흘러내리고 있었다.

"약을 먹지 않으면 잠도 못 잤어. 생사를 모른다는 게 너무나 괴로웠지. 네 오빠한테는 미안했어. 폴이 딸을 낳은 거 알고 있니? 아니, 알 리가 없지. 이제 세 살이 다 돼가는데 벌써 화장실도 잘 가린단다. 같이 사는 사람도 아주 착해. 방사선과 의사란다."

두 사람은 한참 더 이야기했다. 이제 듣는 것도 피곤했다. 그때 노린이 약과 주스를 가지고 왔다. 오렌지가 아니라 사과 주스였다. 내가 마셔본 것 중에 최고였다.

할머니는 이제 집에 갈 준비를 했다. 해먹에서 잘까?

"레오도 잠깐 작별 인사를 해도 될까."

할머니는 문간에서 말했다. 엄마는 잠시 아무 말도 하지 않았다.

"다음에 해요."

"너 좋을 대로 해라. 의사들이 서두르지 말라고 하더구나."

"뭘 서두르지 말아요?"

"모든 걸."

할머니는 나를 향했다.

"자, 잭. 안녕이라는 말 아니?"

"난 모든 말을 다 알아."

나는 그녀에게 말했다. 할머니는 이 말을 듣더니 웃고 또 웃었다. 그녀는 자기 손에 키스해서 나한테 날렸다.

"받아라!"

키스를 받는 것처럼 장난을 치자는 것 같아서 그렇게 했더니, 할머니는 좋아했다. 눈물도 더 흘렸다.

"농담도 아니었는데 내가 모든 말을 다 안다고 했을 때 할머니가 왜 웃었어?"

나는 나중에 엄마에게 물었다.

"아, 신경 안 써도 돼. 사람들을 웃게 하는 건 언제나 좋은 일이란다."

6시 12분에 노린이 다른 쟁반을 들고 왔다. 저녁은 5시에 먹어도 되고, 6시에 먹어도 되고, 7시에 먹어도 된다고 엄마가 말했다. 아루굴라라는 아삭아삭한 녹색 음식이 있었는데 맛이 너무 강했다. 나는 가장자리가 바삭바삭한 감자와 줄무늬가 있는 고기가 좋았다. 빵은 목에 긁히는 부분이 있어서 뜯어내려고 했지만 그러니까 구멍이 생겼다. 엄마는 그냥 내버려두라고 했다. 엄마는 딸기를 먹더니 천국 같은 맛이라고 했다. 천국이 어떤 맛인지 엄마는 어떻게 알까? 전부 다 먹을 수가 없었다. 엄마는 사람들이 대체로 너무 많이 먹는 거니까 우리는 좋아하는 것만 먹고 나머지는 남겨도 된다고 했다.

바깥세상에서 가장 마음에 드는 부분은 창문이었다. 볼 때마다 조금씩 달랐다. 새 한 마리가 오른쪽으로 휙 하고 날아갔다. 무슨 새인지는 알 수 없었다. 그림자가 다시 길어졌고, 내 그림자가 녹색 벽 위를 가로질렀다. 나는 하느님의 얼굴이 천천히, 천천히 더 진한 오렌지색으로 저물어가는 것을 보았다. 구름은 온갖 색깔을 띠고 있었고, 그런 다음 줄무늬가 생기더니 어둠이 찾아왔다. 한 번에 너무나 조금씩 조금씩 변했기 때문에 다 끝날 때까지 알 수가 없었다.

*

엄마와 나는 밤에 서로 계속 부딪쳤다. 세 번째로 잠에서 깼을 때는 지프와 리모컨이 생각났지만, 그것들은 여기 없었다. 지금 방에는 아무도 없고 그냥 물건뿐이다. 엄마와 나는 클리닉에 있고 올드 닉은 감옥에 있으니 모든 것이 고요히 놓인 채 먼지만 쌓이고 있을 것이다. 올드 닉은 영원히 갇혀 있어야 한다.

내가 우주비행사 그림이 그려진 파자마를 입고 있다는 것이 기억났다. 옷 아래 다리를 더듬어보았지만 내 다리처럼 느껴지지 않았다. 엄마가 여기서 쓰레기통에 던진 티셔츠만 빼고 우리 것이었던 모든 물건들은 방 안에 잠겨 있다. 잘 시간이 되어서 다시 보았더니 티셔츠도 이제는 가버렸다. 청소부가 가져간 것 같았다. 나는 다른 사람보다 깨끗한 사람을 청소부라고 하는 줄 알았지만, 엄마는 청소하는 사람이라고 했다. 청소부가 내 원래 티셔츠를 도로 가져다주었으면 좋겠지만, 그러면 엄마가 또 짜증을 낼 것이다.

우리는 바깥세상에 있어야 해, 다시는 방에 돌아가지 않아, 엄마는 원래 그런 거라고, 나도 기뻐해야 한다고 했다. 항상 클리닉에 있어야 하는지, 해 먹이 있는 집처럼 바깥세상의 다른 집으로 갈 수 있는지 궁금했다. 오스트레일리아에 있는 진짜 할아버지의 집은 너무 멀어서 안 되겠지만.

"엄마?"

엄마는 신음소리를 냈다.

"잭, 겨우 잠들려고 하는데⋯⋯."

"우리 얼마나 오래 여기 있어?"

"스물네 시간밖에 안 됐어. 그냥 기분이 더 오래된 것처럼 느껴지는 것뿐이야."

"아니, 지금 이후로 얼마나 오래 여기 있어? 낮이랑 밤이 몇 번 지나야 돼?"

"나도 정확히는 몰라."

하지만 엄마는 모든 걸 다 알고 있다.

"말해줘."

"쉬잇."

"얼마나?"

"조금만 있으면 돼. 쉬. 옆방에 다른 사람들이 있어. 방해하면 안 돼."

사람들은 보이지 않았지만, 어쨌든 있다. 식당에서 본 그 사람들이다. 방에 있을 때 나는 아주 이빨이 아플 때 엄마 빼놓고 다른 사람들을 방해한 적이 없었다. 엄마는 컴벌랜드의 사람들은 머리가 아주 약간 아픈 사람들이라고 했다. 걱정 때문에 잠을 못 자거나, 먹지 못하거나, 손을 너무 많이 씻는 사람들이라고. 손을 너무 많이 씻을 수도 있다는 건 몰랐다. 머리를 부딪쳐서 자기 자신을 모르는 사람도 있고, 항상 슬픈 사람도 있고, 칼로 팔을 긋는 사람도 있었다. 이유는 알 수 없었다. 의사와 간호사, 필라, 보이지 않는 청소부는 아픈 사람들이 아니라 도와주기 위해 있는 사람들이었다. 엄마와 나도 아프지 않았다. 우리는 그냥 쉬기 위해, 그리고 파파라치에게 방해받지 않기 위해 온 것이었다. 파파라치는 카메라와 마이크를 가지고 있는 독수리들인데, 우리가 일부러 그런 건 아니지만 랩 스타처럼 유명해졌기 때문에 우리를 따라다녔다. 엄마는 우리가 상황을 정리하는 동안 도움이 조금 필요할 뿐이라고 했다. 뭘 정리해야 한다는 건지는 알 수 없었다.

이빨이 돈으로 변했는지 알아보려고 베개 밑에 손을 집어넣었지만, 아니었다. 요정은 클리닉이 어디 있는지 모르는 것 같았다.

"엄마?"

"왜?"

"우리 갇혔어?"

"아냐."

엄마는 퉁명스럽게 내뱉듯이 말했다.

"절대 아니지. 왜, 여기가 싫어?"

"그러니까 여기 꼭 있어야 하느냐고."
"아니, 우린 새처럼 자유야."

분재 소년

나는 어제 온갖 이상한 일들이 일어났다고 생각했지만, 오늘은 이상한 일이 더 많았다. 배가 많은 음식에 익숙하지 않아서 똥을 밀어내기가 힘들었다. 눈에 보이지 않는 청소부가 대신 해주기 때문에 샤워로 시트를 빨 필요가 없었다.

엄마는 클레이 박사가 숙제로 준 공책에 뭘 쓰고 있었다. 나는 학교에 다니는 아이들만 숙제를 하는 줄 알았다. 숙제는 집에서 하는 일이라는 뜻이다. 엄마는 클리닉은 진짜 집이 아니라서 모든 사람들이 언젠가는 집에 돌아간다고 했다. 나는 마스크가 싫었다. 마스크를 쓰면 숨을 쉴 수가 없지만, 엄마는 쉴 수 있다고 했다.

우리는 식당에서 아침을 먹었다. 식당은 오직 먹기만 하는 곳이다. 세상 사람들은 각각의 일을 모두 다른 방에서 하는 것을 좋아한다. 나는 예의를 떠올렸다. 예의란 다른 사람들이 화를 내는 게 겁날 때 하는 것이다.

"팬케이크 더 먹어도 될까요?"

앞치마를 두른 여자가 말했다.

"애가 인형이네."

나는 인형이 아니다. 하지만 내가 너무 마음에 든다는 뜻에서 하는 말이니까 그냥 그렇게 부르도록 두라고 엄마가 속삭였다. 나는 시럽을 먹어보았다. 아주 달콤했다. 엄마가 막기 전에 시럽 한 통을 다 마셨다. 엄마는 팬케이크에만 뿌려 먹는 것이라고 했지만, 뿌려 먹는 것은 싫었다.

커피 주전자를 든 사람들이 계속 엄마에게 왔지만, 엄마는 싫다고 했다. 나는 베이컨을 셀 수도 없이 많이 먹었다. 내가 "고마워, 아기 예수." 이렇게 말하자 사람들이 나를 쳐다보았다. 바깥세상 사람들은 아기 예수를 모르는 것 같았다.

엄마는 얼굴에 쇠를 끼우고 휘파람을 부는 휴고라는 소년이나 항상 목을 긁는 가버 부인처럼 누군가 우스운 행동을 하더라도 꼭 웃어야 한다면 머릿속에서만 웃어야 한다고 말했다.

언제 무슨 소리가 들려서 깜짝 놀라게 될지 알 수가 없었다. 뭐가 소리를 냈는지 보이지 않는 때도 많았다. 작은 벌레가 웅웅거리는 소리처럼 희미한 소리도 있었지만, 어떤 소리는 머리가 아팠다. 모든 것이 항상 요란했지만, 엄마는 다른 사람들을 방해할 수 있으니 소리를 치지 말라고 했다. 하지만 내가 이야기를 하면 사람들은 내 말을 듣지 못할 때가 많았다. 엄마가 말했다.

"신발 어디 있어?"

우리는 식당으로 돌아가서 식탁 아래에서 신발을 찾아냈다. 신발 위에 베이컨 조각이 붙어 있어서 주워 먹었다.

"병균."

엄마가 말했다. 나는 신발에 달린 벨크로 끈을 쥐고 걸었다. 엄마는 신으라고 했다.

"신으면 발이 아파."

"크기가 맞지 않니?"

"너무 무거워."

"익숙하지 않은 건 알고 있지만, 날카로운 걸 밟을지도 모르니까 양말만 신고 돌아다니면 안 돼."

"안 그럴게. 약속해."

엄마는 내가 신발을 신을 때까지 기다렸다. 우리는 복도에 있었지만 계단 위에 있는 복도는 아니었다. 클리닉에는 온갖 다른 것들이 있었다. 전에 와

본 적이 없는 곳 같았다. 길을 잃은 걸까? 엄마는 새로운 창문 밖을 내다보고 있었다.

"오늘은 밖으로 나가서 나무와 꽃을 볼 수 있을 거야. 어쩌면."

"싫어."

"잭."

"고맙지만 싫어."

"신선한 공기가 필요해!"

나는 7번 방의 공기가 좋았다. 노린이 우리를 다시 방으로 데려다주었다. 유리창 밖으로는 자동차가 주차하는 모습, 주차했다가 출발하는 모습, 비둘기가 보였고 가끔은 그 고양이도 보였다.

나중에 우리는 또 다른 방으로 가서 클레이 박사와 놀았다. 바닥에는 지그재그 무늬가 있고 납작한 우리 방 깔개와 달리 털이 긴 깔개가 깔려 있었다. 깔개는 우리를 보고 싶을까? 감옥에 갇힌 트럭 뒷자리에 아직도 그대로 있을까?

엄마는 클레이 박사에게 숙제를 보여주고, 비인간화, 미시감 같은 재미없는 이야기를 나누었다. 그런 다음 나는 클레이 박사를 도와서 장난감 상자를 풀었다. 이게 가장 재미있었다. 그는 휴대전화에다 대고 이야기를 했다. 진짜 전화는 아니었다.

"네 목소리를 들어서 반갑구나, 잭. 난 지금 클리닉에 있어. 너는 어디 있지?"

플라스틱 바나나도 있었다. 나는 "나도 그래."라고 대답했다.

"그래, 같이 있다니 신기한데. 여기 있는 건 좋아?"

"난 베이컨이 좋아."

그는 웃었다. 이번에도 내가 농담을 한 걸까?

"나도 베이컨이 좋아. 너무 많이."

어떻게 너무 많이 좋아할 수가 있지? 상자 바닥에는 점박이 개와 해적, 달, 혀를 밖으로 빼 문 소년 등 작은 인형들이 있었다. 개가 제일 마음에 들었다.

"잭, 너한테 묻고 계시잖아."

나는 엄마를 보며 눈을 깜빡였다.

"여기서 별로 마음에 안 드는 게 뭐지?"

클레이 박사가 말했다.

"사람들이 쳐다보는 거."

"음?"

그는 말 대신 이런 소리를 자주 낸다.

"그리고 일이 갑자기 생기는 거."

"어떤 거? 예를 들어서?"

"갑자기 생기는 거. 아주 빨리빨리 와."

"아, 그래. '세상은 우리가 상상하는 것보다 더 갑작스럽다.'"

"응?"

"미안. 시의 한 구절이란다."

클레이 박사는 엄마에게 씩 웃었다.

"잭, 클리닉에 오기 전에 어디 있었는지 설명할 수 있겠니?"

그는 방에 가본 적이 없었다. 그래서 나는 방에 대해, 우리가 매일 무엇을 했는지 등을 설명했다. 내가 잊어버린 부분은 엄마가 말했다. 이야기를 나누면서 그는 내가 텔레비전에서 보았던 색색의 반죽 같은 것을 공이나 벌레로 만들고 있었다. 노란 반죽에 손가락을 집어넣었더니 손톱에 묻어 나왔다. 나는 손톱이 노란색이 되는 것은 싫었다.

"일요일 선물로 공작용 점토 받은 적 없니?"

"마르잖아요."

엄마가 끼어들었다.

"생각해보세요. 통에다 아무리 꼼꼼하게 다시 넣어놓는다 해도 얼마 지나지 않아 마르고 갈라지잖아요."

"그렇겠군요."

"매직마커 대신 크레용이나 연필을 부탁했던 것도 그래서였어요. 기저귀도 천으로 쓰고. 일주일 지나서 다시 부탁하지 않으려고 뭐든지 오래가는 걸로 부탁했어요."

그는 계속 고개만 끄덕였다.

"밀가루 반죽은 만들었지만 그건 항상 흰색이었죠."

엄마는 화난 목소리였다.

"할 수만 있다면 내가 잭에게 매일 다른 찰흙을 주지 않았겠어요?"

클레이 박사는 엄마의 다른 이름을 불렀다.

"아무도 당신의 선택과 전략을 비판하려는 건 아닙니다."

"노린은 밀가루에 소금을 넣으면 반죽이 더 잘 된다고 하더군요. 아셨어요? 난 몰랐어요. 그걸 내가 어떻게 알았겠어요? 식용색소 같은 건 부탁할 생각도 못 했어요. 내가 생각이라도 했다면……."

엄마는 클레이 박사에게 자기는 괜찮다고 계속 말하고 있었지만, 괜찮은 것처럼 들리지 않았다. 엄마와 그는 인지 왜곡에 대해 이야기했고, 호흡 연습을 했다. 나는 인형을 가지고 놀았다. 그러다 시간이 끝났다. 박사는 이제 휴고와 같이 놀아야 한다고 말했다.

"휴고도 헛간에 있었어?"

내가 물었다. 클레이 박사는 고개를 저었다.

"그럼 무슨 일이 있었어?"

"다들 서로 다른 사연이 있단다."

우리 방에 돌아와서 엄마와 나는 침대에 누웠다. 나는 젖을 먹었다. 컨디셔너 때문에 엄마에게서는 다른 냄새가 났다. 너무 실크 같은 냄새였다.

*

낮잠을 잤는데도 피곤했다. 콧물이 자꾸 났고 눈에서도 마치 안에서 녹는 것처럼 자꾸 물이 나왔다. 엄마는 내가 처음으로 감기에 걸린 것뿐이라고 했다.

"하지만 마스크를 썼잖아."

"그래도 병균이 몰래 숨어들어가. 나도 내일쯤이면 너한테서 옮을 거야."

나는 울었다.

"아직 다 못 놀았는데."

엄마는 나를 안았다.

"난 아직 천국에 가기 싫어."

"아가."

엄마는 나를 이렇게 부른 적이 없었다.

"괜찮아. 아프면 의사가 낫게 해줄 거야."

"그렇게 해줘."

"뭘?"

"클레이 박사에게 지금 낫게 해달라고 해."

"아니, 감기는 고칠 수가 없어."

엄마는 입술을 깨물었다.

"하지만 며칠 있으면 나아질 거야. 약속해. 아, 코 푸는 법 배울래?"

네 번 만에 휴지로 콧물을 다 빼냈더니 엄마는 박수를 쳤다. 노린이 점심을 가져왔다. 수프와 케밥, 쌀을 가져왔는데 그건 진짜가 아니라 퀴노아라는 거였다. 밥을 먹은 뒤에는 과일 샐러드가 있었다. 나는 사과와 오렌지를 알아맞히고, 모르는 것은 파인애플, 망고, 블루베리, 키위, 수박이었다. 두 개 맞고 다섯 개 틀렸으니 마이너스 3점이다. 바나나는 없었다.

물고기를 다시 보고 싶어서 우리는 접수실이라는 곳에 내려왔다. 물고기에는 줄무늬가 있었다.

"물고기도 아파?"

"내가 보기에는 활발해 보이는데. 특히 해초 사이에 있는 커다란 대장 물고기."

"아니, 머리가 아프냐고. 미친 물고기야?"

엄마는 웃었다.

"아닐 거야."

"그럼 유명해서 잠시 여기서 쉬고 있는 거야?"

"물고기는 여기서 태어났어. 이 탱크 안에서."

필라라는 여자의 목소리였다. 나는 깜짝 놀랐다. 그녀가 책상에서 이쪽으로 오는 것을 보지 못했던 것이다.

"왜?"

필라는 미소 띤 얼굴로 나를 쳐다보고 있었다.

"물고기는 왜 여기 있어?"

"우리보고 구경하라고. 예쁘지 않니?"

"이리 와, 잭. 필라는 할 일이 많을 거야."

바깥세상에서는 시간이 뒤죽박죽이었다. 엄마는 늘 말했다. "천천히, 잭." "기다려." "지금 끝내." "서둘러, 잭." 엄마는 다른 사람이 아니라 나한테 이야기한다는 것을 알려주려고 내 이름을 자주 불렀다. 몇 시인지 전혀 짐작할 수가 없었다. 시계는 있었지만, 이곳 시계에는 숫자 대신 내가 모르는 비밀을 가진 뾰족한 바늘이 있었다. 나는 엄마에게 물어보아야 했고, 엄마는 지겨워했다.

"몇 시냐고? 바깥에 놀러 가야 할 시간이야."

나는 나가고 싶지 않았지만 엄마는 계속 말했다.

"가보자, 가봐. 지금 바로. 안 될 거 없잖아?"

우선 신발을 다시 신어야 했다. 재킷과 모자도 가지고 가야 했고, 마스크 아래 얼굴과 손에 끈끈한 것을 발라야 했다. 우리는 방에서 왔기 때문에 태양이 얼굴을 태워버릴지도 모른다는 것이었다. 클레이 박사와 노린도 같이 갔지만 멋진 안경 같은 것은 전혀 쓰지 않았다. 바깥으로 나가는 길은 그냥 문이 아니라 우주선의 밀폐문 같았다. 엄마가 단어를 기억하지 못하자 클레이 박사가 말했다.

"회전문이야."

"아, 텔레비전에서 봤어."

나는 말했다. 빙글빙글 돌아가는 것은 좋았지만, 바깥에 나와보니 빛이 검은 안경을 쏘았고 바람이 얼굴을 때려서 다시 안으로 들어가야 했다.

"괜찮아."

엄마는 계속 말했다.

"나가는 거 싫어."

회전문은 반대로 돌아가지 않고 나를 밖으로 밀어냈다.

"엄마 손 잡아."

"바람이 우릴 찢어버릴 거야."

"산들바람인걸."

빛은 유리창과 달리 안경 옆쪽 사방에서 들어왔다. 대탈주 때에도 이렇지 않았다. 끔찍한 빛과 신선한 공기가 너무 많았다.

"피부가 타는 것 같아."

"넌 멋지단다. 깊게 천천히 숨을 쉬어봐. 그래야 남자지."

노린이 말했다. 왜 그게 남자지? 여기서는 숨을 쉴 수가 없었다. 안경에는 반점이 생겼고, 가슴이 쿵쾅쿵쾅 뛰었고, 바람은 너무 요란해서 아무것도 들리지 않았다.

노린은 이상한 행동을 하고 있었다. 그녀는 내게서 마스크를 벗기고 얼굴에 다른 종이를 씌웠다. 나는 끈끈한 손으로 종이를 밀어냈다. 클레이 박사가 말했다.

"아직은 별로인데요."

"봉투 안에서 숨을 쉬렴."

노린이 말했다. 나는 그렇게 했다. 따뜻했다. 나는 빨아들이고 또 빨아들였다. 엄마는 내 어깨를 잡으며 말했다.

"들어가자."

7번 방으로 돌아온 뒤 나는 신발을 신은 채 끈끈한 손으로 침대에 누워 젖을 먹었다. 나중에 할머니가 왔다. 이번에는 얼굴을 알아볼 수 있었다. 할머니는 해먹이 있는 집에서 책을 가져왔다. 세 권은 그림이 없는 엄마 책이었고, 엄마는 아주 좋아했다. 그림이 있는 다섯 권은 내 책이었다. 할머니는 내가 가장 좋아하는 숫자가 5라는 것도 모르는데. 할머니는 엄마와 폴 삼촌이 어렸을 때 읽던 책이라고 했다. 거짓말을 하는 것 같지는 않았지만, 엄마가 어린아이였다는 것은 사실일 것 같지 않았다.

"할머니 무릎에 앉을래? 책 읽어줄까?"

"고맙지만 싫어."

『배고픈 애벌레』, 『아낌없이 주는 나무』, 『달려라, 개야, 달려라』, 『로랙스』, 『피터 래빗 이야기』가 있었다. 나는 그림을 모두 구경했다.

"그러니까, 자세하게 말이야."

할머니는 아주 작은 목소리로 엄마에게 이야기하고 있었다.

"나도 감당할 수 있어."

"안 그럴걸요."

"마음의 준비는 다 됐어."

엄마는 고개를 저었다.

"뭐하게요, 엄마? 이제 다 끝난 일이에요. 난 밖에 나왔다고요."

"하지만 애야."

"난 엄마가 날 볼 때마다 그 생각을 안 하셨으면 좋겠어요, 네?"

할머니의 눈에서 눈물이 흘러내렸다.

"아가, 내가 널 볼 때마다 생각하는 건 하느님께 감사한다는 생각뿐이야."

할머니가 간 뒤 엄마는 토끼 이야기를 읽어주었다. 이름은 피터였지만 성자는 아니었다. 토끼는 옛날식 옷을 입고 정원사에게 쫓겼다. 왜 채소를 굳이 훔치는지 알 수가 없었다. 훔치는 건 나쁜 짓이지만, 내가 만약 도둑이라면 자동차나 초콜릿처럼 좋은 것만 훔칠 것이다. 아주 좋은 책은 아니었지만 새 책이 많다는 것은 좋았다. 방에 있을 때는 다섯 권뿐이었지만, 이제 다섯 권이 더 생겼으니 전부 열 권이다. 아니, 원래 있던 다섯 권은 지금 없으니 역시 다섯 권뿐이라고 해야 할 것이다. 방에 있는 책들은 이제 더 이상 누구의 책도 아닐 것이다.

다른 손님이 왔기 때문에 할머니는 잠깐만 있다가 갔다. 변호사 모리스였다. 사람들이 고함을 지르고 판사가 망치를 두드리던 〈법정 세계〉처럼 우리에게도 변호사가 있다는 것은 몰랐다. 우리는 위층이 아닌 방에서 그를 만났다. 안에는 탁자가 있었고 달콤한 냄새가 났다. 그의 머리카락은 유난히 곱슬곱슬했다. 그와 엄마가 이야기하는 동안 나는 코 푸는 것을 연습했다.

"예를 들어 5학년 때의 당신 사진이 인쇄돼 있는 이 종이도……."

그는 말하고 있었다.

"강력한 사생활 침해의 근거가 될 수 있습니다."

'당신'이란 내가 아니라 엄마를 뜻하는 것이다. 알아맞히는 것이 점점 쉬워졌다.

"소송 말인가요? 난 그런 건 별로 안중에 없어요."

엄마는 그에게 말했다. 코를 푼 휴지를 보여주었더니 엄마는 엄지손가락을 들어 보였다. 모리스는 고개를 많이 끄덕였다.

"미래를 생각하셔야 한다는 뜻에서 드리는 말씀입니다. 당신과 아이 둘다요."

나다, 아이는.

"네. 당장은 컴벌랜드가 진료비 청구를 연기하고 있고 제가 당신 팬들을 상대로 후원금 계좌도 만들어놨지만, 조만간 상상조차 못할 청구서가 날아올 겁니다. 재활, 값비싼 치료, 주택, 두 분의 교육비."

엄마는 눈을 비볐다.

"재촉할 생각은 없습니다."

"아까 제 팬이라고 했나요?"

"그럼요. 후원 물품이 하루 한 자루 꼴로 답지하고 있습니다."

"뭐가 오는데요?"

"온갖 게 다 와요. 집히는 대로 들고 왔는데."

그는 커다란 비닐 가방을 의자 뒤에서 들어 올리고 꾸러미들을 꺼냈다.

"열어보셨군요."

엄마는 꾸러미 안을 들여다보며 말했다.

"걸러줄 사람이 필요합니다. 배설물도 있고……. 그건 약과예요."

"왜 누가 우리한테 똥을 보내?"

나는 엄마에게 물었다. 모리스는 나를 멍하니 쳐다보았다. 엄마는 그에게 말했다.

"이 아이는 어려운 단어도 알아요."

"아, 왜 보내느냐고, 잭? 바깥에는 미친 사람들이 많거든."

미친 사람들은 모두 이 클리닉 안에서 도움을 받고 있는 줄 알았는데.

"하지만 대부분 진심에서 우러난 선물입니다. 초콜릿, 장난감 같은 거요."

초콜릿!

"제 비서들이 머리가 아프다고 해서 꽃부터 가져와야겠다고 생각했습니다."

그는 투명한 비닐에 싸인 꽃무더기를 들어 올렸다. 굉장한 냄새가 났다. 나는 속삭였다.

"장난감은 무슨 장난감이야?"

"여기, 하나 있네."

엄마가 봉투에서 장난감을 꺼냈다. 작은 나무 기차였다.

"그렇게 뺏어가지 말고."

"미안."

나는 기차를 달려 탁자 다리를 내려와서 바닥을 지나고 이 방의 파란 벽으로 올라갔다. 모리스가 말했다.

"여러 매체에서 대단한 관심을 보이고 있습니다. 언젠가 책을 쓰셔도 될 겁니다."

엄마의 입은 친절하지 않았다.

"다른 누군가가 선수를 치기 전에 우리를 먼저 팔라는 거군요."

"꼭 그런 식으로 생각하실 일은 아닙니다. 세상 사람들에게 많은 가르침이 될 거라고 생각해요. 좀 더 작은 것에 만족하는 삶 말입니다. 이보다 시대정신에 부합하는 소재가 어디 있겠습니까?"

엄마는 웃음을 터뜨렸다. 모리스는 손바닥을 들어 보였다.

"물론 당신이 결정하실 일이죠. 언젠가."

엄마는 편지를 읽고 있었다.

"'꼬마 잭, 멋진 아이야. 매 순간을 즐기렴. 문자 그대로 지옥에서 돌아왔으니 넌 그럴 자격이 있단다!'"

"누가 그랬어?"

내가 물었다. 엄마는 편지를 뒤집었다.

"우리가 모르는 사람이야."

"왜 나보고 멋진 아이라고 했어?"

"너에 대해서 텔레비전에서 들었나 봐."

나는 기차가 더 들어 있을 만한 뚱뚱한 봉투를 들여다보았다.

"이거 괜찮아 보이는데."

엄마가 작은 초콜릿 상자를 들었다.

"더 있어."

아주 큰 상자가 눈에 보였다.

"아니, 그건 너무 많아. 다 먹으면 아플지도 몰라."

벌써 감기 때문에 아프니까 괜찮다.

"그건 다른 사람에게 주자."

"누구?"

"간호사든지."

"장난감 같은 것들은 아동병원에 기증할 수도 있습니다."

모리스가 말했다.

"좋은 생각이네요. 네가 갖고 싶은 걸 고르렴."

엄마가 말했다.

"몇 개나?"

"원하는 만큼."

엄마는 다른 편지를 읽고 있었다.

"'당신과 성자 같은 당신 아들에게 하느님의 축복이 있기를. 이 세상 모든 아름다운 것들을 찾아내시기를, 당신의 모든 꿈이 이루어지기를, 당신의 인생길에 행복과 황금이 깔리기를 기원합니다.'"

엄마는 탁자에 편지를 놓았다.

"언제 답장을 다 쓰지?"

모리스는 고개를 저었다.

"그 나쁜 새끼, 피고 말입니다. 그가 벌써 당신 인생의 가장 소중한 7년이라는 시간을 빼앗지 않았습니까? 나라면 더는 1초도 낭비하지 않겠습니다."

"그게 내 인생의 가장 소중한 시간이라는 걸 어떻게 알죠?"

그는 어깨를 으쓱했다.

"그냥. 열아홉이셨잖습니까."

진짜 멋진 게 있었다. 주르륵 소리를 내며 달리는 바퀴가 달린 자동차와 돼지 모양의 호루라기였다. 나는 호루라기를 불었다.

"이야! 소리 크구나."

모리스가 말했다. 엄마도 말했다.

"너무 커."

나는 한 번 더 불었다.

"잭."

나는 호루라기를 내려놓았다. 내 다리만큼 긴 벨벳 악어, 종이 든 뱀, 코를 누르니까 하하 소리를 내는 광대 얼굴도 있었다.

"그것도 안 돼. 엄마는 소름 끼친다."

엄마가 말했다. 나는 광대에게 안녕 인사를 하고 다시 봉투에 넣었다. 펜이 달려서 그림을 그릴 수 있는 사각형도 있었다. 한데 종이가 아니라 딱딱한 플라스틱이었다. 돌돌 말린 팔과 꼬리로 서로 계속 연결시킬 수 있는 원숭이 한 상자도 있었다. 소방차도 있었고, 모자를 쓴 곰 인형도 있었다. 모자를 세게 잡아당겨보았지만 벗겨지지 않았다. 상표에는 줄이 그어진 아기 얼굴이 그려져 있었고 0-3이라고 적혀 있었다. 아기를 3초 만에 죽인다는 뜻일까?

"잭. 그렇게 많이는 필요 없잖니."

엄마가 말했다.

"얼마나 많이 필요해?"

"모르겠어."

"여기 서명하십시오."

모리스가 말했다. 나는 마스크 밑에서 손가락을 물어뜯었다. 엄마가 하지 말라고 했다.

"얼마나 필요해?"

엄마는 적고 있던 종이에서 고개를 들었다.

"음, 다섯 개만 골라."

나는 장난감을 세었다. 자동차, 원숭이, 글씨 쓰기 판, 나무 기차, 뱀, 악어. 다섯 개가 아니라 여섯 개였다. 하지만 엄마와 모리스는 계속 이야기만 하고 있었다. 나는 커다란 빈 가방을 찾아서 여섯 개 모두를 넣었다.

"좋아."

엄마는 나머지 꾸러미를 다시 큰 가방에 던져넣었다.

"잠깐. 가방에 쓸 거야. '아픈 아이들을 위해 잭이 보내는 선물'이라고."

"모리스가 알아서 하게 두자."

"그래도."

엄마는 숨을 내쉬었다.

"우린 할 일이 많단다. 몇 가지 일을 남들에게 맡기지 않으면 엄마는 머리가 터져버릴 것 같아."

내가 가방에 글을 쓴다는데 왜 엄마 머리가 터진다는 걸까? 나는 기차를 다시 꺼내서 셔츠 밑으로 넣었다. 기차는 내 아기였다. 아기는 위로 튀어나왔고, 나는 기차 여기저기에 키스를 했다.

"1월쯤? 재판은 빠르면 10월에 있을 겁니다."

모리스가 말하고 있었다. 타르트 재판에서 도마뱀 빌은 손가락으로 글을 써야 했지. 배심원석을 무너뜨렸을 때 앨리스는 실수로 빌을 거꾸로 앉혔지. 하하.

"아뇨, 그게 아니라, 그는 얼마나 오래 감옥에 갇혀 있을까요?"

올드 닉을 말하는 것이다.

"음, 검사는 25년에서 종신형을 예상하고 있고, 연방법상 가석방도 허락되지 않습니다. 성폭행을 이유로 한 납치, 불법감금, 수차례에 이르는 강간, 폭행."

그는 머릿속으로 세지 않고 손가락으로 세었다. 엄마는 고개를 끄덕였다.

"아기는요?"

"잭이요?"

"첫 아기요. 그건 살인에 해당하지 않나요?"

이 이야기는 들어본 적이 없었다. 모리스는 입을 비틀었다.

"그건 살아 있는 상태로 태어나지 않았으니까요."

"물건이 아니라 여자아이였어요."

누가 여자아이라는 건지 알 수 없었다.

"죄송합니다. 우리가 바랄 수 있는 최선은 과실치상인데요."

그들은 앨리스의 키가 1마일 이상이라는 이유로 법정에서 퇴장시키려고 했다. 혼란스러운 시가 있었다.

> 나나 그녀가 우연히
>
> 이 일에 말려든다면
>
> 그는 당신이 그들을 풀어줄 거라고 믿는다네
>
> 우리가 그랬듯이.

언제 왔는지도 모르게 노린이 거기 와 있었다. 그녀는 저녁을 우리끼리 먹을 건지, 식당에서 먹을 건지 물었다. 나는 큰 봉투에 장난감을 모두 담았다. 엄마는 다섯 개가 아니라 여섯 개라는 것을 눈치채지 못했다. 우리가 들어가자 몇몇 사람들이 손을 흔들었다. 나도 머리카락이 없고 목에 온통 문신을 한 소녀처럼 손을 흔들었다. 나를 만지지만 않으면 사람들이 있는 것도 신경 쓰이지 않는다.

앞치마를 두른 여자가 내가 바깥에 나갔다는 걸 들었다고 했다. 어떻게 들었는지 알 수 없었다.

"마음에 들었니?"

"아니."

나는 말했다.

"그러니까, 고맙지만 아냐."

나는 더 많은 예의를 배우고 있었다. 뭔가 맛이 이상하면 재미있다고 해야 한다. 익히지 않은 것처럼 딱딱한 쌀 같은 경우다. 코를 풀 때는 아무도 콧물을 보지 못하게 휴지를 접어야 한다. 콧물은 비밀이다. 엄마가 다른 사람 말고 내 말을 듣게 하고 싶으면 "실례합니다."라고 해야 한다. 어떨 때는 "실례합니다, 실례합니다." 하고 너무 오래 말하는 바람에, 정작 엄마가 물어보았을 때는 하려던 말을 잊어버릴 때도 있었다.

파자마 차림으로 마스크를 벗고 침대에서 젖을 빨고 있을 때, 나는 기억이 나서 물었다.

"첫 아기는 누구야?"

엄마는 나를 내려다보았다.

"모리스에게 살인을 저지른 게 그 애라고 했잖아."

엄마는 고개를 저었다.

"살해당했다고 말한 거야."

엄마의 얼굴은 나를 보지 않았다.

"내가 살해한 거야?"

"아니! 넌 아무 짓도 하지 않았어. 네가 태어나기 1년 전이었는걸. 엄마가 늘 말했지. 네가 처음 침대에 나타났을 때, 넌 소녀였다고?"

"응."

"엄마는 그 아이를 말했던 거야."

더 혼란스러웠다.

"그 아이는 너처럼 되려고 했어. 탯줄이……."

엄마는 두 손에 얼굴을 묻었다.

"블라인드 줄?"

나는 블라인드 줄을 바라보았다. 줄무늬 사이는 캄캄하기만 했다.

"아니. 배꼽으로 이어지는 줄 기억나?"

"엄마가 가위로 잘라서 날 자유롭게 해줬다고 했잖아."

엄마는 고개를 끄덕였다.

"여자아이가 나올 때는 그 줄이 얽혀서 아기가 숨을 쉴 수가 없었어."

"난 이 이야기 싫어."

엄마는 눈썹을 눌렀다.

"끝까지 들어."

"난 이 이야기……."

"그는 바로 그 자리에 있었어."

엄마는 고함치듯 말했다.

"그는 아이를 낳는 것에 대해서는 아무것도 몰랐어. 구글에 검색조차 해보지 않았어. 미끌미끌한 아이 머리가 느껴졌어. 난 밀고 또 밀었어. 고함을 지르면서. '도와줘요, 난 안 돼요. 도와줘요.' 그런데도 그는 그냥 서 있기만 했어."

나는 기다렸다.

"아기는 엄마 배 속에 계속 있었어? 여자아이?"

엄마는 잠시 아무 말도 하지 않았다.

"아기는 파랗게 태어났어."

파랗게?

"눈을 뜨지 않았단다."

"올드 닉에게 일요일 선물로 약 같은 걸 사달라고 하지."

엄마는 고개를 저었다.

"탯줄이 목에 온통 감겨 있었어."

"엄마랑 연결된 상태로?"

"그가 줄을 잘랐어."

"그래서 자유롭게 됐어?"

담요 위에 온통 눈물이 떨어지고 있었다. 엄마는 고개를 끄덕이며 소리 없이 울었다.

"그게 끝이야? 이야기는?"

"거의 다."

엄마는 눈을 감고 있었지만 물은 아직도 스며 나오고 있었다.

"그는 아기를 데려가서 뒷마당 풀숲 아래 묻었단다. 그러니까 몸만."

아기는 파란색이었다.

"그리고 아기의 영혼은 천국으로 곧장 돌아갔어."

"재활용된 거야?"

엄마는 살짝 미소를 띠었다.

"엄마도 그런 거라고 생각하고 싶어."

"왜 그렇게 생각하고 싶어?"

"그게 사실 너였을 수도 있잖아. 넌 1년 있다가 다시 시도해서 소년으로 태어난 거야."

"1년 뒤에는 진짜 나였잖아. 난 돌아가지 않았어."

"그럼."

눈물이 다시 흘러내렸다. 엄마는 눈물을 닦았다.

"그때는 그를 방에 들이지 않았어."

"왜?"

"문에서 삑삑 소리가 나기에 고함을 질렀지. '나가!'"

그는 분명 화가 났을 것이다.

"난 준비가 되어 있었어. 이번에는 너랑 둘만 있고 싶었단다."

"난 무슨 색깔이었어?"

"분홍색."

"난 눈을 떴어?"

"넌 눈을 뜨고 태어났어."

난 어마어마하게 크게 하품을 했다.

"이제 자도 돼?"

"아, 그래."

*

밤에 나는 바닥에 쿵 하고 떨어졌다. 콧물이 많이 났지만 어둠 속에서는 코를 어떻게 풀어야 할지 몰랐다.

"이 침대는 두 사람이 자기에는 너무 좁아."

아침에 엄마가 말했다.

"넌 저쪽 침대에 가서 자는 게 더 편할 거야."

"싫어."

"매트리스를 가져와서 내 침대 바로 옆에 깔면 손을 잡고 잘 수 있는데?"

나는 고개를 저었다.

"엄마 좀 도와주렴, 잭."

"팔꿈치를 움츠리고 같이 자면 돼."

엄마는 요란하게 코를 풀었다. 감기가 나한테서 엄마에게 옮겨간 모양이었지만, 나도 아직 감기를 앓고 있다.

우리는 같이 샤워를 하러 들어가지만 나는 머리를 내밀고 있기로 합의를 했다. 손가락에 붙였던 밴드가 떨어졌는데 찾을 수가 없었다. 엄마는 내 머리를 빗질했다. 엉킨 부분이 아팠다. 우리는 빗과 칫솔 두 개, 새 옷들, 작은 나무 기차, 다른 장난감들을 가지고 있다. 엄마는 아직 장난감을 세어보지 않았기 때문에 내가 다섯 개가 아니라 여섯 개를 가지고 왔다는 걸 모른다. 물건들을 어디에 두어야 할지 알 수 없었다. 어떤 것은 서랍장 위에, 어떤 것은 침대 옆 탁자에, 어떤 것은 옷장에. 나는 엄마에게 어디다 두었는지 계속 물어봐야 했다.

엄마는 그림이 없는 책을 읽고 있었지만, 난 대신 그림책을 엄마에게 갖다주었다. 『배고픈 애벌레』는 낭비가 심했다. 딸기와 살라미, 온갖 음식에 구멍을 내서 먹고 나머지는 내버려두는 것이다. 내 손가락도 구멍에 넣을 수 있었다. 나는 누가 책을 찢었다고 생각했지만, 엄마는 일부러 재미있으라고 이렇게 만들었다고 했다. 나는 『달려라, 개야, 달려라』가 더 재미있었다. 특히 테니스 라켓으로 싸우는 부분이 좋았다.

노린은 아주 특별한 것을 가지고 노크를 했다. 첫 번째는 양말처럼 잘 늘어나고 부드럽지만 가죽으로 된 신발이었고, 두 번째는 숫자만 있어서 나도 읽을 수 있는 시계였다.

"9시 57분이야."

엄마에게는 너무 작았다. 나를 위한 시계였다. 노린은 손목에 차서 끈을 조이는 법을 가르쳐주었다.

"매일같이 선물이라 버릇 나빠지겠어요."

엄마는 마스크를 위로 올리고 코를 다시 풀며 말했다.

"클레이 박사가 통제 능력을 키워줄 수 있는 거라면 뭐든지 좋다고 했어요."

노린이 웃으면 눈가에 주름이 잡혔다.

"향수를 느끼진 않나요?"

"향수를 느끼느냐고요?"

엄마는 그녀를 뚫어지게 쳐다보았다.

"미안해요. 난……."

"거기는 내 집이 아니었어요. 방음장치가 된 감옥이었다고요."

"말이 잘못 나왔어요. 미안합니다."

노린이 말했다. 그녀는 서둘러 나갔다. 엄마는 아무 말도 하지 않고 수첩에 적기만 했다. 방이 우리 집이 아니었다면, 우리는 집이 없다는 뜻일까?

오늘 아침 나는 클레이 박사와 손을 마주쳤다. 그는 좋아했다.

"어차피 감기에 걸렸는데 마스크를 계속 쓰고 있는 게 좀 우습네요."

엄마가 말했다.

"음, 바깥에는 더 고약한 것도 있습니다."

"네. 하지만 코를 풀 때는 마스크를 계속 올려야 하니까 그래요."

박사는 어깨를 으쓱했다.

"알아서 하십시오."

"마스크 벗어, 잭."

엄마가 말했다.

"이야!"

우리는 마스크를 쓰레기통에 넣었다. 클레이 박사의 크레용은 120이라고 적힌 특별한 마분지 상자 안에 살고 있었다. 서로 다른 색깔이 120개 있다는 뜻이었다. 크레용 옆에는 신기한 이름이 적혀 있었다. '원자력 귤', '솜털',

'자벌레', 이런 색깔이 있는 줄도 몰랐던 '외계', '장엄한 보라색 산', '활기', '감미롭지 않은 노랑', '황야의 파랑'. 일부러 농담으로 철자를 틀리게 쓴 것도 있었지만, 내게는 그리 우습지 않았다. 클레이 박사는 뭐든지 써도 된다고 했지만, 나는 방에 있던 크레용처럼 내가 아는 색 다섯 개만 골랐다. 파란색, 녹색, 오렌지색, 빨간색, 갈색. 박사는 내게 방을 그릴 수 있겠느냐고 했지만, 나는 이미 갈색으로 로켓 우주선을 그리고 있었다. 흰색 크레용도 있었다. 저걸로 그리면 안 보이지 않을까?

"종이가 검은색이나 빨간색이라면 어떨까?"

클레이 박사가 검은 종이를 찾아주었다. 그의 말이 맞았다. 흰색도 보였다.

"로켓 주위의 이 사각형은 뭐지?"

"벽."

내가 말했다. 여자아기인 내가 아기 예수와 세례요한에게 손을 흔들면서 작별인사를 하는 모습도 있었다. 하느님의 노란 얼굴이 밝게 비치고 있었기 때문에 모두 옷을 입고 있지 않았다.

"여기는 네 엄마니?"

"엄마는 바다에서 낮잠을 자고 있어."

진짜 엄마는 웃더니 코를 풀었다. 그 소리를 들으니 코를 풀어야 한다는 기억이 났다. 콧물이 떨어지고 있었다.

"올드 닉이라고 부르는 남자는? 그는 어디 있어?"

"좋아, 이쪽 구석 우리 안에."

나는 올드 닉과 아주 두꺼운 창살을 그렸다. 올드 닉은 창살을 깨물고 있었다. 창살은 모두 열 개였다. 10은 천사조차 토치로 태우지 못하는 아주 강한 숫자다. 엄마는 천사는 나쁜 놈을 풀어주려고 토치를 쓸 리가 없다고 말했다. 나는 클레이 박사에게 1,000,029까지 셀 수 있고 그보다 더 큰 숫자도 얼마든지 셀 수 있다고 했다.

"내가 아는 어떤 아이는 초조하면 똑같은 걸 계속 반복해서 세곤 한단다. 그만둘 수가 없어."

"어떤 걸?"

"보도의 줄, 단추, 그런 것."

대신 이빨을 세는 게 나을 텐데. 빠지지만 않으면 항상 있으니까.

"분리불안에 대해 계속 말씀하시는데요."

엄마가 클레이 박사에게 말했다.

"저와 잭은 떨어지지 않을 거예요."

"하지만 이제 두 분만 있는 게 아니잖습니까?"

엄마는 입술을 깨물었다. 그들은 재사회화와 자기비난에 대해 말했다.

"가장 잘한 것은 일찍 데리고 나오셨다는 겁니다. 다섯 살이면 아직 두뇌가 유연해서 플라스틱 같습니다."

클레이 박사가 말했다. 하지만 난 플라스틱이 아니다. 진짜 소년이다.

"잊어버리기에도 충분할 정도로 어립니다. 그렇게 된다면 다행한 일이겠죠."

나는 혀를 빼 문 남자아이 인형과 계속 놀고 싶었지만 시간이 다 됐다. 클레이 박사는 가버 부인과 놀아야 한다고 했다. 그는 내일까지 빌려가도 좋지만 그래도 인형은 자기 물건이라고 했다.

"왜?"

"음, 세상 모든 물건은 누군가의 물건이니까."

새로 얻은 장난감 여섯 개랑 책 다섯 권과 이빨이 내 것인 것처럼. 엄마는 이빨을 더 이상 원하지 않으니까.

"강물이나 산처럼 모든 사람들이 공유하는 것들은 빼고."

"도로는?"

"맞아. 도로도 모두가 사용하지."

"난 도로에서 달렸어."

"탈출할 때. 맞아."

"우린 그의 것이 아니었으니까."

"맞아."

클레이 박사는 미소 짓고 있었다.

"넌 누구의 것인지 알고 있니, 잭?"

"응."

"너 자신의 것이야."

틀렸다. 난 엄마 거다. 클리닉에는 새로운 것들이 계속 나타났다. 거대한 텔레비전이 있는 방도 있었다. 나는 도라나 스폰지밥이 나오길 바라면서 펄쩍펄쩍 뛰었다. 그들을 너무 오랫동안 만나지 못했다. 하지만 골프뿐이었다. 내가 이름을 모르는 늙은 사람 세 명이 보고 있었다. 나는 복도에서 기억이 나서 물었다.

"왜 다행이라는 거야?"

"응?"

"클레이 박사가 난 플라스틱이라고 했는데, 왜 그랬는지 잊어버렸어."

"아, 곧 넌 방에 대해 잊어버릴 거라고 생각하신 거야."

"난 안 잊을 거야."

나는 엄마를 쳐다보았다.

"잊어버려야 해?"

"모르겠다."

요즘 엄마는 늘 이 말을 한다. 엄마는 벌써 저만큼 앞장서서 계단 밑에까지 가 있었다. 나는 달려가야 했다.

점심을 먹었다. 엄마는 다시 밖으로 나가봐야 할 때라고 했다.

"항상 안에만 있으면 대탈주를 안 한 거나 마찬가지야."

골이 난 목소리였다. 벌써 엄마는 신발 끈을 묶고 있었다. 모자와 안경, 신발, 끈끈한 물건을 또 바르고 나니 피곤했다. 노린이 물고기 탱크 옆에서 우리를 기다리고 있었다. 엄마는 문에서 다섯 번 돌아가게 해주었다. 그런 다음 밀고 밖으로 나갔다. 너무나 밝아서 비명이 나올 것 같았다. 그때 안경이 어두워지더니 앞이 캄캄해졌다. 쓰린 코에 공기 냄새가 이상하게 느껴졌고, 목이 막혔다.

"텔레비전을 통해서 보고 있다고 생각해보렴."

노린이 내 귀에 대고 말했다.

"응?"

"해봐."

노린은 특별한 목소리로 말했다.

"'여기 잭이라는 소년이 엄마와 친구 노린과 함께 산책을 하고 있어요.'"

나는 텔레비전을 보고 있었다. 노린이 물었다.

"잭은 얼굴에 뭘 쓰고 있지요?"

"멋진 빨간색 안경."

"그렇군요. 저길 봐요. 따뜻한 4월의 어느 날 주차장을 가로지르고 있네요."

자동차가 네 대 있었다. 빨간색, 녹색, 검은색, 갈색이 도는 금색. 불탄 시에나, 크레용에도 있는 색이었다. 자동차 창문 안쪽은 의자가 있는 작은 집 같았다. 곰인형이 빨간 차 거울에 매달려 있었다. 나는 자동차 앞부분을 쓰다듬었다. 매끄럽고 얼음처럼 차가웠다.

"조심해. 경보가 울릴지도 몰라."

엄마가 말했다. 미처 몰랐다. 나는 팔꿈치 밑으로 손을 숨겼다.

"풀밭으로 나가보자."

엄마는 나를 잡아당겼다. 나는 신발로 뾰족한 녹색 침들을 밟고 있었다. 허리를 굽혀서 문질러보았다. 손가락을 베지는 않았다. 라자가 낸 상처는 이제 거의 살이 자라 막혀 있었다. 나는 다시 풀을 보았다. 나뭇가지와 갈색 잎이 있었고, 노란색의 무언가가 있었다. 웅 하는 소리가 들려서 위를 올려다보았다. 하늘이 너무나 커서 나는 넘어질 뻔했다.

"엄마. 비행기야!"

"비행운."

엄마는 가리켰다.

"이제 기억났어. 저 줄을 비행운이라고 해."

나는 실수로 꽃을 밟았다. 미친 사람이 우편으로 보냈던 꽃과는 달리, 수백 송이가 마치 머리에서 머리카락이 자라듯 땅에서 자라고 있었다.

"수선화."

엄마는 꽃을 가리키며 말했다.

"목련, 튤립, 라일락. 저건 사과꽃인가?"

엄마는 모든 냄새를 맡아보았고 내 코도 꽃에 갖다대었지만 너무 달콤해
서 어지러웠다. 엄마는 라일락을 골라서 내게 주었다. 나무는 가까이서 바
라보니 거대한 거인이었다. 피부는 만져보니 울퉁불퉁했다. 내 코만 한 삼
각형 물건도 있었다. 노린은 돌이라고 했다.

"100만 년은 된 돌이야."

엄마가 말했다. 어떻게 알지? 나는 아래쪽을 보았다. 상표는 없었다.

"야, 여기 봐."

엄마는 무릎을 꿇고 있었다. 뭔가 기어가고 있었다. 개미였다.

"그러지 마!"

나는 소리치고 손으로 개미를 갑옷처럼 덮었다. 노린이 물었다.

"왜 그러니?"

"제발, 이건 안 돼."

"괜찮아. 안 죽일 거야."

"약속해."

"약속해."

손을 거두어보니 개미는 사라지고 없었다. 나는 울었다. 그때 노린이 다
른 개미 한 마리, 또 한 마리를 찾았다. 자기 몸보다 열 배는 더 큰 물건을
함께 나르고 있었다.

다른 물건이 하늘에서 빙빙 돌면서 다가오더니 내 앞에 내려앉았다. 나는
펄쩍 뛰어 물러났다.

"야, 단풍나무 열매네."

"뭐야?"

"이 단풍나무 씨앗이란다. 멀리까지 날아가라고 날개가 달렸어."

너무 얇아서 작고 가는 선 사이로 속이 비쳐 보였다. 한가운데는 좀 더 두
꺼운 갈색이었다. 작은 구멍도 있었다. 엄마가 씨앗을 하늘에 날리니 다시
빙빙 돌면서 내려앉았다. 나는 엄마에게 어딘가 이상한 씨앗을 보여주었다.

"이건 하나뿐이야. 날개 한쪽이 없어."

씨앗을 높이 날려보니 그래도 잘 날아갔다. 나는 주머니에 넣었다. 하지만 무엇보다 멋진 것은 엄청나게 크게 웅웅거리는 소리였다. 하늘을 올려다보니 헬리콥터였다. 비행기보다 훨씬 컸다.

"안에 들어가자."

노린이 말했다. 엄마는 내 손을 잡아당겼다.

"잠깐만."

숨이 가빴다. 두 사람은 나를 사이에 두고 잡아끌고 있었다. 콧물이 흘러내렸다.

회전문 안으로 다시 들어갔을 때는 머리가 멍했다. 그 헬리콥터 안에는 엄마와 내 사진을 훔치려는 파파라치가 가득 차 있었다.

*

낮잠을 자고 일어났지만 감기는 아직 낫지 않았다. 나는 내 보물들과 같이 놀았다. 돌, 다친 단풍나무 씨앗, 라일락. 라일락은 축 늘어져 있었다. 할머니와 다른 손님들이 노크를 했지만, 할머니는 밖에서 기다렸기 때문에 방 안이 붐비지는 않았다. 다른 손님들은 두 명, 머리카락을 귀까지 찰랑거리고 있는 폴 삼촌과 사각형 안경을 쓰고 검은 머리를 뱀처럼 여러 갈래로 땋은 숙모 디나였다.

"브론윈이라는 딸이 있는데 널 만나면 정말 좋아할 거야."

숙모가 말했다.

"자기한테 사촌이 있다는 것도 몰랐어. 이틀 전에 할머니가 전화하기 전까지만 해도 우리 모두 다 몰랐지."

"당장 달려오고 싶었는데 의사들이 말려서……."

폴은 말을 멈추고 주먹을 눈에 갖다댔다.

"괜찮아, 여보."

디나가 그의 다리를 문질렀다. 그는 시끄럽게 헛기침을 했다.

"이거, 계속 울컥하네."

엄마는 그의 어깨에 팔을 둘렀다.

"삼촌은 아주 오랫동안 동생이 죽은 줄 알았거든."

엄마는 내게 말했다.

"브론윈이?"

나는 소리를 내지 않고 물었지만 엄마는 들었다.

"아니, 나 말이야. 기억 안 나? 폴은 엄마의 오빠야."

"알고 있어."

"뭐라고 말해야 할지……."

폴의 말이 다시 멈췄다. 그는 코를 풀었다. 나보다 훨씬 요란했다. 코끼리 같았다.

"그런데 브론윈은 어디 있어?"

엄마가 물었다. 디나가 대답했다.

"음, 우린 그러니까."

그녀는 폴을 보았다. 폴이 대답했다.

"곧 만나게 될 거야. 그 애는 유치원에 다닌단다."

"어디?"

내가 물었다.

"부모님들이 다른 일을 하느라 바쁠 때 아이들을 보내는 곳이야."

"왜 아이들이 바빠?"

"아니, 부모가 바쁠 때."

"브론윈은 유치원을 아주 좋아해."

디나가 말했다. 폴도 말했다.

"요즘 별자리와 힙합을 배우고 있어."

그는 오스트레일리아에 사는 할아버지에게 이메일로 보낼 사진을 찍겠다고 했다. 할아버지는 내일 비행기를 탄다고 했다.

"걱정 마. 아버지도 아이를 만나면 괜찮아지실 테니까."

폴은 엄마에게 말했다. 누가 누구를 만난다는 건지 알 수 없었다. 게다가 나는 사진 안에 들어가는 법도 몰랐다. 엄마는 그냥 친구처럼 카메라를 쳐다보고 웃으면 된다고 했다. 그런 다음 폴은 작은 화면을 보여주면서 첫 번째, 두 번째, 세 번째 중에 뭐가 제일 마음에 드는지 물었다. 하지만 다 똑같았다.

이야기 소리 때문에 귀가 피곤했다. 그들이 간 뒤에 둘만 남은 줄 알았는데, 할머니가 들어와서 엄마를 한참 껴안고 나에게 다시 키스를 날렸다. 이번에는 아주 약간 떨어진 곳에서 날렸기 때문에 느낄 수가 있었다.

"그래, 할머니가 제일 좋아하는 손자는 어떻게 지냈니?"

"너 말이야."

엄마가 말했다.

"누가 어떻게 지내느냐고 물어보면 어떻게 대답하라고 했지?"

또 예의다.

"고맙습니다."

둘 다 웃었다. 내가 또 실수로 농담을 한 것 같았다.

"잘 지냅니다, 한 다음에 고맙습니다, 해야지."

할머니가 말했다.

"잘 지냅니다. 고맙습니다."

"잘 지내지 않으면 이렇게 말해도 돼. 오늘은 기분이 그리 좋지 않습니다."

할머니는 엄마에게 돌아섰다.

"참, 그건 그렇고 샤론, 마이클 킬러, 조이스, 또 누구더라, 모두 다 전화했어."

엄마는 고개를 끄덕였다.

"널 얼른 만나고 싶어서 안달이란다."

"의사가 그러는데, 전 아직 손님들을 맞을 준비가 안 됐대요."

"그래, 괜찮아."

레오라는 남자가 문간에 나타났다. 할머니가 물었다.

"잠깐 들어오라고 해도 될까?"

"상관없어요."

할머니는 그가 내 양할아버지라고 했다. 그에게서는 연기 같은 신기한 냄새가 났고, 이는 비뚤비뚤했고, 눈썹은 사방으로 뻗어 있었다.

"왜 털이 전부 얼굴에만 나고 머리에는 안 났어?"

나는 엄마에게 속삭였는데 그가 웃음을 터뜨렸다.

"찾아봐라."

"우린 인디안 헤드 마사지 센터에서 만났어. 레오는 몸이 제일 매끈해서 마사지하기 좋은 사람으로 뽑혔단다."

두 사람은 웃었지만 엄마는 웃지 않았다.

"나 좀 먹어도 돼?"

"좀 있다가. 두 분 가시면."

엄마가 말했다. 할머니가 물었다.

"뭘 먹겠다는 거니?"

"신경 쓰지 마세요."

"간호사를 불러줄까?"

엄마는 고개를 저었다.

"젖을 먹겠다는 거예요."

할머니는 엄마를 쳐다보았다.

"아직도 젖을 먹이니?"

"그만둘 이유가 없었어요."

"음, 그런 곳에 갇혀 있었으니 모든 게……. 하지만 그래도 다섯 살인데."

"엄마는 아무것도 몰라요."

할머니의 입이 찌그러졌다.

"굳이 그렇게 말할 건 없잖니."

"엄마."

양할아버지가 일어섰다.

"이제 좀 쉬게 우린 가보자구."

"그래야겠네요. 잘 있거라. 내일 또 보자꾸나."

엄마는『아낌없이 주는 나무』, 『로랙스』를 다시 읽어주었지만, 목이 아프
고 두통도 있어서 아주 작게 읽어주었다. 나는 저녁 대신 젖을 많이 먹었다.
엄마는 젖을 주다가 잠들어버렸다. 나는 엄마가 모를 때 엄마 얼굴을 보는
것이 좋다. 접힌 신문이 있었다. 손님들이 놓고 간 모양이었다. 앞면에는 반
으로 부러진 다리 사진이 있었다. 진짜인지 궁금했다. 다음 페이지에는 엄
마가 나를 경찰서로 데려갈 때 찍힌 나와 엄마, 경찰의 사진이 있었다. 제목
은 '희망을 찾은 분재 소년'이라고 적혀 있었다. 모든 단어를 다 읽는 데는
시간이 걸렸다.

　　　토요일 밤 용감한 신세계에 눈을 뜬 조그마한 영웅에게 이미 푹 빠진 컴
　　벌랜드 클리닉 의료진들 사이에서 그는 '기적의 책'으로 불린다. 긴 머리를
　　음산하게 휘날리는 이 작은 왕자는 미모의 젊은 어머니가 정원 헛간에 사는
　　괴물에게(그는 일요일 새벽 2시 주립 경찰과 극적인 대치를 벌인 끝에 체포되
　　었다) 지속적으로 폭행을 당한 결과 세상에 태어난 아이다. 잭은 모든 것이
　　"좋다."라고 말하며 부활절 달걀을 좋아하지만 아직 원숭이처럼 네 발로 계
　　단을 오르내린다. 태어나서 5년이라는 기간 동안 썩어가는 코르크를 깐 밀
　　실에 갇혀 산 이 아이가 장기적으로 어느 정도의 발달지체를 겪게 될지는 전
　　문가들도 아직 알 수 없는 상태다.

엄마는 일어나서 신문을 내 손에서 빼앗았다.
"『피터 래빗』 책은 어때?"
"하지만 내 이야기야. 분재 소년."
"분재 뭐?"
엄마는 신문을 다시 보면서 머리카락을 얼굴에서 치우더니 신음소리를
냈다.
"분재가 뭐야?"
"아주 작은 나무야. 실내 화분에서 키우는데 동그란 모양을 만들려고 매
일 가지를 자른단다."

식물이 떠올랐다. 우리는 식물을 잘라준 적이 없었다. 원하는 대로 자라게 내버려두었는데도 죽었다.

"난 나무가 아니야. 난 소년이야."

"이건 그냥 화법일 뿐이야."

엄마는 쓰레기통에 신문을 구겨넣었다.

"내가 음산하대. 그건 유령이잖아."

"신문 만드는 사람들도 잘못 쓸 때가 많아."

신문 만드는 사람들.『앨리스』에 나왔던 카드로 된 사람들이 생각났다.

"신문에서는 엄마가 아름답다고 했어."

엄마는 웃었다. 이건 사실이다. 지금까지 진짜 사람 얼굴을 아주 많이 봤지만, 엄마가 가장 아름다웠다. 나는 다시 코를 풀어야 했다. 피부가 붉게 변하고 아팠다. 엄마는 진통제를 먹었지만 두통은 없어지지 않았다. 바깥세상에 나와도 엄마가 계속 아플 거라고는 생각하지 못했다. 나는 어둠 속에서 엄마의 머리를 쓰다듬었다. 7번 방은 완전히 캄캄하지 않았다. 하느님의 은색 얼굴이 창밖에 있었다. 엄마 말이 맞았다. 은색 얼굴은 둥글지 않았다. 양 끝이 뾰족했다.

*

한밤중에 흡혈 병균이 자기 얼굴을 보이지 않으려고 마스크를 쓰고 떠돌아다녔다. 빈 관은 거대한 변기로 변해서 온 세상을 쓸어내려버렸다.

"쉬쉬, 그냥 꿈을 꾼 거야."

엄마 목소리가 들렸다. 그때 아짓이 라자의 똥을 봉투에 집어넣어 미치광이처럼 우리에게 우편으로 보냈다. 내가 장난감 여섯 개를 챙겼다고 누군가 내 뼈를 부수고 핀으로 고정시켰다. 나는 울면서 일어났다. 엄마는 젖을 많이 주었다. 오른쪽이었지만 그래도 고소했다.

"나 장난감 다섯 개 말고 여섯 개 챙겼어."

"뭐?"

"미친 팬들이 준 거 말이야. 여섯 개 챙겼어."

"상관없어."

"상관있어. 난 여섯 개를 챙겼어. 아픈 아이들에게 보내지 않고."

"어차피 너한테 온 거야. 네가 받은 선물이잖아."

"그런데 난 왜 다섯 개밖에 못 가져?"

"원하는 만큼 얼마든지 가져도 돼. 다시 자러 가렴."

잘 수가 없었다.

"누가 내 코를 막았어."

"콧물이 점점 굳어서 그래. 곧 나아진다는 뜻이야."

"하지만 숨을 쉴 수가 없는데 어떻게 나아."

"그래서 하느님이 숨을 쉬라고 입을 주셨잖니. 2번 계획으로."

*

날이 점점 밝아지기 시작할 때, 우리는 세상에 있는 우리 친구의 숫자를 세어보았다. 노린, 클레이 박사, 켄드릭 박사, 필라, 이름을 모르는 앞치마 두른 여자, 아짓, 나이샤.

"그건 누구야?"

"경찰에게 연락한 남자랑 아기랑 개."

내가 말했다.

"아, 그렇구나."

"그런데 라자는 내 손가락을 물었으니까 적이야. 아, 오 경관이랑 이름을 모르는 남자 경찰, 경위도 있어. 전부 친구 열 명, 적 한 명이야."

"할머니랑 폴, 디나도 있잖아."

"사촌 브론윈은 아직 만나지 못했어. 레오는 양할아버지."

"그분은 나이가 칠십이 다 되어가고 마약 냄새가 나더구나. 헤어진 충격 때문에 아무나 만나는 거야."

"아무나?"

엄마는 대답하지 않고 물었다.

"그럼 모두 몇 명이지?"

"열다섯. 적 하나."

"개는 겁을 먹었어. 이유가 있어서 그랬던 거야."

벌레는 이유도 없이 문다. 잘 자라, 푹 자렴. 벌레들아, 물지 마. 엄마는 더 이상 그렇게 말해주지 않는다.

"좋아. 열여섯. 그리고 가버 부인이랑 문신한 소녀랑 휴고도. 같이 이야기는 거의 안 하지만 그래도 친구라고 해?"

"아, 그럼."

"그럼 열아홉 명."

나는 휴지를 한 장 더 가지고 왔다. 화장실 휴지보다 더 부드러웠지만 젖으면 가끔 찢어졌다. 우리는 이미 일어났으니 옷 빨리 입기 경주를 했다. 내가 이겼지만 신발 신는 것을 잊어버렸다.

나는 엉덩이를 쿵쿵 이빨을 딸깍딸깍 하면서 아주 빨리 계단을 내려갈 수 있었다. 내가 신문 만드는 사람들이 말했던 것처럼 원숭이 같은지는 모르겠다. 하지만 〈야생 세계〉에 나왔던 원숭이들은 계단을 오르내리지 않았다.

아침에는 프렌치 토스트 네 장을 먹었다.

"난 자라고 있어?"

엄마는 나를 아래위로 훑어보았다.

"매 순간 자라고 있어."

클레이 박사를 만나러 갔을 때, 엄마는 내가 꾼 꿈 이야기를 하라고 했다. 박사는 내 두뇌가 봄 청소를 하고 있는 것 같다고 했다. 나는 그를 바라보았다.

"이제 안전해졌으니 더 이상 필요 없는 무서운 생각들을 모두 모아서 악몽으로 밖에 던져버리는 거란다."

그의 손이 던지는 시늉을 했다. 예의 때문에 아무 말도 하지 않았지만, 사실 거꾸로다. 방 안에서는 안전했고 바깥은 무서웠다. 클레이 박사는 이제, 엄마가 할머니를 때리고 싶다는 이야기를 하는 걸 듣고 있었다.

261

"그러면 안 돼."

내가 말했다. 엄마는 나를 보며 눈을 깜빡였다.

"정말 그러고 싶은 게 아니야. 가끔 그렇다는 거지."

"납치되기 전에도 때리고 싶었던 적이 있나요?"

클레이 박사가 물었다.

"아, 그럼요."

엄마는 그를 보더니 신음소리 같은 웃음소리를 냈다.

"잘됐네요. 제 인생을 도로 찾았으니."

우리는 내가 아는 물건 두 개가 있는 다른 방을 찾았다. 컴퓨터였다. 엄마가 말했다.

"잘됐구나. 친구들에게 이메일을 보내야겠어."

"열아홉 명 중에 누구?"

"아, 옛날 친구. 넌 아직 모르는 사람들이야."

엄마는 자리에 앉아서 잠시 탁탁 편지를 썼다. 나는 지켜보았다. 엄마는 화면을 보며 얼굴을 찡그렸다.

"패스워드가 기억이 안 나네."

"그게 뭔데?"

"난 정말……."

엄마는 입을 막았다. 코에서 긁히는 듯한 숨소리가 나왔다.

"신경 쓰지 마. 잭, 재미있는 거 한번 찾아볼까?"

"어디서?"

엄마는 마우스를 움직였다. 갑자기 도라의 그림이 나타났다. 나는 가까이 다가가서 쳐다보았다. 엄마가 작은 화살을 클릭해서 게임을 직접 하는 법을 가르쳐주었다. 마법의 접시 조각을 모두 끼워 맞추자 도라와 부츠가 박수를 치며 고맙다는 노래를 불렀다. 텔레비전보다 더 좋았다.

엄마는 다른 컴퓨터 앞에 앉아서 사람들의 얼굴이 들어 있는 책을 살펴보고 있었다. 이 책은 새로운 발명이라고 했다. 엄마가 이름을 치자 미소 띤 얼굴들이 나타났다.

"그 사람들은 많이 늙었어?"

"대부분 엄마처럼 스물여섯 살."

"하지만 옛날 친구라고 했잖아."

"그냥 오래전에 알고 지냈다는 뜻이야. 얼굴이 많이 달라 보이네."

엄마는 사진 쪽으로 눈을 갖다대면서 "남한", "벌써 이혼했네, 맙소사." 이런 말을 중얼거렸다. 음악 비디오 같은 것들이 들어 있는 다른 웹사이트도 있었다. 엄마는 고양이 두 마리가 발레 신발을 신고 춤추는 장면을 보여주었다. 재미있었다. 그런 뒤 엄마는 감금, 납치 같은 단어만 적혀 있는 다른 사이트로 가서 잠시 혼자 읽겠다고 했다. 그래서 나는 다시 도라 게임을 했다. 이번에는 깜빡이는 별을 땄다.

갑자기 문간에 누가 서 있었다. 나는 깜짝 놀랐다. 휴고였다. 그는 웃지 않았다.

"난 두 시에 스카이프를 해."

"응?"

엄마가 말했다.

"두 시에 스카이프를 한다고."

"무슨 말인지 잘 모르겠는데."

"난 매일 오후 두 시에 우리 엄마한테 스카이프를 해. 엄마가 2분 전부터 기다리고 있을 거야. 여기 문에 일정표에 적혀 있어."

우리 방 침대로 돌아와보니 폴의 편지와 작은 기계가 있었다. 엄마는 올드 닉이 엄마를 훔쳤을 때 듣고 있었던 것과 같은 기계라고 했다. 한데 이 기계는 손가락으로 움직일 수 있는 사진도 있었고 수천 곡이 아니라 수백만 곡을 담을 수 있었다. 엄마는 귀에 알 같은 것을 꽂고 내게는 들리지 않는 음악에 맞춰 고개를 끄덕이며 작은 목소리로 매일 수많은 다른 사람이 된다는 내용의 노래를 불렀다.

"나도 들을래."

"〈애수의 교향곡〉이라는 곡이야. 열세 살 때 엄마는 늘 이 곡을 들었어."

"너무 커."

나는 귀에서 알을 뺐다.

"조심스럽게 다뤄, 잭. 폴이 엄마한테 준 선물이야."

내 것이 아니고 엄마 것이라는 건 몰랐다. 방에서는 모든 것이 우리 것이었다.

"잠깐만, 비틀스가 있네. 50년 전 노랜데 너도 좋아할지 모르겠다. 〈필요한 것은 사랑뿐〉."

혼란스러웠다.

"사람들은 음식 같은 것도 필요하지 않아?"

"그래. 하지만 사랑하는 사람이 없다면 아무것도 필요 없어."

엄마는 손가락으로 이름을 하나씩 넘기며 너무 큰 목소리로 말했다.

"아기 원숭이를 가지고 한 실험이 있는데, 과학자가 원숭이를 엄마한테서 떼어놓고 우리에 혼자 가둬놓으니까 어떻게 됐는지 아니? 원숭이는 제대로 자라지 않았어."

"왜 자라지 않았어?"

"아니, 커지기는 했는데 이상해졌어. 엄마가 안아주지 않아서."

"어떻게 이상해졌어?"

엄마는 기계를 껐다.

"미안, 잭. 내가 왜 이 이야기를 꺼냈는지 모르겠구나."

"어떻게 이상해졌어?"

엄마는 입술을 깨물었다.

"머리에 병이 났어."

"미친 사람들처럼?"

엄마는 고개를 끄덕였다.

"막 자기 자신을 물어뜯고 그랬단다."

휴고는 자기 팔을 베었지만 자기 자신을 물지는 않는 것 같았다.

"왜?"

엄마는 숨을 내쉬었다.

"음, 엄마가 같이 있었다면 아기 원숭이들을 안아주었을 텐데, 우유만 관을 통해 들어오니까. 원숭이들은 우유 못지않게 사랑도 필요했다는 게 밝혀졌어."

"나쁜 이야기야."

"미안, 정말 미안해. 이런 이야기는 안 했어야 하는데."

"아냐. 해야 해."

"그래도."

"내가 모르는 나쁜 이야기가 있는 건 싫어."

엄마는 나를 꽉 안았다.

"잭, 엄마 이번 주에 좀 이상하지, 안 그래?"

모르겠다. 모든 것이 이상했다.

"계속 엉망이야. 너한테는 엄마 노릇을 해야 하는데, 동시에 어떻게 해야 내가 될 수 있는지 기억해내려니까 자꾸만 이상해져."

하지만 엄마는 여전히 똑같은 엄마였다. 나는 바깥에 나가고 싶었지만, 엄마는 피곤하다고 했다.

*

"오늘 아침은 무슨 요일이야?"

"목요일."

엄마가 말했다.

"일요일은 언제야?"

"금요일, 토요일, 일요일."

"사흘 남았네. 방에서 세던 것과 똑같아?"

"그래. 일주일은 어디서나 7일이야."

"일요일 선물로 뭘 부탁할까?"

엄마는 고개를 저었다. 오후에 우리는 컴벌랜드 클리닉이라고 적혀 있는 밴을 타고 큰 대문을 지나 다른 세상으로 나갈 예정이었다. 가고 싶지 않았지만, 아직도 아픈 엄마 이빨을 치과의사에게 보여주기 위해서 나가야 했다.

"거기 우리 친구가 아닌 사람들도 있어?"

"치과의사랑 간호사뿐이야. 다른 사람들은 모두 내보낼 거란다. 우리만 특별히 찾아가는 거야."

우리는 모자와 멋진 안경을 썼지만 햇빛을 막는 약은 바르지 않았다. 나쁜 광선은 유리에 반사되기 때문이다. 늘어나는 신발도 신어야 했다. 밴 안에는 모자를 쓴 운전사가 있었다. 그는 소리를 죽인 것 같았다. 갑자기 브레이크를 밟았을 때 안전벨트가 내 목을 누르지 않도록 나만 더 높은 위치에 앉혀주는 의자도 있었다. 벨트가 조이는 느낌이 싫었다. 나는 창밖을 내다보며 코를 풀었다. 오늘은 녹색이 더 짙었다. 보도에는 수많은 여자와 남자가 있었다. 이렇게 많은 사람들을 본 적이 없었다. 정말 진짜인지, 몇 명만 진짜인지 알 수가 없었다.

"여자들 중에는 우리처럼 긴 머리를 한 사람도 있어. 하지만 남자들은 안 그래."

"아, 남자들 중에도 있단다. 록 스타들. 이건 규칙으로 정해진 게 아니라 그냥 관습이야."

"관습?"

"모든 사람들이 가진 어리석은 습관. 머리 자르고 싶니?"

"아니."

"아프지 않아. 엄마도 전에 짧은 머리를 한 적이 있었어. 열아홉 살 때."

나는 고개를 저었다.

"힘을 잃고 싶지 않아."

"힘?"

"내 근육. 이야기에 나오는 삼손처럼."

엄마는 웃었다.

"엄마, 저기 봐. 자기 몸에 불을 붙여!"

"담배에 불을 붙이는 거야. 엄마도 예전에 담배를 피웠어."

나는 엄마를 보았다.

"왜?"

"기억이 안 나네."

"저기, 저기 봐."

"소리치지 마."

나는 작은 아이들이 길을 걷는 쪽을 가리켰다.

"아이들이 함께 묶여 있어."

"묶여 있는 건 아닌 것 같은데."

엄마는 창문에 얼굴을 갖다댔다.

"아니, 그냥 길을 잃지 않으려고 줄을 잡고 가는 거야. 그리고 저기 봐. 진짜 작은 아이들은 저 마차를 타고 있어. 한 대에 여섯 명씩. 유치원 같구나. 브론윈이 다니는 곳처럼."

"브론윈 보고 싶어. 같이 아이들만 모이는 곳에 가면 안 돼? 아이들이랑 우리 사촌 브론윈이 있는 곳."

나는 운전사에게 말했다. 그는 내 말을 듣지 못했다.

"치과의사가 우릴 기다리고 있어."

엄마가 말했다. 아이들은 사라졌다. 나는 창밖을 내다보았다.

치과의사는 로페즈 박사였다. 마스크를 잠시 벗으니 립스틱은 보라색이었다. 그녀는 우선 나를 보았다. 나도 이빨이 있기 때문이다. 나는 움직이는 큰 의자에 누웠다. 입을 아주 크게 벌리고 위를 쳐다보고 있으니, 의사는 나한테 천장에서 눈에 띄는 것을 세어보라고 했다. 고양이 셋, 개 하나, 앵무새 둘. 나는 쇠 같은 것을 뱉어냈다.

"그냥 거울이야, 잭. 이것 봐. 난 네 이빨을 세고 있단다."

"스무 개."

"맞아."

로페즈 박사는 미소 지었다.

"자기 이빨 개수를 세는 다섯 살 아이는 처음 보는데."

그녀는 거울을 다시 넣었다.

"흠. 간격이 넓군. 이걸 보고 싶었어."

"왜 그걸 보고 싶었어?"

"그러니까 움직일 공간이 충분하다는 뜻이란다."

엄마는 드릴로 이빨을 뽑아내는 동안 의자에 한참 앉아 있어야 한다고 했다. 대기실에서 기다리기는 싫었지만 간호사 양이 말했다.

"이리 와서 장난감 구경하렴."

그는 막대기에 꽂아서 덜거덕거리는 상어를 보여주었다. 이빨처럼 생긴 의자도 있었다. 사람 이빨이 아니라 하얗고 썩은 데가 없는 거인의 이빨이었다. 트랜스포머에 대한 책, 돌연변이 거북이가 나와서 마약은 안 된다고 말하는 책도 있었다. 그때 이상한 소리가 들렸다. 간호사가 문간을 가로막았다.

"어쩌면 네 엄마가……."

나는 간호사의 팔 밑으로 빠져나갔다. 로페즈 박사가 윙 소리 나는 기계를 엄마의 입에 넣고 있었다.

"엄마 건드리지 마!"

"괜찮아."

엄마는 입이 고장난 것처럼 이야기했다. 치과의사가 무슨 짓을 하는 걸까?

"여기 있는 게 더 마음이 놓이면 있어도 돼요."

로페즈 박사가 말했다. 간호사가 이빨 의자를 구석에 가져왔다. 나는 쳐다보았다. 끔찍했지만 안 보는 것보다는 나았다. 한번은 엄마가 의자에서 움찔하면서 신음소리를 내기에 일어섰더니 로페즈 박사가 말했다.

"마취제를 좀 더 쓸까요?"

의사가 바늘로 찌르니 엄마는 다시 조용해졌다. 수백 시간이 지난 것 같았다. 나는 코를 풀고 싶었지만 피부가 벗겨질 것 같아서 그냥 휴지로 얼굴만 눌렀다.

엄마와 내가 주차장으로 다시 나와보니 온갖 불빛이 머리를 때렸다. 운전사는 차에서 신문을 읽다가 나와서 문을 열어주었다.

"고마어여."

엄마가 말했다. 엄마는 앞으로 계속 이렇게 말하는 걸까? 이렇게 말하는 것보다는 차라리 이빨이 아픈 게 나았다. 클리닉으로 돌아오는 동안 내내 나는 옆으로 스쳐가는 자동차를 바라보며 리본처럼 굽이치는 고속도로와 끝없는 고가도로에 대한 노래를 불렀다.

좀비들

이빨은 아직도 베개 밑에 있었다. 나는 이빨에게 키스했다. 이빨도 데려갔다면 로페즈 박사가 치료해줬을 텐데.

우리는 쟁반에 저녁을 담았다. 고기조각과 고기처럼 보이는 버섯조각이 푹신한 밥 위에 놓여 있는 비프 스트로가노프라는 음식이었다. 엄마는 아직 고기를 먹을 수가 없어서 밥만 후루룩 먹었지만 말은 이제 거의 제대로 나왔다. 노린이 노크를 하고 깜짝 손님이 왔다고 했다. 오스트레일리아에서 온 엄마의 아빠였다. 엄마는 울면서 벌떡 일어났다. 내가 물었다.

"스트로가노프 가져가도 돼?"

"다 먹으면 제가 잭을 데려갈까요?"

노린이 물었다. 엄마는 아무 말도 하지 않고 그냥 달려가버렸다.

"할아버지는 우리 장례식을 치렀어. 하지만 우린 관 안에 없었어."

나는 노린에게 말했다.

"다행이구나."

나는 바닥에 떨어진 작은 쌀들을 쫓아갔다.

"네 인생에서 제일 피곤한 일주일이겠구나."

노린은 내 옆에 앉으며 말했다. 나는 그녀를 보며 눈을 깜빡였다.

"왜?"

"음, 모든 게 낯설잖니. 넌 다른 세계에서 온 손님과 같으니까. 안 그래?"

나는 고개를 저었다.

"우린 손님이 아니야. 엄마가 우리는 죽을 때까지 영원히 있을 거라고 했어."

"아, 그러니까 내 말은, 새로운 곳에 도착했다는 뜻이었어."

저녁을 다 먹은 뒤 노린은 엄마가 모자를 쓴 사람과 손을 잡고 앉아 있는 방으로 데려다주었다. 그는 벌떡 일어서더니 엄마에게 말했다.

"네 엄마에게 말했지만……."

엄마가 끼어들었다.

"아빠, 여긴 잭이에요."

그는 고개를 저었다. 하지만 난 잭인데. 혹시 다른 사람을 기다리고 있었던 걸까? 그는 탁자만 바라보았다. 얼굴에는 온통 땀이 나 있었다.

"기분 상하지 말거라."

"기분 상하지 말라니요?"

엄마는 거의 외치듯이 말했다.

"이것과 같은 방에 있을 수가 없구나. 소름이 끼쳐."

"이것이라뇨. 잭은 아이예요. 다섯 살이라고요."

엄마가 고함쳤다.

"자꾸만 말실수가 나오는군. 시차 때문에 그런가 보다. 나중에 호텔에서 전화하마. 괜찮지?"

할아버지라는 남자는 나를 쳐다보지도 않고 옆을 지나쳐버렸다. 그는 문간에 서 있었다. 쿵 하는 소리가 났다. 엄마가 탁자를 주먹으로 쳤다.

"괜찮지 않아요."

"알았다, 알았어."

"앉으세요, 아빠."

그는 움직이지 않았다.

"저한테는 세상 모든 것과도 같은 존재예요."

엄마의 아빠가? 아니, 나를 가리키는 것 같았다.

"물론이지. 그게 당연해."

할아버지는 눈 밑의 피부를 닦았다.

"하지만 난 그 짐승밖에 생각나지 않아서……."

"아, 그럼 차라리 나도 죽어서 땅에 묻히는 게 낫겠네요?"

그는 다시 고개를 저었다.

"그렇지 않다면 받아들이세요. 난 돌아왔어요."

"기적이지."

"난 돌아왔어요. 잭이랑 같이요. 두 가지 기적이에요."

그는 문 손잡이에 손을 얹었다.

"지금 당장은 그냥……."

"마지막 기회예요. 앉으세요."

엄마가 말했다. 아무도 움직이지 않았다. 그때 할아버지는 탁자로 돌아와서 앉았다. 엄마는 그 옆 의자를 가리켰다. 나는 여기 있고 싶지 않았지만가서 앉았다. 나는 신발만 바라보았다. 가장자리가 온통 오그라들어 있었다. 할아버지는 모자를 벗고 나를 보았다.

"만나서 반갑다, 잭."

나는 무슨 예의를 지켜야 하는지 알 수 없어서 그냥 말했다.

"천만에요."

나중에 엄마와 같이 침대에 누웠을 때, 나는 어둠 속에서 젖을 빨았다.

"왜 할아버지는 날 보고 싶지 않다고 했어? 그것도 실수였어? 장례식처럼?"

"그런 셈이야."

엄마는 숨을 내쉬었다.

"할아버지는 네가 없다면 엄마가 더 잘살 거라고 생각해."

"다른 곳에서?"

"아니, 네가 아예 태어나지 않았다면. 상상해봐."

노력해보았지만 상상할 수가 없었다.

"그래도 엄마는 엄마야?"

"음, 아니야. 그럼 난 엄마가 아냐. 그러니까 정말 바보 같은 생각이지."

"그 사람은 진짜 할아버지야?"

"유감이지만 그래."

"왜 유감이라고 생각해?"

"아니, 그래. 할아버지 맞아."

"엄마가 해먹을 타던 어린아이 때부터 엄마의 아빠였어?"

"엄마가 아기였을 때부터. 6주 때. 그때 병원에서 날 데려오셨어."

"왜 엄마를 거기 남겨뒀어? 낳은 엄마는? 실수로?"

"피곤했던 것 같아. 너무 어려서."

엄마는 일어나서 코를 아주 세게 풀었다.

"할아버지도 얼마 있으면 받아들이실 거야."

"뭘?"

엄마는 웃었다.

"더 잘 행동하실 거라고. 진짜 할아버지처럼."

양할아버지가 그랬던 것처럼. 물론 그는 진짜 할아버지가 아니지만. 나는
아주 쉽게 잠들었다. 하지만 울면서 깨었다.

"괜찮아, 괜찮아."

엄마였다. 엄마는 내 머리에 키스했다.

"왜 원숭이를 안아주지 않아?"

"누가?"

"과학자들. 왜 아기 원숭이들을 안아주지 않아?"

"아."

잠시 후 엄마는 말했다.

"아마 안아줄 거야. 아마 아기 원숭이도 사람이 안아주는 데 익숙해질
거야."

"아니, 이상한 짓을 하고 자길 물었다고 했잖아."

엄마는 아무 말도 하지 않았다.

"왜 과학자들은 엄마 원숭이를 도로 데려와서 미안하다고 하지 않아?"

"내가 왜 그 오래전 이야기를 했는지 모르겠다. 엄마가 태어나기도 전에

274

있었던 일이야."

나는 기침을 했다. 코에서는 아무것도 나오지 않았다.

"아기 원숭이 생각은 이제 그만하렴. 알았지? 이제 잘살고 있어."

"잘살고 있는 것 같지 않아."

엄마는 목이 아플 정도로 나를 껴안았다.

"아야."

엄마는 움직였다.

"잭, 세상에는 많은 것들이 있단다."

"수백만 개?"

"수백만 곱하기 수백만. 그 모든 걸 다 넣으려고 하면 머리가 터져버릴 거야."

"하지만 아기 원숭이들은?"

엄마의 숨소리가 이상해졌다.

"그래, 세상에는 나쁜 일들도 있어."

"원숭이처럼."

"그보다 더 나쁜 일들도 있고."

"어떻게 더 나빠?"

나는 더 나쁜 일을 생각해보려고 했다.

"오늘 밤에는 안 돼."

"여섯 살이 되면 가르쳐줄 거야?"

"어쩌면."

엄마는 나를 얼러주었다. 나는 엄마의 숨소리를 들으며 열까지 세었다. 내 숨소리도 열까지 세었다.

"엄마?"

"응?"

"엄마는 더 나쁜 일에 대해서 생각해?"

"가끔은. 가끔은 생각해야 해."

"나도 그래."

"하지만 잘 때는 머릿속에서 던져 내버린단다."

나는 다시 숨소리를 세었다. 내 어깨를 물어보았다. 아팠다. 나는 원숭이 대신 세상의 모든 아이들을, 텔레비전이 아니라 진짜 아이들이라는 것을, 나처럼 먹고 자고 오줌을 누고 똥을 눈다는 것을 생각했다. 날카로운 것으로 찌르면 피가 날 것이고, 간지럼을 태우면 웃을 것이다. 아이들을 보고 싶었지만, 아이들은 너무나 많고 나는 하나뿐이라서 현기증이 났다.

*

"이제 알겠니?"

엄마가 물었다. 나는 7번 방 침대에 누워 있었지만, 엄마는 침대 가장자리에 앉아 있었다.

"난 여기서 낮잠을 자고 있고, 엄마는 텔레비전에 들어가는 거야."

"아니, 진짜 엄마는 아래층 클레이 박사의 사무실에서 텔레비전 사람들하고 이야기를 할 거야. 그냥 엄마 사진만 비디오 카메라에 들어가서 오늘 밤에 텔레비전에서 나오는 거야."

"엄마는 왜 독수리들하고 이야기를 하고 싶어?"

"아니, 엄마도 싫어. 더 이상 묻지 않게 딱 한 번만 질문에 대답하고 끝낼 거야. 금방 돌아올게, 알았지? 일어나보면 분명히 와 있을 거야."

"알았어."

"내일은 모험을 하러 가자. 폴과 디나, 브론윈이 우릴 어디로 데려간다고 했었지?"

"자연사박물관에 공룡을 보러."

"맞아."

엄마는 일어섰다.

"노래 하나만."

엄마는 앉아서 〈부드럽게 흔들리는 정다운 마차〉를 불렀지만, 너무 빨랐고 아직 감기 때문에 쉰 목소리가 나왔다. 엄마는 내 손목을 잡아당겨 숫자가 적힌 시계를 보았다.

"하나 더."

"사람들이 기다릴 거야."

"나도 같이 가고 싶어."

나는 일어나 앉아서 엄마를 감싸 안았다.

"아니, 엄마는 그 사람들에게 널 보여주기 싫어."

엄마는 나를 다시 베개 위에 눕혔다.

"자, 이제 자렴."

"혼자서는 잠이 안 와."

"낮잠을 자지 않으면 녹초가 될 거야. 제발 놓아주렴."

엄마는 내 손을 뗐다. 나는 엄마가 가지 못하도록 더 단단히 손을 감았다.

"잭!"

"여기 있어."

다리도 감았다.

"저리 가. 벌써 늦었어."

엄마는 내 어깨를 눌렀지만 나는 더 세게 매달렸다.

"넌 아기가 아니잖아. 엄마가 저리 가라고 했지."

엄마는 아주 세게 밀었다. 나는 갑자기 떨어져나왔다. 머리가 작은 탁자에 쿵 하고 부딪쳤다. 엄마는 입에 손을 갖다댔다. 나는 비명을 질렀다.

"아, 잭, 너무 미안해."

"어떻게 됐습니까?"

문간에 클레이 박사의 머리가 나타났다.

"모두 준비를 끝내고 기다리고 있습니다."

나는 깨진 머리를 붙잡고 어느 때보다 더 크게 울었다.

"안 될 것 같아요."

엄마는 내 젖은 얼굴을 쓰다듬으며 말했다. 클레이 박사가 다가왔다.

"지금 취소하셔도 됩니다."

"아뇨. 못해요. 잭의 대학 학비를 위한 거라고요."

의사는 입술을 비틀었다.

"그것이 합당한 이유인지 우리가 계속 이야기를 했지만……."

"난 대학에 가고 싶지 않아. 엄마랑 같이 텔레비전에 갈 거야."

내가 말했다. 엄마는 긴 한숨을 내쉬었다.

"계획을 바꾸자. 아무 소리도 안 내고 조용히 구경만 할 거면 따라와. 어때?"

"알았어."

"한 마디도 하면 안 돼."

클레이 박사는 엄마에게 말했다.

"이게 과연 좋은 생각이라고 생각하십니까?"

하지만 나는 얼른 신발을 신고 있었다. 머리가 아직도 어질어질했다. 그의 사무실은 사람들과 불빛, 기계로 가득 차서 완전히 달라져 있었다. 엄마는 나를 구석에 있는 의자에 앉히고 부딪힌 머리에 키스한 뒤 뭐라고 속삭였지만 들리지는 않았다. 더 큰 의자에 가서 앉은 엄마의 재킷에 어떤 남자가 작고 검은 벌레를 끼워주었다. 어떤 여자가 색깔 통을 가지고 와서 엄마 얼굴을 그리기 시작했다. 변호사 모리스의 얼굴을 알아볼 수 있었다. 그는 종이를 읽고 있었다.

"가편집본은 물론 최종 편집본도 우리가 확인할 겁니다."

그는 누군가에게 이야기하고 있었다. 그는 나를 보더니 손가락을 흔들어 보였다.

"여러분?"

그는 더 크게 말했다.

"실례합니다. 아이가 방 안에 있습니다만 절대 찍으시면 안 됩니다. 스틸 사진도, 개인적인 용도로도, 절대 안 됩니다. 아시겠지요?"

그러자 모든 사람들이 나를 쳐다보았다. 나는 눈을 감았다. 다시 눈을 떠 보니 다른 사람이 엄마와 악수를 하고 있었다. 이야. 빨간색 의자에 앉아 있던 부풀린 머리를 한 그 여자였다. 하지만 여기는 소파가 없었다. 텔레비전에 있던 실제 사람을 보는 것은 처음이었다. 도라였으면 얼마나 좋을까.

"첫 장면에는 헛간 항공 사진을 배경으로 당신이 나가고요."

한 남자가 여자에게 이야기하고 있었다.

"그런 다음 저분 클로즈업을 오버랩한 다음 투샷이 나갑니다."

부풀린 머리를 한 여자는 유난히 커다랗게 나를 향해 웃었다. 모든 사람들이 이야기하고 움직이고 있었다. 나는 너무 정신없을 때 클레이 박사가 하라고 했던 것처럼 눈을 감고 귓구멍을 눌렀다. 누군가 숫자를 세고 있었다.

"오, 사, 삼, 이, 일."

로켓을 발사하는 걸까? 부풀린 머리를 한 여자는 기도하듯이 두 손을 모으고 특별한 목소리를 냈다.

"우선 탈출한 지 겨우 엿새 만에 이렇게 인터뷰에 응해주신 점, 더 이상 침묵을 거부하신 점에 대해 저 개인과 시청자 모두를 대표해서 감사하다는 말씀을 전하고 싶습니다."

엄마는 작게 미소 지었다.

"우선 7년간 감금 생활을 하면서 무엇이 가장 그리웠는지 말씀해주실 수 있나요?"

"치과요."

엄마의 목소리는 높고 빨랐다.

"우습죠. 예전에는 스케일링하는 것도 싫어했는데."

"세상이 많이 바뀌었습니다. 전 지구적 경제 위기, 환경 위기, 새로운 대통령."

"취임식은 텔레비전에서 봤어요."

"그렇군요! 어쨌든 정말 많은 것이 변했을 텐데요."

엄마는 어깨를 으쓱했다.

"그렇게 완전히 변한 것 같지는 않아요. 어쨌든 치과에 갔다 온 것 말고는 아직 바깥 구경을 못 했으니까요."

여자는 이 말이 농담이라는 듯 웃었다.

"아니, 모든 게 다르게 느껴지긴 해요. 하지만 그건 제가 달라졌으니 그렇죠."

"상처를 받아서 더 강해졌나요?"

나는 식탁에 부딪혀서 상처 난 머리를 문질러보았다. 엄마는 얼굴을 찌푸렸다.

"전에, 난 정말 평범했어요. 심지어 채식주의자도 아니었거든요. 사춘기 때 유난한 화장을 하고 그랬던 적도 없었어요."

"하지만 이제 당신은 특별한 사연을 지닌 여성이 되셨는데요, 우리가, 우리한테, 이런 영광을……."

여자는 기계 옆에 있는 사람 쪽으로 고개를 돌렸다.

"다시 할게요."

여자는 다시 엄마를 보고 특별한 목소리로 말했다.

"우리 프로그램에서 이야기를 들려주기로 결심하신 것을 영광으로 생각합니다. 자, 스톡홀름 신드롬이라는 표현을 굳이 쓰지 않더라도 많은 시청자들이 궁금해하실 텐데요. 혹시 어떤 방식으로든 당신을 감금했던 사람에게 감정적으로 의존하는 것을 느끼셨는지요."

엄마는 고개를 저었다.

"난 그가 미웠어요."

여자는 고개를 끄덕이고 있었다.

"나는 발로 차고 비명을 질렀어요. 한번은 변기 뚜껑으로 그의 머리를 때리기도 했죠. 씻지도 않고, 오랫동안 말도 하지 않았어요."

"유산이라는 비극을 겪기 전이었나요, 그 뒤였나요?"

엄마는 입에 손을 갖다댔다. 모리스가 페이지를 넘기며 끼어들었다.

"여기 조항에 나옵니다만, 그 부분에 대해서는 이야기하지 않겠습니다."

"아, 자세히 묻지는 않을 건데요, 시간 순서를 제대로 정리하는 것이 필수적이라고 느껴져서요."

"아뇨, 계약 조항에 따르는 것이 필수입니다."

모리스가 말했다. 엄마의 손이 부들부들 떨리고 있었다. 엄마는 손을 다리 밑에 집어넣었다. 내가 있는 쪽은 바라보지 않았다. 내가 있다는 걸 잊어버린 걸까? 나는 머릿속으로 엄마에게 말을 했지만 엄마는 들리지 않는 것 같았다. 여자는 엄마에게 말했다.

"우린 세상 사람들에게 당신 이야기를 전달하는 걸 도우려는 것뿐이
에요."

그녀는 무릎에 놓은 종이를 보았다.

"자, 그 지옥에서 2년이라는 소중한 젊음을 보낸 뒤에 두 번째로 임신하
신 걸 아셨는데요. 혹시 그런 기분이 든 적이 있으셨나요? 억지로 그 남자
의⋯⋯."

엄마가 끼어들었다.

"난 구원받은 기분이었어요."

"구원받았다, 아름답군요."

엄마는 입술을 비틀었다.

"다른 사람들은 모르겠어요. 난 열여덟 살에 낙태를 했지만 그건 후회해
본 적이 없으니까요."

부풀린 머리를 한 여자는 입을 약간 벌렸다. 그러다 그녀는 종이를 내려
다보고 다시 엄마를 보았다.

"5년 전 그 추운 3월의 어느 날 당신은 원시적인 조건에서 혼자 건강한
아이를 출산하셨습니다. 그것이 당신 인생에서 가장 힘든 일이었나요?"

엄마는 고개를 저었다.

"최고의 일이었죠."

"아, 물론 그러셨겠지요. 모든 어머니들이 그러니까요."

"네. 하지만 제게, 잭은 모든 것이었어요. 난 다시 살게 됐답니다. 중요한
것이 생긴 거죠. 그래서 그 뒤에는 얌전하게 굴었어요."

"얌전하게? 아, 그러니까."

"잭을 안전하게 지키려는 생각뿐이었어요."

"얌전하게 구는 게, 고통스러울 정도로 힘들지는 않았나요?"

엄마는 고개를 저었다.

"자동항법장치를 단 것 같았어요. 그러니까, 영화 〈스텝포드 와이프〉처
럼요."

여자는 고개를 여러 번 끄덕였다.

"네, 책이나 전문가, 심지어 친척조차 하나 없이 혼자 아이 키우는 법을 익히는 게 정말 힘드셨을 텐데요."

엄마는 어깨를 으쓱했다.

"아기들이 원하는 건 엄마가 옆에 있어주는 거라고 생각해요. 아뇨, 난 그냥 잭이 아플까 봐 무서웠어요. 나도요. 잭을 키우려면 나도 건강해야 하니까. 그래서 손 씻기, 음식 잘 익혀 먹기처럼 보건 시간에 배운 걸 기억해냈어요."

여자는 고개를 끄덕였다.

"젖을 먹여서 키우셨죠. 놀라시는 시청자들이 있을 텐데요, 아직도 젖을 먹이신다면서요?"

엄마는 웃었다. 여자는 엄마를 바라보았다.

"이 이야기가 그렇게 충격적인가요?"

여자는 다시 종이를 내려다보았다.

"당신과 당신 아기는 고독한 감금 상태에서······."

엄마는 고개를 저었다.

"우린 단 한순간도 혼자이지 않았어요."

"음, 네. 하지만 아이 하나를 키우려면 마을 전체가 필요하다는 아프리카 속담이 있는데요."

"마을이 있다면 그렇겠죠. 하지만 없을 때는 두 사람만 있어도 돼요."

"두 사람? 그러니까 당신과 당신······."

엄마의 얼굴이 굳어졌다.

"나랑 잭 말이에요."

"아."

"우린 모든 걸 함께했어요."

"아름다운 이야기군요. 예수님께 기도하는 법도 가르치셨다고 알고 있습니다. 신앙이 아주 중요했나요?"

"그건, 제가 잭에게 물려주어야만 했던 것들 중 한 부분이에요."

"텔레비전도 지루한 나날들을 좀 더 빨리 흘러가도록 도와주었다고요?"

"난 잭과 함께 있으면 지루하지 않았어요. 잭도 마찬가지였을 거예요."

"대단하네요. 자, 여러 전문가들이 이상한 결단이라고 지적하는데요, 잭에게 가로 11, 세로 11피트의 방이 세상이고 나머지는 모두, 그러니까 텔레비전에서 보는 것, 몇 권 안 되는 책에서 읽는 모든 것이 환상이라고 가르치셨어요. 아이를 속인 데 대해 죄책감을 느끼나요?"

엄마의 표정은 따뜻하지 않았다.

"그럼 뭐라고 이야기하나요? 바깥세상에는 온갖 재미있는 것들이 있는데 우린 아무것도 없단다, 이렇게요?"

여자는 입술을 빨았다.

"네, 시청자 여러분도 스릴 넘치는 구출 과정은 익히 알고 계십니다만."

"탈출이에요."

엄마는 이렇게 말하며 나를 향해 미소 지었다. 나는 놀랐다. 나도 마주 미소 지었지만 엄마는 이쪽을 보고 있지 않았다.

"탈출, 맞아요. 그리고 용의자의 체포 과정도요. 한데 그동안 용의자가 인간으로서 기본적으로, 비록 왜곡된 방식으로라도 자기 아들을 아꼈다는 느낌을 혹시 받으신 적이 있나요?"

엄마의 눈이 가늘어졌다.

"잭은 나 말고 어느 누구의 아들도 아닙니다."

"맞아요. 정말 그렇습니다. 저는 다만 당신이 볼 때 유전적, 생물학적 관계가⋯⋯."

"관계는 전혀 없어요."

엄마는 이빨 사이로 말했다.

"잭을 바라보면서 아이의 근본을 마음 아프게 떠올린 적이 단 한 번도 없으신가요?"

엄마의 눈은 더욱 가늘어졌다.

"난 잭을 보면 오로지 잭만 떠올려요."

"흠. 지금 용의자를 생각하면 증오가 들끓으시나요?"

그녀는 기다렸다.

"법정에서 다시 마주치게 되면 혹시 용서하실 수 있을 거라고 생각하세요?"

엄마의 입술이 비틀렸다.

"그건, 음, 우선순위가 아니에요. 난 최대한 그에 대해 생각하지 않아요."

"당신이 얼마나 대단한 등불이 되었는지 아세요?"

"등불? 뭐라구요?"

"희망의 등불요."

여자는 미소 지었다.

"우리가 이번 인터뷰를 발표하자마자 당신을 천사이자 선의 화신이라고 말하는 시청자들의 전화, 이메일, 메시지가 빗발쳤답니다."

엄마는 얼굴을 찡그렸다.

"제가 한 건 살아남은 것뿐이에요. 잭도 상당히 잘 키워냈고요, 충분히."

"아주 겸손하시네요."

"아뇨. 난 솔직히 짜증이 나요."

여자는 두 번 눈을 깜빡였다.

"이 모든 존경……. 난 성자가 아니에요."

엄마의 목소리가 다시 커졌다.

"난 사람들이 우리가 끔찍한 일을 겪은 유일한 사람들인 것처럼 취급하지 않았으면 좋겠어요. 인터넷을 보면 정말 믿기지 않는 사연들도 많이 있잖아요."

"당신과 비슷한 다른 사건들 말인가요?"

"네, 하지만 그 외에도 많아요. 내 말은, 물론 그 헛간에서 눈을 뜰 때면 나처럼 지독한 경험을 하는 사람은 없을 거라는 생각도 많이 했어요. 하지만 노예제도는 새로운 발명품이 아니잖아요. 감금도 그래요. 미국에서 독방에 갇혀 있는 죄수가 2만 5000명이 넘는다는 거 알고 계세요?"

엄마는 손으로 여자를 가리키고 있었다.

"아이들도 그래요……. 입에 젖꼭지를 물고 고아원 침대에 다섯 명씩 누워 자는 아이들, 아빠에게 매일 밤 강간당하는 아이들, 감옥에 갇혀서 눈이 멀도록 카펫을 짜는 아이들…….”

잠시 아주 조용했다. 여자가 말했다.

“그동안 겪은 일들 때문에 이 세상의 고통받는 아이들에게 엄청난 공감을 갖게 되신 것 같습니다.”

“아이들뿐만이 아니에요. 사람들은 온갖 방식으로 감금돼 있어요.”

여자는 헛기침을 하고 무릎에 놓인 종이를 보았다.

“아까 잭을 상당히 잘 키워냈다고 하셨는데요, 물론 아직 다 끝난 일은 아닙니다만. 이제 가족과 많은 전문가들에게서 도움을 받고 계시죠.”

“사실은 더 힘들어요.”

엄마는 아래를 내려다보았다.

“우리의 세상이 가로세로 11피트 크기였을 때는 통제하기가 더 쉬웠어요. 지금은 정말 많은 것들이 잭을 놀라게 하죠. 하지만 난 언론이 아이를 정신박약이라든지, 야생 소년으로 부르는 게 정말…….”

“네, 잭은 정말 특별한 아이죠.”

엄마는 어깨를 으쓱했다.

“잭은 그저 인생의 첫 다섯 해를 이상한 곳에서 지낸 것뿐이에요.”

“아이가 그 시련에 의해 형성되었다고, 손상되었다고 생각하지는 않으시는군요.”

“잭에게는 시련이 아니었어요. 그저 세상이 돌아가는 방식일 뿐이었죠. 그리고 네, 사람들은 누구나 무언가에 의해 손상되잖아요.”

“분명 아이는 회복을 향한 첫걸음을 내딛고 있는 것 같습니다. 방금 갇혀 있었을 때는 잭을 통제하기가 더 쉬웠다고 하셨는데요.”

“아뇨. 잭이 아니라 물건들을 통제하는 게 더 쉬웠다고요.”

“세상으로부터 아드님을 보호하겠다는 거의 병적인 의무감을 느끼실 것 같은데요. 이해가 갑니다.”

“네. 어머니란 게 원래 그렇죠.”

엄마는 거의 으르렁거리듯이 말했다.

"잠긴 문 안에서 살았던 생활에서 그리운 점이 혹시 있나요?"

엄마는 모리스를 돌아보았다.

"이렇게 멍청한 질문을 해도 되는 건가요?"

부풀린 머리를 한 여자는 한 손을 들었고, 다른 사람이 물병을 건네주었다. 여자는 한 모금 마셨다. 클레이 박사는 손을 들었다.

"잠깐 제가 한 마디······. 제 환자는 한계에 다다른 것 같습니다만. 아니, 이미 지나친 것 같습니다."

"휴식이 필요하시면 나중에 계속해도 됩니다."

여자가 말했다. 엄마는 고개를 저었다.

"지금 다 해버릴래요."

"그러죠, 그럼."

여자는 다시 로봇 같은 가짜 미소를 활짝 지었다.

"한 가지 다시 짚어보고 싶은 부분이 있는데요. 잭이 태어났을 때, 시청자 중에 궁금해할 분들이 계실 것 같은데, 단 한순간이라도 혹시······."

"뭘요. 머리를 베개로 눌러버리고 싶지 않았느냐고요?"

내 머리 말인가? 하지만 베개는 머리 밑에 베는 건데. 여자는 손을 양 옆으로 흔들었다.

"그럴 리가요. 하지만 용의자에게 잭을 데려가달라고 부탁할 생각은 안 해보셨나요?"

"데려가요?"

"바깥세상의 병원 같은 데 데려가서 입양시켜달라고요. 당신도 입양되셨지만, 행복한 가정에서 자라셨잖아요."

엄마가 침을 삼키는 모습이 보였다.

"내가 왜 그렇게 하겠어요?"

"아이가 자유로워질 수 있으니까요."

"저한테서요?"

"물론 커다란 희생이겠죠, 엄청난 희생. 하지만 잭은 사랑이 넘치는 가정에서 정상적이고 행복한 어린 시절을 보낼 수 있지 않았을까요?"

"잭한테는 내가 있었어요."

엄마는 한 단어씩 똑똑 떼어 말했다.

"잭은 나랑 같이 어린 시절을 보냈어요. 당신이 그걸 정상적이라고 하든 말든."

"하지만 잭이 무엇을 잃어버리고 있는지 아셨을 텐데요. 아이는 매일같이 좀 더 넓은 세상을 배워야 하는데, 당신은 매일 좁아지는 세상밖에 줄 수가 없었잖아요. 아이 본인이 원한다는 것조차 스스로 깨닫지 못하고 있는 것을 생각하면 괴롭지 않으셨나요? 학교, 친구, 잔디, 수영, 유원지의 놀이기구."

"왜 다들 유원지에 가죠? 난 어렸을 때 유원지를 싫어했어요."

엄마의 목소리는 쉬어 있었다. 여자는 조금 웃었다. 엄마의 얼굴에 눈물이 흘러내리고 있었다. 엄마는 눈물을 잡으려고 손을 들었다. 나는 의자에서 일어서서 엄마에게 달려갔다. 뭔가 쿵 하고 넘어졌다. 나는 엄마를 팔로 가득 안았고, 모리스가 외치고 있었다.

"아이를 찍으면 안 됩니다."

＊

아침에 일어나보니 엄마는 없었다.

세상으로 나온 뒤에도 이런 날이 있을 줄은 몰랐다. 팔을 흔들어보았지만, 엄마는 그냥 신음소리만 내고 베개 밑으로 머리를 묻었다. 목이 말랐다. 옆에 기어들어가서 젖을 빨려고 했지만, 엄마는 돌아눕지 않았다. 나는 엄마 옆에 아주 오랫동안 움츠린 채 누워 있었다. 무엇을 해야 할지 알 수 없었다. 방에 있을 때는 엄마가 없어지면 혼자 일어나서 아침을 만들고 텔레비전을 보았다. 코를 훌쩍여보았지만, 코 안에는 아무것도 없었다. 감기가 없어진 것 같았다.

나는 끈을 잡아당겨 블라인드를 조금 열었다. 밝았다. 자동차 창문에 반사된 빛이 들어왔다. 까마귀가 날아갔다. 무서웠다. 엄마가 빛을 좋아할지 알 수 없어서, 나는 블라인드를 도로 닫았다. 배에서 꼬르륵 소리가 났다. 그때 침대 옆 호출기가 기억났다. 호출기를 눌렀지만 아무 일도 일어나지 않았다. 한데 잠시 후 문에서 똑똑 소리가 났다. 문을 조금 열었더니 노린이었다.

"안녕, 아가. 오늘은 어떻게 지내니?"

"배고파. 엄마가 없어졌어."

나는 속삭였다.

"그래? 어디 찾아볼까? 그냥 잠시 나가셨을 거야."

"아니, 엄마는 여기 있지만 사실은 없어."

노린의 얼굴이 혼란스러워졌다. 나는 침대를 가리켰다.

"봐. 오늘은 엄마가 일어나지 않는 날이야."

노린은 엄마의 다른 이름을 부르면서 괜찮으냐고 물었다. 나는 속삭였다.

"엄마한테 말 걸지 마."

그녀는 엄마를 더 크게 불렀다.

"뭘 가져다드릴까요?"

"자게 내버려둬요."

엄마가 없어졌을 때 말을 한 것은 처음이었다. 괴물 같은 목소리였다. 노린은 서랍장으로 가서 내 옷을 꺼내왔다. 거의 캄캄했기 때문에 옷을 입기가 힘들었다. 바지 한쪽 다리에 두 다리를 다 집어넣는 바람에 잠깐 노린에게 기대야 했다. 내가 일부러 사람을 만지는 것은 그리 나쁘지 않았지만, 그들이 나를 만지는 것은 싫었다. 마치 전기충격 같았다.

"신발."

노린이 속삭였다. 나는 신발을 찾아 신고 벨크로를 붙였다. 내가 좋아하는 늘어나는 신발이 아니었다.

"잘했어."

노린은 문간에서 손을 흔들어 나를 불렀다. 나는 삐져나온 꽁지머리를 단단히 묶었다. 이빨과 돌멩이, 단풍나무 씨앗을 찾아 주머니에 넣었다. 노린은 복도에 나와서 말했다.

"엄마가 그 인터뷰 때문에 피곤하셨나 보다. 네 삼촌이 30분 전부터 대기실에서 기다리고 계셨어."

모험! 안 돼. 엄마가 없어졌기 때문에 못 간다. 클레이 박사가 계단에서 노린과 이야기를 나누었다. 나는 난간을 두 손으로 단단히 잡고 한발 한발 내려가면서 손도 같이 미끄러져 내려갔다. 넘어지지는 않았다. 넘어질 뻔한 순간이 있었지만, 다음 순간 다른 발을 내딛었다.

"노린."

"잠깐만."

"아니, 나 계단 내려가고 있어."

그녀는 나를 향해 미소 지었다.

"세상에, 저걸 봐!"

"여기 손."

클레이 박사가 말했다. 나는 한 손을 들어 하이파이브를 했다.

"아직도 공룡 보고 싶니?"

"엄마 없이?"

클레이 박사는 고개를 끄덕였다.

"삼촌이랑 숙모가 늘 옆에 있을 테니까 안전해. 다른 날로 미룰까?"

그래도 좋지만. 다른 날에는 공룡이 사라질지도 모른다.

"오늘."

"좋아. 엄마가 푹 자고 일어나면 공룡 이야기를 해드리는 거야."

노린이 말했다.

"어이, 친구!"

삼촌 폴이었다. 그가 식당에 들어와 있는 줄은 몰랐다. 남자들은 '아가' 대신 '친구'라고 부르는 것 같았다.

나는 폴과 나란히 앉아 아침을 먹었다. 이상했다. 그는 작은 전화기에 대고 이야기를 했다. 상대는 디나라고 했다. 반대쪽은 눈에 보이지 않았다. 오늘은 주스에 아무것도 들어 있지 않았다. 맛있었다. 노린은 나를 위해 특별히 주문했다고 했다.

"첫 번째 바깥 구경은 준비됐니?"

폴이 물었다.

"엿새 전에 바깥에 나가봤어. 세 번이나 공중에 떴고, 거미랑 헬리콥터랑 치과의사도 봤어."

"이야."

머핀을 먹은 뒤에 나는 재킷과 모자를 입고 선크림을 바르고 멋진 안경을 썼다. 노린은 숨이 잘 쉬어지지 않을 때를 대비해서 갈색 봉투를 주었다. 폴은 회전문으로 나가며 말했다.

"어쨌든 오늘은 네 엄마가 같이 가지 않는 게 오히려 잘됐어. 어젯밤 텔레비전 프로그램 때문에 모든 사람이 엄마 얼굴을 알아볼 테니까."

"세상 모든 사람이?"

"그런 셈이지."

그는 주차장에서 나더러 손을 잡으라는 듯 손을 옆으로 내밀었다. 그러더니 다시 내려놓았다. 뭔가 내 얼굴에 떨어졌다. 나는 비명을 질렀다.

"빗방울이야."

나는 하늘을 올려다보았다. 회색이었다.

"우리 위에 떨어지는 거야?"

"괜찮아, 잭."

엄마는 비록 없는 날이지만, 차라리 7번 방에 돌아가서 엄마랑 같이 있고 싶었다.

"자, 왔다."

녹색 밴이었고, 운전대가 있는 자리에는 디나가 앉아 있었다. 그녀는 창문을 통해 내게 손가락을 흔들었다. 더 작은 얼굴이 가운데에 있었다. 밴은 밖으로 열리지 않고 한 부분이 옆으로 미끄러졌다. 나는 안으로 들어갔다.

"드디어 왔구나. 브론윈, 네 사촌 잭에게 인사하렴."

나만 한 몸집의 소녀였다. 디나처럼 온통 땋은 머리였지만 끝에 반짝이는 구슬이 달려 있었다. 털이 보슬보슬한 코끼리도 있었고, 개구리 모양의 뚜껑이 달린 통에는 시리얼이 들어 있었다.

"안녕, 잭."

디나는 잉잉거리는 목소리로 말했다. 브론윈 옆에는 내가 앉는 높은 자리가 있었다. 폴이 버클 끼우는 법을 알려주었다. 세 번째에 혼자서 버클을 끼우니까 디나와 브론윈이 박수를 쳤다. 폴은 커다랗게 쿵 소리를 내며 밴을 닫았다. 나는 깜짝 놀랐다. 엄마가 보고 싶었다. 울 것 같은 기분이 들었지만, 나는 울지 않았다.

브론윈은 계속 "안녕, 잭, 안녕, 잭." 하고 되풀이했다. 제대로 말을 할 줄 몰라서 '아부 노래', '예쁜 개', '움무 프레첼' 이런 소리만 했다. 아부는 폴, 움무는 디나라는 뜻이었지만 브론윈만 부르는 이름이었다. 엄마를 엄마라고 부르는 건 나뿐이었다.

무섭-용감한 기분이었지만, 이번에는 깔개에서 죽은 척하는 것처럼 심하지 않았기 때문에 무섭기보다 용감한 기분이 더 많이 들었다. 자동차가 우리 쪽을 향해 달려오면, 저쪽 차선에서 달려오지 않으면 오 경관이 갈색 트럭처럼 감옥에 집어넣을 거야, 라고 머릿속으로 중얼거렸다. 창밖의 그림들은 텔레비전과 비슷했지만 더 흐릿했다. 주차된 자동차들이 보였다. 시멘트 믹서, 오토바이, 하나, 둘, 셋, 넷, 자동차 네 대가 달려 있는 트레일러가 있었다. 넷, 내가 가장 좋아하는 숫자다. 앞마당에서 아이 하나가 더 작은 아이가 탄 수레를 밀고 있었다. 우스웠다. 사람을 줄에 매달고 길을 걷는 개도 있었다. 그냥 줄을 붙잡고 가는 것이 아니라 묶여 있는 것 같았다. 신호등이 녹색으로 바뀌자 목발을 짚은 여자가 절뚝거리며 지나갔고 커다란 새가 쓰레기에 내려앉았다. 디나는 갈매기라고 했다. 갈매기는 안 먹는 게 없다고 했다.

"잡식성이야."

"이야, 넌 대단한 단어도 다 아는구나."

우리는 나무가 있는 곳에서 모퉁이를 돌았다.

"다시 클리닉이야?"

"아니. 브론윈이 오늘 오후 생일 파티에 가기 때문에 상가에 잠깐 들러서 선물을 사야 해."

상가란 올드 닉이 우리에게 식료품을 사주던 가게들이다. 상가에는 원래 폴만 들어갈 예정이었지만, 무엇을 사야 할지 모른다고 해서 디나가 대신 가기로 했다. 한데 브론윈이 노래를 부르기 시작했다. "나도 움무랑, 나도 움무랑." 그래서 결국 디나가 빨간 손수레에 브론윈을 끌고 가고 폴과 나는 밴에서 기다리기로 했다. 나는 빨간 수레를 쳐다보았다.

"나도 타봐도 돼?"

"나중에, 박물관에서."

디나가 대답했다. 폴이 말했다.

"나도 화장실에 가야겠는데. 전부 다 같이 달려가면 빠르지 않을까."

"글쎄."

"평일이라 그리 붐비지 않을 거야."

디나는 웃지 않는 얼굴로 나를 보았다.

"잭, 수레에 타고 잠시 상가에 가볼래?"

"이야!"

나는 큰 사촌이니까 브론윈이 떨어지지 않도록 뒤쪽에 탔다. "세례요한 같아." 나는 브론윈에게 말했지만, 그 애는 듣고 있지 않았다. 문에 도착하자 팟 소리가 나더니 저절로 열렸다. 나는 수레에서 떨어질 뻔했지만, 폴은 작은 컴퓨터가 서로 메시지를 주고받는 것뿐이니까 놀라지 말라고 했다.

상가 안은 너무나 밝고 거대했다. 안이 바깥만큼 클 수도 있다는 건 몰랐다. 심지어 나무도 있었다. 음악도 들렸지만 악기를 연주하는 사람들은 보이지 않았다. 가장 놀라운 것은 도라 가방이었다. 도라의 얼굴을 만지려고 내려갔더니, 도라는 미소 지으며 나를 향해 춤을 추었다.

"도라."

나는 속삭였다. 폴이 말했다.

"아, 그래. 브론윈도 정말 도라를 좋아했는데 요즘은 해나 몬태나로 바꾸었어."

"해나 몬태나, 해나 몬태나."

브론윈이 노래를 불렀다. 도라 가방에는 배낭처럼 끈이 달려 있었지만,

배낭의 얼굴 대신 도라의 얼굴이 붙어 있었다. 손잡이도 있었다. 잡아보니 위로 쑥 올라왔다. 처음에는 부러진 줄 알았는데 가방은 돌돌 굴러갔다. 배낭이면서 동시에 바퀴 달린 가방이라니, 마술이었다.

"마음에 드니? 네 물건을 저 안에 넣고 싶어?"

디나가 물었다. 폴이 그녀에게 말했다.

"분홍색 말고. 이건 어떠니, 잭? 멋지지 않니?"

그는 스파이더맨 가방을 들고 있었다. 나는 도라를 꼭 껴안았다. 그녀가 속삭이는 소리가 들린 것 같았다. 올라(안녕), 잭. 디나는 도라 가방을 뺏으려고 했지만 나는 놓지 않았다.

"괜찮아. 저 여자 분에게 값을 치러야 하니까 2초만 있다가 다시 줄게."

2초가 아니었다. 37초였다.

"저기 화장실이 있군."

폴은 달려가버렸다. 여자가 가방을 종이에 싸서 도라는 더 이상 볼 수가 없었다. 그녀는 가방을 다시 커다란 종이가방에 넣었고, 디나가 줄을 흔들거리며 내게 가방을 건넸다. 나는 도라를 꺼내 팔을 가방 끈에 끼었다. 내가 메고 있다, 도라를 메고 있어.

"뭐라고 했니?"

디나가 물었다. 내가 뭐라고 했는지 알 수 없었다.

"브론윈 예쁜 가방."

브론윈이 말했다. 끈에 심장이 매달려 있는 반짝이 가방을 흔들고 있었다.

"아가, 넌 집에 예쁜 가방이 많잖아."

디나는 반짝이는 가방을 받아들었다. 브론윈은 고함을 질렀고 심장 하나가 땅에 떨어졌다.

"6미터도 채 못 가서 한 번씩 울어대니."

폴이 돌아왔다. 디나가 그에게 말했다.

"당신이 있었으면 애 주의를 다른 데 돌릴 수 있었을 텐데."

"브론윈 예쁜 가바앙!"

디나는 브론원을 다시 수레에 태웠다.

"가자."

나는 심장을 집어들고 보물들이 들어 있는 내 주머니에 넣었다. 그리고 수레를 따라 걸었다. 그때 마음이 변했다. 나는 모든 보물을 도라 가방 앞쪽 지퍼 주머니에 넣었다. 발이 아파서 신발은 벗었다.

"잭!"

폴이 나를 불렀다. 디나가 말했다.

"이름을 마구 부르지 말아."

"아, 맞아."

나는 나무로 만든 거대한 사과를 보았다.

"저거 마음에 들어."

"멋지지?"

폴이 디나에게 말했다.

"쉬렐 선물로 이 북이 어떨까?"

그녀는 눈동자를 굴렸다.

"부딪히면 다치기 쉬워. 절대 안 돼."

"사과 가져도 돼? 고맙습니다."

내가 물었다. 폴이 씩 웃으며 말했다.

"네 가방 안에는 안 들어갈 것 같은데."

다음으로 나는 로켓처럼 생긴 은색과 파란색 물건을 찾아냈다.

"이거 갖고 싶어, 고맙습니다."

"그건 커피 주전자야."

디나는 선반에 다시 올려놓았다.

"오늘은 가방을 벌써 사줬잖아. 그게 오늘 선물이야. 알겠지? 우린 이제 브론원의 친구 선물만 사고 갈 거야."

"실례합니다. 이거 혹시 큰 따님 물건 아니신가요?"

늙은 여자 하나가 내 신발을 들고 있었다.

디나는 그녀를 쳐다보았다. 폴이 내 양말을 가리켰다.

"잭, 친구, 어떻게 된 거야?"

"고맙습니다."

디나는 여자에게서 신발을 받아들고 무릎을 꿇었다. 그녀는 내 오른발과 왼발을 차례로 신발 안에 밀어넣었다.

"자꾸 이름 부르지 말라니까."

그녀는 이빨 사이로 폴에게 말했다. 내 이름이 도대체 뭐가 잘못됐는지 알 수가 없었다.

"미안, 미안."

"왜 큰 따님이라고 하는 거야?"

나는 디나에게 물었다.

"아, 긴 머리랑 도라 가방 때문에 그래."

늙은 여자는 사라졌다.

"저 여자가 나쁜 사람이야?"

"아니, 아니."

"네가 그 '잭'이라는 걸 알면 휴대전화로 사진 같은 걸 찍을지도 모른단 다. 그러면 네 엄마가 우릴 죽일 거야."

폴이 말했다. 가슴이 두근거리기 시작했다.

"엄마가 왜?"

"아, 미안하구나."

"아주 화를 낼 거라고. 그런 뜻이야."

디나가 말했다. 나는 캄캄한 어둠 속에서 없어진 채 누워 있는 엄마를 생 각했다.

"엄마가 화내는 건 싫어."

"그럼. 당연히 싫지."

"이제 클리닉에 돌아가면 안 돼? 부탁합니다."

"곧 갈 거야."

"지금."

"박물관 안 보고 싶니? 이제 곧 갈 텐데. 웹킨즈."

디나는 폴을 향해 말했다.

"그건 안전할 거야. 푸드코트 지나서 장난감 가게가 있는데."

나는 계속 가방을 끌고 다녔고, 신발은 벨크로가 너무 단단히 조여져 있었다. 브론윈이 배가 고프다고 해서 우리는 팝콘을 먹었다. 팝콘은 내가 먹어본 것 중에 가장 바삭바삭했고, 목구멍에 달라붙어서 기침이 나왔다. 폴과 디나는 커피숍에서 라테를 사왔다. 팝콘 조각이 봉투에서 떨어진 것을 보고, 디나는 바닥에 뭐가 묻었을지 모르고 팝콘도 많이 있으니 그냥 두라고 했다. 내가 어질렀으니 엄마가 화를 낼 거야. 디나는 손가락을 닦으라고 내게 축축한 휴지를 주었고, 나는 도라 가방에 휴지를 넣었다. 여기는 너무 밝았다. 길을 잃어버린 것 같았다. 7번 방에 있다면 얼마나 좋을까.

오줌이 마려웠다. 폴은 나를 화장실로 데려갔다. 벽에는 재미있게 생긴 세면대가 붙어 있었다. 그는 세면대를 보고 손짓했다.

"들어가렴."

"변기 어디 있어?"

"이건 남자들을 위한 특별 변기야."

나는 머리를 젓고 다시 나갔다. 디나는 브론윈과 자기를 따라오라고 하더니 칸막이를 선택하라고 했다.

"잘했어, 잭. 안 튀기는구나."

내가 왜 튀겨? 디나가 브론윈의 속옷을 내리자 고추도 아니고 엄마와도 다른, 털이 없고 통통하게 가운데가 접힌 작은 모양이 나왔다. 나는 손가락을 대고 눌러보았다. 푹신했다. 디나가 내 손을 쳐냈다. 나는 비명을 멈출 수가 없었다.

"진정해, 잭. 내가 그만. 손이 아프니?"

손목에서 피가 마구 흘러내리고 있었다.

"미안하다, 정말 미안해. 내 반지에 찍힌 모양이구나."

그녀는 금이 박힌 자기 반지를 들여다보았다.

"잘 들어. 남의 소중한 부분은 만지면 안 돼요. 그러면 안 되는 거야. 알겠니?"

나는 소중한 부분이 어딘지 몰랐다.

"다 됐니, 브론윈? 엄마가 닦아줄게."

디나는 내가 만졌던 그 부분을 닦았지만 자기는 때리지 않았다. 손을 씻고 나니 피가 더 났다. 디나는 밴드를 찾아 가방을 뒤졌다. 그녀는 갈색 종이 수건을 접어서 상처에 누르라고 했다.

"괜찮아?"

폴이 밖에서 물었다. 디나가 대답했다.

"묻지 마. 이제 나갈까?"

"쉬렐 선물은?"

"브론윈 장난감 중에서 새것을 싸서 보내지 뭐."

"내 건 안 돼."

브론윈이 외쳤다. 그들은 싸우고 있었다. 나는 어둠 속에서 엄마와 같이 침대에 누워 있고 싶었다. 붉은 얼굴을 한 뚱뚱한 사람들이 지나갔고, 비쳐 보이는 옷을 입은 여자들이 서로 팔짱을 낀 채 웃고 있었다. 나는 피가 흐르지 않게 하려고 상처를 누르면서 눈을 감고 계속 걷다가 화면에 부딪혔다. 죽기 전의 식물과 같은 식물이 아니라 플라스틱이었다.

그때 날 보고 웃는 얼굴이 눈에 띄었다. 딜런이다! 나는 달려가서 딜런을 가득 안았다.

"이번엔 책이군. 세상에. 2초도 못 기다리네."

디나가 말했다. 나는 폴에게 말했다.

"『땅 파는 딜런』이야. 방에 있던 내 친구야. 여기 딜런을 봐라, 튼튼한 일꾼! 삽질을 할 때마다 더 많이 파내고 있네! 긴 팔이 흙을 파고들어가는 저 모습."

"잘했어, 친구. 이걸 어디서 가져왔니?"

나는 『딜런』의 앞면을 쓰다듬었다. 매끄럽고 반짝거렸다. 어떻게 여기 상가까지 왔을까?

"피를 묻히지 않게 조심해."

폴은 내 손에 휴지를 대주었다. 갈색 종이는 어디서 떨어진 모양이었다.

"왜 한 번도 안 읽어본 다른 책을 고르지 않고."

"움무, 움무."

브론윈은 책 표지에서 보석을 떼어내려고 했다.

"가서 돈 내."

디나가 폴의 손에 책을 쥐여주고 브론윈에게 달려갔다. 나는 도라 가방을 열고 딜런을 넣은 뒤 안전하게 지퍼를 닫았다. 디나와 브론윈이 돌아오자 우리는 분수대로 갔다. 물 튀는 소리는 들렸지만 물이 튀지는 않았다. 브론윈이 '돈, 돈' 하니까 디나는 그녀에게 동전을 주었고 브론윈은 동전을 물에 던졌다.

"너도 던질래?"

디나가 나한테 말했다. 너무 더러운 돈을 버리는 특별한 쓰레기통인 것 같았다. 나는 동전을 받아들고 던진 뒤 젖은 휴지로 내 손을 닦았다.

"소원은 빌었어?"

쓰레기로 소원을 빌어본 적은 없었다.

"무슨 소원?"

"네가 세상에서 가장 간절하게 원하는 것."

내가 세상에서 가장 간절하게 원하는 것은 방에 있는 것이었지만, 방은 세상에 있지 않다. 어떤 남자가 폴과 이야기하며 내 도라를 가리키고 있었다. 폴이 다가와서 지퍼를 열더니 딜런을 꺼냈다.

"야, 친구!"

"죄송합니다."

디나가 말했다.

"집에 똑같은 책이 있습니다. 이 책이 자기 책인 줄 알았나 봐요."

폴은 남자에게 딜런을 건넸다. 나는 달려가서 그를 붙잡았다.

"딜런을 봐라, 튼튼한 일꾼! 삽질을 할 때마다 더 많이 파내고 있네!"

"애는 이해를 못하는군요."

폴이 말했다.

"긴 팔이 흙을 파고들어가는 저 모습."

"잭, 아가, 이 책은 가게 거란다."

디나는 내 손에서 책을 잡아당겼다. 나는 책을 더 세게 잡고 셔츠에 누르면서 그 남자에게 말했다.

"난 다른 데서 왔어. 올드 닉이 나랑 엄마를 가뒀는데 지금 그는 트럭이랑 같이 감옥에 있지만 나쁜 놈이라서 천사가 절대 풀어주지 않을 거야. 우린 유명하니까 우리 사진을 찍으면 죽일 거야."

남자는 눈을 깜빡였다. 폴이 말했다.

"아, 책이 얼맙니까?"

"스캔을 해봐야 아는데."

폴은 손을 내밀었다. 나는 딜런을 안고 바닥에 웅크렸다.

"똑같은 책을 가져올 테니 그걸로 찍으시죠."

폴은 가게로 달려갔다. 디나는 주위를 둘러보며 외치고 있었다.

"브론윈? 아가?"

그녀는 분수대로 달려가서 그 안을 살펴보았다.

"브론윈?"

브론윈은 옷이 걸려 있는 유리창 안쪽에 서서 유리에 대고 혀를 내밀고 있었다.

"브론윈?"

디나는 비명을 질렀다. 나도 혀를 내밀었다. 브론윈은 유리 뒤에서 웃었다.

*

나는 녹색 밴 안에서 거의 잠들었지만 완전히 잠들지는 않았다. 노린은 내 도라 가방과 반짝이는 심장이 멋있다고 했고, 『땅 파는 딜런』도 재미있는 책 같다고 했다.

"공룡은 어땠니?"

"구경할 시간이 없었어."

"저런."

노린은 손목에 밴드를 붙여주었지만, 이 밴드에는 그림이 없었다.

"네 엄마는 하루 종일 잤어. 널 보면 아주 좋아하실 거야."

그녀는 7번 방을 두드리고 문을 열었다. 나는 신발을 벗었지만 옷은 벗지 않았다. 드디어 엄마 옆에 누웠다. 엄마는 따뜻하고 부드러웠다. 나는 조심스럽게 옆에 기어들어갔다. 베개에서 고약한 냄새가 났다.

"저녁때 보자."

노린은 속삭이고 문을 닫았다. 고약한 냄새는 구토였다. 대탈주 때 맡은 기억이 났다.

"일어나. 베개 위에 토를 했어."

엄마는 깨지 않았다. 신음소리를 내지도, 돌아눕지도 않았다. 내가 잡아당겨도 움직이지 않았다. 엄마는 그 어느 때보다도 완전히 없어져 있었다.

"엄마, 엄마."

좀비 같았다.

"노린?"

나는 외치면서 문으로 달려갔다. 사람들을 방해하고 싶지는 않았지만 어쩔 수 없었다.

"노린!"

그녀는 복도 끝에 있다가 돌아섰다.

"엄마가 토를 했어."

"괜찮아. 우리가 얼른 치울게. 카트를 가져오마."

"아냐, 빨리 와봐!"

"알았어, 알았어."

노린은 불을 켜고 엄마를 보더니 괜찮다고 말하지 않고 전화를 들었다.

"긴급, 긴급. 7번 병실. 긴급."

이유를 알 수가 없었다. 그때 엄마의 약병이 식탁 위에 열려 있는 것이 눈에 띄었다. 병은 비어 있었다. 두 알 이상은 금지, 그게 규칙이었다. 어떻게 비어 있을 수가 있지? 약은 어디로 갔을까? 노린은 엄마의 목 옆을 누르고 엄마의 다른 이름을 부르며 계속 말하고 있었다.

"내 말 들려요? 내 말 들려요?"

엄마는 들리는 것 같지 않았다. 보이는 것 같지도 않았다. 나는 소리쳤다.

"그러지 마. 그러지 마."

많은 사람들이 달려 들어왔다. 그중 한 사람이 나를 복도로 끌고 나갔다. 있는 힘껏 '엄마'라고 외쳤지만 그 소리에도 엄마는 깨어나지 않았다.

해먹이 있는 집

나는 해먹이 있는 집 안에 있었다. 창밖으로 해먹을 찾아보려고 했지만, 앞마당이 아니라 뒷마당에 있는데 아직 4월 10일밖에 안 되어서 걸지도 않았다고 했다. 수풀과 꽃, 보도, 도로, 다른 집, 다른 마당도 있었다. 세어보니 집은 모두 열하나였다. 프로그램 〈이웃집 거지〉에서처럼 이웃들이 사는 곳이다. 나는 이빨을 혀로 느껴보았다. 이는 내 혀 한가운데에 있었다. 바깥의 흰 차는 움직이지 않았다. 유아용 좌석은 없었지만, 나는 저 차를 타고 클리닉에서 왔다. 클레이 박사는 '연속성'과 '치료를 위한 분리'를 위해 클리닉에 더 있는 게 좋다고 했지만, 할머니는 가족이 있는데 죄수처럼 가둬둘 수는 없다고 고함을 질렀다. 내 가족은 할머니, 양할아버지, 브론윈, 폴 삼촌, 디나, 할아버지다. 할아버지는 나를 보면 몸서리를 쳤다. 그리고 엄마. 나는 뺨 쪽으로 이빨을 밀었다.

"엄마는 죽었어?"

"아니, 아까부터 말했잖니. 절대 그렇지 않다고."

할머니는 유리창 가장자리의 나무에 머리를 얹었다. 가끔 사람들이 '절대'라고 말할 때는 오히려 사실이 아닌 것처럼 들리기도 한다. 나는 할머니에게 물었다.

"살아 있는 것처럼 연기하는 거 아냐? 엄마가 살아 있지 않으면 나도 살고 싶지 않아."

할머니의 얼굴에 다시 눈물이 흘러내렸다.

"난, 내가 아는 것 이상은 말해줄 수가 없단다, 아가야. 상황이 진전되면 그곳에서 연락을 해준다고 했어."

"진전되는 게 뭐야?"

"엄마가 지금 이 순간 어떻게 지내고 있는지 알게 되면."

"엄마는 어떻게 지내고 있어?"

"안 좋은 약을 너무 많이 먹어서 좋지 않지만, 지금쯤 배 속에서 모두, 대부분 펌프로 끄집어냈을 거야."

"그런데 왜 그랬어?"

"아파서, 머릿속이 아파서. 사람들이 엄마를 돌보고 있어. 걱정할 필요 없단다."

"왜?"

"음, 걱정해봤자 소용없으니까."

하느님의 얼굴은 붉은색으로 굴뚝에 걸려 있었다. 점점 어두워지고 있었다. 이빨이 잇몸을 파고 눌렀다. 아픈 이빨이었다.

"라자냐에 손도 안 댔더구나. 주스 같은 거 먹을래?"

나는 고개를 저었다.

"피곤하니? 피곤할 거야, 잭. 나도 정말 피곤하구나. 아래층으로 가서 남는 방을 보자꾸나."

"왜 방이 남아?"

"사용하지 않는다는 뜻이야."

"사용하지 않는 방을 왜 가지고 있어?"

할머니는 어깨를 으쓱했다.

"언제 필요할지 모르니까."

계단에는 난간이 없었다. 내가 엉덩이로 내려가는 동안 할머니는 기다렸다. 도라 가방도 뒤에서 쿵쿵 소리내며 따라왔다. 우리는 거실이라고 불리는 방을 지나갔다. 할머니와 양할아버지는 남는 방만 빼고 이 모든 방에서 살고 있는데 왜 거기만 거실이라고 부르는지 알 수가 없었다.

따르릉 울리는 전화벨 소리가 끔찍해서 나는 귀를 막았다.

"받아야겠다."

할머니는 잠시 후 돌아와서 나를 어느 방으로 데리고 갔다.

"준비됐니?"

"무슨 준비?"

"잘 준비."

"여기서는 싫어."

할머니는 입술에 작게 갈라진 부분을 눌렀다.

"엄마가 그리운 건 알고 있지만, 당분간은 혼자서 자야 해. 괜찮을 거야. 양할아버지랑 내가 위층에 있을 테니까. 혹시 괴물이 무서운 건 아니지?"

괴물 나름이다. 진짜 괴물이냐, 아니냐, 내가 있는 곳이 어디냐에 달렸다.

"흠. 네 엄마가 옛날에 쓰던 방이 우리 옆방인데, 거기는 운동실로 바꿔 놨어. 임시 침대를 둘 공간이 있을지 모르겠다."

나는 이번에는 벽을 누르며 두 발로 걸어 위층에 올라갔고, 할머니는 도라 가방을 끌고 왔다. 파랗고 푹신푹신한 매트와 덤벨, 텔레비전에서 봤던 것과 똑같은 프레스가 있었다.

"엄마 침대는 여기 있었어. 아기 때 요람도 바로 이 자리에 있었지."

할머니는 땅에 붙은 자전거를 가리켰다.

"벽에는 엄마가 좋아하던 밴드 포스터가 가득 붙어 있었단다. 커다란 부채랑 벽걸이 장식도 굿윌 재단에 기부해버린 게 정말 후회되는구나. 카운슬러가 그러라고 조언을 했는데."

나는 커다랗게 하품을 했다. 이빨이 빠져나올 뻔했지만, 얼른 손으로 잡았다.

"그게 뭐니? 구슬 같은 거냐? 작은 걸 빨면 안 돼. 목구멍에 혹시……."

할머니는 손가락을 펼쳐서 이빨을 빼앗으려고 했다. 내 손이 할머니의 배를 세게 쳤다. 할머니는 나를 쳐다보았다. 나는 이빨을 혀 밑에 넣고 이를 악물었다.

"적응이 될 때까지 오늘 밤만 우리 침대 옆에 간이침대를 놓고 자면 어떨까?"

나는 도라 가방을 잡아당겼다. 옆방은 할머니와 양할아버지가 자는 곳이었다. 간이침대는 커다란 가방 같은 물건이었고, 펌프로 구멍에 공기를 넣었다. 할머니는 양할아버지를 불러서 도와달라고 했다. 공기를 다 넣고 나니 침대는 커다란 풍선처럼 부풀었지만 사각형이었다. 할머니가 그 위에 시트를 깔았다. 엄마의 배에서 펌프로 약을 끄집어내는 사람들은 누구일까? 펌프는 어디로 집어넣을까? 엄마가 터지는 건 아닐까?

"못 들었니? 칫솔 어디 있어, 잭?"

내 물건이 모두 들어 있는 도라 가방에서 칫솔을 찾았다. 할머니는 내게 파자마를 입으라고 하더니 침대를 가리켰다.

"올라타."

사람들은 뭔가 재미있어 보이려고 할 때 항상 올라타, 뛰어들어, 이렇게 말한다. 할머니는 허리를 굽히고 키스를 하려는 듯 입술을 내밀었지만, 나는 담요 안에 얼굴을 묻었다.

"미안하다. 이야기 들려줄까?"

"싫어."

"너무 피곤하지? 그래, 잘 자거라."

캄캄해졌다. 나는 일어나 앉았다.

"벌레는?"

"시트는 깨끗해."

할머니는 보이지 않았지만 목소리는 할머니 목소리였다.

"아니, 벌레 말이야."

"잭, 피곤하면……."

"벌레가 날 물지 않게."

"아, 그거? 잘 자라, 푹 자거라, 하는 노래. 맞아. 네 엄마가 어렸을 때 내가 늘 불러줬지."

"다 해줘."

"잘 자라, 푹 자거라, 벌레야, 물지 마."

불빛이 들어왔다. 문이 열렸다.

"어디 가?"

할머니의 윤곽이 구멍에 검게 보였다.

"아래층에."

나는 침대에서 굴러 내려왔다. 침대가 갸우뚱했다.

"나도 갈래."

"아니, 할머니는 텔레비전 볼 거야. 애들은 보는 게 아니란다."

"할머니랑 양할아버지는 침대에서 자고 나는 옆에 간이침대를 놓고 잘 거라고 했잖아."

"나중에. 우린 아직 피곤하지 않아."

"아까 피곤하다고 했잖아."

"피곤하긴 하지만."

할머니는 거의 소리치고 있었다.

"졸리지는 않아요. 그냥 텔레비전을 보면서 생각을 안 하고 싶단다."

"여기서 생각 안 해도 되잖아."

"그냥 누워서 눈을 감으렴."

"못 해, 혼자서는."

"아, 불쌍한 녀석."

왜 내가 불쌍하지? 할머니는 침대 옆에 허리를 굽히고 내 얼굴을 만졌다. 나는 물러났다.

"할머니가 대신 눈을 감겨줄게."

"할머니도 침대에 누워. 난 간이침대에 있을 테니까."

할머니가 숨을 내쉬는 소리가 들렸다.

"좋아. 잠깐만 누워 있으마."

할머니의 윤곽이 담요 위에 보였다. 뭔가 쿵 하고 떨어졌다. 신발이었다. 할머니는 속삭였다.

"자장가 불러줄까?"

"응?"

"노래?"

엄마는 노래를 불러주었지만 이제 그 노래는 없다. 엄마는 7번 방 탁자에 내 머리를 찧었다. 나쁜 약도 먹었다. 엄마는 너무 피곤해서 더 이상 놀 수 없다. 천국에 얼른 가고 싶어서 기다리지 않았던 것 같다. 왜 날 안 기다렸을까?

"울고 있니?"

나는 아무 말도 하지 않았다.

"이런, 아가야. 그래, 안에 쌓아놓느니 밖으로 터뜨리는게 좋지."

젖을 먹고 싶었다. 정말 먹고 싶었다. 안 먹으면 잠이 안 올 것 같았다. 나는 이빨을 빨았다. 이것도 엄마의 일부다. 갈색이고 단단하고 썩은 엄마의 세포. 이빨이 엄마를 아프게 했든지, 이빨도 아팠든지, 어쨌든 더 이상 아프지 않다. 왜 안에 쌓아놓는 것보다 밖에 터뜨리는 게 좋은 걸까? 엄마는 우리가 자유롭다고 했지만, 이건 자유롭게 느껴지지 않았다. 할머니는 아주 조용히 노래를 부르고 있었다. 내가 아는 노래였지만 다르게 들렸다.

"버스 바퀴가 굴러가네."

"고맙지만 싫어."

나는 말했다. 할머니는 노래를 그쳤다.

*

엄마와 나는 바다에 있었다. 나는 엄마의 머리카락에 치렁치렁 얽혀서 점점 빠져들어가고 있었다. 그냥 악몽을 꾼 거야. 엄마가 여기 있다면 이렇게 말해줄 텐데, 엄마는 없었다.

나는 누워서 다섯 손가락, 다섯 손가락, 다섯 발가락, 다섯 발가락을 세고 하나씩 흔들었다. 머릿속으로 말을 해보려고 했다. 엄마? 엄마의 대답은 들을 수가 없었다. 날이 점점 밝아지자, 나는 담요를 얼굴에 덮고 어둡게 했다. 없어진다는 것은 이런 느낌일 것이다. 사람들이 속삭이면서 돌아다녔다.

"잭?"

할머니가 내 귀에 대고 속삭여서 나는 몸을 웅크렸다.

"기분이 어떠니?"

나는 예의를 기억했다.

"오늘은 기분이 별로 좋지 않습니다, 고맙습니다."

이빨이 혀에 달라붙어 있어서 말이 웅얼웅얼 나왔다. 할머니가 간 뒤 나는 일어나서 도라 가방에 있는 물건을 세어보았다. 옷, 신발, 단풍나무 씨앗, 기차, 그림판, 뱀, 반짝이는 가슴, 악어, 돌멩이, 원숭이, 자동차, 책 여섯 권. 여섯 번째 책은 가게에서 가져온 『땅 파는 딜런』이었다.

수많은 시간이 흐른 뒤 따르릉 소리가 났다. 전화벨이다. 할머니가 나타났다.

"클레이 박사한테 전화가 왔어. 네 엄마는 안정된 상태라고 하는구나. 좋은 소식처럼 들리지 않니? 아침은 블루베리 팬케이크야."

나는 해골처럼 꼼짝도 하지 않고 누워 있었다. 담요에서는 먼지 냄새가 났다. 딩동딩동. 할머니는 다시 아래층으로 내려갔다. 아래쪽에서 말소리가 들렸다. 나는 발가락을 세고 손가락을 세고 이빨을 전부 다 다시 세었다. 매번 정확한 숫자가 나왔지만 확신할 수가 없었다. 할머니는 다시 숨을 몰아쉬며 올라와서 할아버지가 작별인사를 하러 왔다고 했다.

"나한테?"

"우리한테. 할아버지는 오스트레일리아로 다시 돌아가신단다. 일어나라, 잭. 빈둥거려서 좋을 거 없어."

빈둥거리는 게 뭔지 알 수 없었다.

"할아버지는 내가 태어나지 않았기를 원해."

"뭘 원한다고?"

"내가 없었어야 한다고, 그러면 엄마는 엄마가 될 필요가 없었을 거라고 했어."

할머니가 아무 말도 하지 않아서 나는 아래층으로 내려간 줄 알았다. 얼굴을 내밀어보니, 할머니는 아직 거기 서서 팔로 몸을 감싸고 있었다.

"그 뭣 같은 소리는 신경 쓰지 말거라."

"뭐 같은 소리?"

"그냥 내려와서 팬케이크 먹자."

"못 내려가."

"널 보렴."

할머니가 말했다. 내가 어떻게 날 봐?

"넌 엄마 없이도 숨 쉬고 걷고 말하고 자고 있잖니. 안 그래? 그러니까 엄마 없이 먹을 수도 있어."

나는 이빨을 안전하게 뺨 안에 감췄다. 그리고 오랫동안 계단을 내려갔다. 부엌에는 진짜 할아버지가 입에 보라색을 묻히고 있었다. 팬케이크도 보라색 시럽에 풍덩 빠져 있었다. 블루베리였다. 접시는 보통 흰색이었지만, 유리잔은 모서리 모양이 이상했다. 커다란 소시지 그릇도 있었다. 내가 배가 고픈지 알 수가 없었다. 나는 소시지 하나를 먹고 두 개 더 먹었다.

할머니는 과육이 없는 주스는 없지만 뭔가 마시지 않으면 소시지에 목이 막힐 거라고 했다. 나는 과육을 마셨다. 벌레가 꿀렁거리며 목구멍으로 넘어갔다. 커다란 냉장고 안에는 상자와 병이 가득 차 있었다. 찬장에는 수많은 음식들이 있었고, 할머니는 계단을 밟고 올라가서 찬장을 들여다보아야 했다. 할머니는 지금 샤워를 하라고 했지만, 나는 못 들은 척했다.

"안정된 상태가 뭐야?"

나는 할아버지에게 물었다.

"안정된 상태?"

할아버지의 눈에서 눈물이 흘러내렸다. 그는 눈물을 닦았다.

"더 좋아지지도 않고 나빠지지도 않았다는 거겠지."

할아버지는 칼과 포크를 접시에 같이 놓았다. 뭐보다 더 좋아지지도 않고 나빠지지도 않았다는 거지? 이빨에서 온갖 시큼한 주스 냄새가 났다. 나는 잠을 자러 위층으로 다시 올라갔다.

*

"아가, 오늘도 바보상자 앞에서 종일 있을 셈이냐."

"응?"

할머니는 텔레비전을 껐다.

"클레이 박사랑 방금 네 두뇌 발달에 대해서 전화로 이야기했단다. 우리가 체커를 했다고 거짓말을 했어."

나는 눈을 깜빡이고 손으로 문질렀다. 왜 거짓말을 했지?

"엄마는 어때?"

"아직 안정된 상태라는구나. 진짜 체커 할래?"

"여기 말은 거인용이고 자꾸 굴러 떨어져."

할머니는 한숨을 쉬었다.

"몇 번을 말해야 하니. 이게 보통이야. 체스랑 카드도 마찬가지고. 너랑 네 엄마가 갖고 있던 작은 자석세트는 여행용이란다."

하지만 우리는 여행을 하지 않았다.

"놀이터에 가자."

나는 고개를 저었다. 엄마는 자유로워지면 같이 가자고 했다.

"바깥에는 여러 번 나가봤잖아."

"그건 클리닉에 있을 때야."

"공기는 같잖니? 자, 네 엄마가 넌 올라타는 걸 좋아한다고 하던데."

"응, 식탁이랑 의자랑 침대에 수천 번도 더 올라갔어."

"우리 식탁에는 못 올라간다."

방에서 올라갔다는 뜻이었는데. 할머니는 꽁지머리를 단단하게 묶어주고 재킷 밑에 집어넣었다. 나는 머리를 다시 뺐다. 끈적한 약 이야기는 하지 않았다. 이쪽 세상에서는 피부가 타지 않는 걸까?

"선글라스를 써라. 아, 그리고 제대로 된 신발도. 그 슬리퍼로는 제대로 걸을 수가 없어."

벨크로를 붙이지 않았는데도 발이 자꾸만 눌렸다. 보도에서 걸으면 안전하지만 도로로 나가면 사고가 나서 죽는다. 엄마는 죽지 않았어, 할머니는 나한테 거짓말은 하지 않겠다고 했다. 클레이 박사에게 체커에 대해서 거짓말을 했으면서. 보도는 계속 끊어져서 도로를 건너야 했다. 손을 잡고 있으면 안전하다. 나는 몸이 닿는 게 싫은데 할머니는 안 된다고 했다. 공기가 내 눈에 자꾸만 불어 들어왔고, 안경 가장자리로 햇빛도 눈부시게 들어왔다. 길에는 탄력이 있는 분홍색 실과 병뚜껑, 진짜 차바퀴가 아니라 장난감 차바퀴, 땅콩이 들어 있지 않은 땅콩 봉투, 아직 안에서 철렁거리는 소리가 들리는 주스 상자, 노란 똥이 있었다. 할머니는 사람 똥이 아니라 역겨운 개똥이라고 하면서 내 재킷을 잡아당겼다.

"그쪽으로 가지 말거라."

저곳에는 나무에서 어쩔 수 없이 떨어진 잎 외에는 아무것도 있어서는 안 된다. 프랑스에서는 개가 아무 데서나 똥을 쌀 수 있고 나도 언젠가는 거기 갈 수 있다.

"똥을 보러?"

"아니. 에펠 탑. 언젠가 네가 계단을 아주 잘 올라가게 되면."

"프랑스도 바깥에 있어?"

할머니는 나를 이상한 눈으로 쳐다보았다.

"세상에?"

"모든 게 세상에 있지. 자, 다 왔다!"

내 친구가 아닌 아이들이 있었기 때문에 나는 놀이터에 들어갈 수가 없었다. 할머니는 눈동자를 굴렸다.

"그냥 같이 놀면 돼. 아이들은 다 그렇게 한단다."

나는 다이아몬드 모양의 철사 사이로 들여다보았다. 엄마가 뚫을 수 없었던 벽과 바닥의 비밀 벽과 비슷한 모양이었다. 이제 우린 나왔는데, 내가 엄마를 구했는데, 엄마는 더 이상 살고 싶어 하지 않았다. 큰 소녀가 그네에 거꾸로 매달려 있었다. 아래위로 움직이는 이름이 기억나지 않는 기구 위에 두 소년이 올라타고 쿵쿵거리면서 웃다가 일부러 떨어졌다. 나는 이빨을 스무 개까지 세고 한 번 더 세었다. 울타리를 붙잡고 있으니 내 손가락에 흰

줄이 생겼다. 나는 한 여자가 아기를 데리고 미끄럼틀에 올라가는 것을 지켜보았다. 아기는 터널로 기어들어갔는데 아기 엄마는 옆에 난 구멍을 보며 얼굴을 찌푸리고 아기가 어디 있는지 모르는 척했다. 큰 소녀는 그네만 탔다. 어떨 때는 머리카락이 진흙 속에 파묻힐 뻔하기도 하고, 어떨 때는 얼굴이 위를 보기도 했다. 두 소년이 서로 쫓으며 손을 총처럼 만들어서 쏘아댔는데 한 소년이 넘어져서 울었다. 그는 문으로 달려가서 어느 집으로 들어가버렸다. 할머니는 소년이 저기 사는 모양이라고 했다. 어떻게 알지? 할머니는 속삭였다.

"저기 남은 애랑 놀아보렴."

할머니는 갑자기 소리쳤다.

"애야."

소년은 이쪽을 보았다. 나는 풀숲 속에 들어갔다. 가지가 머리를 찔렀다. 잠시 후 할머니는 보기보다 날씨가 쌀쌀하다면서 집에 들어가서 점심을 먹자고 했다. 돌아가는 길은 수백 시간이 걸렸다. 다리가 부러질 것 같았다.

"다음에 오면 좀 더 재미있을 거다."

"재미있었어."

"뭔가 마음에 들지 않으면 네 엄마가 그렇게 말하라고 하든?"

할머니는 살짝 웃었다.

"내가 네 엄마한테 그렇게 가르쳤는데."

"엄마는 지금 죽어가는 거야?"

"아냐."

할머니는 고함치듯 말했다.

"다른 소식이 있었으면 레오가 전화했을 거다."

레오는 양할아버지였다. 이름은 전부 다 헷갈렸다. 내 이름 잭만 있었으면 좋겠다.

집에 돌아와서 할머니는 지구를 동상으로 만들어서 항상 빙빙 돌아가는 지구본에서 프랑스가 어디에 있는지 보여주었다. 우리가 있는 도시 전체가 점 하나였고, 클리닉도 그 점 안에 있었다. 방도 마찬가지였지만, 할머니는 그곳에 대해서는 더 이상 생각할 필요가 없으니 머리에서 지우라고 했다.

점심에는 빵과 버터를 많이 먹었다. 프랑스빵이었지만, 개똥은 안 묻어 있었다. 코가 빨갛고 뜨거웠다. 뺨과 가슴 위쪽, 팔, 손등, 양말 위로 드러난 발목도 마찬가지였다. 양할아버지는 할머니에게 속상해하지 말라고 했다.

"그렇게 햇빛이 강하지도 않았는데."

할머니는 눈물을 닦으며 계속 말했다. 나는 물었다.

"피부가 벗겨지는 거야?"

"아주 조금만."

양할아버지가 대답했다. 할머니가 말했다.

"아이한테 겁주지 말아요. 괜찮아질 거다, 잭. 걱정 마. 여기 선크림을 좀 더 바르고."

등 뒤에 손을 대는 것은 힘들었지만, 다른 사람의 손가락이 닿는 것이 싫어서 혼자서 했다. 할머니는 클리닉에 다시 전화해야겠다고 했지만 지금은 못 하겠다고 했다. 몸이 탔기 때문에 나는 소파에 누워서 만화를 보았다. 양할아버지는 비스듬한 의자에 앉아 《세계여행자》라는 잡지를 읽고 있었다.

*

밤에는 키가 10피트나 되는 이빨이 깔쭉깔쭉한 조각을 계속 떨어뜨리며 길거리를 콩콩 뛰어다녔다. 이빨은 벽에 부딪혔다. 다음 순간 나는 못으로 단단히 고정한 보트를 타고 둥둥 떠다니고 있었다. 벌레들이 꼬물꼬물 기어 들어오고 나가고…….

어둠 속에서 쉿 소리가 들렸다. 할머니였다.

"잭, 괜찮아."

"아냐."

"다시 자려무나."

잘 수 있을 것 같지 않았다. 아침 식사시간에 할머니는 약을 먹었다. 나는 비타민이냐고 물었다. 양할아버지가 웃었다. 할머니가 그에게 말했다.

"당신이 이야기해요."

할머니는 다시 나를 돌아보았다.

"누구나 이런 게 조금씩 필요하단다."

이 집은 배우기가 힘들었다. 내가 언제든지 들어갈 수 있는 문은 부엌과 거실, 운동실, 남는 방, 지하실, 침실 밖 계단참이라고 불리는 곳이었다. 문이 닫혀 있지 않으면 침실에는 들어갈 수 있지만, 문이 닫혀 있으면 노크를 하고 기다려야 한다. 잠겨 있지만 않으면 욕실에도 들어갈 수 있지만, 잠겨 있으면 누가 안에 있다는 뜻이니 기다려야 한다. 욕조와 세면대, 변기는 아보카도라고 불리는 녹색이었지만, 앉는 자리는 나무였다. 일을 볼 때는 나무를 올렸다가 끝나면 여자, 즉 할머니를 위해서 다시 내려야 했다. 변기 물통에는 엄마가 올드 닉을 때렸던 것과 같은 뚜껑이 있었다. 비누는 딱딱한 공 모양이어서 거품을 내려면 계속 문질러야 했다. 바깥세상 사람들은 우리와 같지 않았다. 그들은 온갖 서로 다른 초콜릿과 기계, 신발처럼 수백만 개 서로 다른 여러 물건들을 가지고 있었다. 칫솔, 손톱솔, 청소솔, 변기솔, 옷솔, 정원솔, 머리솔처럼 물건들은 모두 서로 다른 용도로 쓰였다. 활석이라는 가루를 바닥에 흘려서 다시 쓸어 모으고 있는데, 할머니가 들어와서 그건 변기솔이라면서 내가 병균을 퍼뜨린다고 화를 내기도 했다.

이 집은 양할아버지의 집이기도 했지만, 그는 규칙을 만들지 않았다. 양할아버지는 자기 혼자만 쓰는 특별한 방인 서재에 주로 있었다.

"사람들은 다른 사람들과 같이 있는 걸 항상 좋아하지는 않는단다. 피곤해지거든."

"왜?"

"내 말 믿으렴. 난 두 번 결혼했으니까."

현관문은 할머니에게 말하지 않고 나갈 수가 없었지만, 나가고 싶지도 않았다. 나는 계단에 앉아 이빨을 쪽쪽 빨았다.

"뭘 가지고 놀지 그러니?"

할머니가 옆을 지나치며 말했다. 물건은 너무 많아서 어떤 것을 가지고 놀아야 할지 알 수 없었다. 엄마는 다섯 개라고 생각했지만 난 사실 여섯 개를 챙겼던, 미친 팬들이 선물한 장난감, 내가 안 보고 있을 때 디나가 가져온 색깔 분필도 있었는데, 이건 손에 너무 잘 묻었다. 거대한 두루마리 종이와 길고 투명한 비닐에 들어 있는 48색 마커도 있었다. 무엇 때문인지 브론윈이 더 이상 갖고 놀지 않는, 동물이 그려진 상자들이 내 머리보다 더 높이 쌓여 있었다.

나는 대신 신발을 쳐다보았다. 폭신한 신발이었다. 발을 꼼지락거리면 가죽 밑에서 발가락을 볼 수도 있었다. 엄마! 나는 머릿속에서 커다랗게 외쳤다. 엄마는 머릿속에 없는 것 같았다. 좋아지지도 않고 나빠지지도 않았다. 모든 사람들이 거짓말을 하는 게 아니라면.

계단의 나무로 이어지는 양탄자 아래에는 작은 갈색 물건이 있었다. 문질러보니 금속이었다. 동전이다. 위에는 남자의 얼굴이 있었고 '우리는 하느님을 믿는다 자유 2004'라는 글이 적혀 있었다. 뒤집어보니 남자가 있었다. 똑같은 남자 같았는데, 그는 작은 집을 향해 손을 흔들며 '미합중국 E PLURIBUS UNUM 1센트'라고 말하고 있었다.

할머니가 맨 아래 계단에서 나를 쳐다보고 있었다. 나는 깜짝 놀랐다. 나는 잇몸 뒤쪽으로 이빨을 밀어넣었다.

"스페인어가 있어."

"스페인어?"

할머니는 눈살을 찌푸렸다. 나는 손가락으로 동전을 보여주었다.

"이건 라틴어란다. E PLURIBUS UNUM. 흠, 이건 아마 우린 하나로 뭉쳤다는 뜻일 거야. 더 가질래?"

"뭐?"

"지갑을 찾아보자."

할머니는 꾹 누르면 입처럼 벌어지고 안에 각기 다른 돈들이 들어 있는 둥글고 납작한 물건을 가지고 왔다. 은색 동전에는 나처럼 꽁지머리를 한 남자가 그려져 있었고 5센트라고 씌어 있었지만, 사람들은 이 돈을 니켈이라고 부른다고 했다. 작은 은색 동전은 다임, 즉 10센트라는 뜻이다.

"10센트짜리보다 5센트짜리가 더 커?"

"원래 그런 거야."

1센트짜리도 10센트짜리보다 더 컸다. 원래 그렇다니 바보 같다는 생각이 들었다. 가장 큰 은색 동전에는 기분 나쁜 표정을 한 다른 남자가 있었고, 뒤에는 '뉴햄프셔 1788 자유로운 삶(live free) 아니면 죽음을'이라고 적혀 있었다. 할머니가 뉴햄프셔는 여기 말고 미국의 다른 부분이라고 했다.

"자유로운 삶, 이건 돈을 안 쓰고(free) 산다는 뜻이야?"

"아냐. 이건, 그 어떤 사람도 너의 대장이 아니라는 뜻이란다."

앞면이 똑같은 동전이 하나 더 있었지만, 뒤집어보니 작은 사람과 유리잔이 있는 돛단배 그림이 그려져 있고 스페인어로 'GUAM E PLUSIBUS UNUM 2009, Guahan ITano ManChamorro'라고 적혀 있었다. 할머니는 눈을 가늘게 뜨고 동전을 쳐다보더니 안경을 가져왔다.

"이것도 미국의 일부야?"

"괌? 아니, 그건 다른 곳일걸."

바깥세상 사람들은 '방'을 이런 철자로 쓰는 걸까? 전화가 복도에서 요란하게 울리기 시작했다. 나는 위층으로 도망쳤다. 할머니가 다시 울면서 올라왔다.

"고비를 넘겼단다."

나는 할머니를 쳐다보았다.

"네 엄마 말이야."

"무슨 고비?"

"낫고 있는 중이란다. 엄마는 다시 좋아질 거야."

나는 눈을 감았다.

*

할머니가 나를 흔들어 깨웠다. 세 시간이나 잤으니 밤에 못 잘까 봐 걱정이라고 했다. 이빨을 물고 말하는 것이 힘들어서, 나는 이빨을 바지 주머니에 넣었다. 손톱에 아직 비누가 끼어 있었다. 빼내려면 리모컨처럼 뭔가 날카로운 것이 필요했다.

"엄마가 보고 싶니?"

나는 고개를 저었다.

"리모컨."

"뭐?"

"리모컨."

"텔레비전 리모컨?"

"아니, 내 리모컨은 지프를 부릉부릉 움직이게 하는 건데 옷장 안에서 부서졌어."

"아. 그래, 도로 가져올 수 있을 거야."

나는 고개를 저었다.

"그건 방에 있어."

"목록을 만들어보자꾸나."

"변기에 흘려내릴 목록?"

할머니는 혼란스러운 표정이었다.

"아니, 할머니가 경찰에게 전화하마."

"긴급한 거야?"

할머니는 고개를 저었다.

"경찰이 네 장난감 검사를 끝내고 나면 여기로 갖다줄 거다."

나는 할머니를 쳐다보았다.

"경찰이 방에 들어가?"

"아마 지금 이 순간에도 거기 있을 거야. 증거를 수집하려고."

"증거가 뭐야?"

"그동안 있었던 일을 증명하는 거. 판사에게 보여주기 위해서. 사진, 지문 같은 거."

나는 목록을 적으면서 검은 트랙과 식탁 아래의 구멍, 엄마와 내가 남긴 온갖 표시들을 생각했다. 내 파란 문어 그림을 보는 판사의 모습.

할머니는 이렇게 멋진 봄날을 낭비할 수가 없다면서 긴 셔츠를 입고 제대로 된 신발과 모자, 안경을 쓰고 선블록 크림을 많이 바르면 뒷마당에 나가도 좋다고 했다. 할머니는 크림을 손에 짜냈다.

"마음 내킬 때마다 '움직여, 그만.'이라고 외쳐보렴. 리모컨 놀이처럼."

재미있을 것 같았다. 할머니는 내 손등에 크림을 문지르기 시작했다.

"그만!"

잠시 후 나는 말했다.

"움직여."

그러니까 할머니는 다시 움직였다.

"움직여."

할머니는 멈췄다.

"계속 움직이라고?"

"응."

할머니는 내 얼굴에도 발라주었다. 눈 근처에 바르는 것은 싫었지만, 할머니가 조심스럽게 발라주었다.

"움직여."

"이제 다 됐단다, 잭. 준비됐니?"

할머니는 먼저 유리문과 그물 문 밖으로 나가서 나한테 나오라고 손짓했다. 햇빛이 지그재그로 비쳤다. 우리는 배의 갑판처럼 나무로 된 테라스에 서 있었다. 위에는 작은 솜털이 떨어져 있었다. 할머니는 나무에서 떨어진 일종의 꽃가루라고 했다.

"어떤 나무?"

나는 온갖 다른 나무들을 올려다보았다.

"그건 잘 모르겠구나."

방에 있을 때는 모든 것의 이름을 다 알았지만, 세상에는 너무나 많은 것들이 있어서 사람들도 이름을 다 모른다. 할머니는 의자에 앉아서 엉덩이를 움찔거렸다. 나뭇가지가 있어서 밟으니 부러졌다. 작고 노란 잎과 끈적한 갈색 잎도 있었다. 할머니는 11월에 레오에게 치우라고 부탁했다고 했다.

"양할아버지는 일자리가 있어?"

"아니, 우린 일찍 퇴직했지만 지금은 주가가 곤두박질쳤단다."

"그게 무슨 뜻이야?"

할머니는 의자 등받이 위로 고개를 젖히고 눈을 감았다.

"아무것도 아니야. 걱정 말거라."

"양할아버지는 곧 죽어?"

할머니는 눈을 뜨고 나를 보았다.

"아니면 할머니가 먼저 죽어?"

"할머니는 쉰아홉밖에 안 됐어요, 이 녀석아."

엄마는 겨우 스물여섯 살이다. 고비를 넘겼으니 다시 돌아온다는 뜻일까?

"아무도 죽지 않아. 걱정 말거라."

"엄마는 누구나 언젠가는 죽는다고 했어."

할머니는 입술을 깨물었다. 입 주변에 햇살처럼 주름이 생겼다.

"우리는 이제 겨우 만났지 않니. 그러니까 작별인사부터 서두를 필요는 없어."

나는 정원의 녹색 부분을 내려다보았다.

"해먹은 어디 있어?"

"네가 그렇게 궁금해하니 지하실에서 꺼내야 할 것 같구나."

할머니는 끙 하면서 일어섰다.

"나도."

"앉아서 햇빛이나 즐기려무나. 금방 갔다 오마."

하지만 나는 앉지 않았다. 서 있었다.

할머니가 가고 나니 나무에서 삑삑 하는 소리가 들릴 뿐 조용했다. 보이지는 않았지만 새 소리 같았다. 바람이 나뭇잎을 살랑살랑 흔들었다. 아이가 고함지르는 소리가 들렸다. 높은 울타리 뒤쪽 다른 정원이거나 투명인간일 것이다. 하느님의 노란 얼굴 위에 구름이 덮였다. 갑자기 추워졌다. 세상은 언제나 밝음과 뜨거움, 소리가 변한다. 다음 순간에는 어떻게 변할지 전혀 알 수가 없었다. 구름은 회색을 띤 파란색이었다. 구름 안에 비가 들어 있을까? 비가 오기 시작하면 피부가 젖기 전에 얼른 집 안으로 달려가야지.

뭔가 웅웅 하는 소리가 들렸다. 꽃을 들여다보니 정말 놀라운 것이 있었다. 노랗고 검은 부분이 있는 커다랗고 살아 있는 벌이었다. 벌은 꽃 안에서 춤추고 있었다.

"안녕."

벌을 쓰다듬으려고 손가락을 내밀었더니……. 아야! 손에서 지금까지 느껴본 것 중에 가장 지독한 아픔이 폭발했다.

"엄마."

나는 비명을 질렀다. 하지만 엄마는 뒷마당에도 없었고, 내 머리에도 없었고, 아무 데도 없었다. 나는 혼자 아플 수밖에 없다.

"왜 그러니?"

할머니가 급히 테라스를 건너왔다.

"벌이 그랬어."

할머니가 특별한 연고를 발라주니까 아까처럼 아프지는 않았지만 그래도 많이 아팠다.

나는 반대쪽 손으로 할머니를 도왔다. 해먹은 마당 맨 뒤쪽의 나무 두 그루에 있는 고리에 걸렸다. 하나는 내 키보다 두 배쯤 되는 굽은 나무였고, 다른 하나는 수백 배는 크고 은색 잎이 달려 있는 나무였다. 밧줄이 지하실에서 줄어들었기 때문에 잡아당겨서 구멍을 적당한 크기로 늘려야 했다. 게다가 밧줄 두 개가 끊어져서 한쪽에는 구멍이 크게 나 있었다.

"나방이 갉아먹었을 거야."

나방이 밧줄을 끊을 정도로 크게 자란다는 것은 몰랐다.

"몇 년 동안 걸지 않았단다."

할머니는 어차피 등을 받칠 게 필요하니 무서워서 앉고 싶지 않다고 했다. 나는 해먹을 가득 채우도록 몸을 쭉 폈다. 신발 안에서 발을 꼼지락거려서 구멍 안에 넣고 손도 넣었다. 하지만 벌에 쏘여 아직 아픈 오른손은 넣지 않았다. 어린 엄마와 어린 폴이 해먹에서 흔들거리는 모습을 상상해보았다. 이상했다. 그 아이들은 어디 갔을까? 큰 폴은 디나와 브론윈과 같이 살고 있다. 그들은 공룡을 다른 날에 보러 가자고 했지만 거짓말 같았다. 어른이 된 엄마는 클리닉에서 고비를 넘기고 있다.

나는 밧줄을 잡아당겼다. 나는 거미줄에 걸린 파리다. 아니면 스파이더맨이 잡은 도둑. 할머니가 해먹을 밀어주니까 흔들렸다. 어지러웠지만 기분 좋은 어지러움이었다.

"전화 왔어."

테라스에 양할아버지가 나와서 외쳤다. 할머니는 나를 바깥세상의 바깥에 홀로 내버려두고 풀밭을 달려갔다. 나는 해먹에서 뛰어내리다가 한쪽 신발이 구멍에 걸려 넘어질 뻔했다. 발을 빼니까 신발이 벗겨졌다. 나는 할머니의 뒤를 따라 거의 비슷한 속도로 달렸다. 할머니는 부엌에서 전화기에 대고 이야기하고 있었다.

"우선 할 일부터 해야지. 여기 있단다. 너랑 이야기하고 싶어 하는 사람이 있어."

할머니는 나에게 이야기하고 있었다. 할머니가 전화기를 내밀었지만 나는 받지 않았다.

"누구게?"

나는 할머니를 보며 눈을 깜빡였다.

"네 엄마야."

정말이었다. 전화기에서 엄마 목소리가 흘러나왔다.

"잭?"

"안녕."

다른 소리가 들리지 않아서 나는 할머니에게 전화기를 넘겼다.

"나다. 어떻게 지내니?"

할머니는 고개를 끄덕이고 끄덕이더니 말했다.

"잭은 씩씩하게 지내고 있어."

할머니는 다시 내게 전화기를 주었다. 엄마는 여러 번 미안하다고 했다.

"이제 나쁜 약 때문에 아프지 않은 거야?"

"그래. 나아지고 있단다."

"천국에 간 거 아니야?"

할머니는 입을 막았다. 엄마는 울음 같기도 하고 웃음 같기도 한 소리를
냈다.

"그랬으면 좋겠어."

"왜 천국에 갔으면 좋겠어?"

"가고 싶지 않아, 농담이야."

"재미없는 농담이야."

"그래."

"가고 싶으면 안 돼."

"알았어. 엄마는 클리닉에 있단다."

"노는 거 지겨워졌어?"

아무 소리도 들리지 않았다. 없어진 것 같았다.

"엄마?"

"엄마는 피곤했어. 그래서 실수를 했단다."

"이제 피곤하지 않아?"

엄마는 아무 말도 하지 않더니 말했다.

"피곤해. 하지만 괜찮아."

"여기 와서 해먹 타고 놀 수 있어?"

"곧."

"언제?"

"모르겠어. 상황 봐서. 할머니랑 잘 지내니?"

"그리고 양할아버지도 있어."

"맞아. 새로운 소식 없어?"

"모든 게 새로워."

이 말에 엄마는 웃었다. 이유는 알 수 없었다.

"재미는 있었어?"

"햇빛에 살갗이 탔고 벌에 쏘였어."

할머니는 눈동자를 굴렸다. 엄마가 뭐라고 했지만 들리지 않았다.

"이제 끊어야겠다. 잭. 잠을 더 자야 해."

"나중에 일어날 거야?"

"약속해. 엄마는 정말⋯⋯."

엄마의 숨결이 거칠어졌다.

"곧 다시 전화할게. 알겠지?"

"알았어."

더 이상 이야기가 없어서 나는 전화기를 내려놓았다. 할머니가 말했다.

"한쪽 신발은 어디 있니?"

*

나는 파스타 냄비 밑에서 불꽃이 오렌지색으로 춤추는 것을 지켜보았다. 끝이 검고 돌돌 말린 성냥이 카운터 위에 있었다. 성냥을 불꽃에 갖다대니 쉿 소리를 내며 다시 커다란 불꽃이 타올라서 얼른 난로 안에 버렸다. 거의 눈에 보이지 않는 작은 불꽃은 성냥이 새까맣게 될 때까지 야금야금 먹었고, 작은 연기가 은색 리본처럼 위로 올라갔다. 마법 같은 냄새가 났다. 나는 상자에서 다른 성냥을 꺼내서 끝에 불을 붙이고 이번에는 쉿 소리가 나는데도 붙잡고 있었다. 들고 다닐 수 있는 나만의 작은 불꽃이었다. 둥글게 움직이니 불꽃은 꺼진 듯하다가 다시 살아났다. 불꽃은 점점 커져서 성냥을 따라 활활 타올랐다. 두 개의 다른 불꽃이 붉고 가는 나무를 사이에 두고 타올랐다.

"얘야!"

나는 깜짝 놀랐다. 양할아버지였다. 성냥은 사라졌다. 할아버지는 내 발을 밟았다. 나는 고함을 질렀다.

"양말에 떨어졌잖아."

할아버지는 돌돌 말린 성냥을 보여주고 검은 얼룩이 묻은 내 양말을 문질렀다.

"네 엄마가 불장난은 하지 말라고 안 가르치더냐?"

"없었어."

324

"뭐가 없었어?"

"불. 진짜 불이 아니었어."

그는 나를 보았다.

"전기 화덕이었다는 뜻이구나."

"무슨 일이에요?"

할머니가 들어왔다.

"잭이 부엌살림을 배우고 있어."

할아버지는 파스타를 휘저었다가 뭔가 집어들고 나를 보았다. 기억이
났다.

"강판."

할머니는 식탁을 차리고 있었다.

"이건?"

"마늘 짓누르는 거."

"마늘 빻는 거다. 짓누르는 것보다 훨씬 무섭지."

할아버지는 나를 보고 웃었다. 할머니에게는 성냥에 대해 말하지 않았다.
이건 일종의 거짓말이었지만 골치 아픈 일에 휘말리지 않는 건 좋은 이유가
된다. 할아버지는 다른 걸 들어 보였다.

"다른 강판?"

"레몬 칼이다. 이건?"

"아, 거품기."

할아버지는 긴 파스타 한 올을 들어 올려서 먹었다.

"내 형은 세 살 때 뜨거운 쌀 냄비를 엎는 바람에 팔에 감자칩처럼 울룩
불룩한 흉터가 생겼지."

"아, 감자칩은 텔레비전에서 봤어."

할머니가 나를 보았다.

"감자칩을 한 번도 못 먹어봤단 말이냐?"

할머니는 계단을 올라가더니 찬장에서 물건들을 꺼냈다. 할아버지가 말
했다.

"요리 완료 2분 남았어."

"아, 조금 먹는 건 괜찮을 거예요."

할머니는 와그작거리는 소리가 나는 봉투를 들고 내려와서 뜯었다. 칩에
는 줄무늬가 있었다. 나는 하나를 꺼내 끝을 조금 먹어보았다.

"고맙지만 싫어."

나는 칩을 봉투 안에 다시 넣었다. 할아버지는 웃었다. 뭐가 우스운지 알
수가 없었다.

"이 녀석이 내 탈리아텔레 까르보나라를 먹으려고 입맛을 아끼는 거야."

"대신 팔을 봐도 돼?"

"무슨 팔?"

할머니가 물었다.

"할아버지의 형 팔."

"아, 내 형은 멕시코에 산단다. 너한테는, 큰할아버지가 되겠구나."

할아버지가 개수대에 물을 따라 버리니까 젖은 물기가 큰 구름을 만들
었다.

"왜 커?"

"레오의 형이라는 뜻이야. 우리 친척들은 이제 모두 네 친척이란다. 우리
것은 모두 네 것이야."

할머니가 말했다. 할아버지도 말했다.

"레고지."

"뭐라구요?"

할머니가 물었다.

"레고처럼, 가족들 조각이 서로 붙어 있는 거라고."

"그것도 텔레비전에서 봤어."

할머니는 다시 나를 보았다.

"레고도 없이 자라다니. 정말 문자 그대로 상상할 수가 없네요."

"수백만 명의 아이들이 레고 없이 자랐어. 우리도 그랬고."

"그 말이 맞아요."

할머니는 혼란스러운 표정이었다.

"지하실 어디에 레고 상자를 던져놨을 텐데."

할아버지는 한 손으로 달걀을 깨뜨려서 파스타 위에 얹었다.

"저녁 준비 다 됐다."

＊

나는 움직이지 않는 자전거를 열심히 탔다. 다리를 뻗으면 발가락에 페달이 닿았다. 나는 다리를 튼튼하게 해서 얼른 엄마를 다시 구출하러 달려가려고 열심히 달렸다. 다리가 피곤해져서 파란 매트에 누웠다. 역기도 들었다가 배 위에 올려놓았다. 어지러운 세상에서 떨어지지 않도록 역기가 누르는 느낌이 좋았다.

딩동. 할머니가 내게 손님이 왔다고 소리쳤다. 클레이 박사였다. 우리는 테라스에 앉았다. 클레이 박사가 벌이 있으면 알려주겠다고 했다. 사람들과 벌은 그냥 손을 흔들어서 인사만 해야지 서로 만지면 안 된다. 사람이 괜찮다고 하지 않으면 개를 쓰다듬으면 안 되고, 길을 건널 때 뛰어가면 안 되고, 내 것 말고는 소중한 부분을 만지면 안 된다. 나쁜 사람들을 잡을 때 경찰이 총을 쏘는 것처럼 특별한 경우도 있었다. 머릿속에 넣어야 할 규칙들이 너무 많아서, 우리는 클레이 박사의 무거운 금색 펜으로 목록을 만들기로 했다. 그리고 역기, 감자칩, 새들처럼 새로운 물건들 목록도 적었다.

"텔레비전 말고 진짜로 보는 게 즐겁니?"

"응, 텔레비전에 나오는 것들은 날 찌른 적이 없지만."

"좋은 지적이구나."

클레이 박사는 고개를 끄덕였다.

"'인간이라는 종족은 지나치게 많은 진실을 견디지 못한다.'"

"그것도 시야?"

"어떻게 알았니?"

"이상한 목소리를 냈잖아. 인간이라는 종족은 뭐야?"

"인류. 우리 모두라는 이야기야."

"나도 그래?"

"아, 그럼. 너도 우리 중의 하나란다."

"엄마도."

클레이 박사는 고개를 끄덕였다.

"엄마도 그래."

하지만 내가 말하려던 건, 난 인간이지만 동시에 나-엄마이기도 하다는 뜻이었다. 우리 둘을 가리키는 단어가 무엇인지 알 수 없었다. 방 사람?

"엄마는 곧 날 만나러 올 거야?"

"가능한 한 빨리. 여기 할머니 집에서 사는 것보다 클리닉에 있으면 더 편할 것 같니?"

"엄마랑 같이 7번 방에서?"

그는 고개를 저었다.

"엄마는 다른 건물에 있단다. 한동안 혼자 있어야 해."

틀렸다. 난 아프면 엄마가 더 필요할 텐데.

"하지만 엄마는 나으려고 열심히 노력하고 있어."

아픈 건 그냥 아픈 거고 나으면 낫는 거지, 노력을 해야 하는 줄은 몰랐다. 작별 인사로 나와 클레이 박사는 하이파이브, 로우 파이브, 백파이브를 했다. 나는 변기에 앉아서 박사가 테라스에서 할머니와 이야기하는 것을 들었다. 할머니의 목소리는 박사보다 두 배는 높았다.

"맙소사, 햇빛에 조금 탄 거랑 벌에 쏘인 걸 가지고. 나도 아이 둘을 키운 사람입니다. 적절한 보호 기준 따위 설교할 생각 마세요."

*

밤에는 수백만 개의 작은 컴퓨터가 나에 대해 서로 이야기를 했다. 엄마는 콩나무를 타고 올라가 있었고, 나는 엄마를 떨어뜨리려고 땅에서 콩나무를 흔들고 또 흔들고 있었다.

아니. 전부 꿈이었다.

"좋은 생각이 떠올랐어."

할머니가 침대에 누운 채 몸을 기울이고 내 귀에 속삭였다.

"아침을 먹기 전에 아이들이 아무도 없을 때 놀이터에 놀러 가자꾸나."

우리의 그림자는 아주 길게 죽 늘어져 있었다. 나는 거대한 주먹을 흔들어보았다. 할머니는 벤치에 앉으려다가 젖어 있는 것을 보고 대신 울타리에 기댔다. 모든 물건이 조금씩 젖어 있었다. 할머니는 이슬이라고 했다. 비처럼 보이지만 하늘에서 떨어지는 게 아니라 밤에 생기는 땀 같은 것이다. 나는 미끄럼틀 위에 얼굴을 그렸다.

"옷이 젖어도 괜찮아. 신나게 놀아라."

"추워."

모래가 잔뜩 깔려 있는 부분도 있었다. 할머니는 그 안에 앉아서 놀면 된다고 했다.

"뭐?"

"응?"

"뭘 놀아?"

"모르겠다. 모래를 파든지, 퍼 올리든지."

만져보았더니 까칠까칠했다. 모래를 뒤집어쓰고 싶지는 않았다.

"정글짐이나 그네는 어때?"

"할머니는?"

할머니는 웃더니 자기가 올라가면 어디가 부서질 거라고 했다.

"왜 그래?"

"일부러 부순다는 게 아니라 할머니는 무거우니까."

나는 몇 계단 올라가서 원숭이 말고 소년처럼 섰다. 쇠 위에는 녹이라고 불리는 거친 오렌지색 부분이 있었고, 봉을 붙잡으니 손이 얼 것 같았다. 끝에는 요정들이 사는 것 같은 작은 집이 있었다. 식탁에 앉았더니 지붕이 내 머리 바로 위에 있었다. 지붕은 빨간색이었고 식탁은 파란색이었다.

"까꿍."

나는 깜짝 놀랐다. 할머니가 창밖에서 손을 흔들고 있었다. 할머니는 반대편으로 가서 다시 손을 흔들었다. 나도 손을 흔들었다. 할머니는 좋아했다.

식탁 모서리에서 뭔가 움직였다. 작은 거미였다. 방 안에도 아직 거미가 있을까. 거미줄은 점점 커지고 있을까. 나는 콧노래 놀이 하듯이 노래를 발로 두들겼다. 두들기는 소리만 듣고 알아맞히는 놀이였지만 엄마는 거의 다 알아맞혔다. 신발로 바닥을 두드려보니 금속이라서 다른 소리가 났다. 벽에 뭐라고 쓰여 있었지만 마구 흘려 써서 읽을 수는 없었다. 그림도 있었다. 고추 같았지만 사람만큼 컸다.

"미끄럼틀 타보렴, 잭. 재미있을 것 같은데."

할머니가 나를 부르고 있었다. 나는 작은 집에서 나와서 아래를 내려다보았다. 은색 미끄럼틀 위에는 작은 돌멩이가 붙어 있었다.

"이야! 이리 오렴. 내가 밑에서 잡아주마."

"고맙지만 싫어."

해먹과 비슷하지만 아래로 늘어지는 줄사다리도 있었지만, 손가락이 너무 쓰렸다. 팔이 좀 더 강해지거나 내가 정말 원숭이라면 매달릴 수 있는 철봉도 많이 있었다. 도둑들이 계단을 가져가버린 것 같은 부분도 있었다.

"아, 미끄럼봉이잖아."

"저건 텔레비전에서 봤어. 한데 왜 저 위에서 살아?"

"누가?"

"소방수."

"아, 이건 진짜 소방서에 있는 미끄럼봉이 아니란다. 그냥 갖고 노는 거야."

네 살 때는 텔레비전에 있는 모든 것이 그냥 텔레비전인 줄 알았지만, 다섯 살이 되자 엄마는 텔레비전 안의 많은 것들이 진짜 물건들의 그림이고 바깥세상도 정말 진짜라고 알려주었다. 한데 이제 바깥세상에 나와보니 그 중에 많은 것들이 진짜가 아니었다.

나는 요정의 집으로 돌아갔다. 거미는 어딘가로 사라지고 없었다. 나는 식탁 밑에서 신발을 벗고 발을 뻗었다. 할머니는 그네를 타고 있었다. 두 개는 평평했지만 하나는 다리를 넣는 구멍이 뚫린 고무 의자였다.

"이걸 타면 떨어지지 않겠다. 타볼래?"

할머니는 나를 들어 올렸다. 할머니의 손이 내 겨드랑이를 꽉 잡는 느낌이 이상했다. 할머니는 나를 의자 등받이 깊이 밀어 앉혔지만 그건 싫었다. 내가 계속 몸을 돌려 주위를 돌려보았기 때문에, 할머니는 대신 앞에서 나를 밀어주었다. 나는 더 빨리, 더 빨리, 더 높이 흔들리고 있었다. 지금까지 놀았던 것 중에서 가장 이상한 기분이었다.

"머리를 뒤로 젖혀봐라."

"왜?"

"할머니 믿고."

나는 머리를 뒤로 젖혔다. 모든 것이 뒤집혔다. 하늘과 나무와 집과 할머니와 모든 것이. 믿기지 않았다. 다른 그네에 여자아이가 있었다. 나는 그 애가 오는 것도 보지 못했다. 그 애는 나와 똑같이 흔들리지 않고, 내가 뒤로 가면 앞으로 갔다.

"네 이름이 뭐야?"

그 애가 물었다. 나는 못 들은 척했다.

"애는, 제이슨이란다."

할머니가 말했다. 왜 나를 그렇게 부르지?

"난 코라이고 네 살 반이야. 그 앤 아기야?"

여자애가 물었다. 할머니가 대답했다.

"이 앤 남자애고 다섯 살이란다."

"그런데 왜 아기 그네를 타고 있어?"

나는 얼른 나오려고 했지만 다리가 고무에 끼여 있었다. 발로 차고 체인을 잡아당겼다.

"조심, 조심."

"왜 발작을 하고 있어?"

코라가 물었다.

내 발이 실수로 할머니를 찼다.

"그만해."

"내 친구의 동생도 발작을 해."

할머니는 내 겨드랑이를 안고 나를 잡아당겼다. 발이 비틀리더니 빠져나왔다. 할머니는 놀이터 문간에 서서 말했다.

"신발은 어디에 있니, 잭?"

나는 열심히 기억을 더듬었다.

"작은 집 안에 있어."

"얼른 가서 가져오거라. 저 애는 귀찮게 하지 않을 거야."

할머니는 기다렸다. 하지만 나는 아이가 쳐다볼까 봐 올라갈 수가 없었다. 그래서 할머니가 대신 올라갔다가 요정의 집에 엉덩이가 끼는 바람에 화를 냈다. 할머니가 내 왼쪽 신발의 벨크로를 너무 꽉 끼게 붙여서 내가 다시 뜯고 다른 쪽 신발도 뜯었다. 나는 양말 바람으로 흰 차로 향했다. 할머니는 유리에 발이 찔릴지도 모른다고 했지만, 나는 찔리지 않았다. 바지와 양말이 이슬에 젖어 있었다. 할아버지는 커다란 머그컵을 들고 의자에 앉아 있다가 물었다.

"어떻게 됐어?"

"조금씩 좋아지고 있어요."

할머니는 위층으로 올라갔다. 할아버지는 내게 커피를 마시게 해주었다. 몸이 부르르 떨렸다.

"왜 음식을 먹는 곳을 커피숍이라고 하는 거야?"

"음, 거기서 파는 제일 중요한 음식이 커피니까. 대부분의 사람들은 자동차가 기름을 먹듯이 커피를 먹어야 계속 살아갈 수 있거든."

엄마는 나처럼 물과 우유, 주스만 마시는데. 나는 엄마가 뭘 먹고 계속 살아가는지 궁금했다.

"아이들은 뭘 먹어?"

"아이들은 그냥 콩이나 잔뜩 먹으면 되지."

삶은 콩은 나를 살아가게 하지만 완두콩은 나의 적이다. 할머니가 며칠

전 저녁으로 완두콩을 주었지만, 나는 접시 위에 있는 콩을 못 본 척했다. 이제 세상 속에 있으니 다시는 완두콩을 먹지 않을 거다.

*

나는 계단에 앉아 여자들의 말을 듣고 있었다.

"음, 나보다 산수는 더 잘하는데 미끄럼틀을 못 타요."

할머니가 말했다. 내 이야기다. 할머니의 북클럽이었지만, 책을 읽지도 않는데 왜 북클럽이라고 하는지 알 수 없었다. 할머니가 모임을 취소하는 것을 잊어버리는 바람에 사람들이 3시 30분에 케이크 접시 같은 것들을 들고 몰려왔다. 나는 작은 접시에 케이크 세 개를 담아 먹었지만 물러나 있어야 했다. 할머니는 다섯 개의 열쇠가 달린 포조네 피자집이라고 적힌 열쇠고리를 내게 주었다. 집을 어떻게 피자로 만드는지 알 수가 없었다. 무너지지 않을까? 진짜 문을 여는 열쇠는 아니었지만 딸랑딸랑 소리가 났고, 나는 술장에서 열쇠를 빼가지 않겠다는 약속으로 열쇠고리를 얻었다. 첫 케이크는 코코넛이었는데 맛이 이상했다. 두 번째는 레몬이었고, 세 번째는 뭔지 알 수 없었지만 맛이 가장 좋았다.

"정말 피곤하겠구나."

가장 높은 목소리를 가진 여자가 말했다. 다른 여자가 말했다.

"이 아이는 영웅이야."

카메라도 빌렸다. 커다란 동그라미가 달린 할아버지의 멋진 카메라가 아니라 할머니의 휴대전화 눈에 숨어 있는 카메라였다. 벨이 울리면 전화를 받지 않고 할머니를 불러야 했다. 지금까지 나는 사진 열 장을 찍었다. 첫 번째 내 부드러운 신발, 두 번째 운동실 천장에 달린 조명, 세 번째 지하실 어둠 사진(그런데 사진이 너무 밝게 나왔다), 네 번째 줄이 그어진 내 손바닥, 다섯 번째 쥐구멍이었으면 했던 냉장고 옆 구멍, 여섯 번째 바지를 입은 내 무릎, 일곱 번째 거실 양탄자를 가까이에서 찍은 사진, 여덟 번째 오늘 아침 도라가 텔레비전에 나왔을 때 찍었지만 지그재그 무늬만 잔뜩 나온 사진,

아홉 번째 웃지 않고 있는 할아버지, 열 번째 갈매기가 날아갈 때 침실 창문에서 찍었지만 갈매기는 나오지 않은 사진. 거울 안의 내 사진도 찍으려고 했지만, 그러면 나도 파파라치가 되고 만다.

"음, 사진에서 봤던 작은 천사랑 똑같이 생겼네."

한 여자가 말했다. 내 사진 열 장은 언제 봤을까? 나는 천사처럼 생기지도 않았다. 천사들은 날개가 있고 거대하다.

"경찰서 밖에서 찍힌 그 거친 사진 말이에요?"

할머니가 말했다.

"아, 아뇨. 인터뷰를 하고 있을 때 가까이서 찍은 사진."

"아, 내 딸 말이군요. 한데 잭을 가까이서 찍은 사진이 있었다고요?"

할머니는 격분한 목소리였다. 다른 사람이 말했다.

"아, 저런. 인터넷에 여기저기 돌아다녀요."

그러자 여러 사람이 한꺼번에 말하기 시작했다.

"모르셨어요?"

"요즘에는 뭐든지 다 유출된답니다."

"세상에 비밀이 없어요."

"끔찍해요."

"매일같이 뉴스에 나오는 무서운 사건들 좀 봐요. 가끔은 커튼을 쳐놓고 침대에 틀어박혀 있고 싶을 때도 있어요."

묵직한 목소리가 말했다.

"난 아직도 믿을 수가 없어요. 7년 전에 빌에게 어떻게 우리가 아는 여자한테 이런 일이 생길 수 있냐고 말했던 기억이 아직도 생생합니다."

"우리 모두 죽었다고 생각했어요. 물론 말은 안 했지만."

"그런데 당신은 끝까지 믿음을 버리지 않았죠."

"누가 상상이나 했겠어요."

"차 더 드실 분?"

할머니 목소리였다.

"음, 모르겠어요. 스코틀랜드의 수도원에서 일주일 지낸 적이 있는데, 정말 평화스러웠거든요."

내 케이크는 코코넛밖에 남아 있지 않았다. 접시를 계단에 놓고 침실로 올라가 보물들을 보았다. 이빨을 입에 넣고 빨았다. 엄마 같은 맛이 나지 않았다.

*

할머니는 지하실에서 폴과 엄마가 쓰던 커다란 레고 상자를 찾았다.

"뭘 만들고 싶니? 집? 빌딩? 도시?"

"눈높이를 좀 낮춰봐."

할아버지가 신문 뒤에서 말했다. 상자 안에는 온갖 색깔의 작은 조각들이 있었다. 마치 수프 같았다.

"음, 마음대로 해보렴. 난 다림질을 해야겠다."

나는 레고를 쳐다보았지만 부서질까 봐 만지지 않았다. 잠시 후 할아버지가 신문을 내려놓았다.

"나도 아주 오랫동안 안 해봤는데."

할아버지는 조각들을 아무렇게나 집어서 끼워 맞추기 시작했다.

"왜 안 해봤어?"

"좋은 질문이구나, 잭."

"아이들이랑 레고 놀이 안 했어?"

"난 아이가 없단다."

"왜?"

할아버지는 어깨를 으쓱했다.

"그냥 생기지 않았어."

나는 울퉁불퉁하지만 영리한 그의 손을 보았다.

"부모가 아닌 어른을 가리키는 말이 있어?"

할아버지는 웃었다.

"다른 할 일이 있는 사람들이라고 하면 될까?"

"무슨 일?"

"직장, 친구, 여행, 취미."

"취미가 뭐야?"

"주말을 보내는 방법이란다. 예를 들어 나는 동전을 수집했지. 온 세상의 오래된 동전들. 그런 것을 모아서 벨벳 상자에 보관했어."

"왜?"

"아이들보다 쉬워서 그랬을까. 냄새나는 기저귀도 없고."

이 말에 나는 웃었다. 할아버지는 마술처럼 자동차로 변한 레고 조각을 들어 보였다. 돌아가는 바퀴가 하나, 둘, 셋, 넷, 천장, 운전사, 전부 다 있었다.

"어떻게 했어?"

"한 번에 한 조각씩 끼우면 돼. 너도 골라보거라."

"어떤 거?"

"아무거나."

나는 커다랗고 빨간 사각형을 골랐다. 할아버지는 내게 바퀴가 달린 작은 조각을 건넸다.

"이걸 붙여보렴."

나는 튀어나온 부분이 움푹 파인 부분에 들어가도록 놓고 꾹 눌렀다. 할아버지는 다른 바퀴를 건네주었다. 그것도 눌렀다.

"좋은 자전거구나, 부웅!"

할아버지가 너무 크게 말해서 나는 레고를 바닥에 떨어뜨렸다. 바퀴 하나가 튀어나갔다.

"미안해."

"미안할 거 없어. 이것도 보여주마."

할아버지는 바닥에 자동차를 놓고 발로 우지직 밟았다. 차는 산산조각이 났다.

"봤냐? 걱정 없어. 다시 시작하자꾸나."

*

할머니는 나한테서 냄새가 난다고 했다.

"수건으로 씻었어."

"그래, 하지만 구석구석 때가 숨어 있어. 욕조에 물을 받을 테니까 들어가거라."

할머니는 김이 오르는 물을 한 가득 받고 반짝반짝 빛나는 거품 같은 것을 부었다. 녹색 욕조가 거의 모습을 감추었지만, 나는 욕조가 아직 거기 있다는 것을 알고 있었다.

"옷 벗어라, 아가야."

할머니는 엉덩이에 손을 짚고 섰다.

"내가 보는 게 싫으냐? 문 밖에 있을까?"

"싫어!"

"왜 그래? 네 엄마가 욕조에 없으면 물에 빠질까 봐?"

할머니는 기다렸다. 욕조에 사람이 빠질 수도 있다는 건 몰랐다.

"내가 여기 계속 앉아 있으마."

할머니는 변기 뚜껑을 두드렸다. 나는 고개를 저었다.

"같이 욕조에 들어가야 돼."

"내가? 아, 잭. 난 매일 아침 샤워를 해. 이 욕조 가장자리에 앉아 있어도 안 되겠니?"

"안에."

할머니는 나를 보았다. 그러더니 신음소리를 냈다.

"좋아. 꼭 그래야 한다면 이번만이다. 하지만 할머니는 수영복을 입을 거야."

"난 수영할 줄 몰라."

"아니, 진짜 수영하는 게 아니라, 할머니는 벌거벗는 게 싫어요."

"무서워?"

"아니, 그냥. 네가 괜찮다면 안 벗고 싶구나."

"나는 벗어도 돼?"

"그럼. 넌 어린아이니까."

방에 있을 때 우리는 어떤 때는 벌거벗고 있었고 어떤 때는 옷을 입고 있었지만 전혀 신경 쓰지 않았다.

"잭, 물이 차가워지기 전에 욕조에 들어갈까?"

물은 전혀 차갑지 않았다. 아직도 김이 오르고 있었다. 나는 옷을 벗기 시작했다. 할머니는 곧 돌아온다고 했다. 동상은 어른이지만 벌거벗어도 된다. 어쩌면 벌거벗어야 하는지도 모른다. 할아버지는 인간의 몸이 가장 아름답다고 생각했던 옛 로마인이 만든 동상들이 항상 벌거벗고 있기 때문에 그것을 흉내내느라고 그렇다고 했다. 욕조에 기대었더니 딱딱한 바깥벽이 배에 차갑게 느껴졌다. 『앨리스』에 이런 구절이 있었다.

> 그들은 네가 그녀에게 있었다고 말했고
> 나를 그에게 언급했다네.
> 그녀는 나를 칭찬했지만
> 나는 헤엄을 못 친다고 말했네.

내 손가락은 스쿠버다이버였다. 비누가 물에 떨어졌고, 나는 비누로 상어 놀이를 했다. 할머니는 줄무늬 속옷과 티셔츠가 한데 붙은 구슬 박힌 옷을 입고 머리에 비닐 봉투를 쓰고 들어왔다. 할머니는 샤워모자라고 했지만, 우리는 욕조에서 목욕을 하고 있었다. 나는 웃지 않고 속으로만 웃었다.

할머니가 욕조에 들어가자 물은 더 높아졌고, 내가 들어가자 물은 거의 흘러내릴 것 같았다. 할머니는 매끈한 쪽 끝에 앉았다. 엄마는 언제나 수도꼭지가 있는 쪽에 앉았다. 나는 내 다리로 할머니의 다리를 건드리지 않으려고 조심했다. 머리가 수도꼭지에 찍혔다.

"조심해."

왜 사람들은 아프고 난 다음에야 저런 말을 할까? 할머니는 욕조 놀이 중에 〈노, 노, 노를 저어라〉 밖에 기억하지 못했다. 놀이를 해보니 바닥에 물이 튀었다. 장난감도 없었다. 나는 손톱솔을 해저 밑바닥을 헤엄치는 잠수함이라고 생각하고 놀았다. 잠수함은 바닥에서 끈적끈적한 해파리 비누를 찾아냈다. 몸을 닦은 뒤 나는 코를 긁었다. 손톱 끝에 뭐가 걸려 나왔다. 거울을 보니 내 몸의 아주 작은 일부가 비늘처럼 둥글게 벗겨져 있었다. 할아버지가 슬리퍼를 찾으러 들어왔다.

"난 이걸 좋아했는데."

할아버지가 내 어깨를 만지자 갑자기 희고 얇은 줄이 생겼다. 나는 떨어져나가는 것도 느끼지 못했다. 할아버지는 벗겨낸 것을 내게 건네주었다.

"맛있는 거다."

"그만해요."

할머니가 말했다. 흰 것을 문질러보았더니 돌돌 말렸다. 내 몸에서 나온 작고 마른 공이었다.

"또 해줘."

"잠깐만. 여기 네 등에도 긴 게 있는데."

"남자들이란."

할머니는 얼굴을 찡그리며 말했다.

*

오늘 아침 부엌은 비어 있었다. 나는 서랍에서 가위를 꺼내 꽁지머리를 몽땅 잘랐다. 할머니가 들어와서 나를 쳐다보았다.

"음, 괜찮다면 정돈을 더 하고 빗자루와 쓰레받기를 가져오자꾸나. 처음 자른 머리니까 보관해야겠지."

대부분 쓰레기통에 들어갔지만, 할머니는 긴 부분 세 묶음을 땋아서 끝에 실을 매달아 팔찌를 만들어주었다. 할머니는 가서 거울을 보라고 했지만 나는 근육부터 확인했다. 그래도 힘은 없어지지 않았다.

이사

신문 꼭대기에는 4월 17일 토요일이라고 적혀 있었다. 내가 할머니와 할아버지의 집에 일주일 꼬박 있었다는 뜻이다. 그전에 클리닉에 일주일 있었으니 세상에 나온 지 2주가 되는 셈이다. 나는 계속 날짜를 더하고 있었다. 수백만 년은 지난 것 같았지만 엄마는 아직 돌아오지 않고 있었다.

할머니는 이 집에서 나가야 한다고 했다. 이제 머리가 짧아지고 곱슬곱슬하기 때문에 아무도 날 알아보지 못한다는 것이었다. 할머니는 이제 눈도 바깥세상에 적응했고 안경을 끼면 남의 주의만 끌게 되니까 벗으라고 했다.

우리는 손을 잡고 많은 길을 건넜지만 자동차에 깔리지 않았다. 손을 잡는 것이 싫어서, 나는 할머니가 다른 소년의 손을 잡고 있다고 생각했다. 한데 할머니가 좋은 생각을 해냈다. 나는 손 대신 할머니의 가방 끈을 붙잡았다.

세상에는 온갖 물건들이 많이 있었지만 사는 데 다 돈이 들었고 심지어 버리는 물건도 돈이 들었다. 편의점에서 우리 앞에 줄을 서 있던 남자는 상자에 든 것을 사더니 상자를 뜯어서 곧장 쓰레기통에 버렸다. 숫자가 적힌 작은 카드는 복권이었다. 바보들이 마술처럼 백만장자가 될 꿈을 꾸면서 사는 것이다.

우리는 우체국에서 우표를 사서 로켓 배에 있는 나를 그린 그림을 보냈다. 또 폴의 사무실이 있는 빌딩에도 올라갔다. 폴은 미치도록 바쁘다고 했지만, 내 손을 복사해주었고 자동판매기에서 캔디바도 사주었다. 엘리베이터 안에서 버튼을 누르면서 내려가는 동안, 나는 자동판매기 안에 있다고 생각하고 놀았다.

할머니가 사회보장카드를 잃어버렸기 때문에 새것을 발급받기 위해 정부 건물에도 들어갔다. 우리는 아주 오랫동안 기다려야 했다. 그런 뒤 할머니는 나를 완두콩이 없는 커피숍에 데려갔다. 나는 내 얼굴보다 큰 쿠키를 골랐다. 젖을 먹는 아기도 있었다. 아기는 처음 보았다. 나는 아기를 가리켰다.

"난 왼쪽이 좋아. 너도 왼쪽이 좋니?"

하지만 아기는 듣지 않았다. 할머니는 나를 끌어당겼다.

"죄송합니다."

여자가 스카프를 덮어써서 아기 얼굴은 보이지 않았다. 할머니가 속삭였다.

"남에게 보이는 걸 싫어해."

세상 밖에 나와서도 보이지 않을 수 있다는 건 몰랐다. 우리는 그냥 구경하러 세탁소에 갔다. 빙글빙글 도는 기계에 올라가고 싶었지만, 할머니가 그러면 죽는다고 했다.

우리는 공원으로 걸어가서 디나와 브론윈과 함께 오리에게 먹이를 주었다. 브론윈이 빵과 비닐봉투를 한꺼번에 다 던져버려서 할머니가 막대기로 건져야 했다. 브론윈은 내 빵을 갖고 싶어했다. 할머니는 브론윈이 어리니까 반을 주어야 한다고 했다. 디나는 공룡을 못 보여줘서 미안하다고, 언젠가 꼭 자연사박물관에 같이 가자고 했다.

바깥에 신발만 있는 가게도 있었다. 할머니는 구멍이 많이 뚫린 밝은색 스폰지 신발을 신어보라고 했고, 나는 노란색을 골랐다. 끈도, 벨크로도 없어서 그냥 발을 집어넣었다. 아주 가벼워서 신발을 신지 않은 기분이었다. 우리는 가게 안에 들어갔고, 할머니는 신발값으로 5달러짜리 지폐를 냈다. 25센트 20개와 같은 값이었다. 나는 할머니에게 마음에 든다고 말했다.

가게에서 나와보니 한 여자가 모자를 벗어놓고 땅에 앉아 있었다. 할머니는 내게 25센트 두 개를 주고 모자를 가리켰다. 나는 동전 하나를 모자에 놓고 할머니 뒤를 따라 달려갔다. 안전벨트를 매어주면서 할머니는 물었다.

"손에 든 거 뭐지?"

나는 두 번째 동전을 들어 보였다.

"네브라스카야. 내 보물로 간직할 거야."

할머니는 혀를 차고 동전을 가져갔다.

"내가 시킨 대로 거리의 사람한테 주었어야지."

"알았어. 내가 줄게."

"너무 늦었어."

할머니는 차를 출발시켰다. 보이는 것은 노란 뒤통수뿐이었다.

"그 여자는 왜 거리의 사람이야?"

"거기 길거리에서 사니까, 침대도 없이."

그 말을 들으니 동전 두 개를 주지 않은 게 미안해졌다. 할머니는 그게 양심이라고 했다.

나는 가게 유리창 안에서 우리 방처럼 생긴 사각형과 코르크 타일을 보았다. 할머니는 내가 만져보고 냄새도 맡아보도록 해주었지만 사려고 하지는 않았다. 우리는 세차장에 갔다. 솔이 차를 구석구석 문질렀지만, 닫힌 유리창 안으로 물이 들어오지는 않았다. 우스꽝스러웠다.

세상에는 거의 언제나 스트레스를 받고 시간이 없는 사람들도 있었다. 할머니도 종종 그런 말을 했다. 하지만 할머니와 할아버지는 직업이 없다. 직업이 있는 사람들은 도대체 어떻게 일도 하면서 살기도 하는지 알 수가 없었다. 방 안에 있을 때 나랑 엄마한테는 모든 것을 할 시간이 있었다. 시간은 버터처럼 길과 집, 놀이터, 가게, 온 세상에 아주 얇게 퍼져 있어서 한곳에 아주 조금밖에 없는 것 같았다. 그래서 모든 사람들은 서둘러 다음 장소로 옮겨가야 하는 것이다.

가는 모든 곳마다 아이들이 있었다. 어른들은 대부분, 부모들조차도 아이들을 좋아하지 않는 것 같았다. 어른들은 아이들에게 귀엽다, 예쁘다고 하면서 사진을 찍기 위해 똑같은 일을 계속 시켰지만, 같이 놀아주려고 하지는 않고 다른 어른들과 커피를 마시며 이야기하는 것을 더 좋아했다. 가끔 작은 아이가 울고 있어도 그 아이 엄마는 듣지 못했다.

도서관에는 돈을 낼 필요가 없는 수백만 권의 책들이 살고 있었다. 종이로 만든 거대한 곤충이 매달려 있었다. 할머니가 『앨리스』를 찾기 위해 C 자 밑을 살폈더니 거기 있었다. 모양은 달랐지만 글과 그림은 똑같았다. 이상했다. 나는 할머니에게 공작부인이 있는 가장 무서운 그림을 보여주었다. 할머니는 소파에 앉아 『피리 부는 사나이』를 읽어주었다. 이야기로 듣기는 했지만 책이었다는 건 몰랐다. 내가 제일 좋아하는 부분은 부모들이 바위 안에서 흘러나오는 웃음소리를 듣는 장면이었다. 부모들은 아이들에게 돌아오라고 외치지만 아이들은 사랑스러운 나라에 있었다. 천국일지도 모른다. 산은 결국 열리지 않았다.

큰 소년 하나가 해리 포터 컴퓨터를 하고 있었다. 할머니는 내 차례가 아니라고 너무 가까이 서지 말라고 했다.

어느 탁자 위에 기찻길과 건물이 있는 작은 세상이 있었고, 작은 아이가 녹색 트럭을 가지고 놀고 있었다. 나는 일어나서 빨간 엔진을 잡았다. 엔진을 아이의 트럭 쪽으로 움직였더니 아이는 웃었다. 더 빨리 움직여서 트럭을 선로에서 떨어뜨렸더니 아이는 더 많이 웃었다.

"같이 잘 놀고 있구나, 워커."

안락의자에 앉은 남자가 폴 삼촌의 블랙베리와 비슷하게 생긴 물건을 들여다보고 있었다. 아이 이름이 워커인 것 같았다.

"한 번 더."

이번에 나는 작은 트럭 위에 엔진을 놓고 오렌지색 버스와 충돌시켰다.

"조심해야지."

할머니가 말했다. 하지만 워커는 아래위로 펄쩍펄쩍 뛰면서 또 해보라고 했다. 다른 남자가 와서 첫 번째 남자에게 키스하더니 워커에게 말했다.

"친구에게 작별인사 하렴."

나 말인가?

"안녕."

워커는 손을 아래위로 흔들었다. 안아주어야 할 것 같았다. 나는 얼른 안으려다가 아이를 넘어뜨렸다. 아이는 기차 탁자에 머리를 부딪혀서 울었다.

"정말 죄송합니다. 손자가 아직 자기 영역을 배우는 중이라."

할머니는 계속 되풀이했다. 첫 번째 남자가 말했다.

"괜찮습니다."

그들은 어린 소년을 가운데 놓고 하나, 둘, 셋 휙 들어 올리면서 멀어졌다. 아기는 이제 울지 않았다. 할머니는 혼란스러운 표정으로 그들을 보았다. 할머니는 흰 차로 가는 도중에 말했다.

"명심해. 낯선 사람은 끌어안는 게 아니란다. 착한 사람이라도."

"왜?"

"그냥 안 해. 끌어안는 건 사랑하는 사람에게 해주렴."

"난 그 워커라는 아이를 사랑했어."

"잭, 오늘 처음 보는 아이였잖아."

*

오늘 아침 나는 팬케이크에 시럽을 조금 발랐다. 두 가지를 함께 먹어보니 맛있었다.

할머니는 내 윤곽을 따라 그림을 그리면서 다음에 비가 올 때 분필이 씻겨 나갈 테니까 테라스에다 그려도 좋다고 했다. 나는 구름을 보았다. 비가 오기 시작하면 한 방울이라도 내 몸에 떨어지기 전에 음속보다 빠르게 안으로 들어가야지.

"내 몸에 묻히지 마."

"아, 뭘 그리 걱정하는 게 많니."

할머니는 나를 세워놓고 그림을 그렸다. 테라스 벽에 아이의 모양이 생겼다. 나였다. 나는 커다란 머리와 뭉툭한 손을 가지고 있었고, 얼굴과 안쪽은 없었다.

"배달 왔다, 잭."

할아버지가 소리쳤다. 무슨 뜻일까? 집 안으로 들어가보니 할아버지가 큰 상자를 뜯고 있었다. 안에서 거대한 물건이 나왔다.

"일단 이건 쓰레기통에 넣어야겠구나."

"깔개야."

나는 깔개를 가득 안았다.

"우리 깔개야. 나랑 우리 엄마 깔개."

할아버지는 두 손을 들어 올렸다.

"알아서 하렴."

할머니의 얼굴이 비틀렸다.

"우선 밖으로 가지고 나가서 흠씬 두드려요, 레오."

"안 돼!"

나는 외쳤다.

"알았다. 진공청소기를 쓰마. 하지만 이 안에 뭐가 들어 있을지 생각하기도 싫구나."

할머니는 깔개를 손가락으로 문질러보았다.

깔개는 침실 안 내 간이침대 위에 보관해야 했다. 집안 곳곳에 끌고 다닐 수 없었기 때문이었다. 나는 깔개를 머리 위에 텐트처럼 둘러쓰고 앉았다. 냄새와 촉감은 내가 기억하는 것과 똑같았다. 깔개 밑에 경찰이 가져다준 다른 물건들도 갖다놓았다. 나는 지프와 리모컨, 녹은 숟가락에게 특별히 크게 키스했다. 리모컨이 부서지지 않아서 지프를 움직일 수 있으면 얼마나 좋을까. 말 많은 공은 내가 기억하는 것보다 더 납작해져 있었고, 빨간 풍선은 완전히 납작했다. 우주선도 있었지만 로켓 추진기가 없었고 상태가 좋아 보이지 않았다. 요새와 미로는 없었다. 상자에 넣기는 너무 컸는지도 모른다. 내 책 다섯 권, 게다가 『딜런』도 있었다. 나는 상가에서 가져온 새 『딜런』을 꺼냈다. 난 그 책이 내 딜런이라고 생각했지만 새 책이 훨씬 반짝거렸다. 할머니가 수천 사람들이 똑같은 시간에 똑같은 책을 읽을 수 있도록 세상에는 똑같은 책이 수천 권이나 있다고 했다. 현기증이 났다. 새 딜런이 말했다.

"안녕, 딜런. 만나서 반가워."

"난 잭의 딜런이야."

예전 딜런이 말했다.

"나도 잭의 딜런이야."

"그래, 하지만 내가 잭의 첫 딜런이야."

예전 딜런과 새 딜런이 서로 모서리로 싸우다가 새 딜런의 페이지 한 장이 찢어졌다. 나는 책을 찢었으니 엄마가 화를 낼 거라고 생각하고 싸움을 멈추었다. 화를 낼 엄마는 여기 없다. 알지도 못한다. 나는 울고 또 울었다. 그러다 책 때문에 울지 않으려고 도라 가방에 책을 넣어버렸다. 두 딜런은 안에서 서로 꺼안고 미안하다고 했다. 나는 간이침대 밑에서 이빨을 찾아서 내 이빨처럼 느껴질 때까지 빨았다.

두 창문이 이상한 소리를 냈다. 빗방울이었다. 나는 가까이 다가갔다. 유리창이 사이에 있으니 그렇게 무섭지 않았다. 나는 코를 유리창에 갖다댔다. 유리는 비로 얼룩져 있었다. 빗방울은 한데 녹아들어 긴 강물을 이루며 아래로 아래로 흘러내리고 있었다.

*

나와 할머니, 할아버지는 모두 함께 흰 차를 타고 깜짝 여행을 떠났다.

"어디로 가는지 어떻게 알아?"

나는 운전하는 할머니에게 물었다. 할머니는 거울을 보고 나에게 윙크를 했다.

"너한테만 깜짝 여행이란다."

나는 창밖에서 새로운 것들을 찾아보았다. 휠체어를 탄 소녀가 패드 두 개 사이에 머리를 기대고 있었다. 개 한 마리가 다른 개의 엉덩이 냄새를 킁킁 맡고 있었다. 우스웠다. 우편물을 넣는 금속 상자도 있었다. 비닐 봉투가 바람에 날렸다. 조금 잔 것 같았지만 확실하지는 않았다. 우리는 줄 위에 온통 먼지 같은 것이 쌓여 있는 주차장에 차를 세웠다. 할아버지가 물었다.

"알아맞혀봐라."

"설탕?"

"모래야. 이제 좀 따뜻해지냐?"

"아니, 추워."

"할아버지는 우리가 어디 있는지 알아맞혀보라는 이야기야. 네 엄마랑 폴이 어렸을 때 나랑 네 할아버지가 자주 데려갔던 곳인데?"

나는 한참 쳐다보았다.

"산?"

"모래언덕이란다. 저 두 언덕 사이에 파란 거 보이니?"

"하늘."

"그 아래. 바닥에 있는 짙은 파란색 말이야."

안경을 쓰고 있었지만 눈이 시렸다.

"바다야!"

할머니가 말했다. 나는 할머니 할아버지 뒤에서 양동이를 들고 나무로 된 길을 따라갔다. 생각했던 것과는 달랐다. 바람이 눈에 작은 돌멩이를 계속 날렸다. 할머니는 커다란 꽃무늬 깔개를 펼쳤다. 온통 모래가 묻을 텐데도 할머니는 소풍용 담요라서 괜찮다고 했다.

"소풍은 어디 있어?"

"소풍 가기에는 아직 좀 이른 시기야."

할아버지는 물 쪽으로 가보자고 했다. 신발에 모래가 가득 차서 한쪽이 벗겨졌다.

"좋은 생각이구나."

할아버지도 신발을 벗고 양말을 그 안에 넣더니 신발 끈을 잡고 흔들었다. 나도 신발에 양말을 넣었다. 모래는 축축했고 발에 닿는 느낌이 이상했다. 따끔따끔했다. 엄마는 바닷가가 이렇다고 말해준 적이 없었다.

"가자."

할아버지는 바다를 향해 달리기 시작했다. 꼭대기에 하얀 것을 이고 있는 거대한 것이 점점 커지면서 몰려와서 부서졌기 때문에, 나는 멀리 떨어져 있었다. 우르릉거리는 소리를 멈추지 않는 바다는 너무 컸다. 우리는 여기 있으면 안 된다.

나는 담요 위에 있는 할머니에게 돌아갔다. 할머니는 맨발을 꼼지락거리고 있었다. 발에는 주름이 가득했다. 우리는 모래성을 지으려고 했지만 모래 종류가 맞지 않아서 계속 무너졌다. 할아버지는 바지를 말아 올리고 물을 흘리며 돌아왔다.

"물장구치기는 싫었니?"

"전부 똥이야."

"어디가?"

"바다. 우리 똥은 관을 타고 바다로 흘러가. 그 안에서 걸어다니는 건 싫어."

"네 엄마는 하수시설에 대해서는 잘 모르는 모양이구나."

할아버지가 웃었다. 한 대 때리고 싶었다.

"엄마는 모든 걸 다 알아."

할아버지는 모래투성이 발로 담요 위에 앉았다.

"큰 공장이 있는데 그 안에 모든 변기랑 이어진 관이 있단다. 그곳 사람들이 똥을 모두 치우고 물을 마실 수 있을 정도로 깨끗하게 청소한 다음 관에 다시 넣어서 수도꼭지로 보내는 거야."

"그럼 물은 언제 바다로 가?"

할아버지는 고개를 저었다.

"바닷물은 그냥 비와 소금일 것 같구나."

"눈물 먹어본 적 있니?"

할머니가 물었다.

"응."

"눈물도 바다랑 똑같단다."

눈물이라도 그 안에 들어가고 싶지는 않았다. 하지만 나는 할아버지와 같이 보물을 찾으러 다시 물 가까이 가보았다. 우리는 달팽이처럼 생긴 흰 껍질을 발견했는데, 손가락을 안에 집어넣어보니 아무것도 없었다.

"갖고 있거라."

"집에 돌아오면 어떻게 해?"

"집이 필요했다면 그렇게 내버려두고 가지는 않았을 것 같구나."

새가 먹었는지도 모른다. 사자든지. 나는 주머니에 껍질을 넣었다. 분홍색 껍질, 검은색 껍질, 길고 위험해 보이는 맛조개도 넣었다. 할아버지는 줍는 사람이 임자이기 때문에 집에 가져가도 된다고 했다.

우리는 저녁뿐만 아니라 아무 때나 음식을 먹을 수 있는 다이너(diner)에서 점심을 먹었다. 나는 양상추와 토마토 그리고 안에 베이컨이 숨어 있는 매운 샌드위치를 먹었다. 집으로 가는 길에는 놀이터가 있었지만 어딘가 이상해 보였다. 그네가 반대편에 있었다.

"아, 잭. 이건 다른 놀이터야. 모든 도시에는 놀이터가 있단다."

세상의 많은 것들은 재방송 같았다.

*

"노린한테 들었는데 머리를 잘랐다면서."

엄마의 목소리가 전화기에서 작게 흘러나왔다.

"응. 그래도 아직 힘은 있어."

나는 엄마가 같이 있는 척하려고 캄캄한 깔개 밑에서 전화를 받았다.

"이제 혼자서 목욕도 해. 그네도 타봤고, 이제 돈도 알고, 불도 알고, 길거리 사람도 알고, 『땅 파는 딜런』은 두 권이 생겼고, 양심도 있고, 스폰지 신발도 있어."

"이야."

"아, 바다도 봤어. 바다에는 똥이 없어. 엄마가 날 속였어."

"넌 질문이 너무 많은데 엄마는 모든 해답을 다 몰랐어. 그래서 몇 개는 만들어냈지."

엄마가 우는 숨소리가 들렸다.

"엄마, 오늘 밤에 젖 주러 오면 안 돼?"

"아직은 안 돼."

"왜?"

"아직 약물 분량을 조절하고 있거든. 얼마나 필요한지 알아내려고."

엄마. 엄마한테는 내가 필요하다. 엄마는 왜 모를까?

*

나는 녹은 숟가락으로 팟타이 국수를 먹고 싶었지만, 할머니는 건강에 좋지 않다고 했다. 나중에는 거실에서 채널 서핑을 했다. 채널 서핑은 서퍼처럼 모든 채널을 빨리 돌려보는 걸 말한다. 한데 내 이름이 들렸다. 진짜로 말고 텔레비전에서.

"잭에게 들어봐야 합니다."

"우리는 모두 어떤 의미에서는 잭이라고 할 수 있어요."

커다란 탁자에 앉은 다른 남자가 말했다. 또 다른 남자가 말했다.

"그럼요."

전부 다 이름이 잭이라는 걸까? 저 사람들도 수백만 명 중의 하나일까?

"우리 안의 어린아이는 모두 각자의 방에 갇혀 있습니다."

다른 남자가 고개를 끄덕이며 말했다. 나는 그런 방에 있었던 것 같지 않았다.

"그렇지만 풀려나면 거꾸로 군중 속에서 외로움을 느끼지요."

"모더니티의 감각과잉에서 나침반을 잃고서."

"포스트모더니티지요."

여자도 있었다.

"하지만 상징적인 층위에서 잭은 영혼을 달래기 위해 토대에 던져넣은 아동 제물이라고 할 수 있어요."

응?

"저는 좀 더 유사한 원형이 페르세우스라고 생각합니다. 감금된 처녀의 몸에서 태어나 나무 상자에 담긴 채 표류하다가 영웅으로 돌아온 희생양 말입니다."

남자 중 한 사람이 말했다.

"독방에서도 행복했다는 카스파 하우저(갇혀 있다가 버려진 19세기 독일의 아이-옮긴이)의 주장은 유명하지만, 어쩌면 그는 19세기 독일 사회 자체가 좀 더 큰 독방이라고 말하고 싶었는지도 모릅니다."

"최소한 쟉에게는 텔레비전이 있었지요."

한 남자가 웃었다.

"플라톤의 동굴 벽에 비친 그림자로서의 문화겠지요."

할머니가 들어오더니 얼굴을 찌푸리며 텔레비전을 껐다.

"나에 대한 거야."

"저 사람들은 대학을 너무 오래 다녔어."

"엄마는 나도 대학에 가야 한다고 했어."

할머니는 눈동자를 굴렸다.

"때가 되면 가야지. 잠옷 갈아입고 이빨 닦자."

할머니가 『도망친 토끼』를 읽어주었지만 오늘 밤은 재미가 없었다. 도망쳐서 숨은 것이 엄마 토끼이고 아기 토끼가 엄마를 찾을 수 없었다면 어땠을까 하는 생각이 자꾸만 들었다.

*

할머니는 내게 축구공을 사준다고 했다. 아주 신났다. 검은 고무옷과 물갈퀴를 입고 있는 플라스틱 남자가 있었고, 분홍색, 녹색, 파란색 등 온갖색깔의 슈트케이스가 쌓여 있었고, 에스컬레이터가 있었다. 잠시 올라타보았지만 다시 올라갈 수가 없었다. 에스컬레이터는 계속 아래로, 아래로 내려가기만 했다. 정말 재미있으면서도 무서웠다. 재미-무섭, 새로운 단어조합이다. 엄마가 좋아할 것이다. 나는 에스컬레이터 끝에서 뛰어내려야 했지만, 어떻게 해야 다시 할머니에게 올라갈 수 있는지 알 수가 없었다. 나는다섯 번 이빨을 세었다. 한 번은 스무 개 대신 열아홉 개가 나왔다. 똑같은 내용을 말하고 있는 간판이 곳곳에 있었다. '어머니날이 사흘 남았습니다', '어머니에게 가장 좋은 것을 드리고 싶지 않으세요?' 나는 접시와 난로와 의자를 구경하다가 피곤해져서 침대 위에 누웠다. 한 여자가 누우면 안 된다고 해서 나는 일어나 앉았다.

"네 엄마는 어디 있니, 꼬마야?"

"일찍 천국에 가려고 했기 때문에 클리닉에 있어. 난 분재야."

여자는 나를 가만히 바라보았다.

"네가 뭐라고?"

"우린 갇혀 있었어. 이제 우린 랩 스타야."

"어머나, 세상에. 네가 그 소년이구나! 바로 그……. 로래나!"

여자는 소리쳤다.

"이리 와봐. 절대 못 믿을 거야. 그 소년이야, 잭. 텔레비전에 나왔던 그 헛간에 갇혀 살았던 아이."

다른 사람이 머리를 저으며 다가왔다.

"그 소년은 길게 기른 머리를 뒤로 묶었고 구부정했는데."

"그 애야. 진짜 그 애 맞다니까."

"말도 안 돼."

여자는 웃고 또 웃었다.

"정말 믿을 수가 없어. 사인해줄래?"

"로래나, 자기 이름을 어떻게 쓰는지도 모를 거야."

"알아. 뭐든지 쓸 수 있어."

내가 말했다.

"넌 정말 대단한 애야. 대단하지 않아?"

여자는 다른 여자에게 말했다. 유일한 종이는 옷에 붙어 있던 낡은 가격표뿐이었다. 친구들에게 나누어주라고 여러 장에 '잭'이라고 썼는데, 할머니가 겨드랑이에 공을 끼고 달려왔다. 이렇게 화난 할머니는 본 적이 없었다. 할머니는 여자들에게 분실아동 안내 절차에 대해 소리치면서 내 사인을 갈기갈기 찢어버렸다. 그리고 내 손을 잡아챘다. 가게 밖으로 달려나가자

문에서 윙윙 소리가 났다. 할머니는 양탄자 위에 공을 떨어뜨렸다. 자동차에 탄 뒤에도 할머니는 거울로 내 얼굴을 쳐다보지 않았다.

"왜 내 공을 던졌어?"

"공 때문에 경보가 울렸어. 돈을 안 내서."

"훔쳤어?"

할머니는 소리를 질렀다.

"아니야, 잭. 널 찾느라 미친 사람처럼 건물 안을 돌아다녔단 말이야."

그러다 할머니는 좀 더 조용히 말했다.

"무슨 일이 일어날지도 모르잖아."

"지진처럼?"

할머니는 작은 거울로 나를 쳐다보았다.

"낯선 사람이 널 데려갈지도 몰라. 할머니가 말하려는 건 그거야."

낯선 사람은 친구가 아니다. 하지만 그 여자들은 내 새 친구들이었다.

"왜?"

"자기 아이를 갖고 싶어서. 알겠니?"

맞는 말처럼 들리지 않았다.

"아니면 널 해치려고 데려가든가."

"그 사람이?"

올드 닉. 하지만 이름을 말할 수가 없었다.

"아니, 그는 감옥에서 나올 수 없지만 그와 비슷한 다른 사람 말이야."

세상에 그와 비슷한 다른 사람이 있다는 건 몰랐다.

"돌아가서 공을 가져오면 안 돼?"

할머니는 시동을 걸고 바퀴에서 끽 소리가 날 정도로 빨리 주차장을 빠져나갔다. 자동차 안에서 나는 점점 화가 났다.

집에 돌아온 뒤 나는 발에 맞지 않는 신발만 빼서 쓰레기통에 던져넣고 모든 내 물건을 도라 가방에 넣었다. 깔개도 둘둘 말아서 계단으로 끌고 내려갔다. 할머니가 복도로 나왔다.

"손 씻었니?"

"난 클리닉으로 돌아갈 거야. 할머니는 어, 낯선 사람이니까 날 막을 수 없어."

"잭, 그 냄새나는 깔개 원래 자리에 갖다놔."

"할머니가 냄새나."

나는 고함을 질렀다. 할머니는 가슴을 누르며 어깨너머로 말했다.

"레오. 정말이지 이제 더 이상……"

할아버지가 계단을 올라와서 나를 집어들었다. 나는 깔개를 떨어뜨렸다. 할아버지는 내 도라 가방을 발로 찼다. 그는 나를 어딘가로 데려가고 있었다. 나는 비명을 지르고 발로 찼다. 이건 허락된 일이다. 특별한 경우다. 죽여도 된다. 죽어, 죽어.

"레오, 레오!"

할머니가 아래층에서 울부짖었다. 저벅저벅. 그는 나를 갈기갈기 찢을 거야. 날 깔개에 싸서 땅에 묻고, 벌레들이 꼬물꼬물 들어오고 나가고 하겠지. 할아버지는 간이침대 위에 나를 떨어뜨렸지만 아프지 않았다. 할아버지가 침대 끝에 앉으니 침대가 파도처럼 출렁거렸다. 나는 아직도 울며 부들부들 떨고 있었다. 콧물이 시트 위에 떨어졌다.

나는 울음을 그쳤다. 그리고 침대 밑을 더듬어서 이빨을 찾아 입에 넣은 뒤 열심히 빨았다. 이제 아무 맛도 나지 않았다. 할아버지의 손이 내 옆 시트 위에 있었다. 손가락에는 털이 나 있었다. 그의 눈이 내 눈을 기다리고 있었다.

"이제 다 잊어버렸지?"

나는 이빨을 잇몸으로 밀어냈다.

"뭘?"

"소파에서 파이 먹으면서 게임 볼래?"

"좋아."

*

나무에서 떨어진 가지를 주웠다. 커다랗고 무거운 것도 다 모았다. 할머니와 나는 시에서 가져갈 수 있도록 가지를 끈으로 한데 묶었다.

"시에서 어떻게 가져가?"

"시에서 나온 남자들 말이야. 이런 일을 하는 사람들이 있어."

어른이 되면 내가 하는 일은 거인이 될 거야. 마구 먹는 거인 말고 바다에 빠진 아이들을 건져서 다시 땅에 내려놓는 거인. 나는 소리쳤다.

"민들레 경보."

할머니는 잔디가 자랄 수 있도록 모종삽으로 민들레를 퍼냈다. 모든 것이 다 자랄 만한 자리가 없기 때문이다. 피곤해지자 우리는 해먹으로 갔다. 할머니도 같이 앉았다.

"네 엄마가 아기였을 때 이렇게 같이 앉아 있었지."

"엄마한테도 줬어?"

"뭘?"

"젖."

할머니는 고개를 저었다.

"네 엄마는 우윳병을 들고 내 손가락을 하나씩 펼치곤 했어."

"엄마를 낳은 엄마는 누구야?"

"아, 알고 있었구나? 모르겠다, 나도."

"그 엄마가 다른 아기도 낳았어?"

할머니는 아무 말도 하지 않았다. 그러다 말했다.

"그거 참 좋은 생각이구나."

*

나는 악어 그림이 있고 '나는 늪에서 악어를 먹었네'라고 적혀 있는 할머니의 낡은 앞치마를 두르고 부엌 식탁에서 그림을 그렸다. 제대로 된 그림이 아니라 그냥 얼룩과 줄, 나선을 그렸다. 모든 색을 다 쓰고 마구 섞기도 했다. 할머니가 가르쳐준 대로 축축하게 만들어서 종이를 반으로 접는 것이 좋았다. 펼치면 나비 그림이 나왔다.

유리창에 엄마가 있었다. 빨간색이 튀었다. 닦으려고 했지만 물감이 내 발과 바닥에 온통 묻었다. 엄마의 얼굴은 사라졌다. 유리창으로 달려가보았지만 엄마는 없었다. 그냥 내 상상이었을까? 유리창과 개수대, 작업대에 빨간색이 묻었다.

"할머니! 할머니?"

그때 엄마가 바로 내 등 뒤에서 나타났다. 나는 엄마에게 달려가다가 멈추어 섰다. 엄마는 나를 안으려고 했지만 나는 말했다.

"아냐, 온통 물감이 묻었어."

엄마는 웃으면서 내 앞치마를 풀어서 탁자 위에 놓았다. 엄마는 내 몸을 꽉 껴안았지만, 나는 끈적거리는 손과 발을 옆으로 뻗었다. 엄마는 내 머리에 대고 말했다.

"못 알아보겠구나."

"왜 나를 몰라?"

"머리 때문인 것 같아."

"이것 봐, 긴 머리로 팔찌를 만들었어. 한데 자꾸 어디에 걸려."

"봐도 되니?"

"그럼."

손목에서 벗기는 동안 팔찌에 물감이 묻었다. 엄마는 자기 손목에 팔찌를 꼈다. 어딘가 달라 보였지만, 어떻게 다른지는 알 수 없었다.

"팔에 빨간색을 묻혀서 미안해."

"물로 씻을 수 있는 거야."

할머니가 들어오면서 말했다. 엄마는 할머니에게 키스했다.

"내가 온다고 말 안 해주셨어요?"

"혹시 무슨 일 생길까 싶어서 안 하는 게 좋다고 생각했지."

"아무 일 없어요."

"다행이구나."

할머니는 눈을 닦고 물감을 치우기 시작했다.

"요즘 잭은 우리 방 간이침대에서 자는데, 너는 소파에 침대를 만들어줄 테니까 거기서…….'

"사실 우린 떠나야 해요."

할머니는 잠시 움직이지 않고 서 있었다.

"저녁은 먹고 갈 수 있지?"

"그럼요."

할아버지는 리소토와 돼지고기 요리를 만들었다. 나는 뼈 부분이 싫었지만 쌀은 모두 다 먹고 포크로 소스도 긁어 먹었다. 할아버지가 내 돼지고기를 훔쳐갔다.

"도둑 여우야, 훔치지 마."

"이런!"

할머니는 아이들이 가득 들어 있는 무거운 책을 보여주었다. 엄마와 폴이 어렸을 때라고 했다. 믿으려고 노력하는데, 바닷가에 있는 한 소녀가 보였다. 할아버지와 할머니가 나를 데려간 바닷가였고, 소녀의 얼굴은 정확히 엄마의 얼굴이었다. 나는 엄마에게 보여주었다.

"맞아, 엄마야."

엄마는 페이지를 넘겼다. 폴이 거대한 바나나 모양의 동상에 난 창밖으로 손을 흔드는 사진도 있었고, 둘 다 할아버지와 함께 아이스크림콘을 먹고 있는 사진도 있었다. 하지만 할아버지는 달라 보였고 할머니도 마찬가지였다. 사진 속의 할머니는 검은 머리였다.

"해먹에서 찍은 사진은?"

"그때는 늘 해먹에서 놀았기 때문에 거기서 사진을 찍을 생각을 아무도 못 했나 보다."

엄마가 말했다. 할머니가 대답했다.

"하나도 없으면 참 섭섭할 텐데."

"뭐가요?"

"잭이 아기였을 때 사진 말이다. 기억으로 남겨놓게."

엄마의 얼굴은 무표정했다.

"난 하루도 잊지 않아요."

엄마는 시계를 보았다. 엄마도 시계가 있는 줄은 몰랐다. 뾰족한 바늘이 있는 시계였다.

"클리닉에서 몇 시까지 오라고 했니?"

할아버지가 물었다. 엄마는 고개를 저었다.

"클리닉은 졸업했어요."

엄마는 주머니에서 뭔가를 꺼내서 흔들었다. 고리에 달린 열쇠였다.

"이게 뭐게, 잭? 우리 아파트가 생겼단다."

할머니는 엄마의 다른 이름을 말했다.

"이게 좋은 생각인 것 같니?"

"제 생각이에요. 괜찮아요, 엄마. 카운슬러는 늘 있으니까요."

"하지만 전에는 한 번도 집에서 떨어져 살았던 적이 없잖아."

엄마는 할머니를 보았고, 할아버지도 그쪽을 보았다. 할아버지는 커다랗게 웃음을 터뜨렸다. 할머니는 할아버지의 가슴을 때렸다.

"농담 아니에요. 저 애는 무슨 뜻인지 알 거예요."

엄마는 짐을 꾸리기 위해 나를 위층으로 데려갔다.

"눈 감아봐. 깜짝 선물이 있어."

나는 엄마를 침실로 이끌고 갔다.

"짜잔."

나는 기다렸다.

"깔개랑 우리 물건이야. 경찰이 돌려줬어."

"그렇구나."

"이거 봐. 지프랑 리모컨이랑."

"부서진 물건들은 가지고 가지 말자. 정말 필요한 것들만 도라 가방에 넣으렴."

"난 전부 다 필요해."

엄마는 숨을 내쉬었다.

"네 방식대로 하렴."

내 방식이 뭐지?

"이걸 전부 담아온 상자도 있어."

"알았다고 했잖아."

할아버지는 흰 차 뒷자리에 우리 물건들을 실었다. 엄마는 할머니가 운전하는 동안 말했다.

"운전면허를 재발급 받아야겠어요."

"솜씨가 녹슬었을지도 모르는데."

"아, 모든 솜씨가 녹슬었죠."

나는 물었다.

"왜 엄마가 녹이 슬어?"

"양철 나무꾼처럼."

엄마는 어깨너머로 말하면서 팔꿈치를 들고 끽 소리를 냈다.

"잭, 언젠가 우리 차도 살까?"

"응. 아니면 헬리콥터. 슝 날아다니는 헬리콥터, 기차, 자동차, 잠수함."

"이야. 신나겠는데."

자동차는 달리고 또 달렸다.

"왜 이렇게 오래 걸려?"

"도시 반대편에 있으니까. 사실상 다른 주나 마찬가지야."

할머니가 대답했다.

"엄마."

하늘은 어두워지고 있었다. 할머니는 엄마가 말한 곳에 차를 세웠다. 간판이 걸려 있었다. '독립생활을 위한 주거 시설.' 할머니는 우리가 갈색 벽돌 건물 안으로 상자와 가방을 나르는 것을 도와주었다. 나는 도라 가방만 바퀴로 끌었다. 큰 문 안으로 들어가보니 도어맨이라고 불리는 남자가 미소 지었다. 나는 엄마에게 속삭였다.

"이 사람이 우리를 가두는 거야?"

"아니, 다른 사람들을 못 들어오게 하는 거야."

'지원팀'이라고 불리는 세 여자와 한 남자가 우리를 환영하면서 필요한 것이 있으면 언제든지 호출하라고 했다. 호출은 전화를 거는 것과 비슷한 것이었다. 층이 아주 많았고, 층마다 여러 아파트가 있었다. 엄마와 내 아파트는 6층이었다. 나는 엄마의 소매를 끌면서 속삭였다.

"5층."

"무슨 소리야?"

"5층에 있으면 안 돼?"

"미안, 우리가 고를 수는 없어."

엘리베이터가 쿵 닫히자 엄마는 몸을 떨었다. 할머니가 물었다.

"괜찮니?"

"익숙해져야 하는 일이죠, 뭐."

엄마가 비밀번호를 누르자 엘리베이터가 흔들렸다. 위로 올라가니까 기분이 이상했다. 그런 다음 문이 열리고 우리는 알지도 못하는 사이에 날아서 벌써 6층에 와 있었다. '소각장'이라고 적혀 있는 작은 뚜껑이 있었다. 쓰레기를 그 안에 넣으면 아래로 아래로 떨어져서 연기가 되어 날아가는 곳이었다. 문에는 숫자가 아니라 글자가 쓰여 있었다. 우리 집은 B, 즉 6층 B호였다. 6은 아래 위가 반대인 9처럼 나쁜 숫자는 아니다. 엄마는 열쇠를 구멍에 넣고 돌리면서 아픈 손목 때문에 얼굴을 찡그렸다. 아직 완전히 낫지 않은 것 같았다.

"우리 집이야."

엄마는 문을 활짝 열었다. 내가 와본 적도 없는 곳이 어떻게 우리 집이지? 아파트는 보통 집과 비슷했지만 모든 것이 납작했다. 방은 모두 다섯 개였다. 다행이다. 하나는 욕조가 있는 욕실이었기 때문에 샤워가 아니라 목욕을 할 수 있었다.

"지금 해도 돼?"

"우선 적응부터 하고."

화덕에서는 할머니집에 있는 것처럼 불꽃이 나왔다. 부엌 다음 방은 거실

이었는데 그 안에는 소파와 탁자, 아주 큰 텔레비전이 있었다. 할머니는 부
엌에서 상자를 풀고 있었다.

"우유, 베이글, 네가 다시 커피를 마시기 시작했는지 몰라서……. 잭은
이 알파벳 시리얼을 좋아하더구나. 요전에는 '화산'이라고 썼어."

엄마는 할머니를 팔로 두르고 잠시 움직이지 않았다.

"고마워요."

"필요한 게 있으면 얼른 사오마."

"아뇨. 다 생각해서 가져오셨는데요, 뭐."

할머니의 얼굴이 일그러졌다.

"너 혹시……."

"네?"

엄마는 기다렸다.

"왜 그러세요?"

"난 단 하루도 널 잊은 적이 없었다."

두 사람이 아무 말도 하지 않아서 나는 푹신한 침대를 시험해보았다. 공
중제비를 넘는 동안, 엄마와 할머니가 이야기하는 소리가 들렸다. 나는 열
린 곳마다 돌아다니며 모든 것을 닫았다.

할머니가 자기 집으로 돌아간 뒤 엄마는 빗장 지르는 법을 알려주었다.
빗장은 집 안에 있는 사람만 열거나 닫을 수 있는 열쇠 같은 것이다. 침대에
눕자 기억이 났다. 나는 엄마의 티셔츠를 올렸다.

"아, 이제 안에 젖이 남아 있을지 모르겠구나."

"응, 있을 거야."

"음, 젖가슴이라는 건 아무도 빨아먹지 않으면 이렇게 생각한단다. 아,
이제 우리 우유를 필요로 하는 사람이 아무도 없구나. 그만 만들자."

"바보들. 틀림없이 있을 거야."

"아니."

엄마는 손으로 막았다.

"미안해. 이제 그건 끝이야. 이리 오렴."

우리는 꼭 껴안았다. 엄마의 가슴이 내 귀에서 쿵쿵 뛰었다. 심장이다. 나는 엄마의 티셔츠를 올렸다.

"잭."

나는 오른쪽에 키스하고 말했다.

"안녕."

언제나 더 고소했던 왼쪽에는 두 번 키스했다. 엄마는 내 머리를 너무 세게 껴안고 있었다.

"숨을 못 쉬겠어."

엄마는 놓아주었다.

*

하느님의 얼굴이 창백한 붉은색으로 떠오르고 있었다. 나는 눈을 깜빡여서 빛이 들어왔다 나가게 했다. 엄마의 숨소리가 들릴 때까지 기다렸다.

"이 독립생활공간에서는 언제까지 있어?"

엄마는 하품을 했다.

"원할 때까지."

"나는 일주일만 있고 싶어."

엄마는 몸 전체를 죽 뻗었다.

"그럼 일주일만 있다가 그다음에 다시 생각해보자."

나는 엄마 머리를 밧줄처럼 꼬았다.

"엄마 머리도 잘라서 똑같은 팔찌를 만들어."

엄마는 고개를 저었다.

"엄마는 계속 긴 머리를 하고 싶어."

짐을 푸는데 큰 문제가 생겼다. 이빨이 보이지 않았다. 나는 짐 안을 전부 다 찾아보고 간밤에 혹시 떨어뜨렸을지도 몰라 주변도 둘러보았다. 어제 손에 쥐고 있었는지 입에 넣고 있었는지 기억해보려고 했다. 어젯밤은 아니었지만 그전날 밤 할머니 집에서 빨고 있었던 것 같았다. 끔찍한 생각이 떠올랐다. 혹시 자다가 삼켜버린 건 아닐까.

"음식이 아닌 걸 먹으면 어떻게 돼?"

엄마는 서랍에 양말을 넣고 있었다.

"어떤 거?"

엄마의 일부를 잃어버렸을지도 모른다는 말은 차마 할 수가 없었다.

"작은 돌 같은 거."

"아, 그러면 나중에 빠져나온단다."

우리는 오늘 엘리베이터로 내려가지 않았다. 옷도 입지 않았다. 우리는 독립생활공간에서 모든 것을 익혔다.

"이 방에서 자면 되겠구나. 하지만 넌 햇빛이 더 잘 들어오는 다른 방에서 놀면 돼."

"엄마랑 같이."

"음, 그래. 하지만 언젠가는 나도 다른 일들을 하게 될 테니까, 우리가 자는 방을 낮에는 엄마 방으로 쓰면 되겠지."

무슨 다른 일? 엄마는 세지도 않고 시리얼을 부었다. 나는 아기 예수에게 감사했다.

"모든 사람은 각자 자기 방을 가져야 한다는 책을 대학에서 읽은 적이 있단다."

"왜?"

"그 안에서 생각을 하려고."

"난 엄마랑 같이 있는 방에서도 생각할 수 있어."

나는 기다렸다.

"엄마는 왜 나랑 같이 있는 방에서는 생각을 못 해?"

엄마는 얼굴을 찡그렸다.

"대부분의 시간은 할 수 있어. 하지만 가끔은 나만의 공간이 있는 것도 좋을 거야."

"안 그래."

엄마는 길게 숨을 내쉬었다.

"오늘만 한번 해보자. 이름표를 써서 방문에 붙여놓고."

"좋아."

우리는 종이에 서로 다른 색깔로 '잭의 방', '엄마의 방'이라고 써서 테이프로 붙였다. 똥을 눈 다음 그 안을 들여다보았지만 이빨은 없었다.

우리는 소파에 앉아서 탁자 위의 꽃병을 바라보았다. 꽃병은 유리였지만 투명하지는 않았다. 파란색과 녹색을 띠고 있었다. 나는 엄마에게 말했다.

"난 벽이 싫어."

"벽이 왜?"

"너무 흰색이야. 아, 가게에서 코르크를 사서 붙여놓자."

"절대 안 돼."

잠시 후 엄마는 말했다.

"이건 새로운 출발이잖아. 기억하니?"

엄마는 기억한다고 해놓고 방에 대해서는 기억하고 싶어 하지 않는다. 깔개가 떠올랐다. 나는 달려가서 깔개를 상자에서 꺼낸 뒤 등 뒤로 질질 끌고 왔다.

"깔개는 어디다 깔아? 소파 옆? 침대 옆?"

엄마는 고개를 저었다.

"그래도."

"잭, 온통 올이 풀리고 7년 동안 때가 묻은걸. 여기서도 냄새가 나네. 엄마는 네가 그 깔개 위에서 기는 법을 배우고 걷는 법을 배우는 걸 지켜봐야 했어. 넌 깔개에 걸려서 계속 넘어지기도 했지. 그 위에서 똥도 한 번 쌌고 수프를 흘리기도 했어. 무슨 수를 써도 정말 깨끗해지지는 않을 거야."

"하지만 난 깔개 위에서 태어났고 깔개 안에서 죽었잖아."

"그래, 그래서 엄마는 그걸 소각장에 던져버리고 싶단다."

"안 돼!"

"넌 단 한 번이라도 엄마 생각을 해본 적 있니?"

나는 외쳤다.

"해. 엄마가 없어진 동안에는 언제나 엄마 생각을 했어."

엄마는 잠시 눈을 감았다.

"이렇게 하자. 네 방에는 두어도 좋아. 하지만 말아서 옷장에 넣어두렴. 알겠지? 엄마는 그걸 다시는 보고 싶지 않아."

엄마는 부엌으로 나갔다. 물 튀기는 소리가 들렸다. 나는 꽃병을 집어들고 벽에 던졌다. 꽃병은 산산조각 났다.

"잭!"

엄마가 입구에 서 있었다. 나는 소리쳤다.

"난 엄마의 어린 토끼가 아니야."

나는 깔개를 질질 끌고 '잭의 방'으로 달려들어갔다. 깔개는 문에 걸렸다. 옷장에 깔개를 넣고 뒤집어쓴 채로 몇 시간이고 몇 시간이고 앉아 있었지만 엄마는 오지 않았다. 눈물이 마른 얼굴이 뻣뻣했다. 양할아버지는 소금을 그렇게 만드는 거라고 했다. 작은 웅덩이에 파도를 가두어놓으면 햇빛이 말려준다고.

지지직거리는 무시무시한 소리가 나더니 엄마가 이야기하는 목소리가 들렸다.

"네. 괜찮아요."

잠시 후 옷장 밖에서 엄마 목소리가 들렸다.

"손님이 왔어."

클레이 박사와 노린이었다. 그들은 테이크아웃이라는 음식을 가지고 왔다. 국수와 쌀, 미끌미끌하고 노랗고 맛있는 음식이었다. 꽃병 조각은 모두 사라지고 없었다. 엄마가 소각장에 버린 것 같았다. 클레이 박사는 게임도 하고 이메일도 할 수 있는 컴퓨터를 설치하고 있었다. 노린은 화살표를 붓으로 바꾸어서 스크린에 그림을 그리는 방법을 가르쳐주었다. 나는 독립생활공간에 있는 엄마와 나를 그렸다.

"여기 온통 흰색으로 흘려쓴 건 뭐니?"

노린이 물었다.

"공간이야."

"바깥 공간?"

"아니, 안쪽 공간. 공기."

"음, 유명세는 두 번째 트라우마입니다. 신원을 바꾸는 건 생각해보셨습니까?"

클레이 박사는 엄마에게 말하고 있었다. 엄마는 고개를 저었다.

"상상할 수가 없어요. 나는 나고 잭은 잭이에요. 어떻게 잭을 마이클이나 제인 같은 이름으로 부를 수가 있나요?"

왜 엄마가 나를 마이클이나 제인이라고 부른다는 걸까?

"최소한 성이라도 바꾸는 건 어떻습니까? 잭이 학교에 입학해서 주목을 덜 받게요."

"난 언제 학교에 가?"

"네가 준비가 되면 갈 거야. 걱정 마."

엄마가 말했다. 나는 영원히 준비가 될 것 같지 않았다. 저녁에 우리는 목욕을 했다. 나는 물속에서 엄마의 배에 머리를 기댄 채 잠들 뻔했다.

우리는 각자 자기 방에서 서로를 부르는 연습을 했다. 6층 B호가 아닌 다른 독립생활공간에 다른 사람들이 살고 있으니 너무 큰 소리를 내면 안 된다. 내가 '잭의 방'에 있고 엄마가 '엄마의 방'에 있을 때는 나쁘지 않았지만, 엄마가 어느 방에 있는지 모를 때는 싫었다.

"괜찮아. 언제든지 들리니까."

우리는 테이크아웃 음식을 전자레인지에 다시 데워 먹었다. 전자레인지는 투명한 죽음의 광선으로 재빨리 작동하는 작은 화덕이다.

"이빨을 찾을 수가 없어."

"내 이빨?"

"응. 빠진 이빨을 내가 항상 가지고 있었는데 잊어버린 것 같아. 삼켰는지도 모르는데 아직 똥으로 나오지 않았어."

"걱정하지 마."

"그래도."

"세상 사람들은 워낙 자주 이사를 하기 때문에 늘 물건을 잃어버린단다."

"이빨은 그냥 물건이 아니야. 난 갖고 있어야 해."

"안 그래도 돼. 내 말 믿으럼."

"그래도."

엄마는 내 어깨를 잡았다.

"안녕, 썩은 이빨아. 이제 끝."

엄마는 웃고 있었지만 나는 웃지 않았다. 실수로 삼켰을지도 모른다. 똥으로 흘러나오지 않을지도 모른다. 내 몸속 구석 어딘가에 영원히 숨어 있을지도 모른다.

*

밤에 나는 속삭였다.

"아직 잠이 안 와."

"알고 있어. 나도 그래."

우리 침실은 '엄마의 방'이고, 엄마의 방은 독립생활공간에 있고, 독립생활공간은 미국에 있고, 미국은 폭이 수백만 마일이나 되고 계속 빙글빙글 도는 파란색과 녹색 공이라는 세상에 박혀 있다. 세상 바깥은 바깥 우주다. 우리가 왜 떨어지지 않는지 알 수 없었다. 엄마는 중력 때문이라고 했다. 중력은 우리를 땅에 붙어 있게 하는 보이지 않는 힘이지만 느낄 수는 없다.

하느님의 노란 얼굴이 떴다. 우리는 창밖을 내다보고 있었다.

"매일 아침 조금씩 더 빨라지는 거 알아차렸니?"

우리 독립생활공간에는 창문이 여섯 개 있었고, 모두 다른 그림을 보여주었지만 어떤 것들은 같았다. 내가 가장 좋아하는 창문은 욕실 창문이었다. 건물 공사장이 있어서 크레인과 굴착기가 보였기 때문이다. 나는 딜런 노래를 불러주었다. 그들도 좋아했다.

외출하기로 했기 때문에 나는 거실에서 벨크로를 붙였다. 꽃병을 던지기 전에 있던 자리가 눈에 띄었다.

"일요일 선물로 다른 꽃병을 사달라고 하자."

그때 기억이 났다. 엄마는 신발 끈을 묶다가 나를 올려다보았다. 화난 얼굴은 아니었다.

"넌 이제 그를 다시는 보지 않아도 돼."

"올드 닉."

나는 무서운지 알아보려고 이름을 불러보았다. 조금 무서웠지만 아주 무섭지는 않았다.

"엄마는 법정에 가서 딱 한 번 더 봐야 한단다. 아주 오래 걸리지는 않을 거야."

"왜 그래야 해?"

"모리스가 비디오로 증언해도 된다고 했지만, 솔직히 난 그 사악한 작은 눈을 똑바로 바라보고 싶어."

어떤 눈? 나는 그의 눈을 기억해내려고 했다.

"그가 우리한테 일요일 선물을 부탁할지도 몰라. 그러면 재미있을 텐데."

엄마는 기분 좋게 웃지 않았다. 엄마는 거울을 들여다보며 눈가에 검은 선을 그리고 입술에 보라색을 발랐다.

"광대 같아."

"더 예뻐 보이려고 하는 화장이야."

"엄마는 항상 더 예뻐 보여."

엄마는 거울 속으로 나를 향해 미소 지었다. 나는 코끝을 올리고 귀에 손가락을 갖다대고 흔들었다. 우리는 손을 잡았지만 오늘은 공기가 아주 따뜻해서 손이 미끄러워졌다. 가게 유리창을 구경했지만 안에 들어가지는 않고 걷기만 했다. 엄마는 물건들이 말도 안 되게 비싸다는 둥, 쓰레기라는 둥 이야기를 계속했다.

"저기서는 남자랑 여자랑 아이들을 팔아."

"어디서?"

엄마는 돌아보았다.

"아, 아니야. 그건 옷 가게야. '남자', '여자', '아이'라는 건 그냥 그 사람들을 위한 옷을 판다는 거야."

길을 건널 때는 버튼을 누르고 우리를 지켜주는 작은 은색 남자가 나타날 때가지 기다려야 했다. 그냥 콘크리트처럼 보이지만 아이들이 몸을 적시면서 뛰는 스플래시 패드라는 것도 있었다. 한동안 지켜보았지만 오래 서 있지는 않았다. 엄마는 우리가 무서워 보일지도 모른다고 했다.

우리는 스파이 게임을 했다. 세상에서 제일 맛있는 아이스크림도 사 먹었다. 내 것은 바닐라, 엄마 것은 딸기였다. 수백 가지 종류가 있었다. 다음에는 다른 맛을 먹어보기로 했다. 커다란 아이스크림 덩어리는 맨 밑까지 차가워서 얼굴이 시렸다. 엄마는 코에 손을 올려놓고 따뜻한 공기를 마시는 법을 알려주었다. 나는 3주 절반 동안 세상에 있었지만, 무엇이 날 아프게 할지 아직도 알 수가 없었다.

나는 할아버지가 준 동전으로 엄마에게 가짜 무당벌레가 붙어 있는 머리핀을 사주었다. 엄마는 계속 고맙다고 했다.

"그건 죽어도 영원히 엄마 거야. 엄마는 내가 죽기 전에 죽어?"

"그럴 계획이야."

"왜 그럴 계획이야?"

"음, 네가 백 살이 되면 난 백스물한 살이니까 그때쯤이면 몸이 많이 낡았겠지."

엄마는 웃었다.

"엄마가 천국에 네 방을 마련해놓을게."

"우리 방."

"좋아. 우리 방."

그때 전화박스가 보였다. 나는 슈퍼맨처럼 옷을 갈아입는 척하면서 유리창을 통해 엄마에게 손을 흔들었다. 웃는 얼굴이 있고 '가슴 큰 금발 18', '필리핀 여장 남성' 같은 글이 적혀 있는 작은 카드가 있었다. 줍는 게 임자니까, 이건 우리 거다. 하지만 엄마에게 보여주었더니 더럽다고 쓰레기통에 버리라고 했다.

우리는 잠깐 길을 잃었지만, 엄마가 곧 독립생활공간이 있는 도로 이름을 찾아냈으니 진짜로 길을 잃은 것은 아니었다. 발이 피곤했다. 세상 사람들은 항상 피곤할 것 같았다.

집에 들어와서 신발을 벗었다. 신발은 절대로 좋아할 수 없을 것 같았다. 6층 C호에 사는 사람은 여자 한 사람과 나보다 크지만 아주 크지는 않은 소녀 둘이었다. 여자는 엘리베이터에서도 항상 안경을 쓰고 다녔고 목발을 짚고 있었다. 소녀들은 말이 없었지만, 한 아이에게 손가락을 흔들자 미소를 지었다.

*

매일같이 새로운 일들이 일어났다. 할머니는 투명한 뚜껑이 있는 상자 안에 열 가지 색깔의 타원형이 들어 있는 수채화 세트를 가져왔다. 나는 그림을 그리고 나면 색깔이 섞이지 않게 하기 위해 항상 작은 붓을 깨끗이 씻었다. 물이 더러워지면 다시 떠왔다. 처음 내가 그린 그림을 엄마에게 보여주려고 들어 올리니까 물감이 떨어졌다. 그래서 그 뒤부터는 탁자에 펼쳐놓고 말렸다.

우리는 해먹이 있는 집에 갔다. 나는 할아버지와 함께 레고로 성과 오토바이를 만들었다. 할머니는 요즘 오전에는 머리가 다 빠진 사람들이 가발과 가짜 젖가슴을 사는 가게에서 일하고 있었기 때문에 오후에만 우리를 만날 수 있었다. 엄마와 나는 가게 문틈으로 할머니를 훔쳐보러 갔다. 할머니는 할머니 같지 않았다. 엄마는 모든 사람들에게는 몇 가지 다른 자아가 있다고 했다.

폴이 축구공을 깜짝 선물로 가지고 우리 집에 놀러왔다. 할머니가 가게에서 버린 것과 똑같았다. 엄마는 옛 친구를 만나러 커피숍에 갔기 때문에, 나는 폴과 같이 공원에 내려갔다.

"잘했어, 다시."

"아니, 차줘."

폴은 뻥 찼다. 공은 건물에 부딪혀서 풀숲으로 들어갔다.

"가져와."

폴이 외쳤다. 내가 차니까 공은 연못으로 들어갔다. 나는 울었다. 폴이 나뭇가지로 공을 꺼냈다. 그는 공을 멀리 찼다.

"얼마나 빨리 달릴 수 있는지 보여줄래?"

"우린 침대 주위에서 트랙을 돌았어. 열여섯 걸음 만에 한 번 왔다 갔다 했는걸."

"이야, 그럼 지금은 더 빠르겠네."

나는 고개를 저었다.

"넘어질 거야."

"안 그럴걸."

"난 요즘 항상 넘어져. 세상에는 발을 거는 게 많아."

"그래. 하지만 이 잔디는 아주 푹신하잖니. 넘어져도 다치지 않을 거다."

브론윈과 디나가 오고 있었다. 나는 날카로운 시력으로 두 사람을 포착했다.

*

매일 조금씩 더워졌다. 엄마는 4월치고는 믿기지 않는 날씨라고 했다. 그러다 비가 왔다. 엄마는 우산 두 개를 사서 몸을 적시지 않고 비를 튕기며 걸으면 재미있을 거라고 했지만, 나는 싫었다.

다음 날은 날씨가 개어서 우리는 밖으로 나갔다. 물웅덩이가 있었지만 무섭지는 않았다. 나는 스폰지 신발을 신고 웅덩이에 들어갔다. 구멍으로 물이 들어왔지만 상관없었다. 나와 엄마는 모든 것을 마음에 드는지 알아보기 위해 한 번은 직접 시도해보기로 약속했다.

축구공을 가지고 공원에 가서 오리에게 모이를 주는 것은 벌써 마음에 들었다. 어떤 남자애가 바로 뒤에 미끄럼틀을 타고 내려와 내 등을 찼을 때만 빼면, 이제 놀이터도 정말 좋아하게 되었다. 공룡들이 죽어서 뼈만 남아 있다는 것만 빼면 자연사박물관도 좋았다.

나는 화장실에서 사람들이 스페인어를 하는 것을 들었지만, 엄마는 중국어라고 했다. 세상에는 수백 개의 외국 말들이 있다. 현기증이 났다.

그림이 있는 다른 박물관에도 갔다. 오트밀 상자에 딸려왔던 우리의 명작들과 약간 비슷했지만, 훨씬 더 컸고 페인트의 끈적한 느낌도 눈으로 볼 수 있었다. 그림이 가득 걸려 있는 방을 끝에서 끝까지 걸어가는 것도 좋았지만, 다른 방도 너무나 많았다. 나는 벤치에 앉았지만, 제복을 입은 남자가 그리 친절하지 않은 얼굴로 다가오는 것을 보고 도망쳤다.

할아버지가 멋진 선물을 가지고 독립생활공간에 찾아왔다. 브론윈에게 주려고 사두었던 자전거였지만, 내가 더 크기 때문에 먼저 받았다. 바퀴살에는 웃는 얼굴이 그려져 있었다. 공원에서 자전거를 탈 때는 혹시 넘어질 때를 대비해서 헬멧과 무릎보호대, 손목보호대를 꼭 차야 했다. 하지만 나는 넘어지지 않고 균형을 잘 잡았다. 할아버지는 내가 타고났다고 했다. 세 번째로 자전거를 탈 때는 엄마가 보호대를 안 차도 좋다고 허락해주었고, 몇 주 뒤에는 보조바퀴가 더 이상 필요 없어서 떼어내도 될 것 같다고 했다.

엄마는 공원에서 하는 콘서트를 찾아냈다. 가까운 공원이 아니어서 버스를 타고 가야 했다. 나는 버스를 타는 것이 아주 좋았다. 우리는 거리를 걷는 사람들의 서로 다른 머리털을 내려다보곤 했다. 콘서트에서는 음악 하는 사람들만 소리를 내고 우리는 마지막에 박수 칠 때 말고는 찍 소리도 내지 말아야 한다는 규칙이 있었다.

할머니는 나를 왜 동물원에 안 데리고 가느냐고 했지만, 엄마는 짐승 우리를 참을 수가 없다고 했다.

우리는 교회 두 군데에 가보았다. 나는 여러 색깔로 된 유리창이 있는 곳이 더 좋았지만 오르간이 너무 시끄러웠다. 연극 구경도 갔다. 어른들이 아이들처럼 옷을 입고 노는 걸 모두들 지켜보는 곳이었다. 연극은 다른 공원에서 열렸는데, 제목은 〈한여름밤의 꿈〉이었다. 나는 잔디에 앉아서 입을 벌리지 않으려고 손가락을 입에 댄 채 구경했다. 요정들이 작은 소년을 놓고 싸웠다. 그들은 너무 많은 말을 한꺼번에 했다. 가끔은 요정이 사라지고 검은 옷을 입은 사람들이 가구를 옮겼다.

"우리가 방에서 했던 거랑 똑같아."

내가 속삭이자 엄마는 웃음을 터뜨렸다. 그때 우리 근처에 있던 사람들이 외쳤다. "이제 어찌할까, 요정이여", "티타니아 만세." 나는 화가 나서 쉿 소리를 내다가 결국 조용히 하라고 고함을 질렀다. 엄마는 내 손을 끌고 나무가 서 있는 곳까지 나와서 이건 관객참여라고 했다. 허락된, 특별한 경우라는 것이었다.

독립생활공간에 돌아온 뒤, 우리는 지금까지 했던 일들을 모두 적었다. 목록은 점점 길어졌다. 우리가 더 용감해지면 앞으로 할 일들도 있었다.

비행기 타고 날기
엄마의 옛 친구들을 저녁 식사에 초대하기
차를 몰기
북극에 가기
학교(나)와 대학(엄마)에 가기
독립생활공간이 아닌 진짜 우리 아파트를 갖기
뭔가를 발명하기
새 친구 사귀기
미국이 아닌 다른 나라에서 살기
아기 예수나 세례요한 같은 다른 아이의 집에서 놀기
수영 배우기
엄마는 밤에 춤추러 나가고 나는 할아버지 할머니집 간이침대에서 자기
일자리 갖기
달나라에 가기

가장 중요한 것은 '러키라는 개 키우기'였다. 나는 언제라도 준비가 되어 있었지만, 엄마는 당장 신경 쓸 일이 많으니까 내가 여섯 살이 되면 혹시 모르겠다고 했다.

"케이크에 초를 꽂는 날?"

"여섯 개. 약속해."

밤에 나는 침대가 아닌 침대에 누워서 예전의 담요보다 더 푹신한 담요를 문질러보았다. 네 살 때 나는 세상에 대해 전혀 몰랐고 그냥 이야기일 뿐이라고 생각했다. 그러다 엄마가 진짜 세상을 들려주었을 때는 모든 걸 다 알았다고 생각했다. 한데 이제 늘 세상에서 사는데, 나는 사실상 아는 것이 별로 없었다. 늘 혼란스러웠다.

"엄마?"

"응?"

엄마에게서는 아직 엄마 냄새가 났지만 젖가슴은 아니었다. 가슴은 이제 그냥 가슴이었다.

"가끔 우리가 탈출하지 않았다면 하는 생각도 해?"

아무 소리도 들리지 않았다. 그러다 엄마는 말했다.

"아니, 그런 생각은 절대 안 해."

*

"얄궂은 일이죠. 그 오랜 세월 동안 사람을 그렇게 그리워했으면서, 지금은 준비가 안 된 것 같아요."

엄마는 클레이 박사에게 말하고 있었다. 그는 고개를 끄덕였다. 그들은 김이 오르는 커피를 마시고 있었다. 엄마는 이제 어른들처럼 계속 살아가기 위해 커피를 마시고 있었다. 나는 아직도 우유를 마셨지만 가끔은 초콜릿 우유도 마셨다. 초콜릿 맛이 났지만 허락을 받았다. 나는 노린과 같이 바닥에 앉아 조각 맞추기를 했다. 24조각짜리 기차인데 몹시 어려웠다.

"대부분, 잭이면 충분해요."

"'영혼은 자신의 동반자를 스스로 선택한다. 그리고 문을 닫는다.'"

박사가 시를 읊는 소리였다. 엄마는 고개를 끄덕였다.

"네, 하지만 예전의 나는 이렇지 않았어요."

"살아가려면 변해야 합니다."

노린이 고개를 들었다.

"잊지 마세요, 그래도 벌써 변했어요. 20대에 접어들고, 아이를 가지고. 예전과 똑같을 수가 없죠."

엄마는 커피만 마셨다.

*

어느 날은 창문이 열리는지 궁금했다. 나는 욕실 창문을 열어보기로 하고 손잡이를 알아내서 유리를 밀었다. 공기가 무서웠지만, 나는 무섭-용감했다. 몸을 기대고 손을 밖으로 내밀었다. 내 몸의 반은 안에 있고 반은 밖에 있었다. 정말 신기했다.

"잭!"

엄마가 내 티셔츠 뒷자락을 잡고 홱 안으로 끌어들였다.

"아야."

"6층이야. 떨어지면 머리가 박살이 난다고."

"떨어지지 않아. 난 동시에 안에도 있고 밖에도 있었어."

"게다가 동시에 바보로 태어났지."

엄마는 거의 미소 짓는 얼굴이었다. 나는 엄마를 따라 부엌으로 들어갔다. 엄마는 프렌치 토스트를 만들기 위해 달걀 거품을 만들고 있었다. 껍질은 산산조각 내서 쓰레기통에 그냥 던져버렸다. 안녕. 껍질은 새 달걀로 변하는 걸까?

"천국에 간 뒤에는 돌아와?"

엄마는 내 말을 듣지 못한 것 같았다.

"다시 배 속에서 자라는 거야?"

"그걸 환생이라고 해."

엄마는 빵을 잘랐다.

"우리가 원숭이나 달팽이로 다시 태어날 수도 있다고 생각하는 사람도 있어."

"아냐. 인간은 똑같은 배 속에 있어. 내가 엄마 몸에서 다시 자라면……."

376

엄마는 불을 껐다.

"묻고 싶은 게 뭐니?"

"그때도 날 잭이라고 불러줄 거야?"

엄마는 나를 보았다.

"그래."

"약속해?"

"엄마는 언제든지 널 잭이라고 부를 거야."

*

내일은 노동절이다. 여름이 다가오고 있고, 거리행진이 있을 거라는 뜻이다. 가서 구경할 수도 있다.

"노동절은 세상에만 있어?"

우리는 소파에 앉아서 그래놀라를 그릇에 담아 흘리지 않고 먹고 있었다.

"무슨 뜻이야?"

"방에도 노동절이 있어?"

"그렇겠지. 하지만 거기는 축하할 사람이 아무도 없어."

"우리가 가면 되잖아."

엄마는 그릇에 쨍 하고 숟가락을 내려놓았다.

"잭."

"가도 돼?"

"정말, 정말 가고 싶어?"

"응."

"왜?"

"모르겠어."

"넌 바깥에 사는 게 싫어?"

"응, 전부 다 좋은 건 아냐."

"그럼 거의 다 좋지? 방에서 살던 것보다는 좋지?"

"거의 다."

나는 내 그래놀라를 다 먹고 엄마가 그릇에 남긴 것을 조금 더 먹었다.

"언젠가 한 번 가도 돼?"

"다시 거기서 살지는 않아."

나는 고개를 저었다.

"그냥 잠깐 구경하고 오게."

엄마는 손에 입을 기댔다.

"난 못 갈 것 같아."

"갈 수 있어."

나는 기다렸다.

"가면 위험해?"

"아니, 그냥 생각만 해도 기분이……."

엄마는 무슨 기분인지 말하지 않았다.

"내가 엄마 손을 잡아줄게."

엄마는 나를 보았다.

"너 혼자 가면 어때?"

"싫어."

"누구랑 같이 말이야. 노린은 어때?"

"싫어."

"할머니는?"

"엄마랑 같이 갈래."

"난 정말……."

"난 우리 둘을 위해서 선택한 거야."

엄마는 일어났다. 화가 난 것 같았다. 엄마는 '엄마의 방'에 전화를 들고 가서 누군가와 이야기를 했다. 오전 중에 도어맨이 호출을 하더니 경찰차가 왔다고 했다.

"당신은 아직 오 경관이야?"

"그럼. 오랜만이다."

경찰차 창문에는 작은 점들이 찍혀 있었다. 빗물이었다. 엄마는 엄지손가락을 깨물었다.

"안 좋은 생각이야."

나는 엄마의 손을 잡아당기며 말했다. 엄마는 손을 빼서 다시 엄지를 씹었다.

"그래. 난 그가 죽었으면 좋겠어."

엄마는 속삭이듯 말했다. 나는 엄마가 누구를 말하는지 알고 있었다.

"하지만 천국은 못 가."

"그럼. 그 밖에 있어야지."

"똑똑, 아무리 두드려도 못 들어가."

"맞아."

"하하."

소방차 두 대가 사이렌을 울리며 달려갔다.

"할머니는 그가 더 많다고 했어."

"응?"

"그런 사람들. 세상에는."

"아."

"사실이야?"

"그래. 하지만 복잡한 게, 세상에는 중간쯤 되는 사람이 훨씬 더 많단다."

"어디쯤?"

엄마는 창밖을 바라보고 있었지만, 무엇을 보는지는 알 수 없었다.

"선과 악 사이 어딘가에. 양쪽을 조금씩 다 가지고 있는 사람들."

창문의 점들이 한데 모여 작은 강물로 흘러내렸다. 차가 멈췄을 때, 나는 오 경관이 "다 왔습니다." 하는 말을 듣고서야 여기라는 것을 알 수 있었다. 대탈주를 했던 날 밤, 엄마가 어떤 집에서 나왔는지 기억이 나지 않았다. 모든 집에 차고가 있었다. 어떤 집도 특별히 비밀스럽게 보이지 않았다. 오 경관이 말했다.

"우산을 가져오는 건데."

"조금 내릴 뿐인데요, 뭐."

엄마는 차에서 내려 내게 손을 내밀었다. 나는 안전벨트를 풀지 않았다.

"비가 몸에 떨어질 거야."

"얼른 끝내자, 잭. 엄마는 다시는 여기 안 올 거야."

나는 벨트를 풀었다. 머리를 숙이고 눈을 반쯤 감은 채 엄마를 따라갔다. 비가 내 몸에 내리고 있었다. 내 얼굴도, 재킷도, 손도 젖어들었다. 아프지 않았다. 그냥 기분이 이상했다.

집 현관문에 도착했을 때, 검은색으로 '범죄 현장 출입금지'라고 쓰인 노란 테이프를 보고 여기가 올드 닉의 집이라는 것을 알 수 있었다. 무서운 늑대 얼굴이 그려진 큰 스티커에는 '개 조심'이라고 적혀 있었다. 나는 스티커를 가리켰지만 엄마는 말했다.

"그건 그냥 속임수야."

아, 맞아. 엄마가 열아홉 살 때 발작을 일으켰다는 속임수 개 같은 거다. 내가 모르는 남자 경찰이 안에서 문을 열어주었다. 엄마와 오 경관은 허리를 굽히고 노란 테이프 밑으로 들어갔지만, 나는 그냥 조금 옆으로 서니까 들어갈 수 있었다.

집에는 방이 많았고, 푹신한 의자, 거대한 텔레비전 등 온갖 물건들이 있었다. 하지만 우리는 곧장 지나쳤다. 뒤쪽에 다른 문이 있었고, 그 문을 지나니 풀밭이었다. 비가 아직도 내리고 있었지만, 나는 눈을 커다랗게 뜨고 있었다.

"주변은 온통 높이 15피트의 관목 울타리예요. 이웃은 전혀 의심을 못 했답니다. 남자는 자기 사생활이 있는 법이지, 그런 거죠."

풀숲 사이 한 구멍 주위로 노란 테이프가 온통 둘러쳐져 있었다. 나는 기억해냈다.

"엄마, 이거 혹시……."

엄마는 그 자리에 서서 쳐다보았다.

"못 하겠어."

하지만 나는 구멍으로 다가갔다. 진흙 안에 갈색 물질이 있었다.

"이건 벌레야?"

나는 오 경관에게 물었다. 가슴이 쿵쿵 뛰었다.

"그냥 나무뿌리란다."

"아기는 어디 있죠?"

엄마는 내 옆에서 이상한 소리를 냈다. 오 경관이 말했다.

"저희가 발굴했어요."

"더 이상 여기 두고 싶지 않아요."

엄마는 쉰 목소리로 말하더니 헛기침을 하고 오 경관에게 물었다.

"위치를 어떻게 알아내셨는지."

"탐지기를 썼어요."

"더 좋은 데에 묻어주자."

엄마가 내게 말했다.

"할머니의 정원에?"

"이건 어떨까. 뼈를 재로 만들어서 해먹 아래 뿌릴 수도 있어."

"그러면 다시 자라서 내 누나가 될까?"

엄마는 고개를 저었다. 엄마의 얼굴에서 물기가 줄을 긋고 있었다. 내 몸 위에도 비가 계속 내렸다. 샤워와는 달랐다. 더 부드러웠다. 엄마는 주위를 둘러보더니 정원 구석의 회색 오두막을 응시했다.

"저거야."

"뭐?"

"방."

"아냐."

"맞아, 잭. 네가 한 번도 밖에서 본 적이 없을 뿐이야."

우리는 오 경관을 뒤따라 노란 테이프를 더 넘어갔다.

"냉방장치는 이 수풀 안에 숨겨져 있어요. 출입구는 어디에서도 보이지 않는 뒤쪽에 있고요."

은색 금속이 보였다. 문 같았지만, 나는 그 옆면은 한 번도 본 적이 없었다. 문은 벌써 반쯤 열려 있었다.

"나도 같이 갈까?"

오 경관이 물었다. 내가 외쳤다.

"아냐."

"알았어."

"나랑 엄마만 갈 거야."

하지만 엄마는 내 손을 놓고 허리를 굽히더니 이상한 소리를 냈다. 잔디 위, 엄마 입에 토한 것이 묻어 있었다. 냄새가 났다. 또 독을 먹은 걸까?

"엄마, 엄마."

"괜찮아."

엄마는 오 경관이 준 휴지로 입을 닦았다. 오 경관이 말했다.

"혹시 제가 같이……."

"아뇨."

엄마는 내 손을 잡았다.

"들어가자."

우리는 문 안으로 들어섰다. 모든 것이 이상했다. 우리 방보다 작고 텅 비어 있었고 이상한 냄새가 났다. 깔개가 없어서 바닥은 맨 바닥이었다. 깔개는 우리 독립생활공간 안 옷장에 있다. 동시에 여기에도 있을 수는 없다는 것을 잊어버리고 있었다. 침대는 있었지만, 시트도 담요도 있었다. 안락의자는 있었고 식탁과 세면대와 욕조와 찬장도 있었지만, 접시와 칼은 없었다. 서랍장과 텔레비전, 보라색 넥타이를 맨 토끼도 있었고, 선반도 있었지만 그 위에는 아무것도 없었다. 의자는 접혀 있었지만 모두 달랐다. 아무것도 내게 말을 걸지 않았다.

"여기 아닌 것 같아."

나는 엄마에게 속삭였다.

"여기 맞아."

우리 목소리도 우리 목소리가 아닌 것 같았다.

"줄어들었어?"

"아니, 항상 이랬어."

스파게티 모빌은 없었고, 내 문어 그림, 명화들, 모든 장난감과 요새와 미로도 없었다. 식탁 밑을 들여다보았지만 거미줄도 없었다.

"더 어두워졌어."

"비가 와서 그래. 불을 켤 수도 있어."

엄마는 전등을 가리켰다. 하지만 만지고 싶지 않았다. 나는 가까이 다가가서 예전 모습을 기억해보려고 했다. 문 옆에 생일날 표시했던 숫자가 있었다. 나는 숫자에 기대서서 머리 꼭대기에 손을 평평하게 대어보았다. 나는 검은 5보다 더 컸다. 모든 물건에는 흰 가루가 얇게 묻어 있었다.

"이게 우리 피부 먼지야?"

"지문감식 가루야."

오 경관이 말했다. 나는 허리를 굽혀 침대 밑을 보았다. 달걀뱀은 잠든 것처럼 똬리를 틀고 있었다. 혓바닥은 보이지 않았다. 나는 조심스럽게 손을 내밀어 뾰족한 바늘 끝을 만져보았다. 그리고 허리를 폈다.

"식물은 어디 있었어?"

"벌써 잊어버렸니? 여기 있었잖아."

엄마는 서랍장 한가운데를 두드렸다. 다른 곳보다 색이 더 짙은 둥근 자국이 보였다. 침대 주위에는 트랙 자국이 있었다. 우리가 발로 문질러서 바닥에 낸 작은 구멍은 원래 식탁 아래에 있었다. 한때는 여기가 진짜 방이었을 것이다.

"하지만 이제는 아니야."

"응?"

"이제는 방이 아니야."

"그렇게 생각해?"

엄마는 냄새를 맡았다.

"예전에는 냄새가 더 지독했어. 이제는 문이 열려 있으니까."

그 때문일지도 모른다.

"문이 열려 있으면 방이 아닌지도 몰라."

엄마는 작은 미소를 지었다.

"……."

엄마는 헛기침을 했다.

"잠깐 문 닫아보고 싶어?"

"아니."

"그래, 이제 가야겠다."

나는 침대쪽 벽으로 걸어가서 손가락 하나를 갖다댔다. 코르크는 아무 느
낌도 나지 않았다.

"낮에도 잘 자라고 해야 해?"

"응?"

"밤이 아닌데도 잘 자라고 인사할 수 있어?"

"안녕이라고 해야 할 것 같은데."

"안녕, 벽아."

나는 다른 세 벽에게도 인사했다.

"안녕, 바닥아."

침대를 두드렸다.

"안녕, 침대야."

침대 밑에 머리를 넣었다.

"안녕, 달걀뱀아."

옷장 안에서 속삭였다.

"안녕, 옷장아."

어둠 속에 엄마가 내 생일 선물로 그려준 그림이 있었다. 나는 아주 작아
보였다. 엄마에게 이리 오라고 손짓하고 그림을 가리켰다.

나는 엄마의 얼굴에 흘러내리는 눈물에 키스했다. 바다는 이런 맛이다.
내 그림을 끌어내려서 재킷 안에 넣었다. 엄마는 문간에 있었다. 나는 그쪽
으로 다가갔다.

"들어 올려줘."

"잭."

"응?"

엄마는 나를 엉덩이에 걸쳐 앉혔다. 나는 손을 뻗었다.

"더 높이."

엄마는 내 갈비뼈를 잡고 더 높이, 높이 올려주었다. 천장이 시작되는 부분이 손에 닿았다.

"안녕, 천장아."

엄마는 나를 쿵 하고 내려놓았다.

"안녕, 방아."

나는 채광창을 향해 손을 흔들었다. 그리고 엄마에게 말했다.

"인사해. 안녕, 방아."

엄마는 소리 없이 말했다. 나는 한 번 더 돌아보았다. 방은 어떤 일이 일어났던 구멍, 분화구 같았다. 우리는 문밖으로 나갔다.

바깥세상이 아니라 세상 바깥을 보는 경험

납치, 감금, 성폭행, 출산, 탈출을 소재로 한 소설을 써보라고 한다면 어떤 이야기가 가장 먼저 떠오를까? 그런 것들을 자세히 묘사하는 범죄소설이 나올 수도 있을 것이고 기발한 탈출 과정을 소재로 한 스릴러 혹은 한 여인의 고통과 길고 긴 트라우마를 다룬 다큐멘터리가 될 수도 있을 것이다. 한데 그 방에서 태어난 아이는 이 과정을 어떤 눈으로 바라보고 있을까? 밀폐된 방을 세계의 전부로 알고 자라난 어린아이의 시각이란 과연 어떤 것일까?

이 책은 감금 상태에서 태어나서 방 한 칸과 엄마, 방 안의 물건들만을 현실로 알고 자라난 다섯 살 소년의 이야기다. 아이에게 바깥세상을 가르쳐주는 것은 천장에 난 작은 창문과 흐린 텔레비전 채널 세 개, 동화책 다섯 권뿐. 아이는 『이상한 나라의 앨리스』, 『잭과 콩나무』, 성경 이야기 몇 줄만 가지고도 세상을 배우고 상상을 하면서 하루를 풍요롭게 채워나간다. 방 안에는 터널과 요새가 있고, 친구 달걀뱀이 있고, 지프차와 리모컨이 숨바꼭질을 하기도 하며, 거미나 쥐, 개미 같은 바깥세상의 신비한 생물들이 깜짝 방문을 하기도 한다. 그러나 아이는 자라고 방은 점점 좁아진다. 언제까지나 좁은 방 안에 아이를 가둘 수는 없다. 엄마는 무서워하는 아이를 달래 몬테크리스토 백작이 시체로 가장하고 섬을 빠져나오듯이 대탈출극을 계획한다.

이 책이 특별한 점은 아이의 솔직하고 단순한 눈을 통해서 극단적인 상황에 처한 엄마의 심리와 상황, 사건의 서스펜스를 순간순간 섬뜩할 정도로 어둡고 생생하게, 한편으로는 따뜻하게 전달해낸다는 점이다. 아이를 올드닉과 제한된 세상으로부터 사적으로 지켜내는 동안에도, 엄마는 매일 밤 헛된 탈출을 꿈꾸며 우울증을 앓고 온갖 충동에 시달린다. 방에서 나온 뒤에도 바깥세상은 그렇게 호락호락하지 않다. 엄마에게는 세상의 몰이해와 주목을 견디면서 자기 자신을 다시 찾는 고통스러운 과정이 남아 있고, 어린 잭 역시 거대한 바깥세상을 새롭게 배워야 한다. 이 모든 것을 견디게 해주는 것은 엄마와 아이의 서로에 대한 사랑이다.

껍질을 벗고 성장하는 것은 누구에게나 쉽지 않은 일이다. 『룸』은 강한 어머니와 용감한 아이의 이야기인 동시에 서로에게 의지하고 서로를 성장시키는 두 사람의 이야기이기도 하다. 세상에 대한 두려움에 사로잡힌 아들을 때가 되어 방에서 탈출시킨 것은 엄마의 의지였지만, 방의 기억에 사로잡힌 엄마를 방과 작별하게 하는 것은 아이의 의지다. 엄마가 방에서 헤어나지 못하는 동안, 아이는 어느새 바깥세상을 배우고 방과 이별할 준비를 마친다. 마지막 장면에서 아이는 엄마의 손을 이끌고 방으로 향한다. 그리고 매일 밤 잠들기 전 친구들에게 잘 자라는 인사를 건넸듯, 방을 향해 따뜻한 작별의 말을 던진다. 안녕, 방아. 이 한마디는 책을 덮은 뒤에도 긴 여운을 남긴다.

옮긴이 유소영

포항 출생으로 서울대 해양학과를 졸업했다. 제프리 디버의 『본 컬렉터』를 비롯해 『코핀 댄서』, 『곤충소년』, 『돌원숭이』, 『사라진 마술사』, 『12번째 카드』, 『콜드 문』, 『브로큰 윈도』 등 링컨 라임 시리즈를 전담으로 번역하고 있으며, 법의학자 케이 스카페타가 등장하는 『법의관』, 『하트잭』, 『시체농장』, 『데드맨 플라이』 등의 퍼트리샤 콘웰 작품과 『CSI 과학수사대 : 냉동화상』, 『이중인격』, 『악마의 사전』, 『운명의 서』, 『인어의 노래』 등을 우리말로 옮겼다.

룸(개정판)

1판 1쇄 인쇄 2024년 12월 10일
1판 1쇄 발행 2024년 12월 20일

지은이 엠마 도노휴 **옮긴이** 유소영
펴낸이 김영곤 **펴낸곳** (주)북이십일 아르테

책임편집 원보람 **표지** 인수정 **본문** 최원석
문학팀장 김지연
해외기획팀 최연순 홍희정 소은선
출판마케팅팀 한충희 남정한 나은경 최명열 한경화
영업팀 변유경 김영남 강경남 황성진 김도연 권채영 전연우 최유성
제작팀 이영민 권경민

출판등록 2000년 5월 6일 제406-2003-061호
주소 (우 10881) 경기도 파주시 회동길 201(문발동)
대표전화 031-955-2100 **팩스** 031-955-2151

아르테는 (주)북이십일의 문학 브랜드입니다.

ISBN 979-11-7117-875-9 03840